AVENTURAS DO VAMPIRO DE PALMARES

GERSON LODI-RIBEIRO

1ª EDIÇÃO

EDITORA DRACO

SÃO PAULO
2014

Gerson Lodi-Ribeiro
Autor carioca de FC e história alternativa. Referência nacional no gênero, publicou *Alienígenas Mitológicos* e *A Ética da Traição* na edição brasileira da Asimov's. Autor dos romances *Xochiquetzal - uma princesa asteca entre os incas* (2009) e *A Guardiã da Memória* (2011). Participou de diversas coletâneas como *Imaginários v. 1* (2009) e *Taikodom: Crônicas* (2009). Pela Draco editou as antologias *Vaporpunk* (2010), *Dieselpunk* (2011), *Solarpunk* (2013) e *Erótica Fantástica v. I* (2012). Foi consultor da Hoplon Infotainment, sendo um dos criadores do universo ficcional do jogo online Taikodom.

Publisher: Erick Santos Cardoso
Produção editorial: Janaina Chervezan
Leitura crítica: Antonio Luiz M. C. Costa
Revisão: Eduardo Kasse
Capa e arte: Ericksama

Dados Internacionais de Catalogação na Publicação (CIP)
Ana Lúcia Merege 4667/CRB7

L 823

Lodi-Ribeiro, Gerson
Aventuras do vampiro de Palmares / Gerson Lodi-Ribeiro. – São Paulo : Draco, 2014.

ISBN 978-85-8243-051-4

1. Ficção brasileira I. Título

CDD 869.93

Índice para catálogo sistemático:
1. Ficção : Literatura brasileira 869.93

1ª edição, 2014

Editora Draco
R. César Beccaria, 27 – casa 1
Jd. da Glória – São Paulo – SP
CEP 01547-060
editoradraco@gmail.com
www.editoradraco.com
www.facebook.com/editoradraco
twitter: @editoradraco

Eu canto aos Palmares
Sem inveja de Virgílio, de Homero
E de Camões
Porque o meu canto
É o grito de uma raça
Em plena luta pela liberdade.

[Solano Trindade]

Para Antônio Luiz Costa,

Grão caçador de incongruências históricas, que ajudou a melhorar este texto.

Erros e inconsistências remanescentes são de minha inteira responsabilidade.

AVENTURAS DO VAMPIRO DE PALMARES
GERSON LODI-RIBEIRO

PRÓLOGO
A NOIVA E O VAMPIRO

Será o prazer
Como água fresca para quem tem sede,
E a morte para quem mergulha nele?

[Imre Madách]

DESPERTOU TÃO LOGO O DISCO solar mergulhou no horizonte, com as telhas encardidas do armazém portuário ainda a estalar de tão quentes e a estrela vespertina já a fulgir no anil de verão do céu do Recife. Olhos enormes abriram-se, brilhando esverdeados na penumbra, junto às traves que sustentavam o forro.

Ao contrário da maioria dos vidas-curtas, acordava sempre num átimo, com o domínio pleno de suas faculdades físicas e mentais.

Não sentiu fome. Alimentara-se de peixe seco e milho nas últimas três noites.

Mas a pulsão da sede o atormentava.

Com a soldadesca lusa a vasculhar as ruelas e os becos das cercanias do porto e os próprios holandeses, que ora começavam a se preocupar com as mortes, era de bom alvitre controlar um pouco seus impulsos.

E, no entanto, abdicar do prazer peculiar à sua estirpe era simplesmente impensável. Chegada a *noite-de-beber*, não havia muita margem de opção para um filho-da-noite. Podia, quando muito, tentar agir com moderação e temperança, virtudes que não implicavam, em absoluto, compromisso de se privar por inteiro do sangue dos vidas-curtas.

O armazém era um esconderijo ideal. Durante o dia, quando as partidas de estivadores entravam e saíam a todo instante, ele repousava, mergulhado em seu sono profundo, liberto de sonhos. Uma sombra oculta atrás das traves e vigas que suportavam o forro e o telhado.

À noite, com a labuta da estiva já encerrada, ele despertava e saía às ruas do Recife, para beber, alimentar-se ou, mais comumente, aprender mais coisas sobre os hábitos e maneiras daqueles vidas-curtas instigantes.

Nunca vira uma cidade como essa! Era bem verdade que a Cuzco imperial dos tempos do velho Inca Pachacuti fora mais populosa que o Recife. Contudo, não obstante os prodigiosos tesouros acumulados em ouro e prata, os Incas jamais conseguiram fazer do *Umbigo do Mundo* uma metrópole tão poderosa e opulenta quanto essa. Uma cidade fervilhante de cultura, cujos ares e o perfil mudavam um pouco a cada dia; além disso, era o maior porto do hemisfério. Havia mais navios a zarpar e atracar todos os dias do que o filho-da-noite havia julgado possível existir em todos os rios e mares do mundo.

Recife era governado há mais de trinta estações por um príncipe sábio, que os sobas[1] de Palmares chamavam "Nassau". Segundo seus novos amigos, foi graças a esse vida-curta que a capital da Nova Holanda passou a ser conhecida no além-mar como a "Pérola do Atlântico Sul". Pelo respeito presente nas falas e histórias dos quilombolas, esse tal príncipe devia ser a seu modo tão sábio e enérgico quanto o fora o grande Pachacuti Yupanqui..

A grande cidade holandesa extasiava seus sentidos aguçados de predador, enchia o seu espírito imortal de admiração e espanto.

Mas não era certo que estivesse ali.

O acordo com o rei de Palmares, estabelecido após sua captura pelos guerreiros de um dos sobrinhos do rei, rezava que o filho-da-noite seria não apenas poupado, mas que contaria com o apoio irrestrito da rede de agentes palmarinos existente nas principais povoações inimigas e aliadas. A salvaguarda quilombola fora concedida com a condição de que ele concordasse em beber apenas das presas indicadas por seus novos amigos escuros.

Depois de convenientemente treinado, foi conduzido pelos agentes de Palmares desde a Cerca Real do Macaco até a cidade de Salvador, sede da capitania real da Bahia e do próprio Vice-Reino do Brasil. A grande cidade lusa situava-se na área mais bem defendida do Vice-Reino. Era a sede do poder dos lusos, vidas-curtas caraíbas[2] que eram inimigos figadais tanto dos palmarinos, quanto de seus aliados holandeses.

Uma vez na sede da administração colonial lusa, começou a desempenhar o papel que dele se esperava. No início foi divertido.. E, sobretudo, bastante instrutivo. Trabalhar sob a orientação dos agentes vidas-curtas constituiu uma experiência ímpar. Para torná-lo capaz

1 ***soba*** – Chefe ou régulo de tribo africana. Na Primeira República do século XVIII: 1. Governantes das províncias ou das principais cidades de Palmares.. 2. Acepção coloquial: chefe ou líder de um determinado setor ou órgão da administração palmarina.

2 ***caraíba*** – Designação que os índios tupis davam aos europeus.

de cumprir sua missão, os agentes o adestraram pouco a pouco, ensinando as técnicas de sobrevivência numa vasta cidade caraíba àquele filho-da-noite que crescera sozinho dentro do mato, solto que nem bicho, sem uma tribo do Povo Verdadeiro para ampará-lo.

Os palmarinos mostravam-se sempre assaz radiantes quando lograva eliminar um inimigo importante sem deixar vestígios. Por seu turno, não podia negar que se sentia deveras satisfeito, ao notar que suas habilidades únicas, a eficiência adquirida e seus novos talentos eram louvados mesmo pelos agentes mais cépticos e experientes.

Todavia, com o passar do tempo, o tédio voltou a cerrar as garras sobre seu espírito.

Aquela não era uma vida digna de caçador. Abandonara os modos de predador. Tornara-se ainda pior do que uma fera selvagem, transformado que fora no animalzinho de estimação dos vidas-curtas escuros.

Os agentes lhe disseram numa noite que deveria eliminar um certo Matias Cardoso de Almeida. Segundo constava, era mestre-de-campo renomado, um luso que o Vice-Rei em pessoa mandara vir dos sertões de São Paulo, no sul do Brasil, com terço próprio de quase mil homens, incumbido de fazer guerrilha aos mocambos[3] próximos à vila lusa de São Miguel.

Durante quatro noites seguidas, o filho-da-noite ingressou sem ser notado no amplo sobrado oferecido ao militar paulista. Em cada uma das investidas, uma vez invadidos os aposentos particulares do proprietário, bebeu o suficiente para deixar o organismo da presa ainda vivo, mas assaz debilitado. Sorveu o sangue venoso devagar, com delicada parcimônia. Para não deixar cicatrizes extensas, mordia o luso no interior da coxa.

Fosse ele humano, ter-se-ia sentido nauseado pela falta de asseio do idoso mestre-de-campo. Contudo, embora seu olfato fosse bem mais aguçado que o dos vidas-curtas, a morrinha azeda do luso não o incomodou em absoluto. Quando estava a beber, sentia apenas o aroma doce e oloroso do sangue da presa e mais nada.

Quando despertou na quinta noite a contar do primeiro ataque, o agente de Palmares que o aguardava ao lado de seu catre congratulou-o

3 ***mocambo*** – 1. Esconderijo de escravos fugidos, na floresta. 2. Em Palmares: vila ou vilarejo.

efusivamente pelo passamento de Matias Cardoso de Almeida. Noites mais tarde, foram-lhe transmitidos os cumprimentos do próprio Andalaquituche, sobrinho de Ganga-Zumba e seu protetor.

Depois daquele êxito retumbante, decidiu que chegara a hora de se conceder um período de licença. Como desconfiava que os palmarinos não concordariam com tais anseios, evadiu-se de Salvador sem maiores satisfações.

Uma vez livre da vigilância dos agentes, rumara direto para o Recife. Há tempos desejava conhecer a cidade de lenda, a pequena vila portuária que Nassau transformara num dos maiores prodígios das Américas.

Não havia pulsações humanas num raio de doze braças. Isto significava que os estivadores já haviam partido para seus catres ou para a gandaia noturna nas bodegas de beira de cais.

Algumas ratazanas a zanzar atarefadas entre os engradados no piso de tábuas oleosas e uns poucos morcegos ocultos nas cornijas mal acabadas eram as únicas companhias no breu que se instalava rápido no interior do armazém. Percebia-os tanto pelos ruídos diminutos de seus movimentos e as batidas rítmicas dos seus corações minúsculos, quanto pelas trilhas residuais deixadas pelo calor emanado de seus corpos.

Lançou-se da trave em que se empoleirava para o solo, quatro braças abaixo.

Embora o barulho da aterragem não tenha sido estrondoso, as queixas rangidas pelo assoalho foram mais que bastantes para as ratazanas empreenderem retirada frenética. Percorreu no piso empoeirado um itinerário irregular entre as pilhas de engradados, até postar-se sob a luz das estrelas que se derramava através de uma janela aberta a quase três braças de altura do soalho. Contraiu as pernas e saltou. Segurou-se com as garras na prancha do parapeito estreito da janela.

Era a noite-de-beber. Percebeu as entranhas ressecadas e a vitalidade pulsante típica do estado de abstinência. Sentia-se mais vivo do que nunca. E sedento.

A voz da consciência alertou-o para o fato de que deveria beber com parcimônia. Novas mortes invulgares só serviriam para atrair a atenção dos poderosos às suas atividades noturnas. Atividades essas nas quais o segredo era virtualmente, como os caraíbas holandeses costumavam dizer, "a alma do negócio".

Ansiava por delibar outra vez do néctar mais puro jamais criado pelo Inominado. Precisava beber de um negro.

Tumarea subiu a rua ladeirosa do alojamento das noivas no sentido contrário ao que levava ao porto.

O sargento Junkers, chefe do destacamento de soldados holandeses que cumpria quartos de sentinela nas guaritas dos portões, alertara-a que não deveria arriscar sua virtude e seu pescoço nobre a passear à noite pelos becos escuros da Cidade Velha. As cercanias do porto, com seus píeres, bodegas e armazéns, não era lugar apropriado para uma princesa dos bantos[4], a futura esposa de um soba ou seculo[5] de Palmares.

Ah, mas a noite estrelada de verão estava tão bela!

Além disso, cogitou orgulhosa, se agora era de fato uma princesa, quem se atreveria a pôr em risco sua virtude? Nesse particular, Tumarea e Junkers chegaram a um acordo. Afinal, a jovem noiva trajava as cores de Palmares. Ninguém – holandês, luso, índio ou negro forro – seria louco o bastante para ousar perturbar a paz de uma Noiva de Palmares. Relutante mas impotente, o sargento acabou consentindo a saída da jovem banta.

Resoluta, Tumarea caminhou sob a luz pálida das estrelas, afastando-se a passo rápido da claridade emanada dos leocádios[6] que ardiam postados em torno do casarão das noivas. Sabia não ser como Amalamale, a grande amiga que não tinha medo de nada e que já era princesa de verdade em África, mesmo antes de embarcar no tumbeiro holandês. Sentia que, hesitasse um bocadinho que fosse, e terminaria ficando sem coragem de abandonar a segurança do alojamento das noivas.

Mal perdeu de vista os muros altos do casarão atrás de uma curva

---

4 ***banto*** – Cada um dos membros da grande família etnolinguística à qual pertenciam, entre outros, os escravos que no Brasil foram chamados *angolas*, *congos*, *cabindas*, *benguelas*, *moçambiques*, etc., e que engloba inúmeros idiomas falados, hoje, na África Central, Centro-Ocidental, Austral e parte da África Oriental. Como adjetivo: pertencente ou relativo aos bantos ou às suas línguas. Sob influência cultural de seus aliados holandeses, os palmarinos começaram a se referir a si próprios por "bantos", em referência à sua etnia ancestral africana.

5 ***seculo*** – 1. Cada um dos anciãos que, nas aldeias bantas de África, atuavam como conselheiro, constituindo o estado-maior do chefe da aldeia.. 2. Em Palmares de meados do século XVIII: ministros de Estado do zumbi (presidente vitalício) da Primeira República.

6 ***leocádio*** – Candeeiro de formatos variados que contém líquido combustível e é empregado na iluminação de ambientes.

mais tortuosa da ladeira e ouviu uma voz a chamar por ela num banto de pronúncia esquisita.

– Princesinha?

Assustada, olhou para os lados e para trás. Não havia mais ninguém na rua àquela hora.

Tranquilizou-se. Era uma voz aguda, um tanto esganiçada. Voz de mulher. Além disso, falava banto, língua empregada apenas pelos palmarinos ou por uns poucos holandeses obrigados a tratar com as *boçais* – noivas recém-chegadas de África –que ainda não dominavam as nuances do palmarino e tampouco articulavam quaisquer dos idiomas dos branquelos.

Parou de andar e perguntou em palmarino:

– Quem está acá? Quem me chama às escondidas? – Repetiu a pergunta num holandês titubeante.

Não houve resposta. Apenas um risinho tímido no escuro.

Aliviada, sentiu-se mesmo um pouco irritada.

Então, não conseguira iludir de todo a vigilância do solar. Uma daquelas brancas gordas e sisudas que os holandeses puseram no casarão para tomar conta das noivas decidira segui-la até ali...

– Princesinha!

Estava muito mais perto agora. Olhou ao redor. Não havia ninguém ali. Nenhum lugar onde uma holandesa corpulenta se pudesse ocultar. Além disso, a voz parecia provir de todos os sítios e de canto algum.

De repente veio o ruído seco de um peso grande a cair sobre o calçamento irregular, menos de uma braça às suas costas.

Voltou-se e deu de cara com o vulto atarracado. Não pôde distinguir muito da fisionomia do assaltante. Quedou-se pasma, quase hipnotizada, ante o par de olhos gigantescos que fulgiam verdes como os de um bicho feroz.

Fez menção de gritar. Mas quando o agressor tocou seu braço, toda a energia e a vontade de resistir abandonaram seu corpo, submersas como o resto das terras, dos mares e do céu, num pânico abjeto, nauseante, que paralisava os músculos das pernas, os braços e a garganta.

O último pensamento consciente de Tumarea foi uma lembrança boba da infância passada às margens do Zambezi. A imagem de um passarinho batendo as asas na tentativa inútil de alçar voo, preso que estava pelas patinhas no visco.

No devaneio, divertida, a jovem notou que a ave, impotente em seu desespero, decidira cantar, como se com a melodia pedisse socorro.

Mas, por estranho que soasse, a avezinha não cantava com meros trinados. Ela cantava com a voz de Tumarea.

O filho-da-noite exteriorizou as garras retráteis da pata esquerda, enterrando-as bem fundo, de baixo para cima, no abdome firme da Noiva de Palmares.

Com um simples movimento de alavanca do antebraço, ergueu Tumarea do solo. O coração da jovem ribombava descompassado, suas narinas fremiam a cada novo espasmo de dor. Os olhos escuros esbugalharam-se, congelados na cegueira baça da morte iminente.

O aroma inebriante delicioso do sangue dos vidas-curtas escuros, impregnava o ar ao redor do filho-da-noite, conduzindo-o ao êxtase. O júbilo arrebatador de predador esfaimado.

Os últimos resquícios de cautela abandonaram seu espírito.

Borbulhante, o sangue espumou cálido, a escorrer afinal pelo canto da boca de Tumarea.

Ah, aquela era a parte que ele mais apreciava!

Delicado, colou os lábios aos da jovem agonizante. E num beijo repleto de paixão, como um amante experiente e gentil, sugou suavemente o sangue e a vida da Noiva de Palmares.

PARTE 1
CREPÚSCULO MATUTINO

CAPÍTULO 1
A GÊNESE DO MUNDO MORTAL

Forever young, I want to be forever young
Do you really want to live forever?
Forever young
Some are like water
Some are like the heat
Some are a melody and some are the beat

Sooner or later, they all will be gone
Why don't they stay young?
It's so hard to get old without a cause
I don't want to perish like a fading horse
Youth's like diamonds in the sun
And diamonds are forever[7]
[Alphaville]

DENTES COMPRIDOS ERA UM DOS filhos-da-noite mais jovens da Espécie. Nasceu em plena alvorada do Povo Verdadeiro, pouco antes do Tempo da Queda, período que se sucedeu ao Tempo da Dominação. Desceu ao Mundo Mortal numa noite estrelada, umas parcas treze luas antes da fuga desesperada de Cuzco, naquelas últimas décadas que antecederam a Queda.

---

7 Jovem para sempre. Quero ser jovem para sempre.
Você quer mesmo viver para sempre?
Jovem para sempre.
Alguns são como a água,
Outros como o calor,
Alguns são uma melodia e outros o ritmo.

Cedo ou tarde, todos se vão.
Porque não permanecem jovens?
É muito duro envelhecer sem um ideal.
Não quero morrer como um cavalo velho.
Juventude é como diamantes ao sol,
E os diamantes são eternos

Não caminhou pelo Tempo do Sonho, época em que os caçadores vagueavam livres noite adentro, como um dos mitos mais persistentes que jamais se abrigaram nos panteões ameríndios da América do Sul.

Das três crias daquela última geração de filhos-da-noite, Dentes Compridos foi sempre o predileto do Ancião.

Desde que se lembrava do Ancião, esse lhe parecera tão vigoroso e saudável quanto qualquer outro caçador do Povo. Contudo, desde que se lembrava por cria, ouvira dizer que ele era mais antigo – muito mais antigo – que os demais.

As pessoas não sabiam realmente quão idoso era o Ancião.

De fato, nem o próprio Ancião saberia responder sobre sua verdadeira idade, mesmo se alguém ousasse lhe perguntar frente a frente.

A verdade é que os filhos-da-noite não julgavam tão necessário registrar e compartimentar a passagem do tempo quanto os vidas-curtas.

Ao longo dos séculos – quase tantas gerações de vidas-curtas quanto os grãos de uma espiga de milho – a idade do membro mais antigo daquele segmento do Povo tornara-se um dos poucos assuntos tabus para a gente das Grutas. Sabia-se apenas que ele era o último filho-da-noite que conheceu um participante da Grande Jornada. O único dos Antigos que se agarrara à vida, insistindo em permanecer no Mundo Mortal, quando todos os contemporâneos de sua juventude já haviam há muito decidido empreender a jornada de regresso para o Mundo Elevado.

"Tudo a seu tempo, pequenino. Tudo a seu tempo." – O Ancião costumava transmitir ao espírito do jovem Dentes Compridos, quando ministrava ensinamentos preciosos, adquiridos ao longo de uma existência que se confundia com o Ocaso do Mundo, o Tempo do Início.

"Mas como tudo começou?" – A pergunta do filhote ecoava no espírito poderoso do Ancião. – *"Como surgiram o Povo Verdadeiro e o Povo Predileto?"*

Então o Ancião contou ao jovem as lendas desse Tempo do Início, segundo as quais, no primeiro dia da Criação o Inominado decidiu separar o Todo em duas metades, o Mundo Elevado e o Mundo Mortal. Reservou para si o Mundo Elevado, mais puro e etéreo, com suas nuvens e estrelas. Destinou o Mundo Mortal, com seus campos, florestas e montanhas; grandes águas e águas correntes, às criaturas que pretendia criar.

No princípio do Início, o Inominado não soube muito bem o que fazer com a centelha da vida. Suas primeiras formas não passaram de arremedos de criaturas genuínas: possuíam dimensões mínimas, corpos demasiado simples e eram incapazes de permanecer vivas por mais do que uns poucos instantes.

Muito tempo se passou antes que o Inominado descobrisse como criar as formas complexas. Uma das versões dessa lenda – que o Ancião bebeu do espírito de seu próprio Ancião – afirma que, em verdade, o Inominado já havia quase desistido de tentar quando, um dia, teve a ideia de fundir várias de suas criaturas diminutas para formar outra, maior e mais bem construída. Depois de vários insucessos, conseguiu criar um ser capaz de sobreviver durante uma lua completa.

O triunfo encheu de júbilo o Espírito do Universo. Entusiasmado, o Inominado estimulou a primeira de suas criaturas complexas a procriar. Muitas e muitas criaturas nasceram, antes que Ele decidisse produzir os primeiros seres diferentes, alterados a partir das criaturas complexas originais. As novas formas também prosperaram. E delas foram criadas muitas outras, tão diversas entre si quanto distintas daquelas que lhes haviam dado origem. As criaturas complexas, orgulho do Inominado, encheram as águas, a terra e os céus do Mundo Mortal.

O Inominado percebeu então que sua obra estava completa. Para coroá-la, decidiu moldar uma raça de criaturas que constituiriam uma espécie de homenagem a seu gênio criador, seres únicos, criados a Sua própria semelhança e, portanto, imbuídos de razão e espírito – os seres humanos.

Aos seres humanos foram concedidos o dom da fala e o domínio do Mundo Mortal.

Por eras incontáveis, os humanos governaram seu mundo com sabedoria. Comeram dos frutos das árvores, pescaram os peixes das grandes águas e das águas correntes, e caçaram os animais das matas. Tornaram-se as criaturas prediletas do Inominado.

Contudo, chegou o dia em que os prediletos decidiram desafiar as leis do Inominado.

"Desafiar, de que maneira?" – O filhote suspirou assustado para dentro do espírito do Ancião.

"Não consigo imaginar o que os prediletos possam ter feito de tão grave para desagradar o Inominado. Corre há tempos entre os caçadores mais jovens uma lenda segundo a qual o Senhor do Mundo Elevado teria determinado que os animais poderiam ser abatidos para saciar a fome dos filhos dos homens e mulheres humanos, mas que não deveriam ser escravizados nem ter seus espíritos violados ou destruídos em nome do bem estar dos humanos. E que as plantas e os frutos deveriam ser colhidos, para que a seiva daquelas e o sumo desses pudessem aplacar a sede dos homens e mulheres, e seus sabores variados encher de alegria os espíritos

humanos. No entanto, nem uns, nem outros, deveriam ser cultivados. Pois o ser humano deveria aceitar apenas o que a natureza lhe ofertava de bom grado, não lhe sendo jamais permitido forçá-la a entregar aquilo que ela não estivesse ansiosa para conceder de forma espontânea. Meu Ancião não me ensinou assim. Pois o Ancião dele lhe contou sobre a época da sua juventude, quando os prediletos caçavam animais gigantescos que já não existem nestas plagas, um tempo em que o Grande Frio já recuara, mas que os prediletos ainda não sabiam plantar o milho e a batata, tampouco criar lhamas ou cuyos.[8]"

De qualquer modo, as diferentes versões das lendas primordiais do Povo Verdadeiro concordavam num ponto: por orgulho ou ingenuidade, os prediletos se julgaram mais sábios que seu Criador.

O próprio Inominado não os criara à Sua imagem e semelhança? Acaso não lhes afirmara que seriam os Senhores do Mundo Mortal? Se de fato assim era, então podiam fazer o que melhor lhes aprouvesse, sem prestar contas de seus atos Àquele que os criara.

Dessa forma, transgrediram os preceitos impostos pelo Criador.

"O que meu Ancião me ensinou foi que os prediletos ter-se-iam aproveitado de uma distração do Inominado numa de Suas visitas ao Mundo Mortal, para lhe roubar o fogo. Com o tempo, aprenderam não apenas a controlar esse atributo do Inominado, mas também a criá-lo. Da minha parte, sempre julguei que a desobediência dos prediletos, se de fato existiu, estava associada ao crescimento desmedido de suas populações."

Do topo da nuvem mais altaneira do Mundo Elevado, o Inominado assistiu desgostoso aos abusos e às perversões de suas criaturas prediletas. Lá do alto, decidiu que os seres humanos deveriam ser disciplinados; reconduzidos a seu devido lugar.

No entanto, se aos humanos fora outorgado o domínio do Mundo Mortal, que criaturas poderia o Inominado erguer contra eles? Convocou os insetos para transmitir aos prediletos rebeldes várias doenças, mas esses se valeram do fogo para repelir os inimigos minúsculos. E continuaram persistindo em seus erros.

O Inominado chamou então os roedores, ordenando-lhes que devorassem as reservas de raízes e carne defumada que os prediletos guardavam para o inverno e as peles curtidas que eles usavam como proteção contra o frio. Assim foi feito. Muitos prediletos pereceram de fome e de frio. Mas não se passaram muitos anos e inventaram

8 ***cuyo*** – Do quíchua. Cobaia; porquinho-da-índia.

diversas maneiras de combater a praga que infestava a escuridão cálida de suas cavernas.

Depois de várias outras tentativas infrutíferas, o Inominado descobriu que nenhuma criatura mortal poderia transmitir aos seres humanos as virtudes da humildade e da obediência.

Foi então que decidiu criar os filhos-da-noite.

Da mesma forma que os humanos foram moldados à imagem do Inominado, os filhos-da-noite foram criados à semelhança dos humanos, de modo que os prediletos não pudessem distinguir um filho-da-noite de um igual.

Criados no Mundo Elevado, os filhos-da-noite compartilhavam dos atributos do Inominado: a inteligência; a força; a fala do espírito; a injunção do pânico aos vidas-curtas; a imortalidade. Por isto, o Inominado lhes concedeu o nome de "Povo Verdadeiro". Todavia, por terem sido destinados a viver entre os humanos no Mundo Mortal, a fim de preservar esses atributos, os filhos-da-noite deveriam absorver um pouco da vitalidade dos prediletos.

Estabeleceu-se assim o castigo dos humanos.

Os filhos-da-noite viveriam em segredo no seio da humanidade, como pumas ocultos em meio ao rebanho de lhamas. A presença do inimigo invisível inundaria os sonhos noturnos dos humanos com horror indizível e os forçaria a abdicar do seu orgulho insensato e retomar a existência virtuosa de seus antepassados nas praias, montanhas e florestas que o Inominado destinara à sua estirpe.

No entanto, os fatos não se desenrolaram exatamente como o Inominado planejou.

Ao longo de muitas gerações humanas, os filhos-da-noite cumpriram o intento do Criador. Durante o dia, mantinham-se ocultos da visão penetrante dos prediletos e à noite emergiam de seus covis para sugar aos humanos a seiva da vida. Havia por vezes humanos mortos após uma caçada dos filhos-da-noite e, atrás desses cadáveres exangues, os caçadores deixavam toda uma população humana sobrevivente enfraquecida e assustada. Apavorada com o terror invisível que assomava à noite. Pesadelo jamais recordado claramente, mas capaz minar as energias de suas vítimas, paralisá-las de pânico e preencher seus espíritos com um temor constante, mesmo à claridade feérica da luz do dia; um temor nascido da mera expectativa da noite seguinte.

Contudo, sem que o Inominado houvesse previsto, os humanos e seus algozes voltaram a ser acossados por um inimigo comum, mais poderoso do que quaisquer das estirpes e que sempre oprimira a ambas, desde o advento do Povo Verdadeiro. O frio intenso da glaciação, que sempre ocupara vastas extensões do Mundo Mortal com seu manto gelado letal às formas viventes, intensificou ainda mais o seu efeito nefasto.

Geleiras do tamanho de grandes cadeias de montanhas desceram do norte para as terras temperadas do sul. As neves eternas das cordilheiras tombaram para os vales, unindo geleiras umas às outras, até formar um manto de brancura sólida e sem vida. Terras outrora verdes e férteis foram gradativamente cobertas de branco e privadas de vida.

Daquela época em diante, as lendas do Tempo do Início davam lugar à experiência pessoal do Ancião ou a relatos que esse ouvira de seu próprio Ancião, desde as épocas em que ainda era pouco mais que uma cria.

Os humanos empreenderam várias migrações na tentativa de escapar à fome e ao frio mortal. Abandonaram de vez as estepes cobertas de neve, onde as presas escasseavam mais e mais a cada geração. Com isto, desmancharam-se as poucas comunidades nômades que haviam resistido, mais ou menos incólumes, à predação invisível dos filhos-da-noite. Dividiram-se em tribos e partiram no rastro das manadas de suas presas, alguns rumo ao norte, outros para o leste ou o oeste. Assim como os prediletos foram obrigados a seguir as manadas de animais de cuja carne dependiam, em suas marchas migratórias foram acompanhados de perto por aqueles que se faziam passar por humanos.

A maioria dos filhos-da-noite decidiu permanecer próxima aos humanos que não empreenderam a migração. Houve, porém, um grupo de umas poucas dezenas que atravessou o estreito do Norte Gelado no encalço de um dos vários fluxos migratórios humanos que chegaram ao Novo Continente por aquela via. O conjunto das narrativas orais, que congregava os mitos mais antigos da tribo, referia-se àquela época remota e semilendária como Grande Jornada.

O Ancião insistia na veracidade dessa parte dos relatos antigos. Afirmava que o Ancião do seu Ancião empreendera a Grande Jornada em seus primeiros anos de caçador.

Milênios mais jovens do que o Ancião, os demais caçadores e sedentas da tribo não possuíam elementos para contradizer suas histórias. No entanto, Dentes Compridos já ouvira do espírito de mais de um caçador, sempre em tom reservado, que toda aquela conversa de terras distantes e grandes migrações para acompanhar as manadas de vidas-curtas talvez não passasse de invencionice do espírito fatigado do Ancião. Um espírito cansado das coisas e dos ares do Mundo Mortal, mas que não se decidia a abandoná-lo em prol do negror eterno e benfazejo do Mundo Elevado.

De acordo com essas mesmas tradições parcialmente desacreditadas, depois de passar ao Novo Continente pela ponte de terra que um dia o ligara ao Velho Continente pelo Norte Gelado, o grupo de filhos-da-noite original teria seguido as tribos nômades de vidas-curtas rumo ao sul. A população de predadores cresceu e prosperou ao longo do processo migratório, até se estabelecer na região que viria a constituir milhares de anos mais tarde o Oeste da América do Norte.

Durante muitas gerações de vidas-curtas, os filhos-da-noite caminharam livres nas noites do Novo Continente, predando as diversas tribos de humanos de peles-vermelha que habitavam as pradarias e os desertos existentes entre o Grande Rio e as Muralhas do Céu.

Alguns milênios após a chegada ao Novo Continente, a população de filhos-da-noite tornou a se dividir.

Várias das tribos de vidas-curtas das planícies começaram a deslocar seus territórios de caça cada vez mais para o sul. Alguns líderes tribais decidiram abandonar em definitivo a caça ao bisão e conduzir seus semelhantes rumo aos planaltos ao sul dos desertos e às regiões entre as duas Grandes Águas.

Houve pelo menos um bando de filhos-da-noite que seguiu aquele novo fluxo migratório rumo à terra onde o inverno é verão e o verão é inverno.

O Ancião foi um dos jovens caçadores que decidiram fazer a longa viagem sem volta. Uma viagem que decorreu ao longo centenas de invernos e verões, um bom punhado de gerações de vidas-curtas. Uma viagem que, de acordo com as tradições do Povo Verdadeiro, foi denominada Segunda Jornada.

Assim decorreu a gênese do Povo, conforme o Ancião contou ao jovem Dentes Compridos.

CAPÍTULO 2
OS FILHOS-DA-NOITE

"... E do néctar sagrado que meu amado me ofertar,
No aconchego fresco e escuro da gruta,
Onde a Mãe-Noite reina eterna,
Libarei satisfeita."

[Cântico de acasalamento das sedentas]

O ANCIÃO EXPLICOU A DENTES Compridos que predar vidas-curtas fora muito mais fácil na época em que havia somente umas poucas aldeias humanas, dispersas por aquelas praias rochosas.

Mal o ardor fulgurante do Sol mergulhava na Grande Água do Poente, os caçadores da tribo emergiam das grutas comunais, um complexo de cavernas próximo ao litoral, habitado desde o término da Segunda Jornada por aquele segmento pouco numeroso dos filhos-da-noite.

Na concepção do Povo Verdadeiro, o início da noite era o *momento de esperar os sonhos dos vidas-curtas*. A ocasião propícia de se dedicar aos afazeres externos do cotidiano da tribo.

Para o Ancião, era a hora perfeita para contar as histórias do passado à luz das estrelas e para transmitir aos jovens não só a sabedoria do Povo Verdadeiro, mas também os conhecimentos apreendidos do Povo Predileto ao longo de muitas e muitas gerações de vidas-curtas.

As sedentas julgavam aquelas primeiras horas noturnas as mais apropriadas para trabalhar com instrumentos de argila e de pedra.

Embora soubessem produzir e controlar o fogo, os filhos-da-noite não o empregavam tão frequentemente quanto os vidas-curtas. De responsabilidade exclusiva das sedentas, as fogueiras somente eram acesas no fundo das grutas, para não atrair a atenção indevida dos prediletos. Ao contrário desses últimos, os filhos-da-noite não necessitavam da luz para enxergar, visto que seus olhos conseguiam perceber o calor emanado pelos corpos vivos e objetos inanimados, mesmo no negrume profundo das grutas.

Mais tarde, no início da madrugada, as filhas-da-noite emergiriam do aconchego das cavernas para coletar os frutos, as raízes e os pequenos animais noturnos que complementavam a dieta alimentar da tribo.

Naquela época de sonho, à medida que a noite avançava e as estrelas coalhavam o céu com sua claridade límpida e benfazeja, os caçadores partiam da área das grutas, caminhando em silêncio, invisíveis sob o manto protetor da Mãe-Noite, rumo às aldeias dos pescadores. Palmilhavam a planície, dispersos por várias léguas de terreno, mas sempre em contato uns com os outros.

Assim era a vida livre e feliz do Povo Verdadeiro na região das Grutas Ancestrais no Tempo das Noites de Prata, antes do estabelecimento das civilizações agrícolas na região do litoral da Grande Água do Poente e da chegada dos Huari, muito antes, portanto, dos filhos-da-noite se arvorarem em deuses sanguinários nas cidadelas dos Mochica e da posterior colonização secreta de Cuzco. Uma época encantada, quando qualquer filho-da-noite ousava ingressar nas aldeias humanas todas as noites, fossem essas nubladas, estreladas ou de luar. Mesmo que não fosse sua *noite-de-beber*.

Antes de ter bebido seu primeiro vida-curta, Dentes Compridos já sabia bem o quão diferentes eram os prediletos.

Ao contrário do Povo Verdadeiro, eles eram criaturas diurnas, permaneciam despertos ao longo do dia e dormiam à noite. Embora o Inominado os tivesse criado com os olhos diminutos do *cuyo*, os vidas-curtas eram capazes de enxergar muito bem sob a claridade feérica do dia mais ensolarado, que obrigaria um filho-da-noite a semicerrar as pálpebras.

Contudo, quando o Sol apagava sua chama ardente na Grande Água do Poente, os vidas-curtas tornavam-se indefesos. Ainda muito jovem, Dentes Compridos aprendeu que os sentidos humanos embotavam-se após o anoitecer.

Mesmo durante o dia, comparados aos filhos-da-noite, os vidas-curtas eram quase surdos e inteiramente desprovidos de olfato. Não podiam ouvir as batidas dos corações de seus semelhantes, tampouco lhes podiam sentir o cheiro do medo e o inebriante aroma do sangue. Durante a noite, as presas tornavam-se cegas, pois que eram incapazes de enxergar à luz límpida e suave das estrelas. Não surpreendia, portanto, que uma aldeia inteira de vidas-curtas não constituísse páreo para um punhado de caçadores.

O espírito de um predileto era uma cabaça selada pelo Inominado. Não podia se comunicar com o espírito de outro predileto diretamente, por meio do vínculo. Mesmo se dois prediletos estivessem frente a frente, seus espíritos não seriam capazes de se tocar. Embora usassem bem mais o vínculo que a fala entre si, tampouco os filhos-da-noite conseguiam escutar os espíritos dos prediletos, embora pudessem lhes transmitir emoções através do contato físico direto – a ação do Toque.

O Ancião conjecturou que o Povo Predileto devia ter desenvolvido a fala articulada para compensar sua grave deficiência de comunicação. Apesar de dominar a linguagem-do-espírito desde o Tempo do Início e com ela pudesse se comunicar sem a necessidade de palavras toscas e imprecisas, o Povo Verdadeiro foi obrigado a aprender a linguagem dos prediletos, a linguagem da fala, para poder compreender, ainda que indiretamente, o espírito de suas presas.

No entanto, a maior diferença não consistia na mera discrepância dos ritmos circadianos ou das linguagens das duas espécies. Ao contrário do Povo Verdadeiro, assim denominado por compartilhar dos atributos exclusivos do Inominado, os vidas-curtas assemelhavam-se às demais criaturas do Mundo Mortal, no sentido de que, como as plantas e os animais viventes, eram apenas criaturas mortais. Envelheciam. E morriam.

Até que o jovem filho-da-noite se tornasse caçador ou sedenta, o ciclo de degenerescência dos prediletos costumava ser apenas uma história de pavor para impressionar as crias mais jovens. Por causa dessa característica dos vidas-curtas, houve filhos-da-noite que argumentaram que suas presas não passavam de animais. Afinal, como poderiam criaturas pensantes e dotadas de espírito perecer como simples animais? Não obstante os mitos ancestrais ingênuos pelos quais o Ancião procurava explicar o fenômeno, para muitos adultos da tribo, o envelhecimento dos vidas-curtas e dos animais constituía um grande mistério.

De qualquer modo, o envelhecimento e a morte eram apenas duas das muitas deficiências que afligiam os prediletos, mas não o Povo Verdadeiro.

Naqueles tempos áureos de parcimoniosa abundância, antes do estabelecimento das culturas agrícolas no trecho de litoral que o Povo Verdadeiro compartilhava com os pescadores, os adultos da tribo costumavam alertar os jovens quanto aos riscos de beber um vida-curta até o fim.

Dentes Compridos aprendeu que os prediletos constituíam o tesouro mais valioso dos filhos-da-noite. Um recurso a ser utilizado com sabedoria.

O trecho do litoral da Grande Água do Poente onde se situavam as aldeias dos pescadores e as Grutas Ancestrais era ermo e pouco povoado. As presas eram escassas o suficiente para qualquer morte pouco natural se constituísse em evento notável. Produzir uma sequência mais ou menos contínua de ataques mortais era algo que, no Tempo das Noites de Prata, soaria insensato mesmo ao mais tolo dos filhotes.

Ao longo de muitas gerações de vidas-curtas, houve filhos-da-noite que se insurgiram contra os ditames do Caminho da Cautela imposto pelo Ancião com o apoio dos caçadores mais experientes. Os descontentes costumavam abandonar a região das grutas em busca de áreas do norte, do sul ou do interior, onde os vidas-curtas eram em geral mais abundantes e residiam em cidadelas de adobe. Alguns dos que partiam regressavam às grutas, décadas ou séculos mais tarde, com os espíritos repletos de novidades e alguma sabedoria. Contudo, a maioria dos que partiam desaparecia para sempre nas vastidões do Mundo Mortal.

Todavia, Dentes Compridos não era fruto do Tempo das Noites de Prata, mas um filho-da-noite nascido em pleno Tempo da Queda. Portanto, era compreensível a preocupação extrema do Ancião e dos demais adultos em doutriná-lo exaustivamente na mais estrita observância às tradições do Povo.

Serenidade. Responsabilidade. Parcimônia. As três virtudes essenciais ao caráter do caçador experiente, seguidor do Caminho da Cautela, doutrina que pregava que os vidas-curtas jamais poderiam descobrir a natureza real do Povo Verdadeiro.

Não ir até o fim. Nunca. Beber pouco para beber sempre.

Durante sua *noite-de-beber*, um caçador podia armazenar até cinco litros de sangue humano em seu organismo, sugados de mais de uma dezena de presas diferentes.

Na época de suas voltas-da-lua, as fêmeas vidas-curtas cediam seu fluido vital de forma generosa e espontânea, sem que fosse necessário perfurar suas veias. Era a dádiva que os caçadores apelidavam *sangue-grosso*, ainda que não tão saboroso quanto o fluido que corria nas veias dos vidas-curtas, segundo o Ancião, esse tipo de sangue era mais nutritivo do que aquele.

A maior parte do fluido deveria ser partilhada com as sedentas e os filhotes. A natureza fora sábia para com o Povo Verdadeiro. Se um caçador tentasse manter para si todo o sangue ingerido em sua *noite-de-beber*, passaria por um processo metabólico cujos sintomas superficiais se assemelhariam ao estágio eufórico da embriaguez, típico dos vidas-curtas que ingerem quantidades excessivas de chicha.

O jovem Dentes Compridos foi ensinado que um filho-da-noite poderia subsistir muito tempo sem beber dos vidas-curtas. Muitas e muitas luas, embora a abstinência o tornasse cada vez mais fraco. Era possível sobreviver ao suplício por quase uma geração humana.

Mas não eternamente.

E, decerto, não incólume.

Pois o preço da abstinência prolongada seria a perda gradual dos atributos que os filhos-da-noite compartilhavam com o Inominado

Eternidade.

Imortalidade.

Dois conceitos gêmeos que, uma vez fundidos no relacionamento íntimo mas secreto dos humanos com seus predadores, constituíam a diferença fundamental que distinguia essas duas espécies.

Os humanos eram a presa. Efêmeros. Seus cursos de vida limitados a um punhado de voltas do ciclo das estações, justificavam a designação que os filhos-da-noite lhes atribuíram desde o Tempo do Início. Mas eram muitos. E cresciam depressa, a ponto do Ancião ter exagerado uma vez, ao afirmar que as gerações de vidas-curtas sucediam-se como as fases da lua.

Já os filhos-da-noite, como sói acontecer aos predadores, eram relativamente poucos, mas se mostravam imunes ao envelhecimento e às moléstias que acometiam tanto os humanos quanto os animais. De modo geral, um caçador ou sedenta era capaz de permanecer no Mundo Mortal até que se julgasse pronto para empreender a viagem de regresso ao Mundo Elevado.

Contudo, por capricho engenhoso do Inominado, a imortalidade dos filhos-da-noite estava condicionada à absorção dos fluidos vitais dos prediletos.

Se decidisse não mais beber do sangue humano, um filho-da-noite perderia seus atributos de criatura cuja estirpe foi engendrada no Mundo Elevado. Tornar-se-ia em questão de anos tão efêmero quanto qualquer outra criatura vivente no Mundo Mortal.

A morte pela abstinência de sangue, chamada *Agonia do Regresso*, era um fenômeno lento e doloroso. Um espetáculo bem triste de assistir.

O período prolongado costumava ser marcado pela fraqueza e por delírios desvairados, culminando num estado comatoso irreversível. Antecedendo em muito essa fase de paralisia delirante, advinha a perda da força física, da capacidade de exteriorizar as presas e as garras retráteis, atributos característicos dos membros adultos do Povo Verdadeiro. Quanto mais antigo um filho-da-noite, maior o período de abstinência que seria capaz de suportar sem ser obrigado a trilhar a *Agonia do Regresso*.

No entanto, essa abstinência final fazia parte do longo ciclo de vida dos filhos-da-noite. Pois, à medida que se tornavam muito antigos, mais cedo ou mais tarde, os caçadores e as sedentas acabavam julgando chegado o momento de conhecer o Mundo Elevado e privar da companhia do Inominado. Neste sentido, embora o jovem Dentes Compridos não desconfiasse, seu Ancião extremamente longevo era uma espécie de anomalia, mesmo entre criaturas quase imortais como os filhos-da-noite.

Em nenhum dos dialetos do espírito e das falas articuladas que constituíam a linguagem dos filhos-da-noite havia uma palavra para designar a morte de um indivíduo do Povo Verdadeiro. Tal como a velhice, a morte era um fenômeno adstrito exclusivamente aos prediletos e os animais. Era inconcebível que ocorrência de tal ordem maculasse a existência imortal de entidades cuja essência fora concebida no Mundo Elevado.

Quando a centelha vital de um filho-da-noite afinal se extinguia, não importa se por ato de vontade de seu portador ou subtraída pelo ataque furtivo de um jaguar durante um dia ensolarado ou ainda por um dos raros golpes da argúcia humana, não se falava em "morte". O termo correto era "regresso".

Contudo, na maioria das vezes, o regresso era voluntário.

Um dos poemas que as sedentas costumavam recitar aos filhotes afirmava que:

"... pela vontade do Inominado, há tantos prediletos na terra quanto peixes na Grande Água do Poente.

"Embora durem pouco no Mundo Mortal, os prediletos nascem com o viço e a espontaneidade das folhas das árvores à beira de uma água corrente na estação boa.

"E florescem tão rápido e exuberantes quanto as matas verdosas ao sopé das Cordilheiras do Nascente.

"E o Povo Verdadeiro só sobrevive, porque o Inominado nos fez semelhantes a seus prediletos.

"Para que nos confundam com os seus, para que jamais desconfiem quem somos de fato.

"E para que, como instrumento de Sua vontade, possamos cumprir Seus desígnios, conforme nos foram confiados."

O Ancião afirmou que o Caminho da Cautela, aquela forma de existência oculta aos olhos dos vidas-curtas, sempre fizera parte da natureza do Povo Verdadeiro.

Uma natureza que o Inominado instilou nos filhos-da-noite para que fossem capazes de cumprir seu propósito no Mundo Mortal. O cumprimento perfeito deste desígnio sagrado era a única forma de merecer o regresso.

Nem sempre o Povo Verdadeiro seguiu a prescrição rigorosa do Caminho da Cautela, ou esteve exclusivamente restrito àquele litoral ermo onde as Grutas Ancestrais se localizavam.

Houve em épocas de antanho, muitas e muitas estações após o término da Segunda Jornada, pequenos grupos de filhos-da-noite que partiram para o norte ou para o sul, trilhando sempre próximo ao litoral da Grande Água. Um desses grupos percorreu centenas de léguas em poucas luas até atingir o vale fértil do rio Moche, que àquela época já era habitado por várias tribos aparentadas de vidas-curtas.

O Ancião contou a Dentes Compridos que no decorrer de uma ou duas gerações de vidas-curtas o pequeno bando de caçadores e sedentas prosperou sobremaneira na região.. Não se limitaram a predar os nativos discretamente, à calada da noite, mas se assenhorearam de forma aberta do governo das aldeias locais. Unificados sob a liderança dos filhos-da-noite, aqueles vilarejos nortenhos empreenderam guerras de conquista contra as populações dos vales vizinhos. Sob o comando dos filhos-da-noite, os aldeões das vilas erigidas às margens do Moche tornaram-se invencíveis e se transformaram naquele que talvez tenha sido o primeiro império sul-americano – um povo e uma cultura que entraram para a história humana sob o nome de "Mochica".[9]

Os filhos-da-noite organizaram a sociedade Mochica, introduzindo

9 ***Mochica*** – Civilização pré-incaica que floresceu no litoral do norte do Peru entre 200 a. C.e 600 A.D., cuja religião se baseava no sacrifício dos prisioneiros de guerra e na ingestão do sangue dos cativos por seus reis-sacerdotes.

a divisão de trabalhos nas aldeias originais e separando os nativos em agricultores, pescadores e artesãos. Premiaram os artesãos capazes de elaborar artefatos de ouro, prata, conchas e gemas preciosas, pois com tais objetos descobriram poder comprar a lealdade dos habitantes dos núcleos mais distantes, incorporando-os a seu império crescente sem a necessidade de levar a guerra até eles.

Esses poucos representantes do Povo Verdadeiro assumiram o papel de príncipes-sacerdotes na florescente sociedade Mochica. A cerimônia religiosa mais importante naquela cultura de vidas-curtas passou a ser a ingestão ritual do sangue de prisioneiros de guerra.

Surgiu assim o Caminho da Verdade.

Quando se filtrou até às grutas a grande novidade de que uma facção perdida do Povo Verdadeiro não apenas governava abertamente uma vasta sociedade de vidas-curtas, mas expunha o segredo da existência dos filhos-da-noite ao Povo Predileto, o próprio Ancião viajou até o vale nortenho e lá exortou os pretensos reis-sacerdotes a abandonar a prática do sacrilégio. Explicou-lhes que o Caminho da Verdade colocava em risco a sobrevivência do Povo, pois mais cedo ou mais tarde os vidas-curtas iriam acabar descobrindo que a imortalidade de seus sacerdotes devia-se ao fato de não serem prediletos.

Tomados por deuses encarnados pelos vidas-curtas, os caçadores do vale do Moche não deram ouvidos ao Ancião das Grutas.

Esse apelou à sensatez de seus irmãos mais novos. Aconselhou-os com a sabedoria de suas inúmeras estações. Ameaçou-os. Todos os seus argumentos caíram por terra. Não logrou demover os filhos-da--noite do Caminho da Verdade.

Então, o Ancião lutou contra seus irmãos mais jovens. Contudo, mesmo sendo o caçador mais vigoroso do Povo Verdadeiro, o Ancião era apenas um. E foi vencido. Na contenda, chegou a arrebatar a vida imortal de outro caçador com as próprias mãos. Decepou a cabeça do adversário com suas garras afiadas e arremessou-a para longe, evitando que os aliados do jovem rebelde ousassem cogitar trazê-lo de volta.

Depois se arrependeu de seu crime hediondo.

Não era ele próprio quem ensinava que um filho-da-noite jamais propiciaria o regresso involuntário de um semelhante?

O evento o entristeceu sobremaneira.

Pensou em retornar às Grutas Ancestrais, deixando aqueles filhos-da-noite obstinados para trás.

Porém, antes disso, decidiu experimentar um último estratagema.

Para forçar seus irmãos a razão, onde os apelos na fala do espírito e o poder de seus atributos haviam falhado, o Ancião aplicou a estratégia. Raptou as quatro sedentas do grupo de filhos-da-noite que se estabelecera no vale dos Mochica e as três crias que haviam nascido por lá, persuadindo-as a segui-lo de volta à região das Grutas Ancestrais.

Saudosos do aroma e dos cânticos de suas queridas, os caçadores rebelados abandonaram os sonhos de grandeza em pouco tempo. Em poucas estações retornaram de presas retraídas e garras recolhidas à região das grutas e voltaram a reconhecer a ascendência do Ancião. Reintegraram-se à comunidade sem problemas.

O Caminho da Verdade foi deixado para trás.

A comunidade das grutas jamais ouviu falar de novo dos Mochica.

Com a passagem das eras, conforme as gerações de vidas-curtas voavam céleres, a própria memória da aventura de conquista dos Mochica e da construção e do controle de um império de vidas-curtas começou a assumir os contornos de lenda perdida nas brumas das épocas de antanho, lembrada apenas de tempos em tempos pelos mais antigos, que haviam direta ou indiretamente participado dos eventos reais que jaziam como substrato da mitologia do Povo Verdadeiro.

Contudo, pelo menos no caso da lenda dos Mochica e de seus príncipes-sacerdotes bebedores-de-sangue, a narrativa do Ancião era corroborada pelas memórias de outros caçadores e sedentas mais antigos, aqueles que se lembravam pessoalmente dos eventos – e até mesmo por uns poucos que, envergonhados, reconheciam haver participado, quando jovens, de uma breve aventura num longínquo vale nortenho, uma empreitada que culminou no advento do Império dos Mochica.

Os vidas-curtas das aldeias de pescadores retiravam seu sustento das praias daquele trecho ermo e isolado do litoral da Grande Água do Poente. Como as terras adjacentes às aldeias não eram férteis, os pescadores foram deixados mais ou menos em paz pelas culturas agrícolas mais avançadas estabelecidas nos vales vizinhos, que se limitavam a lhes impor tributo simbólico e esporádico sob forma de conchas e pescado seco. Em sua maioria, os pescadores possuíam uma crença arraigada em seus demônios noturnos. Nas raras incursões diurnas às aldeias da região, quando se faziam passar por simples índios vidas-curtas de uma ou outra tribo perdida do interior, os caçadores e as sedentas faziam todo o possível para disseminar e fortalecer essa crença, afirmando que também eles eram assolados por aqueles males.

Temidos como deuses malévolos, cuja existência real até as próprias vítimas colocavam em dúvida, os caçadores jamais tiveram sua verdadeira natureza descoberta. Ao menos, não por aqueles pescadores simplórios.

Durante séculos incontáveis, a mesma rotina imemorial repetira-se a cada lua nova.

A boca de cada caçador enchia-se com o sabor doce, inebriantemente fluido e suave, do sangue dos prediletos. Em suas veias, a sensação tonificante. Plenitude. Em seu espírito, a saciedade, a certeza de estar inteiro outra vez.

No caminho de volta às Grutas Ancestrais, o caçador extasiava-se com o fortalecimento marcante do vínculo mental estabelecido com os demais. A camaradagem. A mistura saudável de intimidade e descontração

No interior de um segmento a parte, existente no interior de seu estômago dilatado, o caçador orgulhoso transportava uma boa quantidade dos fluidos vitais absorvidos de suas presas.

No fundo das grutas, no frescor úmido jamais maculado pelo fulgor ardente dos raios solares, dava-se enfim o festim esperado.

A Partilha Ritual.

Excitados pelo aroma pungente das secreções vaginais das sedentas, os caçadores regurgitavam prazerosamente o fluido humano, armazenado nos compartimentos especiais de seus estômagos, a fim de nutrir suas sedentas e seus filhotes com a imortalidade.

Até então espelhado de forma perfeita no lago de um passado imutável, o presente começou a se alterar sutilmente com a chegada dos primeiros exploradores de fala quíchua.[10]

10 ***quíchua*** – 1. Indivíduo dos quíchuas, aborígines dos altiplanos andinos dos quais os incas eram o grupo dominante. 2. Idioma oficial do Império Inca.

CAPÍTULO 3
O PEQUENO REINO DOS INCAS

Neste lugar
Deverás repousar
À meia-noite
Virei ter contigo.

[Poema inca]

Eram pouco mais de uma dúzia de vidas-curtas palrando num idioma incompreensível. A maioria deles trajava-se como nobres do Reino Chimor, com suas tangas elegantes, as sandálias ornadas de corais e os colares de belas conchas vermelhas ligadas por fios de ouro. Porém havia quatro que não cheiravam como Chimu. Tampouco se vestiam como os suseranos altivos dos pescadores das aldeias da região das grutas.

Os quatro vidas-curtas de aroma exótico não se contentavam em usar apenas tangas sobre os quadris. Trajavam-se com montes de vestes estranhas que envolviam seus corpos dos joelhos até os ombros. Roupas constituídas pelo trançado intrincado duma infinidade de fios muito delgados que formavam conjuntos de um material liso e maleável, com maciez e textura que os filhos-da-noite já haviam sentido entre as mãos, embora ignorassem sua origem. Por cima das vestes havia "mantas" elaboradas a partir das plumagens de pássaros de cores vistosas e das peles de animais desconhecidos. Criaturas cuja existência não fora imaginada tanto pelos filhos-da-noite quanto por suas presas habituais.

Ao contrário dos pescadores e dos Chimu, os forasteiros tinham cabelos quase tão curtos quanto os de um filhote vida-curta recém-nascido. Somente várias luas mais tarde os filhos-da-noite compreenderam que os cabelos dos homens quíchuas eram mantidos naquele comprimento peculiar por meio de podas periódicas.

Os quíchuas trouxeram consigo quatro "lhamas", grandes animais quadrúpedes de pelagem macia e sangue nauseabundo que os recém-chegados utilizavam para carregar parte dos pertences que haviam trazido. A maior parte das suas roupas era confeccionada com o pelo desses animais.

Pelo que os caçadores que atuaram como espias entenderam, esses tais quíchuas se afirmaram membros de um conjunto gigantesco de povos, composto por várias dezenas de tribos e diversos reinos cujos líderes descendiam do "Deus-Sol" e por isso teriam não só o direito, mas o dever sagrado de governar centenas de aldeias e vilarejos, habitados por muitos milhares de vidas-curtas. Os forasteiros não faziam segredo de seu anseio de expandir seus domínios e sobrepujar os reinos vizinhos até dominar boa parte do Mundo Mortal.

Segundo o informe, apesar de sua cordialidade altiva, os Chimu não pareciam levar os emissários dos tais reinos muito a sério. Tanto chancas quanto incas possuíam belas mantas de lã de alpaca e se dispunham a trocá-las por vastos montantes de pescado. Ora, pescado naquele litoral era o que não faltava. Quanto aos sonhos de grandeza dos bárbaros montanheses, não havia nada ali capaz de impressionar o Grão Chimu, que reinava impávido na Magnífica Chan Chan, a maior cidade de que os filhos-da-noite já haviam ouvido falar. Portanto, os sofisticados nobres Chimu tratavam os forasteiros com civilidade bem-humorada.

Dois dos quatro recém-chegados insistiam em se jactar da organização e da eficiência das práticas, hábitos e costumes de seu país, um reino situado nos píncaros das Cordilheiras do Nascente, um domínio insignificante, na opinião dos Chimu. O Reino dos Incas.

Os primeiros informes coletados pelos filhos-da-noite soaram confusos, intrigantes e algo contraditórios, mesmo quando analisados à luz da sabedoria acumulada pelo Ancião.

De onde haviam surgido aqueles "incas"? Decerto não existiam quando o Ancião viajou até o norte longínquo para resgatar as sedentas e pôr fim à heresia do Caminho da Verdade. Diziam-se oriundos das Cordilheiras. No entanto, as últimas notícias trazidas por filhos-da-noite desgarrados que vagaram pelos altiplanos afirmavam que uma variedade de prediletos designada "Huari" governava boa parte das Cordilheiras.

Descenderiam os incas dos Huari, assim como os Chimu parecem descender dos antigos Mochica?

A novidade agitou a penumbra úmida das grutas comunais com uma onda de espanto e incredulidade.

"Habitantes dos píncaros das Cordilheiras... Vidas-curtas dos quais jamais havíamos ouvido falar..."

De uma lua para outra, o Mundo Mortal afigurou-se infinitamente mais vasto que os limites imutáveis das grutas, das praias, das aldeias, da planície e dos vales próximos.

Os forasteiros se afirmavam capazes de cavar grandes rios artificiais para conduzir água aos desertos, de remodelar o perfil das encostas das montanhas, tornando-as planas, próprias para o cultivo de seus alimentos desconhecidos. Construtores de aldeias gigantescas. Aldeias portentosas erigidas em pedra!

Um dos tais incas chegou mesmo a se jactar de que seu povo poderia fazer a água de um rio distante chegar até as aldeias dos pescadores, se esses lhes ofertassem durante muitas estações uma data de pescado seco que seus governantes julgassem adequada. Os dois chancas soltaram risadas da vanglória do inca que, no entanto, persistiu afirmando que aquilo poderia ser feito.

Pareceu difícil de acreditar.

Os filhos-da-noite se sentiram curiosos com os forasteiros oriundos das Cordilheiras. Sobretudo com os incas.

Duas estações se passaram até que o Povo Verdadeiro se defrontasse outra vez com um inca.

Ele veio de um local misterioso denominado "Cuzco" e se afirmou um "emissário real".

Era um vida-curta alto e esbelto, dotado de um tipo físico assaz incomum entre os pescadores daquele litoral ermo. Possuía tez de um castanho mais claro que a dos nativos da região – e um nariz recurvado que logo se tornou motivo de piada entre os caçadores. Suas orelhas eram muito maiores que as dos pescadores; tão grandes quanto as de um filho-da-noite, mas não possuíam pontas aguçadas e eram tão desprovidas de pelos quanto as de qualquer vida-curta. Os filhos-da-noite custaram a se convencer de que o formato e o tamanho desmedido das orelhas do emissário se deviam a uma deformação induzida voluntária. Sua testa estreita era ornada por uma tiara feita de prata, trabalhada de tal forma que brilhava como se houvesse capturado os raios de luar e incrustada com pedras verdes e vermelhas. Trajava sempre uma capa de penas azuis com odor azedo de pássaro morto. Sob a capa emplumada havia uma "túnica" trançada nos fios coloridos feitos de pelo de lhama, que o Povo Verdadeiro já associava aos incas. Presas à túnica havia uma série de placas retangulares;

algumas eram feitas da mesma prata lavrada que constituía a tiara, enquanto outras eram de ouro, tão brilhantes quanto as de prata, mas que fulgiam como se um pedaço do Sol houvesse despencado do céu. Dos cabelos curtos do emissário, os filhos-da-noite pouco puderam comentar. Pois, nem para dormir o inca removia o cocar estranho, cosido a partir da cabeça de puma.

Desde os tempos antigos, anteriores à Segunda Jornada, caçador algum havia se deparado com um vida-curta trajado de forma tão peculiar.

O tal emissário veio acompanhado por um pequeno regimento de guerreiros incas. Os soldados chegaram às aldeias munidos de fundas, lanças com pontas de uma pedra escura duríssima e outras armas e artefatos incomuns.

Com o peito estufado de orgulho, o *puma emplumado* – como os filhos-da-noite o apelidaram – esclareceu que o Reino dos Incas estava interessado em receber largas quantidades de pescado. Se os montantes fossem acordados a contento, os incas mandariam tropas para construir canais a fim de trazer as águas do rio longínquo até as aldeias..

Após um período de inquietação inicial, o Povo Verdadeiro acostumou-se com a ideia da existência daquele reino pequeno e distante, cujos representantes vieram se intrometer na vida dos aldeões e começou a acompanhar com interesse crescente as idas e vindas das negociações demoradas, na maioria das vezes infrutíferas, do emissário do Inca com os caciques das tribos.

Alguns caçadores mais ousados se perguntaram se a chegada daqueles vidas-curtas diferentes, com suas vestes estranhas e cobertos de plumagem colorida, não seria o prenúncio de uma variação interessante no cardápio. Não tardaram a prová-los com cautela e sutileza em muito superiores às adotadas em relação aos pescadores. Apesar das opiniões divergentes, a maioria considerou o sangue dos indivíduos de raça quíchua mais saboroso que o dos aldeões locais, com sabor e buquê distintos. Ainda que, por suas experiências passadas, o Ancião tenha classificado o aroma desse novo sangue como *"suavemente Huari, mas com nuances desconhecidas"*, a nova variedade acabou ingressando no vocabulário do Povo Verdadeiro simplesmente como *cordilheira*.

Pelos padrões dos filhos-da-noite, as negociações para estabelecer o acordo duraram pouco. Poucas estações após a vinda do emissário, um grupo numeroso de operários, pedreiros e artífices chegou à região habitada pelo Povo Verdadeiro.

Os novos visitantes não se pareciam com o emissário, tampouco com os soldados de sua escolta. Havia menos colorido em suas vestes. A grande maioria não portava as belas capas elaboradas com a plumagem de pássaros exóticos. Em compensação, trouxeram consigo um conjunto de instrumentos curiosos. Artefatos cujo funcionamento pareceu engenhoso, ainda que obscuro, aos olhos ignorantes dos filhos-da-noite. Ferramentas cujos propósitos eram em princípio insondáveis.

Depois de algum tempo, o Povo Verdadeiro descobriu que a maioria dos instrumentos estranhos serviam para *medir e registrar* os fatos. Ao que tudo indicava, os incas nutriam a necessidade mórbida de mensurar a quantidade e o tamanho dos objetos, bem como as distâncias que separavam as diversas aldeias e locais.

O Ancião explicou a Dentes Compridos porque considerava o "quipu" o instrumento inca mais intrigante. Embora não passasse de uma corda mais grossa à qual se atavam várias outras, de grossuras, coloridos e comprimentos diversos, o *quipu* apresentou um conceito inteiramente novo aos filhos-da-noite: a ideia de registrar os eventos passados de uma forma mais confiável que as memórias dos membros do Povo.

Os incas empregavam os *quipus* não apenas para efetuar cálculos aritméticos, mas para registrá-los de forma definitiva. Costumavam registrar igualmente os eventos e fatos mais importantes de seu cotidiano. O Ancião não tardou a compreender o princípio de funcionamento da nova ferramenta. Ao contrário dele, a maioria dos adultos não mostrou grande interesse em aprender a nova mágica de fazer cálculos. Diante desse sentimento, o Ancião tentou ensinar a mágica dos cálculos e dos registros às crias do Povo Verdadeiro. Curiosas, algumas se interessaram pela novidade importada. Muitas estações mais tarde, quando chegou sua vez de aprender a mágica, Dentes Compridos dominou como poucos as artes dos cálculos efetuados com o emprego da *memória-melhor-que-a-memória*.

Através das tribos de pescadores, o Povo Verdadeiro acabou descobrindo que os incas travavam uma guerra intermitente contra os chancas há gerações. Os dois reinos vizinhos disputavam a hegemonia da região das Cordilheiras em que se situavam desde que os incas se fixaram no vale em que erigiram sua capital de pedra: Cuzco.

Curiosamente, os pescadores aceitaram de bom grado a relação de reciprocidade proposta por aquele monarca remoto. Pareciam felizes em pagar pelos presentes e novidades incas com pescado seco.

O fato é que o cotidiano dos habitantes das aldeias tornou-se mais vivo, colorido e interessante. O espírito civilizatório dos incas introduziu ideias e conceitos nem sequer imaginados nas vidas monótonas daqueles aldeões litorâneos.

Os pescadores aprenderam a arte da cerâmica. Já não se contentavam com os potes e tigelas grosseiros de argila magra que haviam usado antes da chegada dos incas, pois que sempre lhes fora vedado possuir os preciosos vasos e utensílios confeccionados com a bela cerâmica negra dos Chimu. Os incas não proibiam que os pescadores adquirissem seus potes de cerâmica. A posse de vários *makka* para cada membro da família passou a constituir questão de honra para qualquer choça de pescadores que se prezasse. Para os filhos-da-noite, a presença repentina de todos aqueles vasos de barro liso e brilhante, de gargalo estreito e comprido, decorados quase sempre com motivos de inspiração inca, foi apenas uma prova a mais de que os vidas-curtas da região estavam mudando depressa demais.

Contudo, até os filhotes já haviam intuído que os pescadores não estavam aprendendo apenas modismos inúteis com os artesãos e os funcionários da burocracia incaica. Dentre os novos conhecimentos, houve alguns que o Ancião fez questão de introduzir nas cavernas, sobretudo os que se referiam ao domínio dos segredos da tecelagem, da tapeçaria e da cinzelagem em pedra.

Poucas estações mais tarde, quando a rede de canais projetada pelos incas ficou pronta e a terra, uma vez irrigada, tornou-se fértil, a dieta alimentar dos pescadores se enriqueceu sobremodo com o cultivo do milho, da batata, do feijão e do amendoim. O sabor de seu sangue adquiriu nuances novas e inesperadas com os novos hábitos alimentares, exalando sutilezas semelhantes aos do nobre sangue Chimu. A maioria dos filhos-da-noite louvou o novo paladar. Outros, contudo, confessaram-se saudosos do buquê antigo. O novo sabor do sangue dos aldeões tornou-se de certo modo mais próximo ao sabor da variedade cordilheira, embora esta última ainda mantivesse seu buquê distintivo original.

O cultivo desses gêneros agrícolas revolucionou a existência e o modo de pensar dos vidas-curtas da região das grutas. Pela primeira vez desde que aqueles prediletos podiam lembrar, havia mais comida nas aldeias do que seus habitantes podiam sonhar consumir. O excedente, no entanto, sequer chegava a criar mofo nos silos recém-construídos. Os montantes eram invariavelmente mandados ao Inca como presente ou trocados nas cidadelas Chimu por umas poucas facas de bronze ou machados de cobre. Do Reino Inca vieram muitas capas de lã de alpaca para os pescadores e umas poucas confeccionadas com belas plumas coloridas para seus caciques e pajés; um punhado de gemas semipreciosas, que já não agradavam os gostos da elite cusquenha; meia dúzia de adornos de ouro e prata, e outros artigos de luxo.

O Ancião talvez tenha sido o único membro do Povo Verdadeiro a superar a mentalidade de predador inerente aos filhos-da-noite, para tentar compreender, pelo menos em parte, aquele processo célere de transição pelo qual os aldeões passaram, da pesca e da coleta para as atividades agrícolas. Embora já houvesse ouvido a respeito do fenômeno antes, jamais o presenciara pessoalmente.

"Os vidas-curtas recém-chegados possuíam costumes diferentes." – Explicou a Dentes Compridos tempos mais tarde. – *"E novos métodos de fazer as coisas e de dominar o ambiente do Mundo Mortal. Métodos mais eficientes que os modos do Povo ou dos vidas-curtas que conhecíamos. Pois, àquela época, tínhamos um conhecimento precário do que se passava no interior das cidadelas Chimu e os incas dominavam certas artes que os Chimu não possuíam."*

Alguns filhos-da-noite mais novos argumentavam, desconfiados, que talvez Viracocha, o criador do mundo de acordo com as crenças dos incas, fosse uma divindade mais poderosa do que o Inominado, de quem o Ancião e os caçadores mais antigos tanto falavam. A superioridade do deus inca ao menos explicaria o domínio que os forasteiros possuíam em tantas áreas diversas do conhecimento, bem como o fascínio estranho que exerciam tanto sobre os aldeões vida-curtas quanto sobre os filhos-da-noite mais jovens.

Os horizontes dos vidas-curtas não foram os únicos a se expandir com o aparecimento dos incas.

Meras onze estações após aquele primeiro contato e uma discussão animada se desenrolou à boca da entrada principal das grutas. Um debate acalorado que se alongou do crepúsculo vespertino ao fim de uma madrugada primaveril, dividindo os filhos-da-noite em dois grupos de opiniões distintas.

Vários caçadores mais jovens argumentaram que, se o Povo Verdadeiro quisesse, a trilha para as Cordilheiras do Nascente serviria para algo mais do que trazer presentes e emissários do Inca às aldeias. Os filhos-da-noite também poderiam trilhá-la para atingir as portentosas aldeias de pedra das quais os vidas-curtas forasteiros tanto pareciam se orgulhar.

Aldeias com milhares de habitantes! Uma maravilha inimaginável que, mais que meramente vista de perto, precisava ser sentida e degustada para que pudessem acreditar.

O Ancião replicou que seria provavelmente mais difícil manter ocultas suas existências de predadores no seio de um reino de vidas-curtas com hábitos e costumes desconhecidos.

"Decerto não haverá por lá grutas para nos proteger da curiosidade desses vidas-curtas extraordinários. Sobretudo durante as longas horas em que o fulgor do Sol nos deixa quase indefesos."

"Se necessário, empregaremos nossas garras para escavar grutas sob as tais muralhas... *as paliçadas das tais* cidades." – Um caçador jovem ripostou, ousado.

Mais da metade dos caçadores e sedentas da tribo optou por abandonar a segurança das cavernas ancestrais em favor da aventura e do sonho de grandeza no Reino Inca. Vários filhos-da-noite mais antigos e experientes se deixaram contagiar pelo entusiasmo juvenil dos mais novos.

Em seus corações e espíritos imortais não houve a menor luz de dúvida de que conseguiriam dominar a capital daquele reino distante com a mesma facilidade que há milênios controlavam veladamente a existência das aldeias de pescadores. Uns poucos ressuscitaram a Lenda dos Mochica e com ela a lembrança da facilidade com que pouquíssimos filhos-da-noite dominaram as populações dos vales do litoral nortenho tanto tempo atrás. Decerto dar-se-ia o mesmo com os incas. Então, cada caçador seria o senhor inconteste de milhares de cabeças de gado vida-curta...

"Ah, não há dúvida," – o Ancião suspirou na mente do jovem Dentes Compridos, – *"foram noites de sonhos grandiosos..."*

Num fim de tarde no início do inverno seguinte, dezoito caçadores mais ousados tomaram a trilha dos incas no sentido do Sol nascente. Conduziam um grupo de vinte e três sedentas e filhotes rumo às grandes cidades de pedra que os comerciantes incaicos afirmaram existir no alto das Cordilheiras.

Depois daquela primeira leva, vários grupos menores de emigrantes noturnos trilharam ao luar na trilha que galgava as cordilheiras.

Pouco mais de meio século se passou.

Os sonhos dos Incas se concretizaram afinal. Naquelas quase seis décadas, seus guerreiros obtiveram vitórias sem conta nas campanhas contra os demais reinos andinos, ampliando os limites de seus domínios outrora minúsculos, até transformá-lo num império vasto e riquíssimo. Uma nação com recursos inesgotáveis e que abrigava milhões de habitantes de centenas de tribos distintas no interior de suas fronteiras continentais.

Contudo, os sonhos dos Incas não foram os únicos que se concretizaram.

Naquele meio século, à medida que o reino se transformava pouco a pouco em império, a praga dos filhos-da-noite fincava raízes sólidas em plena Cuzco, o *Umbigo do Mundo*, núcleo e capital do império mais pujante e florescente das Américas.

CAPÍTULO 4
A QUEDA DO POVO VERDADEIRO

We were just too young to die.

[J. Webb]

HAVIA UMA NOVA ESTIRPE DE jovens filhos-da-noite, nascida e criada nas tocas subterrâneas escavadas sob as muralhas, os templos e o casario de Cuzco.

Desde que o Ancião das Grutas se lembrava, o Povo Verdadeiro jamais sofrera um aumento populacional daquela monta. Pelos padrões dos filhos-da-noite, o número de nascimentos elevou-se vertiginosamente desde a chegada da primeira leva à capital do Reino dos Incas, há menos de quatro gerações de vidas-curtas. A enorme abundância de presas serviu de estopim para a explosão demográfica sem precedentes. Ao longo desse processo célere, o Ancião se perguntava se o fenômeno da rápida multiplicação do Povo Verdadeiro não faria parte dos desígnios do Inominado.

No entanto, independente de Seus desígnios, aquela era uma população anômala. Muitos filhotes para um número assaz pequeno de adultos. Um grupo composto por pouquíssimos caçadores e sedentas experientes da estirpe nascida no seio das Grutas Ancestrais.

O desenvolvimento dos filhos-da-noite é bem mais vagaroso que o dos prediletos. Portanto, após meio século da chegada a Cuzco, os primeiros indivíduos lá nascidos ainda mal haviam atingido a fase equivalente ao começo da adolescência num vida-curta.

O pior erro do Povo Verdadeiro foi permitir que aqueles *adolescentes precoces* se julgassem caçadores e sedentas adultos.. Contudo, não se pode negar que estivessem plenamente adaptados à existência predatória no interior das vastas urbes líticas do império recém-forjado. Cuzco, cidade gigantesca construída sob a forma de puma e que, segundo os incas, era o próprio umbigo do mundo, parecia-lhes o próprio paraíso terrestre, muito melhor do que as delícias do Mundo Elevado prometidas nas cantigas do Ancião.

Os jovens nascidos nas Grutas Ancestrais eram ensinados a jamais beber um humano até o fim. Os vidas-curtas constituíam o recurso mais precioso do Mundo Mortal. Por isso, suas existências efêmeras deviam ser administradas com a máxima sabedoria. Os caçadores evitavam submeter um grupo humano particular à predação excessiva, para não correr o risco de vê-lo migrar para longe ou, pior ainda, extinguí-lo por completo.

Com suas dimensões portentosas e população de vidas-curtas inesgotável, Cuzco fez com que as velhas leis começassem a soar ultrapassadas e desprovidas de significado nos espíritos daqueles jovens precoces.

Nas primeiras décadas após a chegada às Cordilheiras, os caçadores oriundos das Grutas Ancestrais ainda lograram impor o bom senso preconizado no Caminho da Cautela. Todavia, à medida que Cuzco crescia, passando de capital de um reino andino obscuro a metrópole de um vasto império e os filhos-da-noite cusquenhos se tornavam mais velhos e mais fortes, as tradições dos antepassados foram sendo gradativamente postas de lado.

Porque, na capital gigantesca não parecia necessário ou mesmo sensato esperar que um filho-da-noite restringisse sua sede. De acordo com as novas regras, já não havia motivo para obrigar os jovens caçadores à observância estrita dos hábitos arraigados do Povo Verdadeiro. Ainda mais quando a situação que motivara o surgimento daquele padrão de conduta deixara de existir.

Em Cuzco não haveria o mínimo problema se um caçador decidisse libar um vida-curta até a última gota.

Desse modo, a antiga perversão, o vício ocasional que as gerações criadas nas grutas litorâneas haviam combatido com rigor, disseminou-se gradativamente como forma de comportamento aceita entre os jovens caçadores. Tal não se teria dado sem a conivência tácita dos poucos filhos-da-noite maduros que haviam decidido fixar-se no Umbigo do Mundo. A timidez esporádica das primeiras décadas foi cedendo lugar pouco a pouco às orgias e festins de ousadia crescente.

Êxtases desvairados sem precedentes tomaram conta do clã outrora pequeno que se abrigara nas vielas e subterrâneos da capital do império que se forjava graças à iniciativa e à genialidade do Inca Pachacuti Yupanqui.

Após um período bem curto, os excessos de Cuzco produziram ecos nefandos nas pequenas comunidades de filhos-da-noite ocultas em outras cidades incas e nas de seus aliados e vassalos.

O comportamento exótico provocou surtos de mortes violentas e desaparecimentos inexplicáveis entre os cidadãos de Cuzco, mas o fato não incomodou a estirpe de caçadores jovens e arrivistas.

Pois se eram deuses e, de fato, deuses terríveis, não deviam nutrir preocupações pueris, mas sim júbilo perante o pavor que eram capazes de insuflar nos corações de suas criaturas.

Dezenas de cadáveres exangues e mutilados de formas horrendas, ressecados e não poucas vezes eviscerados, apareciam todos os meses nos mais diversos pontos da capital e da periferia. Das muralhas da majestosa fortaleza Sacsahuaman, a *cabeça do puma* ao norte da cidade, aos degraus de pedra lavrada das escadas do próprio Coricancha, o Templo do Sol, de onde as ruas e a própria vida de Cuzco irradiavam, nenhum lugar, por mais sagrado que fosse, parecia livre da sanha furiosa dos demônios noturnos.

As pessoas tropeçavam nos cadáveres ou no que restara deles e em geral entravam num estado de agonia histérica. Algumas acllyaconas[11] já começavam a balbuciar frases incoerentes sobre os tais demônios noturnos que, desagradados por um motivo obscuro qualquer, haviam decidido assolar o Umbigo do Mundo.

Muitos desses incidentes acabaram chegando aos ouvidos dos curacas[12] e daí ao conhecimento dos amautas[13]. Após um período breve de descrença oficial, umas poucas investigações superficiais corroboraram a veracidade dos relatos mais tétricos.

Esses fatos inquietantes horrorizaram a classe dirigente da cidade, incomodando a própria corte imperial.

Quando tomou ciência da gravidade da situação, o imperador Pachacuti Inca Yupanqui decidiu que todo o possível deveria ser feito no sentido de ocultar a série de assassínios brutais aos olhos do cidadão comum do Tahuantinsuyu. Pois o soberano temeu que, uma vez disseminado o conhecimento da existência dos demônios, o pânico abjeto e o caos dele advindo fizessem ruir a estrutura bem organizada, mas ainda frágil do império. Portanto, a primeira diretiva emanada do

---

11 ***acllyaconas*** – Classe de artesãs, de status social relativamente elevado, que fabricavam roupas, cerveja e outros produtos para o império. Trabalhavam em seções especiais dos centros administrativos urbanos.

12 ***curaca*** – Cargo administrativo no Império Inca que implicava responsabilidade sobre um determinado número de residências. Existiam curacas responsáveis por grupos de 100, 500, 1.000, 5.000 e 10.000 residências.

13 ***amauta*** – 1. Professor nas escolas incas para jovens do sexo masculino em Cuzco. 2. Conselheiro. 3. Homem sábio.

Sapa Inca foi no intuito de que os curacas locais determinassem o pronto recolhimento dos cadáveres mutilados, onde quer que fossem encontrados.

Semanas mais tarde, relatos perturbadores de ocorrências semelhantes começaram a chegar do reino vassalo dos Lupacas ao sul do império; do centro religioso de Pachacanac próximo ao litoral, do antigo santuário de Tiahuanaco na região do Lago Titicaca, e de várias outras localidades do vasto Tahuantinsuyu.

– Se é verdade que existe uma horda de demônios assolando as noites de Cuzco e das outras urbes do Tahuantinsuyu, – o espírito do monarca ferveu de inquietação, – até que ponto simples guerreiros mortais serão capazes de lhes dar combate?

Temerosos, os principais sacerdotes da corte se animaram em responder a Pachacuti com outra pergunta:

– Não estará acaso o Inca, filho predileto de Inti, o Deus-Sol, tão acima dos homens comuns que a mera ideia de desafiar sua vontade divina já constitua um sacrilégio em si?

O Inca ponderou certo tempo sobre a questão capciosa proposta pelos sacerdotes. Pois percebeu o ardil oculto na resposta astuciosa. Após uma labuta de décadas, repleta de guerras, presentes e negociações, lograra forjar um império nos Andes, um império prestes a se aventurar em novas conquistas, ora no litoral poente. Toda essa pugna só para se defrontar com entidades que, sendo mais poderosas do que meros guerreiros mortais, talvez fossem capazes de derrotá-los onde aqueles fracassaram.

Então Pachacuti concluiu. Se os demônios se opunham aos desígnios dos incas e ameaçavam subverter a ordem do império, apenas a força do desejo do Inca poderia contrapor-se ao tormento que avassalava o Umbigo do Mundo.

Um Inca mais fraco, menos empreendedor, ou desprovido de pulso firme, talvez houvesse perdido o controle da situação. Mas Pachacuti era tido como o maior soberano que já havia governado os incas e os demais povos andinos. Durante seu longo reinado conquistara a maior parte dos territórios que então compunha um dos maiores impérios que o continente já abrigara. Do pai, Viracocha Inca, Pachacuti aprendera que sua estirpe era de fato descendente e protegida de Inti. Desde muito jovem, compreendeu que era um predestinado à vitória. Dessa compreensão forjara o império. Tinha plena convicção de que seus exércitos sair-se-iam vitoriosos, mesmo ante entidades poderosas, que ele próprio e seus amautas mais sábios até bem pouco tempo atrás ignoraram existir.

Assim Pachacuti decidiu.

Inconsciente do fato de estar prestes a desencadear a primeira guerra travada pela humanidade contra outra espécie inteligente, o Inca se reuniu com os amautas e os chefes militares para traçar um plano de ação.

Os caçadores que assolavam as noites de Cuzco eram jovens e inexperientes. Tendo voltado as costas às tradições acalentadas pelo Povo Verdadeiro há milênios, as estirpes urbanas formadas há menos de um século jamais chegaram a sentir falta da presença reconfortante de um Ancião.

Talvez o excesso de confiança na superioridade intrínseca sobre os vidas-curtas e o desprezo que nutriam pelas realizações efêmeras das presas tenham levado aquele grupo de filhos-da-noite imaturos a nivelar os incas e seus reinos vassalos – culturas portadoras de uma civilização milenar – aos pescadores simplórios de umas poucas aldeiazinhas do litoral da Grande Água do Poente, aos quais a maioria só conhecia pelas narrativas dos mais velhos.

Não se pode negar que, a princípio, o sentimento de pavor apoderou-se dos espíritos dos nobres e das altas administrações religiosa, militar e civil do império. Apenas a presença de espírito e a obstinação do Sapa Inca e a vontade férrea de seu príncipe herdeiro foram capazes de inspirar ânimo nos corações dos sacerdotes mais combalidos. Uma vez animados a enfrentar os demônios, amautas e sacerdotes cerraram fileiras em apoiar o Inca para que o soberano lograsse influenciar os comandantes do exército e os apos[14] dos quatro suyus do império.

O velho Inca ordenou uma investigação extensa e minuciosa para que se desvendasse a verdadeira natureza dos demônios noturnos.. A tarefa foi empreendida em sigilo absoluto por amautas e oficiais do exército imperial, comandados pessoalmente pelo príncipe herdeiro, Tupac Yupanqui.

Durante longos meses, os passos dos filhos-da-noite foram

14 ***apo*** – Governador de uma das quatro províncias, ou *suyus*, do Império Inca. Em geral, parentes próximos do Inca.

rastreados. Sem que esses suspeitassem, suas atividades noturnas foram observadas de longe e reportadas às autoridades. Uma a uma, suas tocas e esconderijos foram localizados.

Ignorando a perda do manto protetor de mistério, os caçadores urbanos continuaram produzindo mais e mais cadáveres exangues e mutilados em festins que não raro degeneravam em autênticas carnificinas.

E por que não? Não eram eles os verdadeiros senhores de Cuzco?

"Julgavam-se deuses," – o Ancião explicou a Dentes Compridos, – *"imunes a qualquer espécie de mal que um grupo organizado de vidas-curtas pudesse causar. Seguidores daquilo que batizaram de* Caminho da Dominação, *os arrivistas agarraram o segredo ancestral da existência do Povo Verdadeiro e o esfregaram nas faces dos nobres cusquenhos, arruinando assim nosso trunfo mais valioso."*

Sempre sob a orientação do Inca e o comando direto do príncipe herdeiro, os oficiais do exército prepararam seus soldados da melhor maneira possível para a Guerra Secreta. Uma operação de guerrilha urbana para a qual mesmo os comandantes incas mais experientes não estavam em absoluto acostumados.

Conseguiram surpreender o inimigo, pegando-o inteiramente desprevenido. Quando os soldados do império realizaram o primeiro ataque coordenado aos diversos covis dos filhos-da-noite, estes foram tomados de surpresa.

Ainda assim não foi empresa fácil.

Os incas descobriram da pior maneira imaginável que os demônios eram dotados de vigor físico sobre-humano. Até as crias dos demônios participaram da refrega – cada uma delas se revelou capaz de estripar sem dificuldade qualquer soldado imprudente a ponto de subestimá-las. Cinco soldados armados de lanças, clavas e escudos não constituíam páreo para uma única fêmea-demônio. Os próprios demônios pareciam ser ainda mais vigorosos, com seus dedos que se transformavam em facas e suas presas mais compridas que as do jaguar.

Apenas na noite do primeiro ataque, cerca de quatrocentos guerreiros foram feitos em pedaços. Considerando os engajamentos nas várias tocas assediadas, os pouco mais de cinquenta filhos-da-noite residentes em Cuzco colocaram fora de ação um efetivo total de mais de mil soldados.

O pânico instalou-se nas fileiras imperiais. Então, os demônios eram mesmo invencíveis!

Pachacuti ouviu atento os relatos pavorosos dos comandantes da operação noturna. De acordo com os informes, as criaturas foram feridas em diversas ocasiões. Mais de um oficial declarou ter presenciado o sangue dos demônios verter das diversas perfurações infligidas pelas lanças dos soldados. Contudo, ninguém chegou a ver um demônio tombar morto, não importando quantos ferimentos houvesse recebido.

Tupac Yupanqui aplacou o temor de seus oficiais com um argumento muito simples:

– Se as criaturas sangram, é sinal de que podem ser mortas.

De fato. Semanas mais tarde, através de um tortuoso sistema de ensaio e erro com duas crias-demônio desgarradas que os soldados lograram capturar, os incas concluíram que era muito difícil matar um demônio. Mas podia ser feito.

Se acaso conseguissem cortar fora a cabeça de um demônio, esse pereceria.

Daí, num intervalo de tempo relativamente curto, vários milhares de guerreiros trucidados mais tarde, os comandantes do exército acabaram desenvolvendo um método eficaz.

Contudo, o mais importante foi a descoberta da fraqueza essencial dos filhos-da-noite. À luz do dia ou na presença de claridade intensa, além de incapazes de conjurar as presas ou garras cortantes, os inimigos tornavam-se parcialmente cegos. Sobretudo as fêmeas e os filhotes.

Os incas haviam logrado edificar um império grandioso em poucas décadas. Um império em expansão contínua, que não parou de conquistar novos povos e territórios, mesmo à época das Guerras Secretas contra os demônios noturnos. A razão principal deste sucesso fenomenal residiu no fato de seus governantes possuírem um talento invulgar em desenvolver estratégias para tirar proveito das fraquezas dos adversários.

Uma vez descoberto o ponto fraco dos filhos-da-noite, as vitórias dos exércitos do Inca acumularam-se em rápida e avassaladora sucessão. Paredes grossas foram demolidas. Valas profundas abertas em questão de horas. Túneis secretos eviscerados, para que a luz de Inti, inimiga mortal dos demônios, penetrasse em suas entranhas. Covis foram inundados para obrigar os inimigos a saírem para se encontrarem com as pontas aguçadas das lanças dos soldados.

Numa bela analogia com o fulgor solar, o fogo revelou-se um aliado valoroso. E os incas realizaram outra descoberta importante:

embora quase impenetrável, a carne dos demônios ardia tão bem quanto a humana.

Por fim o mal foi erradicado de Cuzco.

Forças veteranas do conflito mais estranho jamais empreendido pelos incas foram despachadas para as diversas cidades do império em que curacas nervosos enviaram mensagens às guarnições incas mais próximas ou à própria Cuzco, dando conta de supostos indícios da presença do inimigo.

Quinze rebates falsos. Novas vitórias em sete outras localidades. Os focos da infestação foram aniquilados.

Desta forma, comandado pessoalmente pelo príncipe herdeiro, o mesmo exército que estava prestes a conquistar quase toda a América do Sul a oeste dos Andes dizimou centenas de caçadores, sedentas e filhotes.

A maior parte da população cujos pais haviam nascido nas Grutas Ancestrais. E o Povo Verdadeiro jamais fora numeroso.

Exterminado o inimigo, os amautas procuraram determinar a origem do mal. Foi uma tarefa difícil e durante muitos anos infrutífera.

Um dia, contudo, já sob o reinado de Tupac Yupanqui, um viajante quíchua recém-chegado da região costeira descreveu uma lenda insólita aos sacerdotes do oráculo do templo de Pachacamac. Um relato que ouvira numa aldeia isolada do litoral sobre uns tais espectros noturnos que existiam ou teriam existido nalgum ponto do extremo oeste do império ou, quiçá, nos ermos dos domínios do opulento Reino Chimor.

Foi o princípio do fim.

Numa manhã ensolarada de verão, mil e quinhentos soldados do império distante chegaram à região das Grutas Ancestrais.

Para comandar essa força, o novo Inca designou somente oficiais veteranos das campanhas vitoriosas em Cuzco e nos outros núcleos urbanos de onde os filhos-da-noite foram exterminados ou expulsos. Militares implacáveis, aptos a liderar seus homens ante um inimigo terrível e invulgar.

O comandante-em-chefe era um inca já entrado em anos que se dedicara à vida militar desde o fim da infância. Era membro afastado da família imperial, sua mãe era tia em segundo grau de Tupac Yupanqui. Destacara-se na juventude como braço direito do então príncipe-herdeiro, durante os episódios mais sangrentos da Guerra Secreta contra os demônios.

Dessa vez os filhos-da-noite não foram surpreendidos. Uns poucos fugitivos dos massacres das grandes urbes de pedra erigidas nas Cordilheiras haviam alertado os habitantes das grutas. Os incas haviam não apenas desvendado a natureza do Povo Verdadeiro, mas também desenvolvido técnicas eficazes para destruí-lo.

Foi uma luta sem esperança. Não obstante a estratégia defensiva ardilosa arquitetada pelo Ancião.

O antigo padrão dos ataques noturnos, que sempre proporcionara segurança aos filhos-da-noite, foi invertido pelo comandante inca em prol de seu exército. Procurou travar o maior número possível de batalhas daquela campanha em campo aberto e à luz do dia, quando os guerreiros incas enxergavam bem e os filhos-da-noite, além de ofuscados pela claridade, não dispunham de suas presas e garras.

Em contrapartida, durante as noites os caçadores retaliavam com ações ousadas de guerrilha, aterrorizando as populações das aldeias de pescadores. A medida visou intimidar os aldeões, visto que, uma vez libertos de seus temores ancestrais, começaram a prestar colaboração entusiasmada às ações dos soldados incas e mesmo a pegar em armas para apoiá-los.

Mesmo não dispondo das longas presas retráteis dos caçadores, as sedentas emergiram das grutas de garras em riste para participar pela primeira vez em centenas de estações dos festins predatórios à luz das estrelas.

Cada uma das surtidas noturnas deixou um rastro de dezenas de vítimas exangues, entre soldados e aldeões.

A decisão de lançar as sedentas na guerrilha noturna contra o exército inca e a população local foi uma medida desesperada para solucionar o problema da alarmante inferioridade numérica. Contudo, a participação das filhas-da-noite revelou-se contraproducente a médio prazo. Desprovidas do controle e do adestramento dos caçadores, as sedentas se deixavam arrebatar pelo frenesi da caçada. O excesso de sangue e linfa ingeridos levavam-nas rapidamente ao delírio. Não raro deixavam suas presas espalhadas em pedaços a céu aberto. Se por um lado, a conduta errática das sedentas serviu para disseminar o pânico entre os índios sobreviventes às chacinas, por outro, acabaram estimulando a contramedida enérgica do comandante inca.

Inebriadas pelo sangue, as sedentas vez por outra esqueciam de apagar seus rastros na trilha de regresso. Desta forma, acabaram por conduzir batedores incas das aldeias atacadas até as cercanias das entradas das grutas. Embora as vias de acesso ao mundo subterrâneo dos filhos-da-noite estivessem ocultas por pedras e arbustos, a persistência de um grupo obstinado de espias incas acabou recompensada meses mais tarde com a localização da entrada principal.

Depois de várias escaramuças em campo aberto, resultantes em enorme quantidade de baixas nos efetivos incas e no fracasso retumbante em invadir o complexo de cavernas, o comandante destacou pelotões treinados no combate aos filhos-da-noite para a vigilância noturna das aldeias. Várias delas foram fortificadas com estrepes, fossos e paliçadas. Passaram a contar também com milícias permanentes integradas por aldeões, mas adestradas e comandadas por oficiais incas.

As investidas dos filhos-da-noite foram afinal estancadas pela quantidade de baixas que os agressores começaram a sofrer. Especialmente as preciosas sedentas, menos vigorosas que os caçadores e pouco acostumadas às contendas noturnas.

O Ancião concebeu que pudessem empreender uma nova fuga, deixando para trás as aldeias e o próprio Tahuantinsuyu. No entanto, os filhos-da-noite logo constatavam que, uma vez descoberta a localização das grutas, a fuga daquele local geograficamente restrito tornou-se proeza impossível.

Resolveram então resistir da única maneira que lhes restara. Refugiaram-se na segurança relativa da escuridão ancestral, na esperança de que os incas se cansassem e regressassem às suas cordilheiras longínquas.

Os oficiais incas não esmoreceram até que as diferentes entradas para o complexo das grutas fossem mapeadas. Reforços urgentes foram solicitados à Cuzco distante. Dado o que estava em jogo, não obstante as outras campanhas militares em curso, o novo Inca atendeu prontamente o pedido. Tendo sido afinal localizado, o ponto de origem do Povo Verdadeiro foi submetido à mais severa operação de sítio jamais organizada pelo império.

Contudo, nem os oficiais mais intrépidos cogitaram seriamente empreender nova tentativa de invadir o santuário dos filhos-da-noite. A experiência dos incas lhes ensinou que tal invasão representaria manobra suicida. Porque, no interior úmido do complexo de cavernas que constituía o habitat natural dos predadores não havia dias nem noites. Apenas a obscuridade quase completa, quebrada aqui e acolá por umas poucas formações de liquens fosforescentes. Claridade bastante para a vista aguçada dos filhos-da-noite. Escuridão mais que suficiente para tornar os prediletos indefesos caso ousassem invadir os domínios dos caçadores.

Mas os incas não precisaram tomar as cavernas de assalto.

Sentinelas permanentes foram postadas nas saídas do complexo de grutas a fim de impedir que os inimigos se esgueirassem à noite para predar as populações de pescadores das aldeias próximas.

A sede e a fome fizeram o resto.

Muitas e muitas luas se passaram. Tentativas isoladas de romper o cerco, lideradas por dois ou três caçadores, terminaram sempre em fracasso. Retiradas pouco honrosas, após a morte de uma ou duas dúzias de guerreiros incas e o *regresso* de pelo menos um caçador ou sedenta.

E já não restavam tantos filhos-da-noite assim.

O impasse perdurou até uma noite chuvosa de outono, quando os últimos remanescentes do Povo Verdadeiro dividiram-se em quatro grupos pequenos para tentar escapar da armadilha. Os grupos emergiram das grutas ao mesmo tempo de quatro entradas diferentes.

Enfraquecidos e desesperados pela sede, os caçadores interpretaram a chuva torrencial – fenômeno raríssimo naquela região remota – como um bom augúrio. Um sinal de clemência enviado pelo Inominado para distrair os soldados incas, já entediados pela espera infrutífera que se prolongava por um punhado de estações.

A guarnição aquartelada junto à saída principal das grutas estava realmente dominada pelo tédio. Porém, não foi pega de surpresa, em absoluto. Era composta exclusivamente por oficiais e soldados com larga experiência no combate aos filhos-da-noite – todos os ali presentes, do oficial em comando ao guerreiro menos graduado, eram veteranos das Guerras Secretas. Veteranos comandados por um oficial sagaz e dotado de uma obstinação tranquila e de uma paciência somente espelhada na sabedoria serena do comandante-em-chefe.

Uma surtida do inimigo era justamente o que aqueles soldados mais ansiavam.

Sabiam que os demônios eram apavorantes, que possuíam poderes sobre-humanos e que eram provavelmente invencíveis dentro de seu próprio covil. Mas também sabiam de onde provinha a força dos demônios. E não ignoravam que os inimigos tornavam-se mais fracos a cada semana de sítio. Seguindo à risca a estratégia delineada na Cuzco longínqua pelo próprio Inca e imbuídos de determinação proverbial, os veteranos aguardaram que o inimigo se expusesse numa tentativa final de romper o cerco.

Chegado o momento, com a deliberação fria advinda da experiência, lanças, clavas pesadas e fundas foram empregadas contra as presas e garras de uns poucos caçadores enfraquecidos e demasiado preocupados com a proteção de suas sedentas e filhotes.

Uma investida inútil.

Os regimentos do Inca haviam sido muito bem adestrados. Sabiam exatamente o que esperar do inimigo não-humano e confiavam em sua superioridade numérica irresistível.

O Ancião havia explicado tudo a Dentes Compridos. Sem subterfúgios.

O mestre afirmou ao jovem discípulo que não havia a mínima chance. Aquela seria, com toda a probabilidade, a última noite do Povo Verdadeiro sobre o Mundo Mortal. Os últimos filhos-da-noite regressariam afinal ao Mundo Elevado, deixando incompleta a missão que o Inominado lhes impusera..

Milhares de soldados incas não retornaram aos seus lares nas cordilheiras ao término desse segundo período das Guerras Secretas. Todavia, ao fim do confronto, a vontade do jovem Inca se cumpriu. Todos os demônios, suas fêmeas e crias foram mortos em plena saída da gruta principal e em dois acessos secundários do complexo.

As cavernas foram cautelosamente vasculhadas para confirmar que não havia sobreviventes.

Contudo, sem que os incas desconfiassem, um filhote já grandinho conseguiu escapar.

Durante sua fuga às cegas, o jovem Dentes Compridos pensou:

"Estranho. Os piores presságios do Ancião se concretizaram. O Inominado nos abandonou. Ou então, quem sabe, Viracocha falou mais alto afinal. A vontade dos Incas acabou prevalecendo sobre os desígnios do próprio Inominado. O impensável se concretizou: nossas presas recobraram a posição de senhores do Mundo Mortal."

CAPÍTULO 5
VETERANO EM SOBREVIVÊNCIA

Pressa é uma fraqueza humana.
Paciência, uma virtude do Povo Verdadeiro.

[velho provérbio dos filhos-da-noite]

Apesar de ainda muito jovem para ser declarado caçador, Dentes Compridos era, de certo modo, um veterano das Guerras Secretas que os exércitos de dois Incas sucessivos travaram contra o Povo Verdadeiro.

Durante sua estada nas Grutas Ancestrais, costumava pensar em si próprio antes como refugiado do que como futuro caçador.

Nascera em plena Cuzco imperial.

Contudo, não viera ao Mundo Mortal nos breves instantes de grandeza que o Povo Verdadeiro gozara naquela metrópole, quando os jovens caçadores urbanos dominavam as noites na capital dos incas, organizando festins sangrentos que escandalizariam qualquer adulto sensato residente no âmago cálido das Grutas.

Nascera durante a Primeira Guerra Secreta. Aquela que os incas travaram em pleno Umbigo do Mundo para livrar a capital do império das presas e garras dos demônios noturnos.

Um conflito contra um exército de vidas-curtas como o Povo Verdadeiro jamais havia ouvido falar. Prediletos que desvendaram o mistério que envolvia a existência dos filhos-da-noite. Prediletos que, de uma lua para outra, aprenderam a usar a claridade cegante do dia, o fogo, a água e, sobretudo, sua superioridade numérica avassaladora como armas contra as quais não havia defesa. Prediletos que desenvolveram métodos cruéis e eficazes para obrigar jovens filhos-da-noite a regressar ao Mundo Elevado muito antes que estivessem de fato preparados para o retorno.

Dentes Compridos não conhecera pessoalmente os tais Tempos de Glória. Uma época que os adultos fugitivos recordavam com tanta nostalgia. Suas memórias mais antigas dos pensamentos das sedentas e dos caçadores soavam como ecos confusos de temor e aflição extrema, frutos de um tempo em que seus semelhantes já haviam abandonado os sonhos de conquistar todo Tahuantinsuyu e governar abertamente aquela raça de vidas-curtas capazes de erigir vastas metrópoles de pedra.

Fez parte de um pequeno punhado de sobreviventes que conseguiu escapar mais ou menos incólume aos massacres de Cuzco e das outras cidades incas. Ainda era cria-de-colo à época da fuga, uma das últimas crias nascidas na florescente capital do Império Inca. Suas lembranças daqueles tempos eram raras e esparsas. Pouca cousa além do seio cálido, mas parcimonioso de uma sedenta que lhe vertia boa parte do pouco sangue humano fresco que ela conseguia ingerir naquelas noites difíceis..

A sedenta que conduziu a fuga era a única remanescente dos *nascidos-nas-grutas*. Foi perspicaz o bastante para manter os sobreviventes afastados das estradas do império. Cautelosa ao evitar as cidades e aldeias vassalas do Inca.

Rumaram direto para as terras sob a guarda nominal do Reino Chimor e a relativa segurança oferecida pela região das grutas comunais, onde o mito da existência dos filhos-da-noite ainda não assumira a consistência nítida da realidade.

Espíritos atemorizados, trocando lamentos e gemidos mentais na escuridão benfazeja. Vultos magros a vagar pelas noites andinas guiados pela luz das estrelas. Predadores desmoralizados fugindo ao mero som dos passos de suas presas, outrora tão ansiadas. Um bando desarvorado de jovens que regressava afinal à casa dos avós, de onde seus finados pais jamais deveriam ter saído.

A chuva havia parado.

Passos dos soldados nervosos explodiam em seus ouvidos como trovões que se afastavam. Tochas de madeira resinosa brilhavam como pequenos sóis fulgurantes nas mãos dos incas, expulsando o manto protetor da Mãe-Noite para fora da gruta e ofuscando os olhos sensíveis de um filhote ainda pouco acostumado à rotina das excursões ao mundo exterior.

Oculto atrás de uma moita densa e espinhosa situada no limiar da entrada principal, Dentes Compridos aguardou que a atividade do inimigo diminuísse.

"O tempo passa mais rápido para os vidas-curtas." – O Ancião lhe ensinara. – *"Pressa é uma fraqueza humana. Paciência, uma virtude do Povo Verdadeiro."*

Só que o Ancião regressara ao Mundo Elevado. Os restos sangrentos e dilacerados de sua casca vazia jaziam umas poucas braças de distância. Os vidas-curtas responsáveis por seu regresso pareciam imbuídos de uma falta de pressa deliberada, quase sobrenatural a seus olhos inexperientes.

Ouvira em sua mente a agonia lenta das sedentas e das outras duas crias derrubadas no solo úmido da gruta, seus uivos finais quando seus corpos foram trespassados por lanças vezes sem conta. Os incas realmente sabiam como agir. Os crânios foram esmagados por inúmeros golpes das *huactanas*[15] e as cabeças enfim decepadas por golpes certeiros dos *kunka kuchunas*[16] – tudo para assegurar que o regresso era definitivo.

Duas horas antes, o jovem vibrara com a convocação do Ancião aos demais caçadores e se sentiu animado para a luta de morte que enfrentariam. Pouco depois, soterrado pelo pânico, seu espírito desmoronava com o último cântico-de-regresso longínquo emitido por uma sedenta torturada pelo fogo ao tentar a fuga por outra saída do complexo de grutas.

Então, o silêncio.

A memória das horas precedentes constituiria um suplício eterno. Jamais esqueceria os ecos mentais da tristeza profunda de sua gente, de seus espíritos se esvaindo pouco a pouco. Sofreu com a agonia do estertor do Povo Verdadeiro, uma agonia pungente tão bem expressa nos espíritos dos adultos, à medida que regressavam ao Mundo Elevado entre gritos e lamentos. Gritos inaudíveis aos espíritos moucos e embrutecidos dos vidas-curtas, mas que ecoariam dentro de si enquanto vivesse. Lamentos de tristeza pelo fim de um ciclo sem que o Povo houvesse cumprido o propósito de sua existência.

Seus semelhantes deviam confrontar o Inominado com o fracasso gravado a fogo em seus espíritos.

Inerte depois de milênios sem conta de perpétua atividade, o corpo decapitado do Ancião apodrecia lentamente sobre o solo arenoso da entrada principal – um solo quase sempre poeirento, mas que na ocasião ainda se encontrava úmido de chuva. Dentes Compridos julgou que o espírito do mestre já houvesse regressado inteiramente ao

15 ***huactana*** – Clava pesada manejada pelos soldados do exército inca.

16 ***kunka kuchuna*** – "Cortador de cabeça". Machado de guerra usado pelos incas.

Mundo Elevado, pois nem mesmo o mais antigo dos imortais resistiria mais que uns poucos minutos ao suplício da decapitação.

Então, de súbito, o jovem sentiu a presença familiar em seu espírito. *"É muito bom sabê-lo vivo, cria querida. Ainda é demasiado jovem para empreender a longa jornada de regresso."*

"Mestre, como é possível? Seu corpo jaz defronte dos meus olhos, corrompido, começando mesmo a se decompor... Seu cérebro, esmagado pelas huactanas dos prediletos do Inca. Seu cadáver*..."*

"Poupe-nos dos impropérios e dos detalhes obscenos, minha cria." – Dentes Compridos ouviu dentro de si a mesma velha risadinha reconfortante do Ancião. – *"Se é verdade que dispomos de todo o tempo de ambos os mundos, então o Mundo Elevado pode esperar um pouco mais. Ora, quer dizer que você duvidava da existência do Mundo Elevado? Pois não devia. Não depois de tudo que lhe passei sobre a história do Povo..."*

"Mestre, eu pensei..."

"Ah, Dentes Compridos, quantas vezes é preciso repetir: a bênção da morte é um privilégio dos prediletos, não é para nós." – A voz suspirou em sua cabeça.. – *"Agora, preste atenção. É possível que você seja a última esperança do Povo Verdadeiro. Fuja daqui assim que a oportunidade surgir. Vá para longe. Saía do Tahuantinsuyu, pois onde houver incas você não estará seguro e o destino do império dos Incas é crescer muito, até abarcar boa parte do Mundo Mortal. Portanto, esteja onde estiver, mantenha-se oculto dos vidas-curtas e viva para sempre, como um filho-da-noite de verdade."*

A voz se calou. Por todo resto de sua longa vida, Dentes Compridos se questionou se aquela última presença do Ancião em seu espírito fora real ou não passara da alucinação de um filhote traumatizado com o genocídio de sua gente.

"A paciência é uma virtude do Povo Verdadeiro... A paciência é uma virtude..." – Repetia para si mesmo, tentando conter o ímpeto de saltar contra os algozes de sua gente, matando tantos quantos fosse capaz antes que o obrigassem a *regressar* para finalmente encarar o Inominado face a face e admitir o fracasso de sua estirpe imortal.

Depois de um tempo infinito, os soldados recolheram seus mortos e feridos, juntaram suas armas e pertences, e partiram numa marcha relaxada sob o comando de um oficial jubiloso.

Um grupamento pequeno, de no máximo uma dúzia de guerreiros, permaneceu vigiando a entrada principal.

"Sabem que não é possível ter certeza absoluta," – Dentes Compridos intuiu. – *"Julgam ter aniquilado o Povo até o último indivíduo, mas não estão certos disso."*

De qualquer modo, deviam se sentir confiantes, pois a vigilância às entradas das grutas não foi das mais rigorosas.

No silêncio da noite seguinte, Dentes Compridos concentrou-se nas pulsações dos vidas-curtas. Os mais próximos estavam adormecidos. Parecia haver apenas dois ou três acordados.. Um caçador teria certeza, mas ele era apenas um filhote. Esperava que os vidas-curtas despertos estivessem longe demais para enxergá-lo no escuro, embora ele pudesse vê-los pelas emanações de calor de seus corpos.

Emergiu da moita quase sem ruído e embrenhou-se na noite nublada. Em pânico, correu às cegas pelo escuro.

O céu estava carregado de nuvens negras. Não havia estrelas para lhe indicar o caminho. Era muito inexperiente para se guiar apenas pela audição e pelo olfato. Caiu e rolou várias vezes no solo úmido e lamacento, ainda pegajoso com a chuva da noite anterior.

Perdeu o equilíbrio num dos tombos e acabou rolando por uma ribanceira. A cabeça chocou-se contra uma pedra pontiaguda. Ainda meio tonto, sentou-se dentro da poça de lama onde caíra e tateou o couro cabeludo lacerado. O crânio ao menos estava intacto. Ficaria bom. O cheiro pungente do próprio sangue encheu-lhe as narinas e os pensamentos. Não o aroma delicioso do sangue dos vidas-curtas, mas o cheiro do fluido espesso e viscoso, quase negro, um tipo de sangue que talvez já não corresse em outras veias que não as suas.

A pancada havia sido tão forte que perdeu a noção das coisas. Permaneceu ali sentado, atordoado, por alguns minutos.

Uma voz interior lhe disse que um vida-curta teria morrido com o choque do impacto. Ouviu-se liberando um som gorgolejante involuntário, o equivalente de seu Povo àquela espécie de riso desprovido de alegria que os vidas-curtas às vezes emitiam quando em verdade precisavam chorar.

O mestre tivera razão, como sempre. A morte era um privilégio humano. Os vidas-curtas não sabiam o quão afortunados realmente são. O privilégio de poder morrer quando bem entendiam...

Mas não queria regressar ao Mundo Elevado. Pelo menos, não ali. Não naquele momento. Decidiu seguir o conselho do Ancião.

Talvez o Inominado houvesse reservado uma missão especial para si. Uma maneira de continuar com o Propósito, ainda que fosse o único filho-da-noite remanescente no Mundo Mortal.

Sacudiu a cabeça dolorida. Esqueceu a visão e procurou se concentrar na audição e no olfato.

Escuro. Muito escuro, mesmo para um filho-da-noite.

No entanto, o sussurro ligeiro da brisa noturna roçando os galhos das árvores, as moitas e os arbustos rasteiros, transmitiam-lhe um quadro aproximado do ambiente a seu redor. O som das próprias passadas retornava aos ouvidos, proporcionando certa ideia do terreno à sua frente.

Tornou a avançar. Incertos no início, seus passos adquiriram pouco a pouco a confiança do caçador experiente, capaz de se guiar na mais negra das noites.

Depois de um tempo, acabou retomando a corrida. Porém, não era mais a disparada insensata empreendida antes do tombo. Tropeçou muitas vezes, mas não caiu de novo.

Prosseguiu célere, envolto e protegido no negror absoluto na Mãe-Noite. Correu até que seus instintos lhe alertaram para a chegada iminente da alvorada.

Crepúsculo matutino. Sua primeira noite solitária nas vastidões do Mundo Mortal chegava ao fim. A claridade do dia. Perigo imenso e desconhecido. Um fulgor que tornaria seus olhos cegos e que manteriam inertes dentro de si as garras e presas incipientes.

Ainda não era a hora de enfrentar esse novo perigo. Nem seria necessário.

Estacou no sopé de um morro arborizado. Cavou uma toca pequena entre as raízes de uma árvore morta. Não havia sinal da presença humana na região. Naquele buraco passou os primeiros dias depois que os soldados de Tupac Yupanqui destruíram o resto de sua espécie.

CAPÍTULO 6
SANGUE BOM

A única maneira de livrar-se de uma tentação é ceder a ela.

[Oscar Wilde]

DENTES COMPRIDOS CRESCEU AO LONGO de várias gerações humanas até atingir a idade adulta.

Muitas e muitas luas. Muitas estações já se haviam passado desde o fim da infância. Poderia considerar-se um caçador, se o conceito ainda fizesse sentido para um filho-da-noite solitário, despojado do convívio do Povo Verdadeiro e do abrigo seguro das Grutas Ancestrais.

Não ouviu falar do Povo outra vez. Ignorava se haviam restado sobreviventes das Guerras Secretas contra as forças dos Incas, ocultos nas entranhas dalguma cidade de pedra.

Tampouco sabia se os outros grupos que tentaram a fuga foram bem sucedidos. No entanto, não nutria grande esperança na sobrevivência de outros filhos-da-noite da estirpe das grutas.

Ao longo dos anos de caminhada rumo ao nascente, superou os cumes gelados dos Andes, desceu às florestas úmidas de vegetação luxuriante, atravessou rios caudalosos e deparou-se com criaturas exóticas e desconhecidas. Seguindo os rituais milenares, experimentou cada um dos animais recém-descobertos. Aprovou a carne de uns poucos. Não julgou nenhum deles *potável*.

Em quase todos os recantos daquela vasta floresta havia aldeias de vidas-curtas. Presas à disposição de um filho-da-noite solitário e assaz cauteloso. Em lugar algum encontrou seus semelhantes ou sequer ouviu lendas a respeito do Povo Verdadeiro.

Imaginou que talvez não houvessem filhos-da-noite a leste das grandes cordilheiras. No fundo, recusava-se a crer que fosse o último de sua estirpe. Talvez algum caçador ou sedenta houvesse conseguido escapar das grutas por outra saída...

Jamais teve certeza.

Lembrou das histórias semilendárias contadas pelo Ancião sobre as migrações dos antepassados que decidiram seguir as tribos de vidas-curtas. Haveria nalguma região isolada daquelas terras tão vastas, outros núcleos de filhos-da-noite que teriam logrado êxito em manter sua existência oculta dos prediletos?

Imaginou que se passasse uma noite pelas cercanias de um covil perdido do Povo Verdadeiro, seria capaz de descobri-los graças ao vínculo natural que unia os indivíduos de sua espécie. O mesmo elo psíquico que permitia aos filhos-da-noite se comunicarem entre si na escuridão das grutas, ou a léguas de distância durante as caçadas nas aldeias.

Contudo, desde a fuga das Grutas Ancestrais não punha em uso a linguagem-do-espírito.

Nas selvas da floresta gigantesca que se estendia a partir do sopé oriental das cordilheiras, encontrou-se pela primeira vez com as tribos tupis, índios de fala nheengatu.

Os idiomas dos diferentes grupos tupis eram todos bastante diversos dos vernáculos da família quíchua. Nada que representasse dificuldade para um caçador experiente. Por sua própria natureza, os filhos-da-noite possuíam uma facilidade intrínseca para articular as línguas variadas de suas presas. Pena que o dom especial só houvesse sido exercitado pouco mais de um século antes da aurora da espécie, por ocasião dos primeiros contatos com os povos de língua quíchua.

Depois de tudo o que passara, não havia mais pressa. Dentes Compridos dispunha de todo o tempo que quisesse para aprender um idioma novo.

Mesmo depois de se tornar fluente nos dialetos dos índios da família tupi, evitava ao máximo permanecer tempo demasiado predando uma única aldeia. Mais do que os conselhos do Ancião, o próprio extermínio do Povo o ensinara que a ignorância dos vidas-curtas constituía sua arma mais poderosa e, como tal, deveria ser preservada a qualquer custo.

Foi muito difícil no começo. Nas primeiras estações, o temor de ser descoberto fez com que a sede atroz se tornasse uma companheira constante. Aos poucos desenvolveu as nuances e sutilezas do comportamento de caçador. Sem o apoio de uma tribo, acabou por desenvolver técnicas de abordagem mais cautelosas do que as de qualquer filho-da-noite do Tempo do Sonho.

Um dos talentos aperfeiçoados ao longo dos séculos de existência solitária foi a arte de efetuar um levantamento prévio do novo território de caça a ser explorado.

Visitava as aldeias tupis geralmente ao cair da tarde, iludindo os nativos ao se fazer passar por índio de uma tribo distante. Alegava ter nascido numa *tawa* longínqua do outro lado das cordilheiras do poente. Um índio deformado, é claro. Suas mãos e pés enormes chamavam bastante atenção, mas não tanto que chegassem a assustar os nativos. O tamanho e o formato de seus olhos também causavam espanto. Contudo, o fato da claridade diurna obrigá-lo a semicerrar as pálpebras coriáceas ajudava a ocultar a estranheza do olhar e a disfarçar um pouco as feições exóticas. Explicava que contraíra uma doença nos olhos ainda em *curumi* e que de fato enxergava muito mal. A aparência estranha fazia com que os nativos de muitas aldeias o escorraçassem. Contudo, a pretensa vista fraca, aliada a um bom domínio do dialeto da tribo visitada, não raro angariava simpatias e afastava qualquer suspeita que aquela gente ingênua porventura pudesse nutrir contra si.

Nas noites-de-beber só ousava invadir aldeias anteriormente exploradas durante a claridade feérica do dia.

Pelo fato das tribos do grupo tupi serem em geral aguerridas, as paliçadas de suas *tawas* eram normalmente mais altas e sólidas que as *caiçaras* erigidas pelos índios que sobreviviam da pesca abundante no litoral da Grande Água do Poente. Nada que constituísse obstáculo sério a um caçador. Um bom salto e fincava as garras fortes na extremidade superior dos troncos longos da paliçada; um ou dois segundos mais tarde, estava junto às ocas do perímetro interno.

Não. Eles nunca haviam ouvido falar dos incas e seu vasto império. Tampouco de qualquer lenda sobre o Povo Verdadeiro.

De tempos em tempos, não resistia e perdia o controle. Bebia um vida-curta até o fim. Naquelas raras ocasiões, quando se recuperava do breve acesso de insanidade, só restava um cadáver humano entre as presas e garras ensanguentadas. Nos lábios o sabor doce e inebriante. Na alma, a sensação amarga. A certeza de haver conspurcado as tradições de sua gente.

Depois dos acessos, uma vez passados os efeitos da embriaguez, a temperança retornava a seu espírito e ele começava a se sentir um traidor dos velhos costumes do Povo Verdadeiro. Envergonhado, comparava-se aqueles arrivistas degenerados da Cuzco de sua infância que participavam de dezenas de orgias sangrentas. A compulsão, contudo, parecia incontrolável. Não obstante os ensinamentos com que fora doutrinado, ela insistia em voltar à tona de tempos em tempos quando ele já a julgava afogada há décadas.

Sabia que, lá da borda escura da Lua, bem no topo do Mundo Elevado, agachado ao lado do Inominado, seu Ancião devia estar assistindo pesaroso àquele comportamento indigno do discípulo dedicado. Sentia vergonha ao pensar no que o velho mestre diria quando voltassem a se encontrar.

Tais momentos de fraqueza eram raros. Duas ocorrências, três no máximo, ao longo de uma geração de vidas-curtas. Após cada surto, não tardava em se afastar muitas léguas da aldeia habitada pelos parentes e conhecidos da vítima.

Viveu uma existência solitária. Uma existência em geral comedida, mas farta.

Ignorava quantos anos se haviam passado desde que fugira da região das Grutas Ancestrais. Os avós dos morubixabas mais valentes e dos pajés mais idosos ainda não haviam nascido quando Dentes Compridos começara a se apoderar da floresta oriental.

Não que as épocas ou idades dos vidas-curtas fizessem alguma diferença. Os filhos-da-noite não possuíam aquela ânsia de controlar a passagem das eras, tão típica da maioria das culturas de vidas-curtas. Neste ponto, assemelhavam-se um pouco às presas de fala nheengatu, para quem as luas e estações se sucediam em ritmo imutável, sempre iguais.

Caminhava sempre. Não permanecia mais que umas poucas luas no território da mesma tribo. Por vezes regressava às aldeias onde estivera uma ou duas gerações humanas antes e constatava que nada havia mudado. Meia dúzia de noites-de-beber mais tarde ia-se embora outra vez. Nunca se mantinha no mesmo sítio tempo suficiente para que as lendas a seu respeito começassem a adquirir a consistência de realidade.

Muitas e muitas estações depois de se ter tornado adulto, durante a visita diurna a uma *tawa* próxima, ouviu um viandante tupinambá de uma tribo do nascente longínquo contar uma série de histórias extraordinárias..

Segundo o caminheiro, duas novas espécies de vidas-curtas haviam aparecido nas praias da Grande Água que existia no final das terras do nascente.

Primeiro surgiram os caraíbas, vidas-curtas de pele clara, quase branca e, não raro, cabelos amarelos e olhos fulgurantes na cor do céu diurno. De acordo com o relato, a nova variedade havia chegado àquela parte do Mundo Mortal depois de cruzar a Grande Água do Nascente no bojo de grandes pirogas de bordos altos. Os caraíbas afirmavam ter nascido em terras existentes do outro lado da Grande Água. Mal chegaram a Pindoretama – terra que, segundo os incas, existia a nascente da floresta e era banhada por outra grande água – e começaram a construir suas *tawas* e cidades.

Algumas estações após a chegada dos caraíbas, apareceu em Pindoretama uma segunda variedade nova de vida-curta, uma raça de pele muito escura – da cor da casca da mandioca, a se fiar no relato do tupinambá.

De acordo com a história incrível do viandante, os caraíbas tratavam os vidas-curtas escuros como animais.

No entanto, a parte da história que mais intrigou o filho-da-noite foi aquela a respeito do estranho deus dos caraíbas. Um deus em tudo semelhante a um vida-curta, com uma diferença crucial: não podia ser morto. Um deus que havia sido sangrado, pregado num tronco e pendurado durante muitas horas para morrer. Dado como morto, o pretenso cadáver teria sido sepultado numa caverna, apenas para ressuscitar depois de duas noites.

Ou Dentes Compridos muito se enganava, ou aquela era a descrição um tanto imprecisa, mas em essência correta, do processo de convalescença de um filho-da-noite atingido por um trauma físico severo.

Então, havia não só filhos-da-noite sobrevivendo entre os caraíbas, como um deles conseguira ludibriá-los abertamente ao se fazer passar por uma espécie de divindade!

Matutou uma ou duas estações sobre as novidades perturbadoras. Novos tipos de vidas-curtas, diferentes de todos os conhecidos pelo Povo Verdadeiro. A maioria dos pensamentos, contudo, girava em torno da possibilidade real de encontrar outros filhos-da-noite reinando entre os caraíbas. Teria essa outra estirpe conquistado êxito onde seus próprios ancestrais fracassaram? Seria tal prodígio possível?

E como esse outro ramo do Povo Verdadeiro receberia um primo desgarrado, último representante de uma estirpe outrora florescente a poente das cordilheiras?

O guerreiro tupinambá disse ainda que, à semelhança dos incas, os caraíbas também construíam cidades. Possuíam armas terríveis que vomitavam fogo e dominavam artes mágicas desconhecidas mesmo aos mais sábios amautas do Inca.

Precisava verificar tais portentos pessoalmente.

Antes de partir, sentiu a certeza nítida de que estava prestes a empreender uma viagem sem volta. Não se importou com o fato.

O ciclo vertiginoso das estações havia semeado pouco a pouco um tédio de brilho ofuscante na escuridão serena de seu espírito.

Ansiava por eventos realmente novos e mais interessantes que o mero vegetar solitário numa toca ou caverna próxima de uma aldeia tupi.

Em suas primeiras semanas junto daqueles novos vidas-curtas, durante uma visita furtiva ao altar despojado da igreja de um mocambo periférico da Confederação de Palmares, começou a desconfiar que o tal Cristo muito provavelmente jamais havia pertencido ao Povo Verdadeiro.

A ausência de seus semelhantes, contudo, já não o preocupava tanto, visto que as trevas estreladas do próprio Inominado voltaram seu sorriso brilhante outra vez para si. Ah, havia um toque de sublime no sabor daqueles vidas-curtas escuros...

Não sabia explicar ao certo se era o aroma delicioso do sangue que jorrava copioso e espumante de suas jugulares pardas ou apenas o fato de constituírem a primeira grande novidade gastronômica em quase dois séculos de vida.

O fato é que, à medida que avançou para o nascente, a floresta cedeu lugar a solos cada vez mais secos, até que se surpreendeu a caminhar por uma região quase desértica. Depois de tantas estações sob as copas das árvores, aquela aridez o fez lembrar um pouco o sítio das Grutas Ancestrais. O chão primevo que abandonara para sempre muitas e muitas estações antes de se tornar um caçador.

Pelo caminho travou conhecimento com várias *tawas* dos tupinambás. A cada noite de viagem para o nascente, mais consistentes soavam as histórias dos índios sobre os caraíbas e os escuros.

À semelhança do que ocorria com as diferentes nações do grupo tupi, os caraíbas também travavam guerras entre si. Todos os relatos dos índios eram unânimes num ponto: os vidas-curtas de pele clara eram os construtores das cidades de pedra e taipa – os senhores. Os escuros eram sempre os submissos, os escravos tratados como bestas irracionais; meras lhamas bípedes...

Tolice rematada!

Após cruzar a região que os tupis chamavam de *Caatinga*, a primeira vila em que tropeçou era habitada por uma maioria de vidas-curtas escuros. O antigo relato do caminheiro tupinambá não mencionara nada daquilo. E não havia a menor dúvida: eram eles que mandavam.

Não era uma cidade grande. Sobretudo para quem nascera em Cuzco.

As pedras dos muros da vila eram menores do que as empregadas na construção das muralhas das cidadelas de Tahuantinsuyu. Além disso, não se encaixavam de forma perfeita umas nas outras, mantendo-se unidas graças ao emprego de uma substância compacta algo semelhante à argila. Os muros em si eram relativamente baixos, mas bem largos. Mais espessos mesmo que as muralhas da grande Cuzco. O topo desses muros era recortado como as fileiras de molares chatos e espaçados da arcada dentária de uma lhama. Nas reentrâncias do muro jaziam tubos robustos de um metal escuro pouco brilhante, desconhecido tanto dos incas quanto do Povo Verdadeiro.

Também havia índios e até alguns dos estranhos caraíbas no cercado dos muros da vila. Não foi necessário muito esforço de observação para notar que eram os escuros que tinham voz ativa no local. Mais tarde descobriu que Palmares era ainda mais complexo do que a princípio imaginou. Embora os escuros de fato governassem a região, as terras da Confederação abrigavam não apenas indígenas e caraíbas, mas todas as misturas possíveis entre as três variedades de vidas-curtas.

Foi uma felicidade para o filho-da-noite que houvesse índios naquela vila. Tão logo se deparou pela primeira vez com os dois novos tipos de vida-curta, compreendeu que jamais conseguiria se fazer passar por escuro ou caraíba.

O idioma praticado no aldeamento tinha um pouco de nheengatu. Mas não muito. Os elementos exógenos numerosos e variados levaram o filho-da-noite a concluir que precisaria de auxílio humano caso almejasse dominar o tal vernáculo em pouco tempo.

Como os incas, os escuros eram um povo civilizado. Dentes Compridos não ousou desempenhar com eles seu papel de índio deformado e quase cego, que costumava funcionar a contento nas *tawas* tupis e aruaques.

Encontrar um refúgio seguro para permanecer durante as horas diurnas foi mais fácil do que supusera possível. Instalou-se com todo o conforto no forro do telhado de um prédio enorme. A construção era uma espécie de depósito comunal, onde os escuros armazenavam o produto da colheita de milho da vila..

Saía quase todas as noites para caçar ou explorar.

No princípio, o ambiente novo e diferente lhe inspirou uma conduta sensata e algo tímida.

Deliciado, sugava brandamente os fluxos menstruais das mulheres jovens ou mordiscava o pescoço de uma criança numa habitação junto ao muro poente da vila, mal sorvendo um gole ou dois. Na semana seguinte, abocanhava com delicadeza o interior de uma coxa ou uma panturrilha no lado oposto do aldeamento.

O sangue dos escuros era simplesmente delicioso! Inebriante mesmo em pequenas doses.

Em duas ou três estações já não conseguia se contentar apenas com uns poucos goles. Não! Sentia o velho êxtase selvagem pulsando novamente dentro de si. O desejo irrefreável de esvaziar o tacho... Depois de beber a vítima até o fim ainda lambia os lábios, suspirando ansioso por mais umas gotas daquele autêntico néctar dos deuses.

Pouco a pouco foi perdendo as estribeiras.

Vez por outra rememorava a tragédia de Cuzco que desabara sobre o Povo Verdadeiro justo porque seus membros se conduziram desse modo desbragado na capital do Império Inca. Mas ele era apenas um. Não acreditava que algumas mortes esporádicas pudessem dar tanto na vista quanto os festins organizados pelos filhos-da-noite urbanos. Afinal, na maioria das noites-de-beber, ele se lembrava de fazer o cadáver exangue desaparecer.

Desnorteado e temeroso das consequências de seus atos, experimentava a moderação durante alguns meses. Permanecia sóbrio e comedido por três ou quatro estações, mas na quinta voltava a dilacerar e matar. Por vezes, em meio aos delírios da embriaguez, esquecia a cautela e abandonava cadáveres a céu aberto.

Apavorava-se novamente com os possíveis resultados de suas ações e então migrava para outro vilarejo ou cidade da nação dos escuros.

Havia apenas a pulsação solitária de um vida-curta adormecido do outro lado da parede de taipa. Como de hábito, a fêmea escura dormia sozinha numa das últimas casas de uma viela transversa à rua principal do vilarejo.

O cheiro forte e enjoativo impregnava a vizinhança a ponto de fazer com que o interior das narinas coçasse de forma terrível. Era o odor pungente e adocicado daquela substância fedorenta, o tal *mel de engenho*, produto que os escuros pareciam dar tanto valor quanto os incas ao seu precioso metal amarelo e os Chimu às suas conchas vermelhas.

Estendeu uma garra afiada, afastando para o lado a cortina de palha trançada da janela. Saltou para dentro do quarto onde a vida-curta dormia. Pousou sobre o chão de terra batida, quase sem ruído, os grandes pés acolchoados e dotados de garras retráteis, como as patas do canguçu.

A manopla envolveu suavemente o braço da presa.

O contato físico produziu o vínculo com o espírito adormecido da vida-curta. O sono tranquilo transformou-se num pesadelo. Com o conhecimento advindo da experiência, Dentes Compridos manteve o controle do vínculo sem qualquer dificuldade.

Virou a cabeça da presa inerte com delicadeza para expor o pescoço e a jugular. Caninos retráteis do tamanho e na forma aproximada de pequenos punhais emergiram dos alvéolos existentes em suas gengivas.. Dentes mais compridos que os de um filho-da-noite normal brilharam à luz cálida das estrelas, uma claridade suave que filtrava entre os fios compridos de palha seca que faziam as vezes de cortina na janela do quarto da jovem vida-curta.

Os maxilares se afastaram mais e mais. Baixou a cabeça sobre a fêmea escura, antegozando o momento em que suas presas afundariam naquela carne quente e tenra.

Interrompeu o ataque quando estava prestes a abocanhar o pescoço da jovem.

Havia algo errado.

Não chegou a sentir o cheiro dos outros vidas-curtas. Apenas o ruído de passos...

Pulsações!

Vários prediletos adultos aproximavam-se da casa em corrida; mais rápidos do que Dentes Compridos jamais vira.

Armadilha!

Uma profusão de guerreiros escuros adentrou pelo quarto penumbroso. Portavam archotes, lanças e os estranhos tubos de metal compridos que o filho-da-noite já vira antes em mais de um vilarejo e que deduzia constituírem uma espécie qualquer de arma, embora ignorasse sua exata utilidade. Tubos metálicos que reluziam feericamente à luz dos archotes, ofuscando seus olhos sensíveis.

Vários outros tubos fitaram o interior do aposento por entre os fios de palha da cortina.

Um escuro alto e musculoso ingressou no recinto a passos céleres e articulou com voz autoritária num nheengatu impecável.

– Enfim conseguimos te pegar! Ei-lo em nossas mãos, após todos esses meses de caçada infrutífera! Há dois anos que tenho estado a sonhar com este momento! – O líder escuro voltou-se para seus comandados e articulou naquele idioma que Dentes Compridos já começara a compreender. – Muito que bem, tropa. Estamos todos de parabéns. Acabaram-se as chacinas do Mocambo de Dambrabanga.

PARTE 2
O VAMPIRO DE NOVA HOLANDA

Folga Negro
Branco não vem cá
Se vier pau há de levar...
Folga Negro
Branco não vem cá
Se vier
O diabo há de levar!

[*Auto dos Quilombos*]

CAPÍTULO 1
OS SOBRINHOS DO REI

Não existem bons perdedores, apenas bons atores.

[Ditado popular em Palmares]

A CRIATURA QUE ATÉ POUCOS meses atrás se fizera passar por índio permanecia quieta e circunspecta, bem segura pelas mãos calejadas dos três gigantes de ébano e do tupinambá enorme de cara listrada. Talvez àquela altura já houvesse concluído que o esperneio inútil só pioraria ainda mais a situação.

Num círculo apertado em torno dos cinco havia outros seis guerreiros palmarinos de músculos retesados e lanças em riste, prontos para atuar em consonância com as ordens do Ganga-Muíça, o comandante militar supremo. Oito atiradores postavam-se mais afastados com pistolas de pederneira engatilhadas. Homens especialmente escolhidos para a lida de vigilância, o sobrinho explicou, por seus reflexos rápidos e pontaria mortal.

Por insistência dos sobrinhos do rei, as janelas amplas do salão haviam sido fechadas. As réstias de luz remanescentes foram toldadas por cobertores grossos de lã, amarrados nos suportes das cortinas.

Apenas o brilho trêmulo e crepitante dos três fachos de canzenze[17] iluminava o vasto aposento. Algo contrariado, o rei acedeu ao capricho dos sobrinhos.

Andalaquituche, o mais alto e esbelto dos dois, costumava ter bons motivos para seus pedidos por vezes extravagantes. O problema era que a vista de Ganga-Zumba já não lhe servia tão bem quanto antigamente. Não conseguia enxergar bem naquela penumbra sólida, ao contrário do que parecia ocorrer com os sobrinhos e os guerreiros que os acompanhavam.

E, sobretudo, detestava ser lembrado na frente dos outros sobas que não era mais o monarca jovem e intrépido dos tempos em que,

17 ***canzenze*** – Arbusto campestre cujo legume coriáceo é de fácil ignição, mesmo quando verde, sendo usado principalmente como pau de fachear.

com a ajuda do irmão, persuadira seu Conselho de Seculos a aceitar o tratado de aliança proposto pelos holandeses.

Irritado, entregou o pito de cerâmica ao pajem mais próximo. Um cachimbo grande, montado sobre o taquari[18] comprido que atravessava uma cabaça de água fresca, para esfriar a fumaça da liamba[19]. Era melhor deixar os prazeres relaxantes do fumo-de-angola para mais tarde. Por ora, era de bom alvitre reunir toda a temperança e sobriedade porventura remanescentes em seu espírito.

Havia dias, como aquele, em que se sentia ainda mais velho e cansado do que seria adequado a um soberano de Palmares.

Zumbi o considerava idoso demais e, principalmente, mole demais, para continuar a governar a Confederação.

Os partidários do filho mais jovem que a irmã confiara à sua guarda costumavam referir-se a ele pelas costas com a alcunha de "rei--ancião"... É claro que, se abdicasse, o próprio sobrinho-general seria o candidato mais forte ao trono.

Não obstante a mágoa e o orgulho, havia horas em que Ganga-Zumba quase concordava com Zumbi.

Aborrecido e taciturno, o rei desviou por um instante os olhos da criatura que se parecia tanto com um homem e fitou o sobrinho mais velho, o estudioso a quem os holandeses referiam-se como "o mais sábio dos palmarinos". Depois voltou a atenção para o mais novo, Zumbi, comandante supremo do exército e grande ídolo da história da jovem Confederação de Palmares.

O sobrinho-general parecia sentir-se desconfortável com a situação. Permanecia calado, com os olhos fixos nas lajotas de arenito rosado do piso do salão. Nas poucas vezes em que seu olhar se cruzou com o de seu tio e soberano, confessou ao homem mais velho, de forma tácita e envergonhada, seu estado de confusão e, mais curioso e preocupante, o respeito profundo que a criatura lhe inspirava.

Ganga-Zumba não imaginou que viveria o bastante para presenciar o dia em que o mais bravo dos quilombolas tremeria como o mais inexperiente dos moços em seu primeiro dia de guerreiro na Cerca de Subupira.

Zumbi, o terror das vilas lusas dos sertões da Bahia e de Pernambuco, o mestre-de-campo que ousara sitiar durante semanas a fio a própria Salvador, capital do Império Luso no continente e ameaçara capturar

---

18 ***taquari*** – Canudo do cachimbo, feito de bambu.

19 ***liamba*** – Do banto: maconha. O mesmo que *fumo-de-angola*.

a cidade e escravizar todos os brancos que ali residiam. Zumbi, o provável futuro rei de Palmares, assustado como criança de colo, a tartamudear frases sem sentido para si mesmo.

Ganga-Zumba sabia o motivo. Compartilhava com o sobrinho mais jovem daquele arrepio de frio na espinha, a inquietação que o atingia sempre que se deparava com um fenômeno perturbador que não conseguia explicar.

Gostaria que Gana-Zona estivesse ao seu lado. Se os sobrinhos não lhe houvessem contado da criatura somente na antevéspera, talvez considerasse a hipótese de convocar o irmão a regressar da corte do príncipe Nassau no Recife. Quando ambos eram jovens, julgava Gana-Zona capaz de arranjar uma explicação natural para tudo e qualquer cousa.

– Não é um homem, meu tio. Mas também não é um anhanga, um espírito maligno. O mais importante é que está à nossa mercê. Repare seu ar alquebrado. Ouso afirmar que logramos êxito em incutir certo temor em seu espírito. Sou capaz de apostar que teme pela própria vida.

O rei voltou a atenção da criatura para Andalaquituche.. O primogênito. Aquele cujo mérito principal, na opinião da maioria dos palmarinos, que ignoravam ou pouco se importavam com sua inteligência invulgar, era o de ser o irmão mais velho do Grande Zumbi.

O primogênito estava certo, como de hábito. A segurança que o sobrinho irradiava abrandou um pouco a inquietação do monarca.

Ouvira dizer à boca miúda que os guerreiros que haviam capturado a criatura e trabalhado em seu cárcere julgavam que ela fosse bem mais forte que o grande mono negro, o espécime macho trazido de África com que Nassau presenteara o jardim zoológico da Cerca Real do Macaco três anos antes, por ocasião das festividades que marcaram a passagem do vigésimo aniversário da Vitória de Guararapes. Devia ser verdade. Afinal, a criatura que ora tem diante de si matara vários homens robustos com facilidade surpreendente. Segundo relatos, reduzira as vítimas a pedaços com as próprias mãos.

Mortes abomináveis, de acordo com os relatórios da investigação de Andalaquituche.

Ganga-Zumba gostava do mono negro. Parecia bastante com um mbundo[20], mas era maior e muito mais peludo do que qualquer mbundo, e mais forte do que três guerreiros robustos.

---

20 ***Mbundo***: 1. Negro. 2. Na Primeira República do século XVIII, utilizado no palmarino coloquial como sinônimo de homem.

Mais forte que o grande mono! Suspeitou que os quatro homens que o mantinham dominado só eram capazes de fazê-lo com certa dose de aquiescência, uma disposição estranha de permanecer passivo diante do rei.

Compreendeu afinal porque Andalaquituche insistira tanto nesse despropósito da presença dos arcabuzeiros armados de pistolas em pleno salão do trono.

Os olhos da criatura eram imensos. Reduzidas a fendas verticais mas, ainda assim, maiores que as íris de um mbundo, as pupilas emitiam um brilho esverdeado na penumbra do aposento. Olhos de canguçu bravo. O nariz era repuxado para trás, quase como o focinho de um porco. Seus pés, mãos e, sobretudo, os maxilares, eram grandes demais para pertencer a um mbundo normal.

– Mostrem as orelhas do nosso amigo.

Sob ordem do primogênito, um dos arcabuzeiros deu um passo a frente e estendeu o braço trêmulo em direção à cabeça da criatura, utilizando a ponta de uma vareta de carregamento para remexer a cabeleira basta do monstro.

A criatura bufou e abanou a cabeça com um arrepio de nervoso. Ganga-Zumba se lembrou de um dos canguçus mais enfezados do zoológico, aquele que os garotos costumavam cutucar com espetos de bambu.

Um olhar intenso do sobrinho mais velho foi o bastante para que a criatura se aquietasse. Depois de várias tentativas, ora mais cauteloso, o guerreiro enfim logrou expor a orelha pontuda e hirsuta como as do guará à curiosidade dos presentes.

Andalaquituche chamou a atenção do tio com um estalo seco da língua contra o céu da boca.

O estalo era hábito novo, importado da África há cousa de três anos. Um comportamento que os nobres palmarinos aprenderam de um ancião que se instalara há pouco mais de uma década no mocambo do Macaco e que se tornou de uma hora para outra um modismo comum à maioria dos membros da elite de Palmares. O velho era um ex-escravo que os brancos trouxeram ainda garoto de uma tribo de negros franzinos de tez clara que habitava as regiões desérticas que o ancião afirmava existir no sudeste do continente ancestral.

O sobrinho estava certo.

Talvez aquele ser fosse capaz de se disfarçar sob forma humana. Fingir humanidade até com certo grau de perfeição. Mas não era um mbundo. E o mais importante: não era um demônio.

Porque qualquer entidade sobrenatural com um mínimo de

vergonha na cara não ficaria a suspirar com aquele ar abatido, derrotado, a fitar com temor patente os canos das pistolas que meia dúzia de arcabuzeiros do pelotão de elite apontavam decididos em sua direção.

Em visita que fizera na véspera à casa paterna, seu filho Toculos, o braço direito de Zumbi, confidenciou que boa parte dos temores da criatura haviam sido incutidos à custa de disparos à queima-roupa contra seu peito e barriga.

– Muitos tiros... – Toculos confessara assustado.

Sobrenatural ou não, a criatura parecia dispor de poderes e força sobre-humanos.

– Talvez fosse interessante repetir parte dos interrogatórios anteriores para o ganga[21], meu tio. – Se Andalaquituche sentia algum temor ante a criatura, escondia o sentimento melhor que ninguém. – Ele concordou em satisfazer nossa curiosidade em alguns pontos ainda obscuros, desde que fosse trazido à sua presença.

Zumbi pigarreou sem tirar os olhos do piso.

– Ah, sim. – O primogênito continuou. – E tive que prometer que o ganga pouparia a vida dele.

Novo pigarro do Ganga-Muíça.

– Bem, além disso, ele acredita piamente por sua própria conta e risco que o tio lhe devolverá a liberdade.

– E vosmecê também lhe prometeu isto em meu nome? – De momento Ganga-Zumba sentiu-se mais curioso que preocupado. Percebeu que Zumbi fitava o meio-irmão com o ar de "eu-não-te-disse?" que lhe era peculiar.. – Bom, voltaremos a este assunto mais tarde..

O sobrinho mais novo fungou alto, mas não falou nada. Jamais foi tão bom com as palavras quanto o irmão. Baixou os olhos avermelhados por várias noites insones. Pareceu bastante entretido em coçar o dedão do pé por entre as tiras da sandália com a ponta do cabo de sua vistosa lança cerimonial de comando.

O rei apertou ambos os braços da poltrona de espaldar alto que fazia as vezes de trono. Então o anhanga.... não, a criatura, só se dispusera a falar em sua presença? Talvez aquela fosse razão bastante para não recebê-lo.

O ser exalava um aroma forte e adocicado. Um cheiro de fato agradável, realmente, embora Ganga-Zumba o considerasse muito pouco

---

21 ***Ganga*** ou ***gana*** – 1. Chefe supremo. 2. Designação respeitosa aplicada aos homens mais velhos. 3. Chefe. 4. Em Palmares do século XVIII: equivalente ao "Vossa Senhoria" do português do século XVIII ou ao "senhor" de épocas mais recentes. Feminino: ***Angana***.

másculo para uma criatura de tamanho poder. *Parece cheiro de suco de mulher!* Decidiu que mais tarde perguntaria ao sobrinho se o aroma era um artifício para atrair os mbundos para a morte.

Enxugou o suor da testa no antebraço esquerdo. Embora o aposento estivesse relativamente cheio, os presentes permaneciam surpreendentemente quietos. Pigarreou para aclarar a garganta e o silêncio se tornou absoluto. Quando finalmente falou, a voz lhe saiu rouca e num tom mais baixo do que o pretendido.

– Entende nossa língua?

Andalaquituche respondeu pela criatura.

– Ele fala nheengatu com perfeição, meu tio, embora esse não seja seu idioma nativo. Também entende o palmarino, mas o ganga vai ter que falar mais devagar.

Ganga-Zumba assentiu. Era melhor aceitar o conselho do sobrinho. Andalaquituche era um mestre consumado no domínio dos idiomas estrangeiros. Voltou a se dirigir à criatura, dessa vez pausadamente..

– Tenho a forte impressão que não és um anhanga.. Já descobrimos que homem também não o és, embora te faças passar por um. O que tu és, afinal?

A criatura soltou uma risada triste, mais parecida com o grito agudo da *matitaperê* do que com o riso de um mbundo. Com um tremor involuntário, o rei se lembrou da crendice que afirmava que o pio dessa ave costumava anunciar a morte de alguém importante.

O ser olhou para o alto, como se procurasse inspiração junto às telhas de barro cozido e aos caibros do teto do salão.. Quando falou, fê-lo num palmarino inseguro, mas razoavelmente fluente, num tom que soou bem humano, se bem que numa voz aflautada, que o rei e seus homens jamais esperaram encontrar numa criatura tão facinorosa.

– Não adianta mais fingir de homem, Grande Rei. Tampouco pleitear patente de anhanga. Os sobrinhos de Vossa Majestade já me torturaram por demais, um com o aço e o chumbo, o outro com palavras afiadas, para descobrir tudo a meu respeito. Sinto dor, como qualquer criatura de Deus.

– Não é anhanga não, meu tio. – Andalaquituche não parecia admitir a menor possibilidade de dúvida àquele respeito. – Mas eu não ousaria classificá-lo como "criatura de Deus". Não depois de examinar os restos de suas vítimas.

Ainda a fitar o piso, Zumbi soltou um risinho provocador. Andalaquituche lançou-lhe um olhar de desafio à nuca. O irmão mais jovem não percebeu.

Ganga-Zumba olhou de um para o outro. Decidido a descobrir mais da boca da própria criatura, executou o gesto brusco com a mão, descendo-a rápido com a palma voltada para baixo, como se estivesse aplicando um tapa no traseiro de uma criança. Um gesto já repetido mais de mil vezes, em muitas ocasiões públicas e privadas, para exigir que os sobrinhos cessassem de imediato quaisquer desavenças, temporárias ou não. Como de costume, a ação reduziu ambos a um silêncio contrafeito.

– E então? Vou repetir a pergunta em palmarino mais claro: o que vosmecê é?

– Sou um filho-da-noite.

– O que é isto? – Ganga-Zumba lançou um olhar inquisitivo ao sobrinho mais velho.

Andalaquituche assentiu em silêncio. Para a criatura, ordenou num nheengatu ríspido e bem articulado:

– Explique do princípio.

– No início do Mundo Mortal, os mais velhos da minha estirpe afirmavam que éramos o Povo Verdadeiro porque éramos semelhantes ao Criador. Sempre soubemos a fala dos homens mortais, uma necessidade para que pudéssemos nos fazer passar por vosmecês. Os homens e mulheres das tribos próximas das Grutas Ancestrais referiam-se a nós em seu próprio idioma como os "filhos-da-noite". Os povos andinos do Grande Reino dos Incas nos chamavam de *huinay huayna*[22]. Muitos anos mais tarde, cruzei as grandes cordilheiras rumo ao nascente. Desci para este lado, onde as tribos Apinajé me designaram como *cupendiepe*[23]. Mais recentemente e para leste, os tupis começaram a me chamar de *anhangaçu*.

– Espírito poderoso... – O tupinambá gigantesco com as faces pintadas de ocre e negro em listras verticais intercaladas balbuciou meio entre os dentes e afrouxou um pouco a pressão no braço direito do filho-da-noite.

– Porque vosmecês fingem ser homens?

– Não é questão de escolha, Grande Rei.. Nunca foi. É da nossa natureza. O Criador fez os animais para uso dos homens mortais. Alguns pajés do Grande Reino dos Incas diziam que este mesmo

22 ***huinay huayna*** – Do quíchua: imortal.

23 ***cupendiepes*** – Criaturas humanoides de asas coriáceas, como as dos morcegos, que os jês Apinajé diziam existir no Alto Tocantins. Segundo o folclore Apinajé, os cupendiepes saíam à noite de suas cavernas voando como morcegos.

Criador teria feito os homens mortais para meu povo. Porém, segundo os mais velhos dentre nós, os filhos-da-noite teriam sido concebidos como uma espécie de castigo para os homens mortais.

– Deus teria criado os homens para seu povo? – O rei olhou para o sobrinho mais velho. Este deu de ombros. O monarca decidiu insistir.
– Explique isso melhor.

– Não consigo explicar em sua língua, Grande Rei. Talvez eu pudesse fazê-lo na fala do meu povo. Mas vosmecês não conseguem entender a linguagem-do-espírito.

Ganga-Zumba fitou Andalaquituche, mas este sinalizou que não sabia do que se tratava. Foi a vez do rei dar de ombros. Paciência.

– E esse seu povo? Existem muitos como vosmecê?

– O Povo Verdadeiro nunca foi tão numeroso quanto os homens mortais.

Pela primeira vez, desde que conduzira o estranho prisioneiro à presença do rei, Zumbi se manifestou verbalmente. A voz trêmula assumiu um tom acabrunhado.

– O tio Gana-Zona, irmão de vosmecê, nos explicou certa feita, quando éramos meninos, que não podia haver tantos canguçus nas matas e capoeiras quanto antas, veados ou capivaras...

– Mas, então... – As vísceras do monarca se revolveram, ante a aceitação plena do fato que os dois sobrinhos tão diferentes tentavam insinuar. – ... os homens estariam para seu povo como os veados, pacas e cotias estão para os canguçus das nossas matas?

Um silêncio chocado se espalhou pelo recinto e calou mesmo o murmúrio baixo dos guerreiros e oficiais postados junto às portas e janelas do aposento. Os olhares se concentraram na criatura não-humana. Aparentemente encabulado com a atenção recebida, o filho-da-noite se defendeu:

– Meu povo nunca pediu tal destino, Grande Rei. O maior sonho de muitos de nós foi o de ser como os homens mortais. Poder viver e morrer como fazem os homens e as mulheres do Povo Predileto.

– Vosmecê disse que veio do oeste. Mas de onde é sua gente?

– Existem várias lendas antigas sobre um tempo de grandes migrações, mas já não há ninguém vivo, filho-da-noite ou homem mortal, para confirmá-las ou negá-las. O que eu sei de fato é que nasci na grande cidade de Cuzco, a capital de Tahuantinsuyu, o império do povo inca. Era um reino muito poderoso, maior que Palmares, as terras da Nova Holanda e os territórios dos brancos lusos, todos juntos.

– Nunca ouvi falar desse reino desmedido. – Ganga-Zumba ia

acrescentar um comentário qualquer, mas Andalaquituche fez o sinal de que desejava falar.

– Verifiquei esta história do tal reino dos Incas. – Confiante, o sobrinho começou a explicar, antes mesmo do rei conceder a autorização. – O embaixador de Nassau disse que houve um reino de índios do outro lado das cordilheiras. Um império de índios que construíam grandes cidades de pedra. Um reino antigo, já existente antes da chegada dos brancos lusos. O tio se lembra daqueles outros brancos, os tais hispanos, que o ganga disse que andaram por essas terras quando o tio era menino?

Ganga-Zumba fez que sim com a cabeça.

– Pois é. O embaixador Wilhelm falou que esses hispanos destruíram o tal reino dos índios e roubaram todas as riquezas das cidades deles. Foi com o ouro e a prata dos índios que os hispanos se tornaram tão poderosos.

Ganga-Zumba coçou o queixo, pensativo. Depois de algum tempo, voltou-se para o filho-da-noite e ordenou:

– Continue.

– Quando ainda era cria-de-colo, houve uma guerra entre o Povo Verdadeiro e os exércitos dos Incas. O conflito durou muitas estações e se desenrolou em várias cidades e tabas. No fim, nós perdemos e fugimos das cidades do império. Regressamos para as Grutas Ancestrais, próximas às margens do outro oceano, ao poente das grandes cordilheiras, muitas e muitas léguas das terras de Palmares na direção oeste. Alguns dentre nós acreditavam que os filhos-da-noite se originaram naquela região.

Depois que a criatura parou de falar, os palmarinos ainda permaneceram um bom tempo calados a pensar no que haviam ouvido. Andalaquituche finalmente quebrou o silêncio.

– A guerra entre os índios e os filhos-da-noite e a destruição desse reino ou império aconteceram há muito tempo. Muito antes de a vó Alquatune deixar de ser princesa em África para ser escrava na Capitania de Pernambuco.

– Mas a vó morreu há muito tempo. E já morreu mulher velha... – Zumbi riscou o arenito da lajota com a ponta da lança, como que a frisar seu argumento. – O prisioneiro não parece mais velho que o irmão.

– Ele não é mbundo, irmão. Não podemos afirmar se é novo ou velho pela aparência. – O tom de Andalaquituche soou desapaixonado aos ouvidos do rei, como se falasse sobre um animal estranho que observara no zoológico do príncipe Nassau. – Em nheengatu ou palmarino, Dentes Compridos se refere a nós como "homens mortais". Sabem como é que o povo dele nos chama em seu próprio idioma? "Vidas-curtas".

Ganga-Zumba decidiu por fim ao debate infrutífero da maneira mais simples possível. Voltou-se para o filho-da-noite e perguntou:

– Qual é a sua idade?

– Não tenho como saber, Grande Rei. Não marcamos a passagem do tempo como os homens mortais. O tempo nunca foi importante para nós, exceto durante o breve período em que convivemos com os incas. Só o que posso dizer é que nasci na cidade de Cuzco na época em que o velho Pachacuti Inca Yupanqui governava o império. Lá não havia nenhum homem mortal branco ou negro.

– Meu tio, – Andalaquituche interrompeu novamente, – Dentes Compridos nos confessou que os filhos-da-noite não morrem de morte morrida.

– Só de morte matada! – Pela primeira vez naquele dia o Ganga-Muíça Zumbi esboçou um sorriso aberto.

– Dentes Compridos... que nome esquisito. – O rei comentou com ar absorto.

Os dois irmãos se olharam e assentiram mutuamente.

Andalaquituche se dirigiu a Ganga-Zumba.

– Acho que chegou a hora de uma pequena demonstração, meu tio. Há ocasiões em que uns poucos atos concretos têm mais valor que todas as palavras impressas nos belos livros da Grande Biblioteca do Recife.

O rei fez um gesto de aquiescência. Os sobrinhos raramente concordavam com algo, mas daquela vez pareciam saber o que estavam a fazer. Além disso, se Andalaquituche dizia existir alguma cousa que considerava mais importante que seus livros idolatrados, gostaria realmente de conhecer esta cousa.

Diante da autorização, Zumbi apontou para dois dos lanceiros postados no fundo do salão e ordenou: – Vosmecês os dois, tragam o escravo luso.

O rei franziu a testa, mas acabou por encolher os ombros. Detestava a crueldade gratuita com que alguns nobres da Confederação costumavam tratar os escravos. Mas os sobrinhos deviam ter lá seus motivos. E ele estava assaz curioso para descobrir o que os dois pretendiam fazer com um dos lusos do cercado de escravos dos canaviais.

CAPÍTULO 2
ESCRÚPULOS DE VAMPIRO

Se houver que cometer o assassínio,
É melhor fazê-lo depressa e bem feito
Se o ato encerrasse em si todas as consequências,
E eu lograsse triunfar com a morte dele,
Se o assassínio fosse aqui tudo e o fim de tudo,
Então aqui, nestas praias do tempo,
Eu arriscaria minha vida futura.

[*Shakespeare* – Macbeth]

Assim que o homem branco foi trazido ao salão agrilhoado pelo pescoço e tornozelos em correntes pesadas e escoltado pelos dois lanceiros, o rei percebeu contrafeito que ele havia sido submetido a maus tratos.

Trajava tão somente uma calça rasgada e suja de lama, pouco mais que um farrapo. Cheirava horrivelmente e suas costas estavam sulcadas com vergões de chibata, apenas parcialmente cicatrizados.

As gerações mais jovens, em geral nascidas livres de pais que também haviam sido palmarinos livres desde a infância, julgavam a escravidão branca um fato da vida, a cousa mais natural do mundo.

Mas Ganga-Zumba era homem velho. Sua mãe e seus tios haviam sido escravos na Capitania de Pernambuco. Quando garoto, costumava ter pesadelos cujos enredos se inspiravam nas histórias horríveis contadas por um dos tios.

Escravidão era simplesmente escravidão. Pouco importava se eram brancos ou negros os pulsos amarrados ao tronco, ou as mãos que empunhavam os chicotes.

E Ganga-Zumba nutria pela escravidão branca um ódio quase tão grande quanto aquele despertado pela escravidão dos *mbundos*, a gente de seu povo.

Sabia, contudo, que um soba dos bantos não prosperaria muito tempo em Palmares, caso professasse em público heresias dessa estatura. Mesmo depois de coroado, sempre se curvara às inevitáveis necessidades de Estado e assumira postura mais cínica, política.

Fitou as cicatrizes rubras nas costas do luso. Procurou dissimular o olhar duro, repugnado, com o ar de enfado, máscara de governo essencial a qualquer estadista experimentado.

Conhecia bem o pensamento da nobreza palmarina.

Ah, o trabalho duro nos vastos canaviais coletivos existentes em torno da Cerca Real do Macaco... Impressionante o estrago que uns poucos meses de labuta rude, mas honesta, na cultura da cana-de-açúcar podem fazer à saúde de um branco preguiçoso e indolente!

Voltou a observar o sobrinho mais novo. Uma vez colocado no controle da situação, Zumbi parecia ele mesmo outra vez. Já não havia a menor sombra de temor em sua postura. Aproximou-se de Dentes Compridos e murmurou algumas frases ríspidas entre os dentes. Ganga-Zumba só conseguiu ouvir o final de uma sentença muito estranha:

– ... se não matar logo, morre!

Um comando lacônico do Ganga-Muíça e todas as pistolas e lanças do aposento foram miradas contra a cabeça ou o peito do filho-da-noite. Os dois irmãos se fitaram. Andalaquituche assentiu e Zumbi ordenou que Dentes Compridos fosse liberto.

Um dos guerreiros empurrou o escravo luso para perto da criatura não-humana com um pontapé.

A partir daquele instante os eventos transcorreram de um modo engraçado na cabeça do monarca – muito lentos, a ponto de assumirem contextura irreal, melado pastoso dum sonho. Só quando recapitulou todo o ocorrido a posteriori, Ganga-Zumba pôde compreender os fatos que havia presenciado em sua inteireza.

Garras do tamanho das facas que as mulheres usavam para cortar legumes na cozinha emergiram das pontas dos dedos da criatura. Com um salto impossível para um mbundo cobriu as várias braças que o separavam do luso. Agarrou o crânio da vítima com uma das patas – Ganga-Zumba já não pensava nelas como mãos – e puxou a cabeça para trás com violência. Exposto daquele jeito obsceno, o pescoço do luso reluziu, demasiado branco, mesmo sob o bruxuleio pálido das chamas dos canzenzes.

Depois do ataque inicial, o rei retesou os músculos das costas, a esperar pelo pior. O que presenciou afinal foi algo para o qual nenhuma preparação teria sido bastante. Algo que jamais teria acreditado se lhe houvessem contado.

Dissesse Andalaquituche o que quisesse, aquilo só podia ser obra de feitiçaria! Mal a criatura tocou as garras no escravo luso e esse, antes inquieto e trêmulo, tomado por indisfarçável sentimento de pânico, relaxou como se houvesse mergulhado numa espécie de transe. Se não era magia da grossa, o rei não sabia o que era...

A boca do filho-da-noite se escancarou, mais do que teria sido possível a qualquer mandíbula humana. Os caninos da criatura pareciam ter crescido por encanto até o tamanho dos polegares de um homem adulto.

Havia perdido toda a aparência humana.

Ganga-Zumba imaginou que ele dilaceraria o luso com um golpe muito rápido. Um impacto brutal de violência inaudita. Daí, o filho-da-noite o surpreendeu, justamente pela suavidade com que tomou sua vítima.

As presas longas cerraram-se em torno do pescoço do homem paralisado. Os movimentos lentos de sucção dos lábios grossos e coriáceos lembraram macabramente ao rei os de um bebê a mamar no seio materno.

Pouco mais de dois minutos daquele assédio plácido e Dentes Compridos pareceu saciado. Intrigado, o rei se perguntou o que fora feito do predador que, segundo disseram, havia estripado dezenas de vítimas.

A criatura levantou os olhos para Andalaquituche a implorar uma mercê num idioma desconhecido.

Mas foi Zumbi que lhe gritou a ordem ríspida:

– Até o fim!

– Nem pense em bancar o tímido perante o rei, meu amigo.

Ganga-Zumba fungou e disfarçou o sorriso. Qualquer um que não conhecesse Andalaquituche muito bem juraria que o tom por ele empregado fora o mais sério do mundo.

O sobrinho lançou-lhe uma piscadela discreta e continuou:

– Todos os presentes já ouviram falar do que vosmecê é capaz. Vamos lá. Satisfaça a curiosidade deles.

– E vamos logo com isto! – O sobrinho mais novo ordenou. – Não temos o dia todo.

O filho-da-noite assentiu, resignado. Voltou-se para o escravo que se mantinha em seus próprios pés e o tomou pelo ombro.

Dentes Compridos transformou-se. Como um mbundo que, em seus últimos momentos de sobriedade, antegoza as delícias que a embriaguez lhe irá proporcionar.

Num único instante, a delicadeza exibida minutos antes cedeu lugar a uma violência que os palmarinos ainda não haviam testemunhado pessoalmente, ainda que seus resultados já fossem assaz conhecidos por muitos dos presentes.

Abocanhou a vítima outra vez. O sangue e a linfa foram sugados com força, como se o filho-da-noite possuísse uma daquelas bombas d'água holandesas entre os lábios.

As pernas do luso amoleceram. Para mantê-lo em pé, o predador não hesitou em lhe perfurar o abdome profundamente com as garras da mão direita, erguendo-o como a um borrego no espeto.

"Não é como a pata do canguçu", – Ganga-Zumba estremeceu, – *"mais parecem facas de aço!"*

A ânsia do filho-da-noite acalmou-se pouco a pouco. Já não havia muito para sugar. Em menos de três minutos, o luso se havia transformado de homem robusto numa casca vazia e enrugada. Uma carcaça mais ressecada que as dos cadáveres dos mbundos que conseguiam fugir dos engenhos do norte, mas acabavam por morrer de sede na travessia dos sertões inóspitos.

Andalaquituche fitou o irmão e emitiu outro estalo seco com a língua.

Zumbi assentiu e ordenou a seus homens.

– Descubram as janelas!

Os guerreiros obedeceram prontamente.

Mesmo sem querer, o rei foi obrigado a cerrar as pálpebras. Por uns instantes perdeu de vista a conduta do filho-da-noite. Ouviu, no entanto, o miado agudo. Como se o grande canguçu pintado houvesse virado um pequeno maracajá.

Quando voltou a enxergar, deparou-se com a criatura tombada sobre as lajotas do piso, o corpo contorcido e a face oculta num dos antebraços. Não havia sinal das garras e dos caninos retráteis. Mais tarde os sobrinhos explicariam que ambas as manifestações só apareciam à noite ou no escuro.

Ganga-Zumba estava impressionado como há anos não se sentia. Impressionado por demais. Os pulmões sorviam o ar com dificuldade e o estômago parecia ter sido espremido e amarrado com nó cego num embrulho apertado que ameaçava romper-se a qualquer momento. Para piorar tudo, a cabeça latejava de um jeito horrível.

Antes que o pior acontecesse, ordenou que o filho-da-noite fosse arrastado para fora do salão.

Depois que Dentes Compridos foi retirado do aposento, Ganga-Zumba dispensou os seculos, conselheiros e sobas presentes. Mandou que seu séquito o aguardasse na antecâmara. Zumbi compreendeu a intenção do rei de conferenciar em privado com ele e o irmão. Portanto, ordenou que os guerreiros de sua guarda pessoal se retirassem do aposento e regressassem ao quartel construído como anexo do palácio de governo.

Primeiro, Ganga-Zumba ouviu o sobrinho mais jovem, favorável à execução imediata da criatura sobre-humana.

Depois consultou Andalaquituche. Com a astúcia habitual, esse o lembrou da palavra que empenhara em nome do monarca para poupar a vida do filho-da-noite. Mencionou também a oportunidade ímpar de estudar uma criatura que talvez fosse o último exemplar de sua raça. Falou sobre o quanto poderiam aprender com ele. E por último argumentou – a desafiar o irmão com o olhar – que foram seus agentes e não os guerreiros de Zumbi que haviam preparado a armadilha e conseguido capturar Dentes Compridos.

O rei manteve-se imerso num silêncio ponderoso após ouvir os argumentos e contra-argumentos de ambos. Sabia que Zumbi expressava mais ou menos o desejo da elite de Palmares. Decidisse poupar a criatura e talvez tivesse que enfrentar o ressentimento de boa parte da população dos mocambos nos quais o filho-da-noite fizera vítimas. A menos que poucos tomassem conhecimento do verdadeiro teor da decisão real...

Dispensou enfim os sobrinhos sem pronunciar uma decisão.

Meditou sobre o assunto por uma semana. Depois disso, convocou os sobrinhos, os líderes dos mocambos mais confiáveis e os sobrinhos deles, bem como os mestres-de-campo mais influentes e os representantes do Conselho de Seculos, para anunciar sua decisão.

Por questão de lei, ordenou a presença do principal interessado.

Havia ao todo quase meia centena de pessoas no salão do trono. O burburinho de várias conversas em tom baixo se interrompeu quando Dentes Compridos adentrou no aposento, conduzido por uma dúzia de guerreiros bem armados.

Ao notar que concentrava a atenção dos presentes, o rei acenou ligeiramente ao arauto postado a seu lado direito.

A batida surda do *zabumba* foi ouvida uma única vez. O silêncio desceu opressivo sobre o recinto e a voz límpida do arauto pôde ser ouvida em todo o recinto.

– Sua Majestade Mbundu, o Rei Ganga-Zumba, terceiro monarca de Palmares, governante supremo da Confederação e suserano dos quilombos de fora, vai falar.

O arauto voltou o olhar para o menino do zabumba e este percutiu o instrumento uma segunda vez.

– Conforme prometido por nosso sobrinho primogênito em nosso nome e no de Palmares, – Ganga-Zumba desviou o olhar que mantinha fixo no filho-da-noite para fitar Andalaquituche com ar de falsa irritação e um sorriso mal disfarçado no canto dos lábios, – concedemos a Vossa Mercê não só a vida como a liberdade, com a condição terminante de que não retorne jamais às terras de Palmares, exceto se expressamente autorizado por édito real.

– Isto é um absurdo, meu tio! – Zumbi deve ter se sentido tremendamente indignado ou jamais teria ousado interromper o rei daquela forma abrupta e peremptória diante dos vários sobas e seculos subalternos. – Não podemos confiar nessa criatura!

– Eu ainda não terminei, Ganga-Muíça. – O fato do rei se ter referido ao sobrinho por seu título militar, mais do que o tom gélido de sua voz, fez com que Zumbi se calasse de imediato. Num tom mais cordato, Ganga-Zumba continuou. – Embora banido de nossas terras, o filho-da-noite que atende pela alcunha de Dentes Compridos gozará de nossa estima e amizade sincera. Contará sempre com nosso apoio irrestrito. Em troca, deverá aceder ao compromisso de predar somente as regiões habitadas pelo inimigo. Sempre que assi ordenado, deverá eliminar em favor de Palmares os brancos lusos cujos nomes e descrições lhe forem confiados.

Todos se voltaram para Dentes Compridos, curiosos em ouvir sua resposta.

– Se é assi que meu rei deseja, assi será feito. – O palmarino da criatura já parecia bem mais fluente. Ou o sobrinho primogênito era um professor excelente ou o aluno aprendia com facilidade e rapidez em muito superiores às do homem comum. Ganga-Zumba desconfiava que ambas as hipóteses eram veras. – Todavia, estou convicto de que não me será possível sobreviver ao assédio do inimigo num ambiente urbano desconhecido.

Andalaquituche fez um sinal ao monarca. Ganga-Zumba lhe

concedeu a palavra com um meneio e o primogênito replicou ao filho-da-noite:

– Acá Vossa Mercê se engana. Não apenas sobreviverá como prosperará em Salvador, na longínqua cidade do Rio de Janeiro ou em qualquer outra urbe lusa em que façamos precisão dos seus serviços. Possuímos uma rede de agentes disfarçados em escravos e forros, em quase todas as vilas e cidades do inimigo. Siga nossas ordens e será sempre protegido e acoutado por nosso pessoal.

– Começo a entender. – Estrategista por excelência, Zumbi pusera as reservas de lado como se jamais as houvesse acalentado. – Os lusos jamais irão descobrir a causa das mortes misteriosas de seus chefes. Estarão completamente indefesos diante da criatura.

– Isto mesmo. – Andalaquituche era a confiança em pessoa. Voltou-se para Dentes Compridos e enfatizou o que a seu ver era o fulcro da proposta de aliança que estendiam ao filho-da-noite. – Quanto a Vossa Mercê, meu amigo, enquanto se mantiver fiel à palavra empenhada e obedecer nossas sugestões, não se arrependerá, eu prometo.

CAPÍTULO 3
A PRINCESA DOS BANTOS

O medo é um dos soberanos da humanidade.
É o que possui o maior domínio de todos.

[Saul Bellow]

AMALAMALE JÁ ERA UMA PRINCESA em sua terra natal antes de se tornar uma Noiva de Palmares.

Nascera numa aldeola às margens do rio Congo, em pleno coração da África Ocidental. Uma princesa de sangue e não apenas através do epíteto com que a elite palmarina passara a apelidar as esposas dos sobas. Seu pai, o poderoso régulo banto Mbuto, governava com mão de ferro cinco aldeias espalhadas pela margem direita do rio.

No entanto, Amalamale era tão somente uma dentre os muitos filhos e filhas do monarca, um homem velho, mas ainda vigoroso do alto de seus sessenta e poucos anos. Porém, fora parida por Analiane, sétima esposa legítima de Mbuto e uma de suas eternas prediletas. De acordo com os costumes tribais, o soberano reconheceu Amalamale como filha e princesa tão logo pressentiu que a criança sobreviveria a sua terceira estação seca.

Contudo, em meio à vasta abundância de príncipes e princesas, havia muito pouca realeza de fato naquela margem do Congo. E foi a relativa vulgaridade de sua condição real que permitiu à jovem Amalamale gozar dos prazeres e frustrações típicos de uma infância normal, saudável e sem grandes atribulações ou cuidados especiais.

Costumava vagar despreocupada em companhia dos amigos pelas matas densas das proximidades da aldeia de sua mãe. Banhava-se no Congo várias vezes ao dia, sempre atenta à presença dos crocodilos. Foi uma criança sadia e esperta, uma garota alegre, talvez demasiado travessa para uma menina, mas nada que fugisse à normalidade ou surpreendesse muito os mais velhos.

Dizia-se na aldeia de Analiane que a princesinha subia em árvores com destreza incomum mesmo às crianças mais ágeis. E os bantos decerto não ignoravam o fato de que as crianças sabiam subir em árvores muito melhor que os adultos.

Foi estranho, portanto, que tenha sido justo a queda de um galho alto que tenha mudado toda a vida da garota. Ou talvez não tenha sido tão estranho assim. Afinal, como o curandeiro da tribo de Analiane afirmou, como que a consolar os lamentos da mãe chorosa:

– O Congo prefere levar os bons nadadores.

Foi um tombo daqueles. O galho absurdamente fino vergou sob o peso da garota. Ela caiu de duas braças de altura. Tentou agarrar-se, mas outro galho meia braça abaixo se partiu em sua mão e a garota de dez anos despencou para o chão. Quase sempre recoberto, ora pelo capim macio, ora pelo musgo e as folhas secas, o solo da floresta realmente não era dos mais duros. Mesmo assim, de acordo com o relato confuso das outras crianças, haviam sido quase duas braças. Em meio à gritaria geral, duas ou três vozes infantis se levantaram para afirmar que Amalamale havia caído de cabeça.

De concreto, o fato de Amalamale ter permanecido inconsciente durante toda a tarde e de ter deixado a aldeia inteira preocupada.

Ao acordar vomitou boa parte do guisado de píton que a mãe lhe havia servido no almoço. Várias mulheres mais velhas interpretaram aquilo como um mau agoiro. Não obstante, Amalamale recuperou-se bem rápido.

A única sequela aparente da queda foi a perda definitiva dos sentidos do olfato e do paladar. Dos alimentos restaram somente a consistência e as sensações de calor ou frio na língua e no céu da boca.

Menina bastante esbelta já antes do acidente, Amalamale começou a emagrecer a olhos vistos. Desprezava até os pratos prediletos. Nem mesmo o delicioso nhange cozido que a mãe preparava como ninguém, um autêntico manjar dos deuses pelo qual Amalamale teria sido capaz de mover mundos e terras antes do tombo, despertava mais interesse.

Naturalmente, os adultos atribuíram a falta de apetite da princesa e o consequente emagrecimento à queda que sofrera da árvore.

Contudo, nem o sábio curandeiro da aldeia jamais considerou a hipótese de associar a mudança brusca no comportamento da jovem ao tombo notório. O fato é que as outras crianças começaram a relatar às mães certos incidentes estranhos que indicavam que a princesa parecia haver perdido o medo das feras da selva. Um de seus irmãos mais velhos surpreendeu-a um dia, no ato de capturar com as mãos nuas uma serpente extremamente peçonhenta, temida e evitada até pelos guerreiros da aldeia.

Educar uma princesa adolescente destemida, ante os riscos inerentes à existência às margens do Congo, tornou-se uma obsessão na vida de Analiane. Cansara de gritar à filha para que ela tomasse mais cuidado com os crocodilos ao se banhar no rio. E cansara de ouvir a resposta berrada de Amalamale a afirmar que os crocodilos é que deviam ter cuidado com a ponta afiada de sua faca.

Aos treze anos, a princesa sem medo era bastante crescida para a idade. Por insistência da mãe, forçava-se a comer bem, ainda que mastigasse e engolisse a comida sem o mínimo prazer. A boa alimentação talvez tenha contribuído para que as belas formas calipígias, características das mulheres bantas, chegassem mais cedo, junto com a menarca que marcou o início da vida adulta.

Mas por dentro Amalamale continuava a mesma garota levada e sem juízo, capaz de agarrar um leopardo feroz pela cauda, provocar o estouro numa manada de búfalos ou arriscar a vida tolamente numa caçada solitária infrutífera ao grande elefante macho.

Quando soube que havia uma grande embarcação fundeada numa praia distante ao norte de Angola, não hesitou um só instante em se evadir da aldeia materna para iniciar a descida do Congo numa canoa ligeira, tomada por empréstimo tácito de uma família de pescadores ribeirinhos.

Ansiava por travar contato com os guerreiros *brancos novos*, representantes do povo destemido que havia infligido inúmeras derrotas aos portugueses e se apoderado de suas feitorias litorâneas. Quem sabe se a nova estirpe de brancos não era menos mesquinha que a antiga e se dispunha a compartilhar de bom grado com os bantos os conhecimentos que possuíam?

Ao perceberem a saúde e a beleza da jovem princesa, os oficiais e marujos da Companhia das Índias Ocidentais trataram-na com grande respeito e cortesia. Jamais haviam imaginado que uma jovem banta pudesse arremessar uma lança com tamanha destreza... Que prenda magnífica para seus aliados de Palmares!

É óbvio que a deferência no tratamento da princesa só perdurou enquanto ela permaneceu sóbria. No momento em que constataram o êxito do plano de embriagar Amalamale com goladas pródigas de uma aguardente de cana das mais doces e ordinárias, não hesitaram em conduzi-la, alegre e sorridente, portaló adentro.

Foram necessários dois homens para carregá-la para bordo. Quando a princesa acordou enjoada, com a cabeça a doer e uma vontade louca de vomitar, num porão escuro repleto de mulheres bantas, o tumbeiro holandês já singrava mar alto, velame desfraldado e rumo aproado para o Recife, a capital da Nova Holanda.

As outras mulheres, anteriormente desconhecidas, mas desde então suas companheiras de desterro, contaram que estavam a ser levadas para uma terra distante, do outro lado do mundo.

Tumarea, uma jovem mais ou menos da idade de Amalamale, explicou animada que não iriam ser escravas nessa nova terra, mas esposas de guerreiros valorosos de um reino de bantos que existia no outro lado da Grande Água Salgada.

Nos dias seguintes, a princesa começou a crer pelo menos na parte da história que afirmava que não seriam escravas. A não ser que os brancos novos costumassem ser demasiado benevolentes para com seus escravos. Porque captor banto algum de África trataria escravas tão bem. Havia bem mais comida a bordo do que as mulheres que não enjoavam podiam comer. Permitiram que se asseassem e banhassem regularmente com água salgada. E o mais curioso: duas vezes por dia o próprio comandante da embarcação descia ao porão e lhes perguntava num banto algo hesitante se elas estavam a ser bem tratadas e se algum marujo ousara tocá-las.

Aos poucos, os boatos espalharam-se entre as mulheres. O tal reino de bantos do outro lado da Grande Água era aliado dos novos brancos, os holandeses. Juntos, eles moviam guerra contra os portugueses. Uma guerra que havia começado antes da mãe Analiane nascer e ainda parecia longe de terminar.

Dizia-se ainda que os *mbundos* do tal reino sabiam fazer o pó-negro-que-queima-como-o-raio e dominavam o segredo do fabrico das varas-que-vomitam-fogo. Se metade daquilo fosse verdade, considerou Amalamale, esse reino distante de bantos devia ser muito mais poderoso que qualquer tribo negra africana.

– Seremos rainhas! – As mais otimistas afirmaram.

"Promessas vazias!" – Amalamale pensou, desconsolada. – *"E nem sequer se lembraram de trazer minha lança..."*

CAPÍTULO 4
UM COMISSÁRIO NO FUNDO DO POÇO

Volto a estas terras, depois de quatro longos anos na Europa. Acá estamos e acá iremos permanecer. Com Nova Holanda, as Sete Províncias estão a fundar o primeiro império de homens livres.

[Moritz de Nassau, ao regressar a Recife em 1647 como stadhouder *de Nova Holanda, no comando de uma esquadra de 104 navios e um exército de 12.800 soldados]*

O COMISSÁRIO DA CIDADE MAURÍCIA atravessou a cavalo a ponte do Recife Velho na Ilha de Antônio Vaz para o núcleo inicial situado na península, que os habitantes mais antigos ainda insistiam em chamar de "o continente".

Continente, qual nada!

Continente eram as novas áreas urbanizadas de Boa Vista.

Como a maioria dos cidadãos de sangue holandês, o comissário detestava o Recife Velho. Não por ter sido edificado pelo inimigo luso. Mesmo porque, embora fincassem pé firme em sua fé, todos os lusos ali residentes já haviam há muito jurado lealdade às Sete Províncias, aos Estados Gerais e, principalmente, ao Príncipe Nassau.

Não era isto.

Tampouco se sentia como a maioria dos compatriotas, sempre prontos a criticar as formas arquitetônicas lusitanas – as velhas igrejas com seu estilo barroco carregado ou o casario decaído com suas eiras e beiras. Nem mesmo ligava aos rompantes afetados do prefeito geral, que não perdia uma oportunidade de reclamar do traçado torto das ruas estreitas ou da falta de "planejamento urbanístico" dos antigos governantes e administradores lusos.

Pelo menos no caso do comissário Van Helsing, o motivo do desprezo pela parte peninsular da metrópole mais pujante da América prendia-se ao simples fato dessa parcela constituir uma área urbana deprimente, feia e, sobretudo, insalubre. Os serviços de limpeza pública daquele lado da ponte só pareciam existir no nome. As ruas e sarjetas, infestadas por ratazanas e insetos, estavam invariavelmente repletas de lama e montes de estrume fresco. Havia até a piada, ouvida nos altos círculos da burguesia abastada de Mauritsstad, em que se perguntava qual era a principal diferença entre o Recife Velho e uma cloaca fétida... A cloaca, pelo menos, podia ser limpa.

Não obstante seus deveres profissionais, era quase impossível ao comissário deixar de pensar na cidade velha e, principalmente, na vasta zona portuária à qual se dirigia com meia dúzia de cavalarianos, como uma vasta pocilga a céu aberto.

Van Helsing imaginou que um dia o Príncipe Nassau ainda daria um jeito nessa imundície de uma maneira ou de outra. Devia baixar uma lei que obrigasse esses papistas fedorentos a tomar banho pelo menos uma vez por semana! Os porcos! Não perdiam por esperar...

Para a infelicidade da equipe comandada por Van Helsing, era exatamente na zona portuária que o assassino misterioso estava a atacar.

Segundo a onda de boataria levantada pelos mascates lusos, o louco homicida só atacava à noite. Constava que o assassino extraía todo o sangue de suas vítimas. Se calhar, para a prática de algum ritual demoníaco macabro. Por três vezes os cadáveres foram encontrados intactos. Na maioria das ocasiões, contudo, haviam sido dilacerados de forma indescritível. Em pelo menos dois crimes, havia indícios claros de que os corpos haviam sido semidevorados com a vítima ainda quente...

A maior parte dos crimes anteriores foi investigada pelas autoridades policiais da cidade velha.

Como cidadão esclarecido que era, Van Helsing não acreditava, é claro, nessas baboseiras lusas.

Não passavam de superstições e crendices, alimentadas sem o menor pudor por um clero católico imoral! O comissário julgava que o príncipe fora longe demais ao implantar essa ideia de liberdade de culto em Nova Holanda. Aceitar que os judeus praticassem seu credo com discrição era uma cousa, mas esses papistas... E os princípios propugnados pela Reforma, onde ficavam?

O fato concreto é que havia um assassino cruel à solta. Mas daí, intuir a existência de rituais satânicos havia uma distância considerável. Uma distância percorrida com facilidade apenas através do emprego da lógica deformada pela doutrina obscurantista dos católicos.

A vida em Nova Holanda seria tão mais bela e tranquila, e o trabalho da polícia metropolitana tão mais fácil se os lusos se dispusessem a ser práticos e racionais como todo mundo...

Embora não fosse nova, a questão do assassino assumira há pouco mais de um mês um viés político bastante grave.

Enquanto matava apenas marujos bêbados e umas poucas prostitutas mestiças de beira de cais, o problema dos crimes hediondos da área portuária estivera circunscrito à jurisdição do comissariado local, funcionários de ascendência luso-brasileira em sua maior parte.

Pois que agora o caso era diferente.

Entediado com a ralé, o louco decidira estripar uma mulher da nobreza banta. Uma jovem trazida pelos tumbeiros de luxo da Companhia para desposar um dos hierarcas de Palmares.

Gana-Zona, embaixador da Confederação e irmão do próprio rei, manifestara-se acidamente ao secretário político do príncipe. É claro que foi apenas o desabafo de um velho amigo magoado e não um protesto formal.

Pelo menos, não ainda.

Todavia, como resultado direto dessa conversa, o prefeito geral Neskeens levara um belo puxão de orelha. Em consequência dessa reprimenda severa, um dos melhores comissários da polícia especial da cidade Maurícia, o desafortunado Jankel Van Helsing, foi destacado para investigar o caso.

Fossem lusos, flamengos ou neerlandeses; católicos, protestantes ou judeus, os cidadãos de Nova Holanda costumavam pensar na próspera capital da colônia como uma gema preciosa.

Capturada aos luso-brasileiros quarenta e poucos anos atrás, quando era pouco mais que um ancoradouro da vila de Olinda, o Recife crescera e prosperara muitíssimo sob o domínio holandês. Lá pelos idos de 1660 já era considerada a cidade mais bela da América, além da mais bem planejada. Dizia-se que a beleza e a imponência das avenidas largas, dos teatros e prédios públicos da Cidade Maurícia e o estilo arquitetônico rebuscado do belo casario dos bairros da Boa Vista causavam inveja mesmo aos cidadãos das maiores cidades das Sete Províncias Unidas.

Guarnecido por centenas de canhões de grosso calibre, seu perímetro defensivo, composto por um vasto complexo de muralhas, era considerado uma obra-prima na opinião dos engenheiros holandeses, acostumados a construir barreiras bem sólidas em sua pátria natal, uma terra que abrigava os maiores diques do planeta.

A cidade em si estava segmentada em três partes distintas. Os bairros continentais, cujo crescimento acentuado deu-se após o regresso de Nassau e o maior exemplo era a própria Boa Vista; a parte peninsular, onde se localizava a cidade velha e a maior parte do complexo portuário; e os bairros e instalações insulares, como Willenstad, Nassau-Siegen e, é claro, a própria Mauritsstad, que os lusos chamavam de Cidade Maurícia.

Seu sistema portuário era de longe o maior da América e estava entre os três ou quatro maiores do mundo, não fazendo papel feio mesmo quando comparado ao gigantesco complexo de Amsterdã.

O ancoradouro humilde de Olinda foi expandido para fazer jus a metrópole que o Recife se tornou.

Como aliados principais na vasta tarefa de ampliar o porto, os arquitetos de Nassau contaram justo com as formações naturais que mais de um engenheiro naval luso já havia considerado como os inimigos mais terríveis: as cadeias de arrecifes que se erguiam, quer aneladas em torno das ilhas do estuário do Capibaribe, quer paralelas às faixas de areia de diversas praias da costa pernambucana. Formações frequentes a ponto de haverem emprestado o nome à própria região.

Em muitos pontos do estuário, a solidez das cadeias de arrecifes foi mesmo reforçada pela perícia dos engenheiros de barragens da Zelândia e pelo esforço dos projetistas que o príncipe mandara vir de Flandres.

Dezenas de píeres gigantescos tiveram seus alicerces fincados nos arrecifes. Estendiam-se por centenas de braças, perpendiculares aos paredões rochosos, como se almejassem tocar a areia das praias africanas.

O estuário do Capibaribe foi dragado de modo a permitir a passagem dos cargueiros de grande calado mesmo a baixa-mar. Os cursos desse rio e do Beberibe foram retificados, para que os navios maiores pudessem penetrar em suas embocaduras e subir até os complexos de docas e armazéns construídos nas duas margens de ambos os rios.

Havia sempre centenas de barcos ancorados junto ao cais e aos píeres de embarque, de velas arriadas, a aguardar a carga preciosa. A fortuna doce e granulosa, mais preciosa que o ouro, que fazia da economia holandesa a mais próspera da Europa. Muitas naus fundeadas, à espera para descarregar as manufaturas provindas das Sete Províncias e do exterior. Navios cargueiros da Companhia a atracar e zarpar, todos os dias. Velames desfraldados num vento com cheiro característico. Não o aroma salgado e refrescante da brisa marinha, mas o odor doce e pungente da cana-de-açúcar. Um cheiro que vencia a fragrância suave das praias do Atlântico.

O Recife era o maior porto açucareiro do mundo e o açúcar era a grande riqueza dos três Brasis. Tanto do território gigantesco e quase inexplorado sob domínio nominal da Coroa Portuguesa quanto das terras férteis e produtivas de Nova Holanda, governadas há mais de trinta anos pelo príncipe-sábio Maurício de Nassau, e também da Confederação de Palmares, o terceiro Brasil, aquele que não era colônia de uma metrópole europeia, mas uma nação livre de pleno direito e que pouco contato tinha com o mundo exterior – embora também escoasse sua produção canavieira pelo porto gigantesco.

Para todos os efeitos práticos, não obstante a importância estratégica e militar de Salvador e a crescente pujança do Macaco[24], o Recife era a capital desses três Brasis. O ponto focal de uma disputa política e militar que já perdurava mais de meio século. A pérola holandesa do Atlântico Sul. A grande metrópole da mais próspera das colônias exploradas pelo maior empreendimento comercial privado do planeta, a arquipoderosa Companhia das Índias Ocidentais. Uma empresa que era virtualmente um Estado, oculto no interior dos Estados Gerais que compunham as Sete Províncias.

Porém se enganavam os que imaginavam que só havia flores nesse paraíso tropical que a Holanda cultivava com tamanho afinco e carinho no litoral de Pernambuco.

Um assassino astuto e cruel praticava seus crimes hediondos na área portuária da parte velha da cidade, a desafiar os esforços da polícia para detê-lo. Crimes que, não fossem solucionados logo e a contento, acabariam por abalar a sólida aliança entre holandeses e palmarinos.

Havia um monstro à solta na cidade.

Não que Philippe se considerasse exatamente um caçador de monstros. Porém, como todo bom gascão que se prezasse, era acima de tudo um aventureiro.

A própria viagem para a América não fora empreitada de somenos. Decidido a poupar suas parcas economias, engoliu o orgulho e alistou-se como tripulante de convés a bordo de um cargueiro da

24 No banto original, o mocambo era designado sob o título oficial de "Cerca Real do Macaco". Tanto em holandês quanto em português, o nome tornara-se demasiado longo e pomposo demais, de modo que os brancos costumavam referir-se à capital palmarina simplesmente por Macaco.

Companhia das Índias que partia do porto de Amsterdã rumo à Nova Holanda.

Não possuíra objetivo definido. Partira para o Novo Mundo justamente em busca de aventuras. Já estava farto da vida na Europa, à sombra da memória de seu pai que, a bem da verdade, fora de fato um dos maiores satiristas de França e o duelista mais hábil de todos os tempos.

O próprio Philippe revelara-se um espadachim de enche-mão em sua Gasconha natal.. Mal saído da adolescência, rumou para a capital francesa, munido de muito pouco além de sua lâmina de aço e um par de garruchas. Os cidadãos parisienses, contudo, não tardaram a irritá-lo sobremaneira, com sua insistência em compará-lo ao pai, o famoso Savinien.

Mal tocara os pés em terra firme na bela cidade do Recife e teve o pressentimento que seus momentos de glória chegariam afinal..

Uns poucos dias mais tarde, a sensação transformou-se em certeza, quando ouviu falar pela primeira vez nos estranhos assassinatos.

Não demorou a intuir que o criminoso era um vampiro. Jamais havia ouvido falar da existência de vampiros no Novo Mundo, mas os indícios eram límpidos como um clarete de boa safra.

De sua amizade com um capitão teutônico, Philippe aprendera um bocado sobre vampiros. Lá pela quarta caneca de cerveja, Gunther largava a falar de suas andanças pelos ermos da Hungria, da Transilvânia e da Valáquia, de como se batera em favor dos alemães e dos húngaros contra as hostes otomanas e da vera epidemia de vampirismo que grassava naquelas regiões tenebrosas. Por reconhecer o mal que ora assolava o Recife, o gascão não sentia um pingo de temor ao monstro sobrenatural. Gunther lhe ensinou o que fazer para enfrentar esse tipo de ameaça. Ao contrário das autoridades locais, que conduziam o caso com a falta de imaginação típica do materialismo neerlandês, ele conhecia os pontos fracos do inimigo e agiria a contento quando chegasse o momento oportuno. Forjada do excepcional aço de Toledo, sua lâmina ansiava pelo contato com as vísceras geladas da criatura hedionda.

Graças às furiosas sessões de bebedeira nas tavernas parisienses com o amigo teutônico, Philippe julgava saber tudo o que havia para saber sobre vampiros. Caso necessário, estava preparado para usar o crucifixo de ouro, presente da avó materna. Até passara a usar a velha joia de família pendurada no pescoço! Seu velho pai talvez estivesse a se revirar todo dentro da sepultura, mas paciência.

Vez por outra, ainda estranhava o fato de ninguém ainda ter atinado com a presença de vampiros na América.

Até nisto teve sorte. Ao que parece, Nova Holanda aguardava que ele anunciasse o fato e provasse o que afirmava. Teria para si toda a glória de aniquilar o vampiro assassino que fazia suas vítimas nas cercanias do grande porto do Recife.

Gana-Zona despachou o mensageiro a cavalo para o Macaco. Como a maioria dos palmarinos mais velhos, o embaixador ainda relutava um pouco em empregar os cavalos e mulas como meio de transporte regular. Normalmente, preferia andar a pé a confiar a saúde às patas dos cavalos.

O exército de Palmares enfatizava o emprego das armas da Infantaria e da Artilharia em detrimento da Cavalaria. O motivo principal desta tendência advinha de um preconceito do próprio Zumbi, segundo o qual o emprego militar de cavalos era "cousa de branquelo!" Transformado em doutrina estratégica, tal preconceito jamais chegou a prejudicar sensivelmente as operações militares palmarinas, visto que a maior parte dos territórios da Confederação e dos mocambos aliados situava-se em regiões serranas de difícil acesso, onde de todo modo o inimigo luso encontrava graves empeços em manobrar com unidades de cavalaria.

Todavia, como mbundo essencialmente pragmático, Gana-Zona considerou que a urgência e a importância das informações portadas pelo mensageiro justificaram plenamente que se utilizasse cavalos desta vez, atitude que alguns sobas conservadores talvez houvessem assumido como grave ruptura das tradições quilombolas.

O cavaleiro partiu a galope. Passaria por vários postos de remonta, os mais próximos financiados pelos holandeses e os últimos, mantidos por Palmares. Nessas paradas, trocaria a montaria exausta por outra, descansada. A partir das primeiras fraldas da Borborema, os cavalos dariam lugar às mulas.

Dentro de um dia, o mensageiro deveria estar a cruzar as muralhas de pedra da capital daquele reino que se dizia república. Gana-Zona orientou o soldado a procurar Andalaquituche de imediato e a só entregar a mensagem nas mãos do primogênito.

O embaixador tinha confiança absoluta no julgamento do sobrinho. Compartilhava por inteiro da opinião de Nassau, quando o príncipe holandês dizia que seu primogênito era o mais sábio dos palmarinos.

Em hipótese alguma, o rei deveria saber dos incidentes ocorridos na região portuária do Recife. Pelo menos, não tão cedo. Pois, até por questão de lealdade, seu irmão não resistiria a contar sobre os assassínios ao Ganga-Muíça, o grande Zumbi, meio-irmão de Andalaquituche e também sobrinho de ambos.

E se Zumbi descobrisse que Dentes Compridos estava no Recife a trucidar inocentes e, sobretudo, Noivas de Palmares, em vez de estar a eliminar silenciosamente os oficiais lusos e os agentes da Coroa em Salvador, conforme os planos do serviço de espionagem, é bem provável que explodisse num acesso de cólera incontrolável.

Zumbi jamais confiara inteiramente em Dentes Compridos, não obstante os serviços relevantes prestados pelo filho-da-noite à causa palmarina. Ante este último deslize do desafeto, o Ganga-Muíça dificilmente resistiria à tentação de empreender uma caçada desenfreada e pessoal ao traidor em plena capital da Nova Holanda. Nem que para aplacar sua sede de vingança fosse preciso romper a aliança e assestar seus canhões contra as muralhas do Recife.

Nassau era o homem mais sábio que conhecia. Mas Gana-Zona não acreditava que o velho amigo pudesse compreender um tal ato tresloucado. Principalmente se a sandice partisse do comandante-em-chefe do exército de Palmares.

Não. Em absoluto. Zumbi não podia saber do novo surto de insanidade do filho-da-noite. Pelo menos, não antes dessa situação ser resolvida, de uma maneira ou de outra. Pois, se ele descobrisse, estouvado em termos políticos como era, não hesitaria um só instante, nem mediria esforços ou refrearia as consequências de seus atos. Atos que talvez implicassem no fim da aliança entre as duas nações.

Uma aliança que Palmares não podia prescindir. Não hoje e talvez nunca. E, sobretudo, uma aliança que o embaixador, como admirador profundo da cultura holandesa e amigo pessoal de Nassau, lamentaria muito ver desfeita.

Van Helsing atolou novamente a bota de couro italiana na vala que corria pelo meio da rua estreita, paralela à sarjeta escura. Voltou-se para fitar um dos soldados, o luso que rira baixinho da última vez, a julgar que o comissário não ouviria. O homem engoliu em seco e baixou os olhos para o filete fétido que descia aquela rua calçada com pedras de tamanhos e formatos irregulares.

O holandês praguejou entre os dentes. Como seria bom se pudessem voltar a fazer as patrulhas noturnas nas selas de seus cavalos. Mas ele próprio decidira o contrário. No último mês, quatro dos quinze cavalos do comissariado de polícia de Mauritsstad tiveram que ser sacrificados depois de fraturarem as pernas nas valas e buracos traiçoeiros daquelas vielas estreitas e tortuosas.

Outro fator a ponderar era a forte possibilidade do assassino ser capaz de ouvir o ruído dos cascos ferrados dos cavalos à distância.

No dia anterior examinara os restos da vítima mais recente do monstro.

Uma negra, outra vez...

Misericordiosamente, desta feita fora apenas uma escrava e não outra Noiva de Palmares. Ouvira dizer que o próprio Nassau mandara destacar parte de um terço de elite para montar guarda junto aos portões dos alojamentos das futuras nobres palmarinas.

Quando viva, Graciana fora uma mulata jeitosa e faceira, cujo proprietário, o galego dono de uma bodega de beira de cais, cedia como puta aos marujos mais generosos e abastados.

Só uma escrava e, no entanto, novo problema diplomático.

Desde a aliança com Palmares, Nassau empenhou-se ao máximo para extinguir a escravidão em Nova Holanda. Nos canaviais, a nova política conquistou êxito absoluto. Os camponeses luso-brasileiros passaram a trabalhar como meeiros em lotes-de-família e aos poucos substituíram quase por completo a mão-de-obra escrava, substituição essa que elevou tremendamente a produção açucareira da colônia holandesa. De início relutantes, os senhores-de-engenho se deixaram persuadir quanto à adoção de mão-de-obra liberta ao perceberem os grandes lucros dos vizinhos que já haviam adotado a prática..

Nas áreas urbanas, contudo, a transição se dava de forma mais gradual. Hábitos arraigados são difíceis de largar. Nassau impusera à própria Companhia não só o fim da importação de escravos das colônias holandesas em África, como o combate ativo ao tráfico negreiro luso. No entanto, ainda não conseguira arrancar do parlamento colonial a aprovação de uma lei que proibisse o comércio de escravos em Nova Holanda.. Em consequência desse impasse, muitos comerciantes luso-brasileiros ou judeus ainda se sentiam à vontade para adquirir seus negros junto ao tráfico luso, atividade extralegal cujas ramificações se estendiam mesmo à distante cidade do Rio de Janeiro.

O secretário do embaixador de Palmares transmitira diretamente ao príncipe a preocupação e o desagrado de Gana-Zona com a morte da escrava.

Van Helsing sabia que a cousa poderia ter sido pior. Embora a finada Graciana fosse mulata, era de sangue *ioruba* e não banto. Houvesse sido uma mulher banta, o comissário imaginou, e os palmarinos estariam a fazer um escarcéu medonho, não se limitando apenas a meras visitas de cortesia.

Por outro lado, considerou, fosse Graciana da raça dos bantos, dificilmente seria escrava em Nova Holanda. Algum guerreiro palmarino já a teria raptado há muito, levando-a para seu mocambo como esposa.

Sim, Graciana fora só uma escrava. Ainda assim, Van Helsing sentiu-se nauseado ao examinar o cadáver.

A expressão de horror indizível parecia congelada nos olhos opacos da jovem. Um olhar que esclarecia, através da barreira da morte, que sua dona havia sido submetida a um tormento horrendo.

Quando rapaz, o comissário defendera a pátria na guerra. Servira num pelotão de besteiros durante as campanhas africanas, no esforço dos Estados Gerais para conquistar as feitorias da Coroa Portuguesa no litoral de Angola. No entanto, horror algum presenciado nas diversas batalhas que travou em África preparara-o para a experiência com os restos mortais de Graciana.

O pescoço fora dilacerado de modo horrível. Um exame posterior indicou que o monstro usara um instrumento articulado, composto por dois pares de peças móveis perfurantes. A pele e a carne haviam sido repuxadas e arrancadas de modo grotesco para exibir a intimidade carmesim de músculos e artérias rasgadas.

O abdome fora trespassado por um objeto de outro tipo. Van Helsing não conseguia imaginar que tipo de arma era aquela. A extensão do estrago lembrou ao comissário os danos causados pelos golpes de uma lâmina de corte larga e rombuda, como a de uma machada lusa. Mas o tipo de talho era diferente de qualquer outro corte ou perfuração por lâmina que o comissário já houvesse visto. Diria se tratar de um objeto a um só tempo cortante e perfurante, com pelo menos três pontas distintas... Uma alabarda? Um tridente? Não sabia. Contudo, fosse a arma o que fosse, havia sido manejada por um homem de força descomunal.

O comprimento e a profundidade do corte vertical, bem como os danos infligidos nos vários órgãos internos, indicavam que, durante certo tempo, grande parte ou mesmo todo peso do corpo roliço e de boa carnadura da mulata fora suportado pela arma oblonga que lhe varara as entranhas à altura do umbigo.

Como nos outros cadáveres, o sangue havia desaparecido. Algumas nódoas coaguladas na ferida do pescoço e uma crosta endurecida nos bordos da extensa laceração do abdome. Umas gotículas quase invisíveis respingadas sobre a terra batida da viela estreita e desprovida do calçamento típico da cidade nova. E era só. Todo o resto do sangue da escrava Graciana desaparecera. O método utilizado nessa extração macabra e o destino que o assassino dava a tanto sangue eram apenas dois enigmas a mais de uma série de crimes em si já bastante misteriosa.

Como maior porto do hemisfério e metrópole eminentemente cosmopolita, o Recife não poderia deixar de ser uma cidade violenta. Por isso, depois de mais de quinze anos de serviço no comissariado de Maurícia, Van Helsing se considerava um policial experiente. No exercício da profissão, fora obrigado a presenciar muitas cousas estranhas, algumas confidenciais, outras impressionantes e umas poucas horripilantes. Mas aquele caso era diferente. Sentia-se decididamente desnorteado.

Ninguém merecia um fim daqueles, nem mesmo a escrava puta de um galego safado.

Na investigação desse último assassínio surgiu um elemento novo. Um misterioso francês da Gasconha chegara à cena do crime antes de seus homens. O forasteiro espantara os ratos que começavam a devorar as vísceras entreabertas de Graciana e realizara um exame apressado do cadáver.

Mais tarde naquele mesmo dia, quando seus homens apontaram o sujeito numa taberna, Van Helsing descobriu que já o conhecia. Era o mesmo jovem que interrogara antes, como possível testemunha do assassínio da antepenúltima vítima, a Noiva Tumarea.

Um indivíduo desconcertante, mas previsível. Embora jovem, *Monsieur* de Bergerac não fugia à regra para seu tipo. Mais um daqueles franceses fanfarrões que, cansados das guerras intermináveis que seus conterrâneos viviam a provocar na Europa, decidiam partir em busca de novas aventuras e riquezas na próspera colônia de Nova Holanda.

Enquanto os fanfarrões continuaram a criar os tumultos e as arruaças de costume nos becos e vielas da cidade velha e a atrapalhar o trabalho da polícia como de hábito, o monstro permanecia impune.

Um mês e meio de caçadas noturnas infrutíferas.

Noites de sono desperdiçadas a seguir pistas falsas e interrogar suspeitos ou pretensas testemunhas. A sina desditosa de andejar sem rumo certo a tropeçar na rataria e a chafurdar na lama fétida, no estrume e nos morrotes de fezes humanas que se acumulavam aos montes nas ruas e vielas da zona portuária.

Enquanto isto, em sua casa ampla e arejada, a mulher, uma flamenga ruiva de sangue quente, cousa de vinte anos mais nova que ele, não estava nem um pouco satisfeita. Já insinuara mais de uma vez que o comissário devia passar mais noites consigo a cumprir com suas obrigações conjugais.

Diante de tais malogros e aperturas, as esperanças de Van Helsing se esgotavam a passos largos. Bastante respeitosos em sua frente, os auxiliares luso-brasileiros praticavam o corpo mole típico de sua estirpe mal-formada assim que virava as costas. Mais transtornados a cada novo ataque do assassino, os moradores e comerciantes da vizinhança pouco esclareciam com seus depoimentos descabeçados.

Em meio ao caos fedorento em que se via imerso, era uma surpresa genuína que vez por outra deparasse com suspeitos de fato.

Um desses suspeitos iniciais fora um índio troncudo não muito alto. Um bugre de feiúra extrema, com mãos e pés gigantescos e deformados, feições porcinas e uns olhos esverdeados imersos em vastas órbitas circulares e que parecia sofrer de alguma moléstia, pois o comissário poderia jurar que possuíam pupilas de gato. Quando interrogada, a tal monstruosidade nativa expressou-se num holandês mal pronunciado, mas gramaticalmente correto. Mostrou-se tranquila e paciente com as perguntas que lhe foram dirigidas, mas não prestou informações relevantes e acabou por exibir um salvo-conduto emitido pela embaixada de Palmares. Deveras estranho. O comissário sabia, é claro, da existência de índios, mestiços e até mesmo homens brancos, entre os cidadãos livres do Estado aliado. Mas jamais supôs que a elite palmarina, composta exclusivamente por descendentes de bantos, confiasse algum cargo importante a um simples índio. Ainda mais um índio aleijado...

O maior suspeito, contudo, continuava a ser o tal gascão garrido de modos efeminados que vivia a se meter em brigas e confusões nas tabernas e biroscas próximas ao porto. Fora observado mais de uma noite a rondar os muros dos alojamentos que abrigavam as Noivas de Palmares.

Tinha a impressão de que o tal de Bergerac estava apenas à caça de mais sarilho. Quem sabe não compartilhava das predileções dos lusos, que apreciavam cobrir as mulheres negras, mesmo que só raramente as tomassem por esposas? Para esse tipo de jovem desatinado e metido a aventureiro, deflorar a donzela prometida a um chefe de mocambo da Confederação de Palmares representaria a glória suprema. A grande façanha de uma vida repleta de fanfarronices de botequim.

No fundo, acreditava na inocência relativa do gascão. Mas tinha obrigação de considerar a possibilidade do rapaz ocultar, sob aquela aura de requinte parisiense tão falsa quanto tudo o mais, a fúria de um desequilibrado capaz de praticar a série de crimes hediondos.

De concreto, descobrira que *Monsieur* de Bergerac portava um par de garruchas e um longo punhal, presos ao cinturão largo de couro trabalhado e fivela de prata. Além disso, havia a espada. De acordo com as várias testemunhas das rixas de botequim em que se metia, o gascão era bastante hábil no manejo da *rapière*.

Há cousa de duas semanas, o rapaz envolvera-se numa refrega com dois rufiões numa taberna local. Nada de sério. Mais uma briga por mulher, em nada diferente de inúmeras outras presenciadas pelos frequentadores de estabelecimentos daquela espécie. No entanto, de Bergerac matou os dois homens com sangue frio espantoso, sem pestanejar. Quando os soldados lusos da guarda do porto chegaram ao local, muito tranquilo o gascão alegou legítima defesa, argumento corroborado por diversas testemunhas.

Van Helsing imaginou se o rapaz não possuiria outras habilidades insuspeitas.

Ainda assim, duvidava que seu maior suspeito pudesse ser de fato o louco homicida. Um cabeça de vento, por certo. Apenas mais um jovem que confundia insensatez com coragem. Não era, o comissário tinha quase certeza, o monstro desalmado, autor daquelas genuínas chacinas.

Amalamale conseguiu sua lança afinal. Não a velha lança de ponta de pedra cinza, cujo cabo fora talhado pela machada e pela arte do melhor escultor da aldeia, a partir do galho de um robusto baobá. Apenas a haste lisa de uma madeira amarela que os brancos disseram ser "angelim". Em compensação, a ponta era algo que a arte dos sábios da tribo não sonhava igualar. Pois era feita de ferro, o metal duro dos lusos, tão cobiçado pelos guerreiros bantos.

Embora já dominasse algumas técnicas da metalurgia do ferro, seu povo só era capaz de fabricar uns poucos utensílios confeccionados com o metal.

Não era de fato uma lança consagrada. Porém, deixada a ortodoxia de lado, o presente serviria plenamente a seus propósitos.

Tão logo desembarcou no Recife, a princesa começou a suspeitar que as histórias bobas dos tripulantes do tumbeiro sobre as tais Noivas de Palmares talvez tivessem lá seu fundo de verdade.

Devia ter desconfiado, quando notou que nenhuma das donzelas raptadas ou persuadidas a subir a bordo foi molestada pelos tripulantes. Pelo contrário. Os marujos batavos mostraram-se assaz respeitosos. Respeitosos por demais. Resistiram até mesmo às investidas de uma ou duas bantas mais fogosas...

Jamais havia conhecido pessoalmente um banto escravo. Mas desde que embarcara no tumbeiro ouvira um par de histórias escabrosas a respeito. Adquiriu certeza absoluta de que, quando viajavam amontoados nos porões de um navio negreiro essa classe de seres desafortunados não recebia três refeições por dia. Muito menos refeições de carne fumada, regada por refresco feito com o suco da "lima-da-pérsia" e que tinham por sobremesa frutas vermelhas sumarentas, segundo as amigas, saborosas.

Uma vez no Recife, as três refeições transformaram-se em cinco e passaram a conter pelo menos um prato quente. O sumo da lima foi substituído pelo leite e, vez por outra, um cálice de vinho Madeira. Instalaram as jovens numa construção de pedra, com muros altos, guaritas de sentinela e um amplo pátio interior. A cozinha e o dormitório estavam a cargo de umas brancas holandesas que, embora gordas, pareciam bem pouco maternais. As tais brancas lhes deram trajes estranhos, vestidos com colorido e corte engraçados. Mas de qualquer modo, roupas novas e muito limpas. Somente então se deixou convencer por inteiro de que não iria ser escrava.

Escravas tampouco teriam uma professora de palmarino – uma *avozinha* ainda mais gorda que as holandesas, só que tão retinta quanto as noivas e muito mais divertida do que as branquelas – para lhes ensinar o idioma de seu novo país. Escravas não receberiam visitas frequentes de brancos holandeses de aparência importante. Brancos que sempre baixavam as cabeças antes de falar com elas naquela mistura tosca de banto e holandês. Não cansavam de perguntar se elas estavam a ser bem tratadas e se havia algo que desejassem.

No fim de cada uma dessas visitas, eles prometiam que os guerreiros do tal reino negro viriam buscá-las logo e que as levariam para uma vida de sonhos e luxo em seu país.

Uma vez os visitantes brancos se fizeram acompanhar por um negro banto.

O banto não se vestia exatamente como um holandês, mas seus

trajes também não pareciam nem um pouco com as tangas e mantas usadas pelos guerreiros de sua tribo. A juventude já lhe ia longe, mas a grande estatura, o porte altivo, o olhar autoritário de quem está acostumado a mandar e, sobretudo, a deferência com que os brancos importantes o tratavam, impediram que as noivas mais ousadas cogitassem chamá-lo pela alcunha de *avozinho*.

O seculo explicou em banto que representava o rei da Confederação de Palmares junto aos brancos holandeses. Falou que algumas donzelas seriam esposas dos muíças do exército, dos sobas das aldeias ou dos seculos do rei. Afirmou que, para cada uma dessas haveria várias mucamas lusas prontas a atender seus menores caprichos. A princesa se deliciou com o pensamento. Mucamas brancas! Jamais havia imaginado que os brancos também pudessem ser escravos...

As jovens que não conseguissem ou não quisessem realizar casórios tão vantajosos, não disporiam das brancas lusas como escravas – nesse ponto da explanação, Amalamale ouviu dois ou três suspiros desapontados. Em contrapartida, a lei do reino lhes permitia possuir tantos maridos quanto fossem capazes de satisfazer. Houve bastantes risinhos e intensa troca de olhares marotos. O seculo permaneceu impassível. Já devia estar mais ou menos acostumado a tais reações por parte das jovens.

Amalamale também riu diante da ideia. Mais por divertimento que por excitação. Satisfazer vários maridos? Afagos ousados e umas poucas carícias úmidas foi tudo o quanto logrou arrancar aos rapazes de sua aldeia natal. É claro que já se imaginara a possuir um guerreiro só para si, mas vários...

Quando o representante do rei negro se despediu dela, a princesa se encheu de ousadia e pediu que lhe fosse dada uma lança nova. Ante o ar inquisitivo do ancião, tomou fôlego e explicou brevemente que a sua fora deixada naquela praia distante. O homem velho a ouviu com atenção, mas não respondeu nada e limitou-se a brindá-la com um olhar profundo, pensativo. No fundo daqueles olhos que lhe pareceram vasculhar o espírito, Amalamale descobriu uma sabedoria maior que a de qualquer seculo da tribo. Maior até que a do rei, seu pai. No fim do olhar, um sorriso fugaz aflorou no canto dos lábios do representante.

No dia seguinte à visita, um guerreiro banto bonito e muito garboso em seu uniforme branco chegou ao pátio do casarão das noivas. Pediu a uma das matronas holandesas que chamasse a princesa Amalamale. Quando a jovem desceu as escadas do dormitório, ele lhe prestou uma vênia pronunciada, abriu uma caixa de madeira escura, que disseram ser perfumada, para lhe exibir a lança de ferro e angelim.

Várias das amigas suspiraram diante da galhardia e da altivez do guerreiro daquele reino de sonhos. Os olhos de Amalamale também brilharam intensos de alegria e satisfação. Pela lança e não pelo portador.

A morte brutal da melhor amiga durante um passeio noturno fora dos muros dos alojamentos, pôs fim às semanas de espera inocente, dos folguedos despreocupados que entretinham Amalamale e as outras noivas, ao ajudá-las a passar o tempo enquanto aprendiam o palmarino e aguardavam a escolta que as conduziria para sua nova pátria.

Desde o início, Tumarea havia sido sua melhor amiga. Sua confidente. A única jovem, além da princesa, que não mareara no tumbeiro. Durante a viagem, no início da noite, quando os céus estavam estrelados e o mar ficava calmo, o comandante holandês permitira que as duas noivas permanecessem um ou dois quartos de hora no convés principal.

Amalamale chorava ao lembrar daqueles momentos de intimidades sussurradas. Quando ambas se quedavam agarradas à amurada, absortas em ouvir o bater e o roçagar constante das vagas no costado do tumbeiro.

Ansiar pelo dia da chegada da escolta, antes um sentimento gostoso, inspirado na expectativa saudável, assumiu para algumas jovens o aspecto de compulsão desesperada. Antes esperados com a altivez digna de futuras rainhas ante o séquito que as conduziria aos nubentes reais, os guerreiros da escolta passaram a ser aguardados como se fossem divindades protetoras, aptos a preservá-las de todo o mal.

Foi-se o tempo dos risos. O pranto transbordava dos seios das outras noivas do casarão para os ouvidos irritados da princesa. Observou que as vozes das amigas se tornaram mais agudas e trêmulas. Ruídos noturnos diminutos faziam com que algumas jovens mais sugestionáveis acordassem aos gritos.

Amalamale sentia saudades da companhia de Tumarea. Da intimidade que compartilhavam. Por que a amiga insistira tanto com o sargento da guarda para passear naquela noite estrelada? Que tola paixão pelo mar e seus navios! Ingênua, julgara que do Recife Velho pudesse vislumbrar os vultos escuros dos galeões, escunas e mercantes atracados nos píeres do Capibaribe tão distantes...

Os holandeses tentaram ocultar o incidente. Insinuaram que Tumarea teria sido escolhida por um soba palmarino em visita ao Recife.

Contudo, a visita intempestiva do seculo negro na tarde seguinte à noite do assassínio e a fúria surda de suas palavras, proferidas no idioma dos brancos aos "soldados" holandeses encarregados da vigilância do casarão, só serviram para confirmar os boatos que já circulavam entre as jovens.

Três dias após o desaparecimento da amiga, o ódio já havia suplantado a dor no coração da princesa.

Ódio frio forjado em decisão férrea.

Se metade do que diziam era verdade, então havia um espírito maligno de verdade à solta na grande cidade dos brancos. Um espectro que matava gente inocente. Não iria ficar parada de braços cruzados a esperar que os tais "polícias" holandeses que a haviam interrogado tomassem suas providências.

O que sabia de concreto é que uma criatura monstruosa, talvez humana, talvez não, demonstrara uma crueldade resoluta ao arrancar a vida de sua querida Tumarea. Pouco lhe importava a real natureza do espectro.

No que lhe dizia respeito, se a criatura era de fato o Mal, então o Mal se metera numa enrascada tremenda, porque mais cedo ou mais tarde haveria de acertar contas consigo.

Fosse o que fosse, pareceu-lhe óbvio que a entidade era um predador noturno.

Logrou obter o auxílio relutante de duas outras noivas, persuadidas a levar diariamente após a ceia, uma garrafa de vinho aos guardas postados junto aos portões dos alojamentos. Enquanto eles se distraíam a degustar o saboroso Madeira dos lusos, a princesa cruzava o pátio escuro com uma escada de madeira, que utilizava para galgar o muro. Uma vez lá em cima, jogava a escada sobre um dos montes de lama sempre abundantes em torno do casarão.

Fez daquelas fugas um hábito diário. Uma, duas, dez vezes escalara o muro para empreender suas cansativas incursões noturnas. Depois da ceia, o movimento diminuía em torno da casa principal que compreendia o refeitório, as salas de estar e o casto dormitório das noivas. Não era difícil se esgueirar com sua escada entre as sombras até o muro oposto aos portões. E de lá para a ronda noturna nas ruas em torno do cais.

Naquelas noites estreladas do verão pernambucano, Amalamale era apenas uma sombra a mais dentre muitas. Uma sombra armada apenas com uma lança e com a coragem de uma jovem banta acostumada desde garota a enfrentar crocodilos com uma faca e puxar leopardos pela cauda.

CAPÍTULO 5
O DIA DA CAÇA

A imortalidade é a arte de se morrer em tempo.

[Sofocleto]

AINDA SONOLENTO, DEPOIS DE ACORDAR empapado de suor ao fim da tarde, Philippe teve a sensação de que aquela noite seria diferente. Sentiu-se de pronto acometido pelo pressentimento de que aquela seria *a noite.*

Permaneceu na cama até uma hora após o anoitecer. Ao se vestir, esfregou várias medidas generosas de perfume no peito, no rosto e nos braços, para aplacar a morrinha de suor seco. Municiou as garruchas, limpou a lâmina da *rapière* e verificou o gume e a ponta do punhal.

Saiu de seu quartinho no segundo andar da estalagem para o corredor às escuras. Desceu com cautela os degraus íngremes do lance de escadas estreito que conduzia ao rés da rua, onde se localizava a bodega do estabelecimento.

O local estava praticamente deserto. Os fregueses habituais só deveriam chegar uma ou duas horas mais tarde. Além dele havia apenas outros dois hóspedes da estalagem na bodega. Ambos bebiam canecas de cerveja azeda de pé em silêncio, com os cotovelos apoiados no tampo de madeira escura do bar, os dois faziam o possível para ignorar um ao outro e ao estalajadeiro, semioculto entre as sombras.

Três velas de sebo de porco grossas e compridas queimavam lentamente e impregnavam a bodega com claridade minguada e um cheiro horrível.

Philippe escolheu a mesa mais afastada do bar. Pediu uma refeição ligeira assim que o empregado se dignou a aparecer para perguntar mal-humorado se ele queria alguma cousa para beber.

Pelos padrões do estabelecimento, o jantar daquela noite foi algo realmente especial. Embora rascante por demais, o vinho português ordinário estava com um gosto de tinta menos acentuado do que de hábito. Em seu primeiro dia, o gascão arrancara gargalhadas sinceras tanto do proprietário quanto dos empregados ao indagar se a casa servia Madeira ou Borgonha. A carne era pretensamente de porco e as batatas estavam macias, ainda que insossas e numa quantidade mais do que razoável para a refeição leve que pretendia fazer. Não havia, é claro, o menor sinal de tempero. Decepcionou-se consigo próprio ao se perceber quase acostumado à frugalidade insípida da cozinha luso-brasileira. De qualquer modo, consolou-se com o fato de que não devia se empanturrar.

Aproveitou a água fresca da moringa, trazida à guisa de sobremesa, e encheu o cantil revestido de couro com o brasão da família estampado, artefato que tanta espécie causava entre os habitantes da cidade.

Ao se levantar orgulhou-se do arroto tonitruante, acrescentou uns flatos de dar gosto ao ranger da cadeira e saiu porta afora, antes mesmo que o empregado da bodega fizesse menção de aparecer para retirar a mesa.

Amalamale entrou no beco escuro com uma cautela pouco habitual.

Uma lamparina a óleo ardia, pequenina, lá no fundo. Suspensa na verga da janela de um sobrado, a mecha bruxuleava preguiçosa a romper as trevas apenas umas poucas braças ao redor.

Ouviu o som de passos. Pés descalços a chapinhar nas poças de esterco e lama. Havia um homem oculto entre as sombras, tinha certeza. Um homem ou alguma cousa que se fingia de homem.

Seria acaso mais um marujo embriagado que havia escolhido a sarjeta do fundo de um beco como dormitório?

Os passos soaram firmes e decididos. Não como os de um bêbado a trocar as pernas.

Ainda garota, a princesa descobrira possuir o sentido da audição mais desenvolvido do que os das outras mulheres de sua antiga tribo. Sempre atribuíra o fato aos longos períodos que costumava passar imersa na selva longe da aldeia. Talvez tivesse algo a ver com a perda do olfato, quem sabe? Dos *branquelos*, então, nem se fala... A permanência prolongada nas cidades barulhentas parecia embotar-lhes os sentidos, sobretudo a vista e a audição.

Imaginava-se a lidar com um predador noturno. Preparou-se para enfrentar o pior caso possível: um espectro que talvez possuísse a audição da hiena, o olfato do leopardo e os olhos da coruja.

Atravessou o negrume a rumar com passos largos para o fundo do beco.

Conseguiria a criatura enxergar bem numa noite sem luar, conquanto estrelada, como aquela?

Escutou um estalo no telhado da casa em frente. Então veio o ruído baixo, como o das garras do leão a arranhar um vaso de barro. De lança em riste, ergueu a cabeça e vasculhou o telhado com o olhar.

O vulto escuro cruzou seu campo de visão com rapidez incrível. Ouviu o estalido de telhas quebradas na última casa do beco, duas além daquela onde havia suposto que a criatura estivesse. Elevou a lança acima da cabeça. Cerrou os maxilares. Respirava mais por entre os dentes que pelas narinas.

Era isto! O espectro corria célere pelos telhados com a agilidade do macaco noturno a saltar de galho em galho nas árvores altas no breu da floresta.

Rápido como o guepardo das savanas, o espectro saltou do telhado para o chão enlameado do beco. Aterrou a pouco mais de uma braça do local onde a princesa se postara.

A entidade assumia a forma de um índio.. Amalamale já observara alguns índios de relance em seus passeios diurnos pelo Recife. Segundo os cicerones holandeses, era o povo que já habitava esta terra, antes da chegada dos primeiros brancos ou negros.

Com o vagar de um bocejo, o espectro escancárou a boca. As mandíbulas abertas num ângulo impressionante.

A princesa segurou a haste de angelim com mais força e se preparou para fustigar a criatura com a lança. Distanciada do confronto prestes a explodir no beco escuro, uma parte de seu espírito observou friamente que as presas do espectro pareciam maiores que as de um leão adulto.

Havia algo de esquisito na mulher escura. Sua carne exalava o perfume doce, típico da transpiração desse tipo de presa. A pulsação acelerada do coração da vida-curta o excitava terrivelmente. Ah, o prazer indescritível da caçada!

Mas havia algo errado. Em meio ao aroma delicioso, não notou as marcas olfativas do medo no suor da vida-curta. Tal ausência não lhe causou demasiada espécie. Afinal, o cheiro horrível do açúcar impregnava o ambiente, mesclado ao odor das fezes humanas e do estrume animal.

Dois passos em direção à presa. Divertido, saltou para o lado para fintar a estocada da mulher. A ponta de ferro buscou-lhe as costelas com uma velocidade e precisão inesperadas numa mulher vida-curta.

Avançou mais um passo e lançou o chiado agudo de desafio. A vida--curta recuou muito rápido, mas não tanto que Dentes Compridos não conseguisse agarrá-la pelo ombro esquerdo para enterrar as garras na carne firme do ombro da jovem.

Julgava-se senhor absoluto da situação. Afinal, bastava um toque momentâneo para estabelecer o vínculo de dominação capaz de paralisar o espírito da presa. O entorpecimento que invariavelmente se seguia à breve onda de pânico induzida pelo contato físico, transformava os vidas-curtas em vítimas indefesas.

Com a mão livre, agarrou a cabeleira da mulher. Num gesto deliberado, puxou a cabeça dela para trás para lhe expor o pescoço apetitoso. Baixou as presas e antegozou o prazer de perfurar delicadamente a jugular da mulher escura.

Havia algo muito errado com o espírito da jovem!

Turbilhão de ódio a girar mais e mais rápido. Redemoinho borbulhante de energia concentrada, onde só deveria haver um lago plácido de apatia a preencher o sítio antes ocupado por um pânico avassalador.

Antes que pudesse reagir à surpresa, a picada de dor perfurou-lhe o abdome. A ponta de ferro sondava-lhe as vísceras, profunda e violenta, na altura dos intestinos. Com um uivo que exprimia antes susto que dor, sacudiu a mulher para longe num ato reflexo.

Varejada do solo lamacento pelo golpe do espectro, Amalamale voou pelo espaço de três ou quatro braças, até colidir de encontro ao muro alto do fundo do beco. O choque e a dor toldaram-lhe o espírito por alguns instantes. Escorregou rápido muro abaixo, até cair sentada num monte de fezes úmidas. A bunda molhada despertou-a de imediato do torpor que lhe zunia na cabeça.

O filho-da-noite controlou a musculatura do ventre para estancar o grosso da hemorragia. Afastou do espírito a ligeira pontada de dor e caminhou em direção àquela mulher perigosa, decidido a bebê-la antes que ela se recobrasse por inteiro.

Ouviu passos à retaguarda. Voltou a cabeça e constatou a presença de um jovem caraíba armado com uma lâmina brilhante.

– En garde, Monsieur monstre!

Dentes Compridos girou para enfrentar a nova ameaça.

Riu num esgar desprovido de alegria. Pelo visto, os sons da luta com a vida-curta escura haviam atraído um novo contendor. Um jovem que, embora portasse armas de fogo, era tolo o bastante para ousar enfrentá-lo de rapieira em punho.

Sentiu-se aliviado ao notar que o vida-curta não tencionava empregar as garruchas presas no cinturão. Lembrava-se bem de seu *adestramento* na Cerca Real do Macaco, quando os guerreiros de Zumbi foram pródigos ao lhe ensinar os estragos que as armas desse tipo podem fazer, quando disparadas à queima-roupa.

Por ora, só precisava se preocupar com a lâmina de aço que dançava a sua frente, como se aprisionada pelo encanto do bailado das sedentas no interior das grutas. Dentro dos limites impostos pelo beco estreito, respondeu ao avanço do caraíba com um movimento circular em torno deste, as garras inteiramente distendidas.

Ao mesmo tempo em que mantinha o vampiro à distância com a ponta da *rapière*, Philippe sacava do bolso largo da calça uma réstia de alho que logo arremessou contra o inimigo.

Para alegria do gascão, o monstro ergueu o braço num ato reflexo e o entrelaçado da réstia se emaranhou em suas garras. Por um breve instante, o filho-da-noite fitou o objeto com ar intrigado. Então sacudiu a réstia e a lançou aos pés do oponente.

O jovem gascão sentiu um arrepio de medo. Um vampiro imune ao poder do alho!

Mas não houve tempo para o temor. Mal refeito do susto, obrigou-se a erguer a lâmina e logrou somente no último instante aparar o golpe das garras do adversário.

Dentes Compridos cerrou o punho para tentar reter a lâmina. Quando compreendeu a intenção do vampiro de lhe partir a *rapière*, Philippe baixou e girou o braço, puxando a arma para si com o movimento abrupto de um ator teatral a desembainhar um sabre.

A lâmina escorregou rápida por entre os dedos do filho-da-noite, do guarda-mão trançado até a ponta, sem que este conseguisse agarrá-la.

Dentes Compridos sibilou de raiva e dor. O truque de quebrar a lâmina não dera certo desta vez. Não imaginou que uma espada tão leve e esguia possuísse fio duplo. Levou a mão ferida aos lábios e lambeu o corte com saliva curativa. Usou a mão sã para se defender da nova estocada do vida-curta. Subestimara a destreza do caraíba. Tentar partir-lhe a lâmina cortante não fora uma boa tática.

Ouviu o martelar célere de alguém a se aproximar às suas costas numa corrida furiosa.

Deixou a atacante chegar bem perto. No último instante possível saltou para o lado. A vida-curta escura passou batida de lança em riste. Soube pelo aroma inebriante do sangue da gente escura que a jovem estava ferida. Contudo, na aparência, estava plenamente refeita.

Recuou alguns passos até o fundo do beco.. Não era prudente oferecer duas frentes de ataque aos inimigos. Não era a primeira vez que o filho-da-noite se via acuado por vidas-curtas. Em certa ocasião, nas ruas de Salvador, fora perseguido e cercado por um grupo bem maior que o composto pelo espadachim caraíba e a guerreira escura.

Philippe lançou um olhar breve à mulher. Ia ordenar que permanecesse à retaguarda e abrisse espaço para que pudesse atacar o monstro. Não podia desperdiçar energias preocupado em defendê-la. Mas o fulgor de Diana nos olhos da jovem levou-o a concluir que ela não precisava de protetor..

Estabelecido o acordo tácito, os dois puseram-se lado a lado e avançaram juntos contra o inimigo comum.

Num gesto abrupto o gascão agarrou o crucifixo do pescoço e com um safanão rompeu a corrente em que estivera pendurado. Empunhou o pequeno objeto como uma arma e o ergueu com o braço estendido na direção do vampiro.

Ao contrário do esperado, o monstro não recuou transido de pavor. Confrontou a cruz com os olhos enormes abertos de pasmo, como se ignorasse por completo a ameaça fatal representada pelo símbolo máximo da fé cristã.

Assombrado com o destemor do vampiro, numa última cartada, Philippe lançou sobre ele o crucifixo que empunhava inutilmente.

Embora atingido em cheio no peito bem próximo ao coração, o inimigo se recusou a arder nas chamas sagradas. Em verdade, o gascão podia jurar que o monstro se sentia completamente indiferente ao contato com a cruz.

Diante do gesto obscuro do branquelo, Amalamale gastou quase todo o português aprendido até então num único jorro irritado:

– Não joga cruzinha brilhante! Luta feito homem!

Dentes Compridos aproveitou o desentendimento momentâneo dos adversários para tornar a avançar e dirigir o ataque contra o caraíba.

Ainda indignado com a negra, o gascão aparou uma vez mais o golpe das garras do filho-da-noite.

Mas o vampiro investiu com a outra pata. Desferido com rapidez sobre-humana, o ataque não concedeu chance a qualquer espécie de esquiva. As garras da criatura rasgaram o casacão grosso, a seda da camisa de Philippe e retalharam-lhe o peito como cinco navalhas. Em segundos, o sangue do gascão empapou as tiras de seda em frangalhos.

O jovem quase congelou de pavor.

Um vampiro invulnerável!

Sua ferida não fora mortal dessa vez, mas passara bem perto. Talvez não tivesse tanta sorte na próxima...

Porém, mesmo que só lhe restasse a morte honrada, por Deus, ele havia de vender sua vida a preço caro!

A lâmina recuou, ondulou para um lado e outro, então ripostou num ataque veemente. O vampiro retrocedeu um passo e se resguardou da estocada com as garras da outra mão.

Mesmo para um duelista do talento de Philippe de Bergerac, a luta era desigual. Só dispunha de uma lâmina de aço contra duas patas providas de cinco garras afiadas como sabres e compridas como punhais.

Ao perceber os apuros do aliado, a princesa banta veio em seu socorro e fustigou o rosto do espectro com a lança.

Dentes Compridos recuou bem a tempo de evitar ter as ventas rasgadas pela ponta de ferro.

Amalamale notou que as roupas surradas do espectro estavam sujas de sangue. Mesmo sob a luz pálida da lamparina, julgou notar a diferença entre o vermelho na seda rasgada sobre o peito do branquelo e as nódoas escuras da camisa do espectro.

Então, a entidade podia ser ferida! Se podia ser ferida, também podia ser morta!

Animada com a descoberta, retomou o ataque com vigor redobrado.

Philippe aproveitou o engajamento da princesa para recobrar o fôlego e sacar uma das garruchas. Por um instante atrapalhou-se todo com a arma ao perceber que a jovem guerreira colocara-se na linha de tiro entre ele e o monstro. Mas então saltou para o lado e removeu aquela Hipólita valorosa de sua alça de mira.

Mesmo sem levar muita fé na eficácia da arma, disparou contra o peito do inimigo, de umas meras duas braças de distância.

O estrondo do tiro ecoou pelo beco.

O impacto derrubou o vampiro e o atirou de costas numa poça de lama.. O monstro se debateu, estrebuchou e virou de bruços. Após uns instantes, quedou-se inerte.

Depois de experimentar a imobilidade do espectro com a ponta da lança, Amalamale voltou-se para o gascão e o fitou com um novo brilho de respeito nos olhos negros.

Satisfeito, Philippe enfiou a garrucha fumegante de volta no cinturão. Sacou a outra e mirou-a contra o monstro, pronto para disparar.

Não se arrependeu da atitude.

Até então imóvel, o corpo da criatura começou a se contorcer momentos mais tarde, percorrido por ondas de convulsão furiosa. As garras-punhais retraíram-se e voltaram a se distender várias vezes num ritmo espasmódico. A cabeça e o pescoço do vampiro estremeciam de forma assustadora, como se pretendessem se desgarrar do corpo a qualquer instante.

Apesar do espanto, o gascão e a princesa se acercaram do inimigo caído. Trêmulo e com os dentes a castanholar, o jovem precisou de ambas as mãos para manter o cano da garrucha mirado à cabeça do vampiro.

Observou a guerreira negra com o canto dos olhos. Sentiu-se algo envergonhado, mas também estranhamente orgulhoso, ao percebê-la firme como os Pirineus e tão fria quanto a neve de seus picos alcantilados. Teve certeza de que não era uma jovem normal. Ainda que houvesse manchas de sangue nas costas rasgadas de sua blusa, ela sustentava o olhar impávido, como se matar vampiros em becos escuros fosse a cousa mais natural do mundo.

A princesa manteve a lança em riste. A ponta de ferro assestada contra as costas da entidade outra vez imóvel. Dotado de sagacidade sobrenatural, o espectro devia ter concluído que era inútil reviver, só para ser morto pela segunda vez.

Philippe não resistiu ao comentário:

– Que vampiro estranho!

Enquanto as palavras ainda ecoavam no casario do beco, várias cousas aconteceram a um só tempo.

Primeiro, o corpo da criatura estremeceu novamente. Seus braços se dobraram sob o corpo. As mãos se apoiaram contra o chão enlameado e ele fez menção de se levantar, mas parou, novamente imóvel.

Com um brado de alerta, Amalamale ergueu a lança sobre a cabeça.

Com a princesa parada bem à sua frente, Philippe esforçou-se em mirar a nuca do vampiro.

Passos apressados ressoaram às costas de ambos.

– Parem, vosmecês os dois!

CAPÍTULO 6
O BECO DE BABEL

Nossa pátria! Possa ela, no trato com nações estrangeiras, ter sempre razão; mas com razão ou não, será sempre a nossa pátria.

[Stephen Decatur]

PHILIPPE LANÇOU UM OLHAR POR sobre o ombro. Era aquele inspetor neerlandês antipático, o tal Van Helsing, acompanhado por quatro jovens lusos uniformizados e armados com aquelas novas pistolas de pederneira. Tanto o inspetor quanto dois de seus homens portavam leocádios, com grossas velas de sebo protegidas pelos trançados de madeira.

Sentiu um arrepio desagradável lhe percorrer a espinha, ao perceber os canos das armas apontados para suas costas.

– O espírito vive ainda. – O holandês de Amalamale revelou-se consideravelmente mais fluente que o português. – Preciso matar ele, rápido!

– A mulher tem razão. – O gascão confirmou num francês apaziguador. – A criatura é um vampiro. Devemos acabar o que começamos o quanto antes. Se permitirmos que recupere as forças, é bem capaz de virar morcego para fugir.

– Tolice. Já estou farto dessas crendices de monstros, visagens e almas de outro mundo. – Van Helsing declarou num holandês enfático. – Se é que ainda está vivo, ninguém vai acabar de matar esse homem. Pelo menos, não antes de estabelecermos se é de fato o assassino que procuramos. E Vossa Mercê, *Monsieur* de Bergerac, apesar de sobejamente alertado, acabou por se meter em graves sarilhos.

Ainda desfalecido e sem dúvida ignorante da discussão acerca de seu *cadáver*, Dentes Compridos mexeu os braços outra vez.

Ao notar os esforços da entidade para se levantar, Amalamale aproveitou o desentendimento dos brancos para erguer a lança sobre a cabeça e, num gesto abrupto, cravá-la direto no coração do espectro.

Surpreso, o comissário reagiu com um grito inarticulado.

Encorajado, tanto com a atitude da guerreira quanto com a consequente distração do inspetor, Philippe disparou contra a cabeça do vampiro.

O nervosismo fez com que a mão do jovem tremesse na hora do tiro. De todo modo, armas de fogo jamais foram o seu forte. Dessa feita teve sorte: o disparo não errou o alvo. Em meio à fumaça do tiro, notou que a esfera de chumbo varara o pescoço da criatura, menos de um dedo abaixo da nuca. O vampiro emitiu um gemido agudo e desabou, novamente imóvel.

As pistolas miraram o par de atacantes. Um dos homens do comissário, um galego intempestivo, acabou por puxar o gatilho. O novo estrondo reverberou nas paredes próximas. O ambiente confinado do beco encheu-se de fumaça e do cheiro de pólvora negra queimada.

– Parem de atirar, seus idiotas! – Van Helsing recuperou a presença de espírito. Já não tinha dúvidas de que, se não antes, então agora, o homem caído estava realmente morto. Mas pretendia evitar novas mortes a todo custo.

Por alguns instantes, a nuvem de fumaça clara impediu que o comissário enxergasse o gascão e a Noiva de Palmares. Tremeu só de pensar no que o Príncipe faria consigo se a jovem estivesse ferida, ou pior...

Cada vez mais fracos, os ecos dos disparos já se haviam perdido na distância, quando Van Helsing pôde finalmente constatar que o segundo tiro não atingira ninguém.

A raiva logo substituiu o alívio. Voltou-se para seus homens e rosnou:

– Vosmecês, seus energúmenos! Mais um disparo e eu juro que lhes ponho à venda lá no mercado de escravos do Macaco! E quanto a Vossa Mercê, meu jovem e ensandecido duelista, arriscou a vida de uma Noiva de Palmares e matou um homem, antes que pudéssemos apurar se era culpado ou inocente.

– Ele era o vampiro que Vossas Mercês procuravam. Pode ter certeza, inspetor...

– Comissário!

– Que seja. Se me conceder a graça de me ouvir por um instante, chegará à conclusão de que não só não estive ensandecido, como ainda, longe disso, portei-me com a dignidade de um cavalheiro.

Diante dos sobrolhos arqueados do comissário, o gascão continuou:

– O monstro atacou essa jovem. Ela reagiu com a lança e o barulho da luta me atraiu até acá. Quando reparei nos dentes enormes e nas garras do tamanho de punhais...

– Garras de leão! – Amalamale confirmou no idioma do comissário..

– Isto mesmo! Aí então, não tive mais dúvidas.

– O francês está errado. Esse homem não era um vampiro.

A voz que fizera a afirmação em holandês viera da entrada do beco. Os sete viraram para se deparar com uns oito ou dez negros armados com arcabuzes, pistolas e lanças.

Os palmarinos aproximaram-se. Portavam seus próprios leocádios. O comissário suspirou. Pelo menos, a cena do crime ficaria mais bem iluminada.

Quem falara, desconfiou Van Helsing, fora o palmarino alto e bem musculado, ao lado do ancião rijo e espadaúdo que logo reconheceu como o embaixador Gana-Zona.

Saudou o homem idoso com uma vênia pronunciada, cumprimento devido a um membro da realeza de Palmares.

– Excelência, não devia assumir o grave risco de caminhar à noite acá nesta parte do Recife. Como o ganga bem sabe, há um louco assassino à solta na cidade.

Assim que fechou a boca, o comissário percebeu o teor da asneira que acabara de proferir. Nas últimas décadas, Palmares se havia notabilizado pela perícia de seus soldados, tanto no manejo das armas quanto na arte da guerra, e pelo denodo com que enfrentavam os percalços mais graves. Um assassino solitário não teria a mínima chance contra aquele grupo bem armado.

– Esse homem era o assassino. – O negro alto e bem vestido ao lado de Gana-Zona baixou seu leocádio de modo a iluminar o vulto caído de bruços na poça de lama. – E já está mais do que morto. Portanto, sugiro que...

– Espere um pouco. Ainda não sabemos de fato se o...

– Comissário Van Helsing, – o embaixador interrompeu, num holandês gelado, fluente e quase sem falhas, – permita-me que apresente meu sobrinho, Andalaquituche. Caso não saiba, circula à boca miúda na Cerca Real do Macaco, o ditado que afirma que, quando meu sobrinho fala, o rei meu irmão e o grande príncipe Nassau se calam para ouvir.

Van Helsing estremeceu. É claro que já ouvira falar do sobrinho de Gana-Zona. Segundo uma fonte confiável do palácio, Nassau considerava aquele jovem um dos homens mais brilhantes dos Três Brasis. Talvez houvesse um certo exagero, mas o príncipe costumava se referir ao irmão de Zumbi pela alcunha de "Christiaan Huygens de Palmares".

– Sinto muito, Excelência.. Eu não sabia que se tratava de Mestre Andala... – Van Helsing engoliu em seco sem lograr pronunciar o nome do príncipe negro.

Tio e sobrinho trocaram sorrisos bem-humorados diante do engasgo do comissário. Nunca haviam encontrado um holandês que lograsse pronunciar corretamente o nome do jovem à primeira tentativa.

Amalamale decidiu interromper o falatório dos homens. Experimentou o banto na certeza de que seria entendida pelos palmarinos.

– Nobres representantes do rei de Palmares, o ser que eu e esse branco sebento afetado acabamos de matar era um espectro de verdade. Estou convicta de que se tratava do assassino da Noiva Tumarea.

Gana-Zona e o sobrinho se entreolharam. Andalaquituche arqueou as sobrancelhas a lançar ao tio a indagação muda. *"A noiva da lança?"* O embaixador assentiu com um gesto quase imperceptível.

– Bela princesa Amalamale...

O irmão do rei por pouco não saltou de surpresa ante o intróito do sobrinho. Jamais supôs que a galanteria fizesse parte do vasto repertório de talentos daquele jovem compenetrado. Divertido, procurou ocultar o sorriso e continuou a prestar atenção ao discurso que Andalaquituche fazia no idioma dos ancestrais.

– ... sabemos que a criatura que mataste não é um homem mortal.. Temos indícios fortíssimos de que realmente foi ele o assassino não só da tua amiga, mas de muitos outros. Existem, contudo, cousas que minha angana ainda ignora. Para o bem de tua nova pátria, rogo que nos ajudes a fazer com que os brancos acreditem no que direi a seguir.

A princesa concordou com um sorriso. Com seus modos estranhos, suas canoas gigantescas, a fala mansa no início e o emprego das armas poderosas no fim, os brancos sempre acabavam por levar a melhor sobre os mbundos – quer pela sagacidade característica de sua raça, quer pela força dos seus paus-de-fumaça. Teria um prazer imenso em ajudar bantos capazes de enganar os *branquelos*. Ainda mais quando se tratava do pedido de um guerreiro tão enérgico quanto belo!

– A criatura não é um ser humano! – Philippe não se sentia minimamente intimidado pelos ares de realeza daqueles negros fantasiados de nobres. – É um vampiro!

Gana-Zona e Andalaquituche trocaram olhares joviais muito breves para serem notados pelos demais. O embaixador assentiu com um movimento de cabeça. O primogênito pressionou a língua contra o céu da boca e produziu um estalo alto. Os guerreiros palmarinos miraram seus arcabuzes contra o gascão.

Com um gesto calmo de autoridade, Andalaquituche conteve o ardor dos guerreiros a seu lado. Armas baixadas e, num francês quase sem sotaque e melhor pronunciado que o de Philippe, dirigiu-se ao duelista.

– *Monsieur* Bergerac, é uma honra conhecer o filho do maior satirista francês dos últimos tempos. Aprendi seu idioma através da leitura dos livros de seu pai.

– ... o prazer é meu, *monsieur... monsieur Prince Noir*..

– *Monsieur* decerto conhece todos os fatos atinentes aos vampiros, não é assi?

– É claro que os conheço. – Philippe se jactou de peito inflado. – Um amigo que os confrontou nos Cárpatos me ensinou. Vi os dentes desse aí. E tercei a lâmina de minha *rapière* contra suas garras mortais.

– Se é assi, peço que se aproxime e considere o que irá ver.

Andalaquituche acercou-se do corpo estirado na poça de lama. Foi seguido por Philippe e por dois dos guerreiros palmarinos.

Os homens de Van Helsing fitaram-no em busca de alguma ordem. Como resposta receberam apenas o sussurro entre os dentes, numa voz de comando muito baixa:

– Não façam mais nada. Pelo amor que afirmam ter pelo seu Deus, não mexam um músculo.

O príncipe negro ordenou aos guerreiros que virassem o corpo inerme do filho-da-noite. Após duas ou três tentativas, os dois homens conseguiram fazer o corpo girar com as pontas das lanças.

Andalaquituche sorriu ante o temor que os guerreiros ainda demonstravam, mesmo em relação a um simples cadáver. Os homens de sua guarda haviam recebido um treinamento excelente e sabiam assaz bem com quem estavam a lidar.

Passou o leocádio às mãos do arcabuzeiro mais próximo. Retirou um objeto pequeno do bolso da calça de cambraia e o aproximou do rosto ensanguentado do filho-da-noite.

Philippe notou que o objeto era um espelho minúsculo.

– Está a ver, meu jovem amigo? O corpo possui um reflexo. Portanto, podemos afirmar que abrigou uma alma. Como decerto já ouviu falar, vampiros não possuem alma. Portanto, tampouco imagem refletida em espelhos. Além disso, nunca ouvi falar que vampiros pudessem ser mortos a tiros de pistola. Se por acaso tivéssemos uma cruz...

– Pelo Bom Deus, tem razão! – Philippe lembrou-se de súbito. Só então o fracasso dos ataques com o crucifixo e com a réstia de alho fizeram sentido. – Ele mostrou-se imune ao poder da cruz de Nosso Senhor Jesus Cristo e também à essência sagrada do alho.

– É lógico. Tal se deu pelo fato de Vossas Mercês não terem enfrentado um vampiro de verdade, mas um simples homem mortal, como eu e Vossa Mercê. – Andalaquituche esboçou seu sorriso mais franco.. – Um homem com mãos e pés deformados. Neste beco escuro, é compreensível que tenham confundido as deformidades dele com as características de um monstro. Mas, ainda assi, é tão somente um homem morto.

– Ainda não estou inteiramente convencido. – O gascão murmurou mais para si próprio que para os demais. – As garras e presas... – Então engoliu em seco. As garras do tamanho de punhais desapareceram por completo dos dedos do cadáver, como se jamais houvessem existido.

– Senhor comissário, – Van Helsing ouviu novamente a voz peremptória do embaixador ecoar no beco iluminado pelos leocádios. – temos convicção absoluta de que o indivíduo que ora jaz morto aos nossos pés é o assassino da jovem Noiva Tumarea. Folgo em declarar que Palmares considera o presente caso resolvido de forma plenamente satisfatória. Tenho certeza que o rei Ganga-Zumba e o príncipe Nassau se sentirão ambos deveras agradados com o resultado obtido por Vossa Senhoria.

O holandês soltou um suspiro de alívio audível. Ao fim e ao cabo, as cousas acabaram por não terminar de todo mal.

– Devo me confessar não apenas feliz, mas também assaz lisonjeado pelo elogio contido em suas palavras, Excelência.

– Comissário, só mais um detalhe. – Lá vinha de novo Mestre Andala com seus poréns. – Esse facínora não cometeu crimes hediondos somente acá no Recife. Ao longo dos últimos anos, ele trucidou dezenas de inocentes na Cerca Real do Macaco, em Subupira, nas Tabocas, e em outras cidades da Confederação. Precisamos levar o cadáver conosco, para mostrá-lo a nosso rei.

– Mas isso...

– Fazemos questão absoluta. – O embaixador frisou num tom que não admitia objeção.

Resolvido o assunto da remoção do filho-da-noite, Andalaquituche voltou-se para a princesa e sussurrou no banto mais doce e ousado que foi capaz de concatenar.

– Em Palmares, minha bela angana, haverá muitos príncipes e nobres de nosso povo à escolha. No entanto, atrevo-me a afirmar, nenhum deles tão propenso a apreciar sua natureza de guerreira destemida quanto este seu criado. Eu seria o mbundo mais feliz desta vasta terra se acaso me julgasse digno dessa honra suprema.

Amalamale abriu a boca, espantada. O irmão do rei já lhe havia dito que seria livre para escolher marido. Mas qualquer um mesmo? Até esse príncipe de sonho que lhe fala num banto de entonação diferente mas, nem por isto, menos terno e apaixonado? Procurou conter o entusiasmo. Decerto não seria de todo apropriado bradar "Sim!" tão cedo. Aos poucos compreendeu a situação. É claro que haveria dezenas de pretendentes. A virtude mais prezada pelos bantos é a coragem. Mesmo quando se trata da coragem de uma princesa.

– Sua pretensão me é muito cara. Prometo considerar o pedido com carinho e vagar.

– Aguardo sua resposta... minha princesa.

Com uma última vênia, Andalaquituche recuou para junto de um Gana-Zona sorridente. O primogênito só trouxera quatro homens consigo ao Recife. Se ao menos o pelotão de guarda da embaixada fosse mais numeroso, daria um jeito de convencer o tio a emprestá-lo como escolta para as noivas.

Ouvira dizer que o meio-irmão estava com seu exército em manobras militares nas cercanias de Porto Calvo, próximo à fronteira tácita com os lusos. Deixara as três esposas, inclusive a *branquela* Dona Maria Paim, seu último xodó, aos cuidados de Zambi, primo de ambos.

Com o grande ídolo de Palmares ausente da capital, talvez dispusesse de uma chance.

Era imperativo que estivesse presente na Cerca Real do Macaco, por ocasião da chegada dessa princesa heroica. Não permitiria que Zumbi lhe passasse a perna.. Não desta vez!

CAPÍTULO 7
"IRA FUROR BREVIS EST"[25]

O inimigo de meu inimigo é meu amigo.

[Anônimo]

COMO NA ÉPOCA DE SUA captura em Palmares, quase três anos antes, Dentes Compridos via-se uma vez mais em poder dos homens de Andalaquituche.

Haviam se instalado nos arredores de Porto Calvo.

Antigo reduto da resistência luso-brasileira, o vilarejo fortificado fora finalmente conquistado pelos terços de Gana-Zona em seus tempos de Ganga-Muíça, seis anos após o regresso de Nassau.

Disfarçados de comerciantes palmarinos de milho e mel-de-engenho, os agentes de Andalaquituche procuraram manter-se longe das vistas curiosas dos aliados holandeses. Para a convalescença do filho-da-noite haviam escolhido a construção principal de uma fazendola, adquirida há tempos aos proprietários lusos pelo governo de Palmares.

Depois de quase três semanas de seu pretenso passamento naquele beco escuro do Recife, sentia-se inteiramente curado. O início da recuperação, contudo, fora um autêntico suplício.

Seu organismo havia estancado em poucos segundos as hemorragias provocadas pelos disparos do caraíba e pela lança de ferro da princesa sem medo. Mesmo assim, as energias drenadas pelo corpo enfraquecido para se manter vivo e reparar a si próprio foram tremendas. Como costumava acontecer nesses casos, Dentes Compridos mergulhou num estado de coma profundo. Não era de se espantar que tanto os holandeses quanto o jovem espadachim o houvessem tomado por morto.

Acordara com dores terríveis na quarta noite após o confronto do beco.

25 *"A cólera é uma loucura breve."*

Felizmente, o cérebro não fora atingido. Caso lhe houvessem perfurado o crânio, seu organismo talvez não tivesse sido capaz de comandar os poderes curativos inerentes à natureza do Povo Verdadeiro.

O verdadeiro golpe de sorte, contudo, foi o aparecimento súbito de seus amigos palmarinos, responsáveis pela remoção oportuna de seu corpo inerte daquele beco fedorento.

Quando ainda estava inconsciente foram realizadas várias tentativas infrutíferas de alimentá-lo com o sangue de animais. Incapaz de fazer mal a um caçador são, o sangue do quadrúpede agravou seu estado. Em seus delírios diurnos, imaginou que, como castigo pela associação com os vidas-curtas escuros, o Inominado o transformara num deles. Nos pesadelos que se seguiram, confundiu o sangue de boi que seus captores lhe tentavam ministrar goela abaixo com o excremento dos vidas-curtas que, segundo o Inominado, seria obrigado a ingerir eternidade afora.

Andalaquituche decidiu tentar alimentá-lo com um ou dois quilos de carne cozida picada. Embora desagradável, a carne lhe fez bem. Dentes Compridos recuperou a consciência tempo suficiente para explicar que precisava de sangue humano. Só no sangue dos vidas-curtas encontraria forças para o restabelecimento completo.

O príncipe palmarino venceu os escrúpulos e autorizou afinal que ele bebesse um pouco do fluido sagrado. Imaginou que não devia ter sido fácil encontrar *doadores* lusos sem despertar suspeitas. Depois que começou a beber como um caçador, recobrou a saúde com uma rapidez que surpreendeu até os captores mais otimistas.

Não pôde evitar pensar nas diferenças existentes entre os dois grandes príncipes de Palmares.

Se Zumbi de fato o desejasse vivo, o que Dentes Compridos duvidava muito ser o caso, não teria hesitado um só instante em mandar sangrar um escravo luso por dia para nutri-lo de forma condigna a um convalescente.

Já com Andalaquituche, que considerava seu protetor e melhor amigo, não conseguiu arrancar mais que um ou dois goles por semana. Apenas da primeira vez que se pôs em pé sem auxílio, permitiram-lhe beber um luso até o fim. Devido a seu estado de necessidade extrema, o excesso pouco efeito teve sobre seu juízo. Nas demais ocasiões, no entanto, só um gole ínfimo por vez...

Meditou sobre a máxima, bastante em voga junto à cúpula da classe dirigente de Palmares: "Em tempos de crise, nem sempre o mais sábio é quem deve governar o império."

Antes que pudesse se recuperar inteiramente, Andalaquituche teve que se ausentar para as núpcias com a princesa Amalamale, aquela vida-curta destemida, a guerreira escura incrível que, de acordo com a versão oficial, eliminou sozinha o assassino, vingando, portanto, a morte da Noiva Tumarea.

Agora, mal recebera a notícia de que o filho-da-noite sarara inteiramente, o príncipe palmarino regressava às pressas da viagem de núpcias para lhe falar. Despejaria todas as repreensões antes represadas por causa da convalescença. Seria acusado pelo mau comportamento e, sobretudo, pelo descumprimento da palavra empenhada.

As críticas do amigo seriam tremendas, tinha certeza. O rigor com que estava a ser tratado pelo corpo de guardas de elite encarregado de sua vigilância era o indício mais consistente da gravidade de sua situação.

As paredes de pedra caiada da casa onde fora abrigado pareciam até obra de arquitetos incas: possuíam quase uma braça de espessura. Sua cela não tinha janelas ou respiradouros. Durante o dia havia sempre um soldado com dois arcabuzes carregados e uma lança comprida a guardar o lado de fora da pesada porta de ferro da cela. À noite, o número de sentinelas triplicava.

Contudo, apesar dos relativos maus tratos, seu estado de ânimo melhorava dia a dia.

Os palmarinos ainda deviam considerá-lo útil ou já o teriam eliminado quase um mês atrás. O próprio fato de ainda estar vivo indicava que Andalaquituche vencera a discussão com Zumbi sobre seu destino.

A metodologia desenvolvida pelos dois irmãos tão diferentes havia produzido frutos esplêndidos. Como os incas, centenas de anos antes, os vidas-curtas escuros haviam descoberto a maneira correta de matar um filho-da-noite.

Contudo, haviam avançado muito além dos estrategistas de Tupac Yupanqui. Haviam aprendido a impingir obediência, pela aplicação de uma quantidade calculada de dor e sofrimento.

Os vidas-curtas sempre foram bons em domesticar as outras criaturas do Mundo Mortal. – Dentes Compridos sorriu, melancólico. – *Pois muito que bem. Findo o período de restabelecimento físico, passemos à regeneração moral.*

É lógico que, após tamanha ruptura na confiança depositada em si pelo próprio soberano, teria que se ater estritamente ao combinado, à palavra empenhada. Pelo menos, durante uma ou duas gerações de vidas-curtas..

No princípio Andalaquituche não confiaria nele.. Não podia culpá-lo. Era natural que assim fosse. Era até provável que os quilombolas providenciassem uma pequena escolta para acompanhá-lo até Salvador. Supôs que Palmares talvez fosse obrigada a empregar um de seus raros pelotões especializados naquele tipo de missão – grupos armados compostos quase exclusivamente por índios e caraíbas.

Decidiu que se controlaria como nunca antes. Faria o impossível para se comportar bem.

Só beberia do sangue dos lusos e, mesmo assim, apenas daqueles que seus amigos determinassem. Quem sabe, com o tempo, não poderia voltar a saborear o sangue maravilhoso da jugular discreta de um vida-curta escuro? Um escravo, talvez? Afinal, em Salvador os caraíbas ainda mantinham muitos escuros como escravos.

Todavia, por enquanto não devia sequer pensar no sangue dos escuros.

Porque talvez fosse o último filho-da-noite remanescente no Mundo Mortal. Como tal, precisava do apoio de uma facção poderosa de vidas-curtas, não só para sobreviver, mas para manter sua dignidade de caçador.

Ah, sim. Devia se lembrar de cumprimentar o amigo pela celebração de suas núpcias. Já havia percebido que os vidas-curtas escuros eram muito sensíveis a essas pequenas amabilidades. Agora, mais do que nunca, precisava angariar simpatias.

No fundo, tinha a certeza de que, mais cedo ou mais tarde, seus amigos escuros o perdoariam. Conhecia os vidas-curtas o suficiente para saber que, em certos aspectos, índios, escuros e caraíbas, eram todos iguais. Seus ódios e rancores não duravam muito tempo. Era só questão de duas ou três décadas e os ânimos serenariam entre ele e seus amigos.

Ademais, mesmo se Andalaquituche, Zumbi e o rei jamais o perdoassem, à medida que se tornasse cada vez mais útil à política externa de Palmares, os filhos deles fatalmente irão fazer vista grossa aos seus pequenos deslizes.

E ele pretendia se tornar muito, muito útil aos interesses de Palmares.

Era só ser paciente e esperar um pouco.

Porque os vidas-curtas são criaturas efêmeras.

Pela primeira vez em sua longa existência, Dentes Compridos se sentia como se de fato dispusesse de todo o tempo do Mundo Mortal.

PARTE 3
CAPITÃO DIABO DAS GERAES

I was a Highwayman
Along the coach roads I did ride
With sword and pistol by my side
And many a young maid lost her baubles to my trade
And many a soldier shed his life blood on my blade
The bastards hung me in the spring of '25
But I am still alive[26]

[J. Webb]

26 Fui um Salteador
Pelas estradas cavalguei
De espada e pistola à cinta
E muitas donzelas perderam seus adornos em minha lida
E muitos soldados verteram sangue em minha lâmina
Os patifes me enforcaram na primavera de '25
Mas eu sobrevivi.

CAPÍTULO 1
O QUATRALVO EVISCERADO

Todos os nossos inimigos são mortais.

[Paul Valéry]

O CONTRATADOR DOS DIAMANTES APEOU do baio robusto. Aproximou-se do negro Cabeça e se pôs de cócoras para observar melhor os rastros de luta que o escravo de confiança apontara.

O negro tinha razão. A história que as marcas no barro seco da estrada contavam era clara. O cavalo que ora jazia tombado de ventre aberto, já afastado da trilha para que o cheiro e os urubus não incomodassem os viajantes, sustentara todo o peso do corpanzil sobre as patas traseiras em seus últimos instantes no mundo dos vivos. A profundidade dos rastros impressos no barro duro pelos cascos ferrados dizia que, empinado daquela forma, o equino pelejara para avançar.

E algo terrivelmente forte impedira seu avanço.

João Fernandes ergueu-se, deu três passos na direção oposta às marcas do cavalo dilacerado e agachou-se outra vez. Num gesto desnecessário, Cabeça apontou os outros rastros.

– Canguçu, Nhô-sim...

Não. O negro estava enganado. Como caçador experiente, acostumado aos bichos e às feras dos sertões dos Matos Geraes, o Contratador percebeu logo que as pegadas não eram de onça. O formato dos rastros era diferente e as pegadas eram maiores, bem maiores que as do canguçu.

Só se um canguçu se tivesse feito em homem e caminhado nas patas traseiras, como as crendices do povaréu afirmavam que por vezes ocorria. Mas, não... Nem isto explicaria o prodígio a contento. Havia a questão do tamanho e, bem, as pegadas lembravam um pouco pés humanos descalços. Mas pés enormes e com garras bem maiores que as de um canguçu adulto...

De novo, a profundidade dos rastros indicou a João Fernandes o que de fato se dera. Algo grande e forte detivera o avanço do cavalo do correio. O animal empinara, a forcejar com os membros posteriores. Mas o homem ou a cousa, fosse o que fosse, entrou por debaixo e sustentou todo o peso dos quartos dianteiros do bicho.

O Contratador se aprumou e bateu as mãos uma na outra para tirar o grosso da poeira. Voltou-se para os dragões[27] da escolta e ordenou:

– Virem o quatralvo[28] de barriga para cima.

Relutantes, os soldados cumpriram a ordem.

O tórax do cavalo fora perfurado em vários pontos, como se alguém houvesse decidido sustentar o peso do animal sobre vários espadões em riste... Mas a trilha só contava da ação de um atacante solitário... E o ventre do bicho fora rasgado de cima a baixo, com as tripas molengas e mal cheirosas a escorrer da vasta chaga aberta.

João Fernandes cerrou os maxilares e respirou fundo. Já vira muitas cenas chocantes em sua vida, mas se recusava a aceitar de bom grado a crueldade gratuita para com os animais.

O velho Capitão-Mor Cabral se aproximou numa manqueira digna, galardão de idade e patente.

– Senhor Contratador, os soldados encontraram o cadáver do Alferes Torres. – O Comandante do Corpo dos Dragões falou em tom que denotava pesar e consternação. – O homem foi desviscerado...

– Não sei bem o porquê, mas imaginei que tal se dera. – Havia mais ironia que tristeza na voz do contratador. – Como doutras feitas, pois. E o que mais Vossa Mercê observou?

– Não obstante os ferimentos, quase não há sangue. – O Capitão Mor declarou a fungar, agastado com a forma de tratamento expressa pelo Contratador. – Como os outros.

O escravo de confiança se aproximou de seu dono e sussurrou em seu ouvido:

– Cousa do Capitão Diabu, Nhô-sim.

– Qual nada! – O Contratador retrucou, exasperado. – Essa corja de salteadores também ataca à luz do dia! Foi justo por isso que mandei que o dragão do correio fosse um alferes e que partisse do Tijuco à noitinha...

Contudo, era bem verdade que a maioria dos ataques e, sobretudo, os mais violentos, de fato ocorriam durante a noite.

---

27 ***dragão*** – No Brasil-Colônia e também no Império: soldado da cavalaria.

28 ***quatralvo*** – Cavalo que tem marcas brancas nos pés.

E assim, as cartas e documentos oficiais não chegaram a Vila Rica.

Mais do que nunca, o Distrito Defeso do Arraial do Tijuco estava isolado do resto das Geraes.

Capitão Diabo!

Os informes sobre o salteador eram contraditórios. Uns diziam que era um negro forro do garimpo das Geraes. Outros afirmavam que o bandido era um índio deformado que veio do norte, das terras de Palmares ou de Nova Holanda. E havia também aqueles que juravam que o sujeito era um monstro que tinha parte com o próprio demo, donde, aliás, recebeu a alcunha.

Embora não se abrisse com ninguém, exceto com Chica, o Contratador nutria fortes suspeitas sobre a origem daqueles ataques terríveis às guarnições que transportavam os cofres carregados de diamantes da Coroa.

Segundo os relatos da Intendência, os primeiros ataques começaram cousa de quatro anos antes, depois que o Contratador Felisberto Caldeira começou a cumprir, não sem certa relutância, a ordem do Marquês-Rei para fornecer armas e munição aos iorubas rebeldes de Palmares. Era difícil entender a lógica dos ataques às partidas de diamante, exceto se encarados como represálias palmarinas ao apoio velado que a Coroa Portuguesa prestava ao conflito político-religioso que grassava no sul da República.

CAPÍTULO 2
UM CERTO CAPITÃO DIABO

Vício é o mal que se faz sem prazer.

[Colette]

QUANDO SE RECUPEROU DA RESSACA de ter tomado o alferes inteiro, o Capitão Diabo chegou à conclusão óbvia de que fora um rematado idiota ao matar o quatralvo daquela forma.

Deixou pistas excelentes para o novo contratador, vida-curta que já havia provado ao longo dos últimos anos não ser nem de longe um daqueles mentecaptos típicos da administração colonial lusa.

Teria sido mais fácil e mais elegante saltar por cima do quatralvo, arrancar o dragão da montaria, torcer-lhe o pescoço e simplesmente desaparecer com o corpo depois de beber um trago ou dois.

Mas, não! Quisera bancar o espirituoso e se divertir um pouco com o pânico do dragão e o sofrimento do pobre animal... O pior era que sabia o que se dera consigo. A velha ânsia de infundir terror cego no coração do inimigo levara de novo a melhor sobre a sensatez. O desejo de meter medo naquele contratador topetudo, de fazer com que se sentisse acuado dentro dos limites estreitos do arruamento de seu arraial, encurralado pelo bloqueio de pavor imposto pelo Capitão Diabo e seu bando.

Fora isto, sem dúvida. O desejo de impor sua vontade ao inimigo. Isto e, é claro, seu exibicionismo infantil!

Alguém em Subupira iria espumar de raiva quando ouvisse falar desse novo estilo de ataque.

Depois de mais de trezentos anos de vida, por vezes ainda se comportava como um filhote travesso, quando era de se esperar que se portasse com a astúcia e a discrição de um caçador experiente. Em seus raros momentos de autocomplacência, costumava alegar em sua própria defesa que, ao contrário dos outros de sua espécie, como cria desgarrada que fora, jamais pudera aprender com os mais velhos como um caçador devia se portar. Além disso, pelos padrões dos filhos-da-noite de antes da Queda, ele nem era tão velho, nem tão experiente assim. Mas há muito que vivia entre os mbundos, os holandeses e os lusos – três estirpes de vidas-curtas que se julgavam civilizadas – e o fato era que aprendera muito com eles.

Quando os guerreiros do Tupac Yupanqui tomaram o último reduto do Povo Verdadeiro, no que mais tarde viria a constituir o litoral do Vice-Reinado do Peru, o Capitão Diabo era pouco mais que um filhote indefeso. Mas os caçadores, as sedentas e o Ancião das Grutas já o chamavam de Dentes Compridos em seu próprio idioma.

Desde a aliança estabelecida após sua captura pelos palmarinos, o Capitão Diabo atuava em favor de seus novos amigos, quer na recolha de informações vitais, quer na eliminação de oficiais lusos de alta patente, ora através de assassínios brutais, de modo a inspirar terror nos corações dos inimigos, ora por lhes beber o sangue aos pouquinhos, até que sucumbissem de morte aparentemente natural. Os agentes de Palmares jamais se furtaram a lhe ensinar os modos e as artes dos vidas-curtas civilizados para que melhor pudesse desempenhar as missões perigosas que lhe eram confiadas.

Nos últimos anos do século anterior, após a fragorosa derrota lusa ante as altaneiras muralhas do Recife na Batalha da Contra-Traição, a Coroa Portuguesa foi forçada a reconhecer tanto a independência de Palmares quanto a soberania batava na província de Nova Holanda. Inseguro, el-Rei determinou que a sede do Vice-Reino do Brasil fosse transferida às pressas para a cidade de São Sebastião do Rio de Janeiro. Fato este que obrigou o Capitão Diabo a fixar residência por uns tempos naquela cidade, visto a incumbência de cumprir algumas missões dificultosas por lá.

Mais ou menos por aquela época, estabeleceu-se o primeiro *Círculo de Ébano*, um corpo militar secreto e diminuto, mas dotado de enorme influência, pois seu soba respondia apenas perante o *zumbi* em pessoa. Os primeiros membros do Círculo de Ébano saíram dos corpos de elite do Exército de Palmares. A finalidade precípua desse comando era fornecer cobertura ao Capitão Diabo em suas missões mais difíceis e salvaguardar a todo custo o sigilo de sua existência, um conhecimento considerado segredo de Estado desde os tempos de Ganga-Zumba.

Menos de quatro décadas após a criação do Círculo de Ébano, seu soba ordenou que o Capitão Diabo rumasse para a província brasileira das Minas Geraes. A missão era baldar as remessas de diamantes do Arraial do Tijuco para el-Rei Dom José.

Chica da Silva era contra o envolvimento luso-brasileiro nas questões religiosas dos palmarinos desde os tempos do coitado do Contratador Felisberto, quando ela própria não passava de uma escravazinha à toa em casa do Sargento-Mor Rolim.

Depois que se tornou a bem-amada de João Fernandes e Rainha do Tijuco passou a defender suas ideias em voz alta:

– Deixa os negros em paz, João. Eles estão a viver a vida deles lá no norte. A própria Coroa já baixou a cabeça. Falou que eles são livres e, como é que se diz? Ah, sim: independentes. Palmares é reino independente... Olha, João, o Marquês-Rei tá lá do outro lado daquele marzão lá longe e Palmares é logo ali, ó. Não pense que o novo *zumbi* não tem espias nas Geraes e que ignora o que fazemos por acá. Vosmecê vai acabar por fazer com que esses bantos danados, mais os holandeses, subam até nossas serras para nos dar o pau. Aí, ó, vai ser o fim do reinado de João Fernandes no Arraial do Tijuco...

– Calma, Chica. Também não é assi. Além disso, são ordens do Marquês de Pombal...

– Sei. E o marquês manda mais que o rei, num é? Mas os quilombolas e o governador-geral de Nova Holanda não vão querer saber de Pombal nenhum, não! Vosmecê sabe que aprecio os iorubas por sangue e por crença. Aprecio eles por demais. Mas temos que pensar primeiro em nós, meu contratador. Nas nossas riquezas e na nossa paz.

– Eu sei, Chica. Eu sei...

Como era de hábito, a mulata rainha do Tijuco estava com a razão.

Não veio a famigerada infantaria palmarina, com a graça do Bom Deus. Tampouco a artilharia, o terror lendário dos sertões desses Brasis desde os tempos de Zumbi, o rei de Palmares que, depois de morto, teve o nome transformado. Na República tornara-se o título do mais alto cargo político existente, ao passo que na Bahia do Sul e nas Minas Geraes, virara o bicho-papão com que os pais faziam medo às criancinhas.

Os holandeses também não mexeram uma palha ante o fornecimento de armas e víveres do Tijuco aos iorubas radicados no sul de Palmares, próximos à fronteira com o Brasil.

A desafronta chegou ao Tijuco por outros caminhos. Os negros fugidos dos mocambos das cercanias começaram a receber carabinas e pólvora de procedência palmarina. Era bem verdade que até então o fornecimento se dera em quantidades discretas. Mas não havia garantia alguma de que a situação continuaria assim. Com Palmares, nunca se sabia...

Pior que mocambos bem armados, no entanto, foi o recrudescimento dos ataques predatórios às partidas de diamantes que saíam do arraial para a Coroa.

A quantidade prodigiosa de diamantes que o contrato de João Fernandes extraía das lavras do Jequitinhonha era a maior riqueza do reino e uma certeza de prosperidade para a Coroa Portuguesa. Antes do apoio sob protesto do Tijuco aos rebeldes iorubas, iniciado na vigência do contrato anterior, o descaminho de diamantes fora constituído por atos esporádicos que com quase toda certeza, não foram patrocinados por Palmares. É claro que a República desempenhou com satisfação o papel de escoadouro natural para o descaminho dos diamantes da Coroa, embora nos primeiros tempos não coordenasse as ações criminosas.

Mas agora, não. Os negros livres não se contentavam mais com uma parcela discreta da produção diamantífera do Tijuco. Não... Eles pareciam querer tudo e mais um pouco!

E era isto que os salteadores a soldo de Palmares vinham buscar nos sertões das Geraes.

Na opinião do Capitão Diabo, a vida de salteador nas picadas e caminhos daqueles Matos Geraes tinha seus altos e baixos..

Por um lado, havia negros à vontade. E ali, ao contrário do que ocorria em Palmares, se ele vez por outra decidisse beber de um negro até o fim, tal ato não constituiria hediondez alguma, nem sequer um escândalo. Desde que agisse com um mínimo de cautela, poderia fartar-se no Tijuco sem que os lusos dessem pelo fato.

Por outro lado, havia a tropa de irregulares para comandar. Doze homens treinados à exaustão no quartel-general da República para se fazerem passar por rudes salteadores das estradas, caminhos e trilhas das Geraes. Metade deles era banta. Mas havia também dois iorubas; dois cafuzos; um tupinambá e até um branco batavo.

A tropa andava a cavalo pelos matos e trilhas e se acoutava numa gruta cuja entrada ele próprio descobrira. Também ele andava a cavalo. Aprender a montar era uma habilidade nova que desenvolvera há poucas décadas. No início não foi fácil. Os animais demoravam muito a se acostumar com um cheiro que para eles sabia diferente ao dos vidas-curtas. Teve que avezar o seu atual corcel negro desde potro aleitado.

O comando da tropa tinha os seus percalços. Embora possuíssem a melhor disciplina militar do continente e tivessem sido orientados a obedecer suas ordens sem tergiversar, seus subordinados, como todos os vidas-curtas, atuavam melhor à luz do dia, ao passo que ele era um predador noturno por natureza.

Além disso, nos últimos tempos, as decisões políticas tomadas no Macaco ou em Subupira soavam cada vez mais complexas e contraditórias. Como de hábito, o Círculo de Ébano lhe transmitia suas ordens à distância, de forma enigmática, aparentemente sem sentido. Na maioria das vezes só com o tempo descobria a genuína motivação por trás das ordens recebidas. Como sempre, não lhe restava outro caminho que não a obediência cega, sem questionamento, sem explicações.

O Capitão Diabo lembrou-se da ocasião em que aconselhara seu velho amigo Andalaquituche, último rei e primeiro *Zumbi de* Palmares, contra o acolhimento incondicional dos negros iorubas e sua fixação nos sertões quase despovoados do sul da República. Contudo, sábio como era, o governante preferira seguir os tolos palpites dos hierarcas de seu Conselho de Seculos...

– Podem não ser bantos, mas são negros como nós. – Os velhos seculos argumentaram. – Se bem acolhidos e bem armados ser-nos-ão eternamente gratos e estarão sempre dispostos a atuar como autênticas muralhas entre nós e o inimigo luso.

Andalaquituche estava velho e doente. Não era mais o sábio jovem e enérgico que, num ato de gênio dentre muitos, decidira aliar-se a seu irmão e rival Zumbi para desvendar a verdadeira natureza da estirpe do Capitão Diabo. Não. O governante que cedera às pressões do Conselho era um velho cansado daquela guerra intermitente contra os brancos. Não obstante seus costumes esquisitos e ritos elaborados, se os iorubas se dispusessem a cumprir sua parte no trato, ele os autorizaria a se instalar nas terras da Bahia do Norte. E mais: seriam treinados e armados pelo Exército de Palmares. Com o tempo, o velho amigo sonhara, os imigrantes e seus descendentes tornar-se-iam cidadãos da Primeira República.

A ideia soara razoável aos ouvidos pouco experientes dos seculos e demais conselheiros. No entanto, raras vezes em sua longa vida o Capitão Diabo viu um plano aparentemente tão sensato e tão lógico descambar para o torto em tão pouco tempo...

O problema é que os iorubas não eram bantos. Destarte, ao contrário dos bantos, não abandonaram as crenças ancestrais africanas em prol da fé em Nosso Senhor Jesus Cristo. Insistiram em ser manter fiéis ao culto dos orixás. Daí, duas gerações de vidas-curtas mais tarde, muitos régulos das aldeias iorubas do Território da Bahia do Norte ainda teimavam em rejeitar a Fé Cristã, predominante no resto da República. Perseveraram na prática do *candombe-ilê*, a religião de seus antepassados africanos.

Essa desobediência teimosa acabou por resvalar para a sublevação armada. Os informantes de Palmares alertaram o novo *zumbi* que várias aldeias iorubas próximas à fronteira com a província brasileira da Bahia do Sul estavam prestes a se rebelar contra a imposição do ensino religioso e a prática dos cultos católicos. O Ganga-Muíça do Exército proibiu a remessa de novas partidas de pólvora e carabinas para as aldeias recalcitrantes. Mas aí já era tarde demais.

Somente quando a revolta estourou os palmarinos descobriram que os rebeldes possuíam armas e munição de sobra. Armas vindas do sul, desde o próspero Arraial do Tijuco, fornecidas pelo Real Contratador dos Diamantes por ordem da Coroa Portuguesa.

Embora as escaramuças fronteiriças fossem uma constante há mais de meio século, desde que o Reino de Portugal reconheceu a independência de Palmares, a situação presente configurava-se assaz mais grave. Os lusos não tencionavam avançar umas poucas léguas fronteira adentro, mas sim influir nos assuntos internos da República pela instigação de um movimento separatista.

O zumbi convocou para um conselho secreto o Ganga-Muíça, o soba do Círculo de Ébano e os pouquíssimos hierarcas palmarinos que sabiam da existência do Capitão Diabo.

Claro que ninguém se deu ao trabalho de avisá-lo. Nem sequer cogitaram a ideia de tê-lo presente. Ao contrário do que costumava ocorrer na época em que Andalaquituche fora zumbi, ele já não era mais convidado a comparecer às reuniões para combinar os detalhes das próximas missões impossíveis de que seria incumbido.

O soba do Círculo de Ébano, contudo, contou-lhe do que se tratava. O Capitão Diabo deveria infiltrar-se em território inimigo no comando de um bando de salteadores escolhidos a dedo. Rumaria centenas de léguas para o sul, até o coração da Província das Minas Geraes, onde cumpriria sua missão: paralisia ou redução substancial do fluxo de diamantes do Tijuco para a Coroa. Pois eram os diamantes que faziam do Real Contratador o homem mais poderoso do Brasil e era com a imensa riqueza oriunda dos diamantes que se compravam armas para os guerrilheiros iorubas que tantos prejuízos estavam a causar às regiões suleiras de Palmares.

Nos tempos do Contratador Felisberto Caldeira Brant, o bando começou a atacar as partidas semanais que deixavam as lavras do Jequitinhonha rumo ao arraial, tarefa fácil e de pouco risco, visto que as lavras eram numerosas, os dragões não podiam cobrir todos os pontos-chave a um só tempo. Ademais, com seus sentidos sobre-humanos, o Capitão Diabo sempre podia dizer onde os dragões *não* estavam.

Então o Capitão Diabo fez seu lance mais arriscado.

Numa noite sem lua, deixou o bando nos limites do arraial, com ordens expressas para que não o seguissem. Sozinho sob a luz das estrelas, correu mais rápido do que um homem mortal julgaria possível e ingressou na Intendência do Tijuco, trucidou um pedestre da guarda com suas longas garras retráteis e imobilizou o outro com o poder de seu toque, para poder bebê-lo com calma, em pequenos goles delicados, e deixou seu espírito se enlevar aos poucos com o buquê agradável, à medida que saboreava as delícias do sangue luso. Não bebeu o pedestre todo, pois aquilo o teria deixado empanturrado e havia trabalho a fazer. Trabalho, sempre o trabalho.

Rompeu sem dificuldade os grossos grilhões de ferro, arrombou a porta do cofre da Intendência e de lá retirou a caixa pesada que guardava toda a produção anual de diamantes.. Uma fortuna incomensurável que seria dentro em poucos dias remetida sob escolta pesada para São Sebastião do Rio de Janeiro, onde seria embarcada na Nau da Guerra aproada para Lisboa.

Seus homens se sentiram a um só tempo esfuziantes e temerosos com a ousadia do chefe. Destacou de imediato dois terços do bando e uma parelha de mulas bem fortes para conduzir a carga preciosa em segurança até Palmares. Mandou também um homem a cavalo com uma mensagem secreta para o soba do Círculo de Ébano.

A captura da partida da Coroa foi considerada em Subupira como uma das maiores proezas do Serviço Secreto de Palmares. Quarenta e poucos dias mais tarde, seus homens retornavam com a resposta do Círculo de Ébano. Em sua mensagem o soba transmitia-lhe felicitações efusivas pela façanha empreendida e, num de seus raros arroubos de alegria, anunciava que, pelo menos dessa feita, a tamanha monta de diamantes não iria financiar a construção de igrejas em

Portugal, mas sim fragatas palmarinas das mais modernas, já contratadas junto aos estaleiros do Recife.

Naquele mês e meio de espera, um clima de autêntico terror estabeleceu-se no Tijuco. Logo chegou a ordem de se efetuar uma devassa cruel no Distrito Diamantino, cuja sede era o Arraial do Tijuco. O Contratador Felisberto e seus irmãos foram colocados a ferros e mandados para Portugal sob acusação de lesa-majestade.

Palmares acreditava ter aplicado um golpe mortífero no fluxo de diamantes que financiava a guerrilha ioruba.

Contudo, meses depois, chegava de Lisboa um novo contratador, João Fernandes de Oliveira, filho do contratador que antecedera Felisberto Caldeira Brant. O jovem fora nomeado não pelo Governador das Minas Geraes, mas por alvará chancelado pelo próprio Rei de Portugal. Uma nomeação forçada pelo Marquês de Pombal para moralizar a lavra de diamantes do Tijuco.

O novo Real Contratador era mais jovem e, sobretudo, muito mais enérgico que o velho e descuidoso Felisberto Caldeira. Meses após sua chegada, já tinha tomado a pulso o controle das lavras e de todo o arraial. Extraiu diamantes como nunca dantes. Descobriu novas lavras, mais produtivas que as anteriores. Com mais diamantes, o novo contratador pôde intensificar o apoio à guerrilha do sul de Palmares e combater os salteadores que grassavam incontestes nas trilhas e caminhos do norte das Geraes.

CAPÍTULO 3
DE RAPIEIRA E GARRUCHAS À CINTA

Quem é que torna
Mais audaciosos os salteadores,
Senão muita bondade?

[*Shakespeare* – Henrique VI]

O SOL BRILHAVA FORTE NO meio da manhã. Seus raios resplandeciam no verde da folhagem da mata, no castanho dos troncos e no vermelho amarelado do barro da trilha.

Os raios do sol não eram, é claro, mortais ao Capitão Diabo. Afinal, os filhos-da-noite só guardavam uma semelhança superficial com os vampiros do folclore europeu.

Ainda assim, aquela hora do dia era a pior possível para empreender ataques a um destacamento da Companhia dos Dragões. A claridade feérica era um suplício para seus olhos sensíveis. As poderosas garras retráteis das mãos e dos pés permaneciam recolhidas durante o dia, bem como os caninos protuberantes, notáveis mesmo dentre os de sua espécie, a ponto de lhe ter valido seu nome verdadeiro. A força física sobre-humana e a capacidade regenerativa – atributos que os membros do Círculo de Ébano julgavam prodigiosas – também se quedariam quase inativas, inibidas pela luz do dia. Contudo, a fraqueza mais grave era a ausência daquilo que seus amigos do Ébano denominavam "vínculo de pânico", o poder de paralisar um vida-curta ao simples toque da palma de sua mão.

Não pôde se dar ao luxo de escolher a hora do ataque. Quem o fez foi o próprio Contratador João Fernandes, ao abandonar a tática de despachar durante as horas mortas da noite a vultosa partida diamantífera semanal da Grupiara do Lava-Pés para a Intendência. E essa partida em particular devia ser das grandes, pois boa parte da Primeira Companhia de Dragões, uma das duas aquartelada no Tijuco, foi mandada para cumprir escolta.

O Capitão Diabo e os homens do bando se acoitaram atrás dos

penedos de uma ribanceira, numa das curvas da trilha, a meio caminho entre a grupiara e o arraial. Escutou muito antes dos comandados as batidas ritmadas de cascos ferrados dos cavalos dos dragões. Sussurrou em voz baixa:

– São pra mais de trinta montarias. Pelo visto, é partida das grandes!

– Pois então vamos ter briga das boas, meu ganga! – O ioruba cristianizado sorriu entre os dentes. Com um suspiro, engatilhou a clavina e verificou as duas garruchas. – É dragão a dar com um pau!

– Acaso estás com medo, Jaconias? – O Capitão Diabo brincou com o subordinado, mas o observou com as pálpebras semicerradas.

– Por Cristo que não, Capitão! – Jaconias abriu o sorriso franco. – Meu único medo é não sobrar luso pra minha espada!

– Sedentas de sangue luso é que nossas espadas hoje não se partem. – O Capitão correspondeu ao sorriso.

Kalunga, um banto que ocupara o posto de tenente do Exército de Palmares, enfatizou a declaração do chefe ao desembainhar a espada leve e colocá-la sobre a pedra por trás da qual se agachava.

O Capitão fez um gesto para que se calassem. Os dragões se aproximavam em trote curto a subir a curva da ribanceira. Os cavalos avançaram resfolegantes e inquietos, até passar por entre as pedras onde os homens do bando se ocultavam.

Quando o grosso da tropa estava a passar pelo meio deles, o Capitão Diabo assoviou o sinal de ataque. Levantou-se dum salto e disparou as duas clavinas que segurara, uma em cada braço. Lançou as armas fumegantes ao chão, de momento pouco preocupado em saber se havia ou não atingido algum inimigo. Sacou das pistolas de cano longo do cinturão. Disparou ambas simultaneamente e em seguida largou-as por cima das clavinas a seus pés.

Seus homens ergueram-se de ambos os lados da trilha e atiraram, primeiro com as clavinas e depois com garruchas e pistolas. Vários dragões tombaram das selas já na primeira salva. Apavorados com os gritos dos feridos, a fumaça dos disparos à queima-roupa e sob os brados coléricos do tenente do destacamento, os demais obedeceram à ordem de desmontar e, ainda aturdidos, começaram a responder ao fogo. Atiraram às cegas, grosso modo na direção de onde julgavam ter partido os disparos do inimigo que não conseguiam divisar.

O tiroteio cessou em questão de instantes, pois tanto salteadores quanto dragões se viram de armas descarregadas. A maioria dos cavalos do destacamento havia debandado num galope desenfreado. Mais de uma dezena de lusos jazia imóvel no solo enlameado. Nenhum dos homens do Capitão fora atingido.

Mesmo com o sangue a escorrer abundante de uma ferida no braço direito, o tenente desembainhou a espada com a mão esquerda e ordenou a seus homens que sacassem de seus sabres. Mal a fumaça dos disparos se dissipou um pouco e o oficial ordenou que seus dragões investissem contra o inimigo. Os salteadores já os esperavam de armas em punho.

Havia cousa de dois dragões para cada homem do bando. Contudo, como os dragões viram-se forçados a contornar algumas das pedras e vários soldados estavam feridos, eles não conseguiram se achegar aos salteadores todos a um só tempo, o que facilitou sobremaneira o ato de lhes dar combate.

Segundo exigência do próprio Capitão Diabo, seus homens eram todos esgrimistas de mão cheia e ele insistira muito na necessidade de lhes ministrar algumas lições adicionais pessoalmente. Primeiro cogitou lhes ensinar a esgrimir com a rapieira, arma com a qual aprendera a arte e que usava desde então. Contudo, após meditar a respeito, deixou-os portar as espadas leves que andavam a usar na República, com que, afinal, já se haviam acostumado. Todavia, independentemente da lâmina brandida, não se furtou de lhes ensinar meio punhado de truques e, sobretudo, a técnica de esgrimir com a *misericórdia*[29] na mão ruim, a que não empunhava a espada. Uma arte que instruía os espadachins a aparar o golpe do adversário com esse punhal curto de esgrima e forçar a abertura da guarda; abertura esta explorada à vontade pela lâmina da arma principal. O Capitão aprendeu esta técnica da *main gauche* há meio século com um estalajadeiro gascão radicado no Recife, um velho companha que na juventude defrontara-se com o filho-da-noite, mas que acabara por aceitar tanto a amizade do Capitão quanto se tornar seu professor de esgrima em troca de ouvir os percalços e os pormenores da vida do amigo. Sentia falta de Philippe, seu melhor amigo entre os caraíbas. Um vida-curta que se proclamava *"o maior espadachim já nascido ou por nascer, à exceção de meu finado pai, Cyrano"*.

Já os dragões usavam as espadas de cavalaria tradicionais – armas

29 ***misericórdia*** – Primitivamente era um punhal curto que os duelistas portavam do lado direito do cinto e com o qual desferiam o golpe de misericórdia. Mais tarde, evoluiu para uma arma branca auxiliar, uma adaga ou punhal curto, seguro na mão que não empunhava a espada, em geral a mão esquerda, daí também ser chamada de *main gauche* ('mão esquerda') pelos franceses.

pesadas, com lâminas de dois gumes, próprias para cortar, mas não para perfurar e, portanto, inadequadas à arte de duelar.

O Capitão Diabo manteve os olhos semicerrados durante a refrega. Precisava proteger as retinas da luz fulgurante e, de qualquer modo, quase não necessitava da visão para enfrentar uns poucos lusos. Mesmo sob a luz do sol, possuía destreza e vigor físico muito superiores aos de um vida-curta. Pela audição e o olfato aguçados, sabia exatamente onde o inimigo estava e o quão atemorizado ele se sentia. Manejava sua velha rapieira, lâmina mais pesada e comprida do que as espadas leves empunhadas por seus homens; quase tão pesada quanto a espada de cavalaria dos dragões. Quando empregada como extensão de um braço esquerdo dotado de força sobre-humana, a rapieira deslizava tão ágil quanto um florete de esgrima – entrava, revolvia e saía das vísceras dos dragões, numa sucessão célere de corpos a tombar agonizantes, enquanto em sua mão direita uma misericórdia com aparente vida própria aparava os golpes dos moribundos.

Ao fim de uns poucos minutos, a peleja terminou. Não restaram dragões em pé. Apenas uns poucos feridos, caídos ao solo a gemer baixinho. Uma meia dúzia de cavalos remanescentes do destacamento relinchavam, nervosos com o aroma do sangue, das vísceras e dos mortos. Fragrância esta que se sobrepôs ao cheiro do mato e do suor dos bichos e dos homens, a enlevar o espírito duro do Capitão Diabo e a fazê-lo esquecer por instantes das agruras da claridade cegante naquela ribanceira castigada pelo sol quente.

Havia também a mula carregada com a caixa da partida semanal da Grupiara do Lava-Pés para o Tijuco. Com um gesto seco, o Capitão ordenou que Kalunga conduzisse o animal até uma clareira próxima, onde haviam amarrado seus cavalos.

Mal o banto saiu a arrastar a mula pela brida, os outros homens do bando iniciaram o butim dos dragões mortos e feridos, mas conseguiram pouca cousa de valor.

– Meu Capitão, vosmecê me concede a honra de terminar com o sofrimento desses bastardos súditos d'el-Rei? – O salteador branco de sangue batavo desembainhou novamente a adaga de esgrima e caminhou em direção aos feridos, visto que tomara a autorização por certa.

– Não, Jankel. – O Capitão Diabo fê-lo parar com um gesto calmo, mas peremptório. – Creio ter melhor serventia para esses nobres mancebos. Ngomo, Itaimbé, Filipe e Jaconias, manietem os dragões e os coloquem ajoelhados, como bons cristãos que eles sem dúvida creem ser.

Mal o banto, o tupinambá, o cafuzo e o ioruba cumpriram as ordens com mãos ligeiras, o Capitão se aproximou dos prisioneiros de adaga em punho.

Com a cautela digna de tira-dentes de donzela, o Capitão Diabo riscou uma cruz na testa do primeiro dos seis dragões. Passou a língua áspera pela ponta afiada da arma, num gesto intimidativo deliberado que disfarçava a resignação de provar apenas umas poucas gotas de um repasto que jamais iria degustar. O luso soltou um longo suspiro de alívio e rogou uma prece quando enfim percebeu que o líder dos salteadores não pretendia matá-lo.

Quando se dirigiu para o segundo dragão ajoelhado, Aquino e Jaconias deram um passo a frente. O primeiro pediu num tom respeitoso:

– Capitão, gostaríamos que o ganga nos concedesse a mercê de marcar com a cruz de Nosso Senhor Jesus Cristo os porcos que venderam a alma em prol da causa pagã.

O líder pensou um pouco e respondeu:

– Parece haver certa justiça torta, mas escorreita em tal anseio. Pois muito que bem. Adiantem-se e marquem os lusos com o símbolo da fé cristã!

Os dois iorubas cristianizados assentiram e avançaram juntos. Com calma e deleite, riscaram as cruzes nas testas dos outros cinco dragões.

– Agora amarrem-nos em seus cavalos e açodem os animais na direção do Tijuco. Creio que o Contratador João Fernandes saberá entender nosso recado. Se é que ele, esperto como é, ainda nutre dúvidas quanto à causa pela qual nos batemos.

CAPÍTULO 4
A RAINHA, A LADINA E O GUARDIÃO

No mar tanta tormenta e tanto dano,
Tantas vezes a morte apercebida.
Na terra tanta guerra, tanto engano,
Tanta necessidade avorrecida.

[*Camões* – Os Lusíadas]

Bastou um gesto de impaciência de seu leque, para que Chica da Silva, do alto da estatura de virtual rainha do Arraial do Tijuco, fizesse sua corte de ladinos perfumados e mucamas vestidas em sedas e brocados se retirar da *Sala do Trono* a passos rápidos e silenciosos.

Permaneceram no vasto aposento da ala residencial da Casa do Contrato, além da própria Chica, apenas o escravo guardião Cabeça e a ladina Jelena.

– E então, Cabeça? Conta pra eu essa história que Jelena ouviu o meu contratador falar contigo que era pra eu não saber.

– Nhá-não. Isso eu num posso fazer, Sinhá Dona Chica....

– Como num pode, hômi? – Jelena intrometeu-se sob o olhar aprobativo da ama. – É Dona Francisca da Silva Fernandes de Oliveira, esposa do Real Contratador dos Diamantes, quem pergunta. A Chica-que-Manda. A senhora que vosmecê jurou defender com sua vida ante o Senhor Contratador quando ele te arrematou naquele leilão do negreiro, lembra?

– Nhá-sim. Eu lembro. Mas o Sinhô deu orde pra eu num falar do Capitão Diabu com a Sinhá.

– Aras, pois sim! – Os olhos de Chica brilharam de satisfação. – Estamos a chegar nalgum lugar.

– Fale logo duma vez, Cabeça! Pois é quase certo que teu silêncio traga perigo para a segurança de nossa dona!

– Eu falo.

– Pois que fale.

– Nhô Contratadô mandou vi diamante do Lava-Pé di dia, pra

enganá Capitão Diabu. Má mermu assi o Diabu atacô us dragão e acabô com elis.

– Valha-me Deus! – Chica sacudiu a cabeça e se benzeu toda, como que a se recusar a crer no que ouvia. – João disse que os malfeitores só atacavam durante a noite ou à tardinha...

Depois que a sinhá e a ladina conseguiram fazer o guardião desembuchar a história toda em seu linguajar confuso, ficaram a olhar uma para a outra, aparvalhadas. Ao que se sabia, aquela era a primeira vez que sobrava alguém vivo para prestar relato de um ataque do Capitão Diabo....

Chica se levantou da poltrona de espaldar alto com braços de ouro maciço que fazia as vezes de trono e começou a andar de um lado para o outro, enquanto murmurava mais para si mesma do que para os dois escravos.

– Quer dizer então que o líder dos salteadores é mesmo um índio disforme, com mãos e pés enormes? Um índio boa espada e rápido como o demo, capaz de espetar todo um regimento de dragões na ponta de sua lâmina? Eu vou ser franca, Cabeça: estou a pelejar para crer nessa tua história.

– Nhá-sim.

– E essas cruzes marcadas a espada nas testas dos dragões, Sinhá, o que significam?

– O sinal é claro, Jelena! Meu contratador tem mandado armas e pólvoras para os negros iorubas lutarem contra os bantos que governam Palmares. Os iorubas adoram os orixás de nossos antepassados de África, enquanto os bantos adotaram a fé em Cristo trazida para o Brasil pelos portugueses. A cruz riscada nas testas dos dragões é um aviso claro ao meu contratador de que os bantos de Palmares não tolerarão mais que nos metamos nos assuntos deles. Bem que eu desconfiava que esse tal Capitão Diabo era por demais astucioso para mero salteador!

– A Sinhá teve até medo que o zumbi mandasse o Exército e os canhões, não foi?

– É, mas eles mandaram um mal pior. Decidiram atacar o Tijuco não com tiros de canhão, mas com o pavor das mortes sem explicação e o desvio dos diamantes... Minha Virgem Santíssima, se esses golpes continuam, vai ser a perdição do meu contratador... Não custa muito para os inimigos do João Fernandes na corte, invejosos das nossas riquezas e prestígio, intrigarem ele com el-Rei. Daí pro Marquês de Pombal ordenar outra devassa é um pulo! E aí, ó, o meu contratador vai ter o mesmo fim do pobre do Contratador Felisberto... Agrilhoado para sempre nas masmorras do Limoeiro, lá em Portugal...

– Ah, Sinhá, não fique assi. Aposto que el-Rei se sente mui agradado com o seu contratador. Afinal, nunca se extraiu tanto diamante do Distrito Defeso. Além disso, o Doutor João Fernandes é o branco mais sabido que já fincou pé por esses Brasis afora, desde os tempos do finado Príncipe Nassau do Recife. O súdito mais expedito de Sua Majestade que já caminhou pelos Matos Geraes. Está para nascer o negro, banto ou ioruba, que possa com ele num duelo de astúcias!

– Não sei, Jelena. Minha mãe já dizia que esses negros de Palmares são diferentes. Aprenderam as artes dos brancos com os holandeses, com o próprio Príncipe-Sábio que vosmecê mencionou. E aprenderam tão bem que derrotaram os portugueses e fizeram acolá um país liberto de reis estrangeiros, cousa que por acá ninguém teve ainda coragem de fazer, num é?

– Lá isto é, Sinhá.

– Muito que bem. Agora é que eu tô a entender o sermão inflamado do Padre Cambraia... Bem que eu estranhei aquela conversa de que bons cristãos não podem armar pagãos para fazer guerra contra outros cristãos...

– A Sinhá acha que o padre tava a falar do seu contratador a mandar arcabuz e bacamarte pros iorubas?

– É claro que tava! Agora eu tenho certeza. Mas eu tô a ter uma ideia acá na minha cachola. – Chica coçou a cabeça por baixo da peruca francesa e levantou os olhos para o escravo guardião. – Ô Cabeça, vá ao meu contratador e diga lá a ele que Chica quer falar com ele logo, logo.

– Nhô tá acá na Intendença, Sinhá.

– Eu sei, seu asno! Dá a volta na casa, entra pela porta da Intendência e diz que eu quero falar com ele. Fala que é sobre um plano de pegar o Capitão Diabo. Cabeça, fala só com ele. Se o Capitão-Mor Cabral ou o Ouvidor estiverem por perto, vosmecê cala e espera o contratador ficar sozinho, entendeu?

– Nhá-sim. Eu vou.

Dizia-se à boca miúda no arraial que o Real Contratador João Fernandes de Oliveira andava demasiado temeroso de uma possível devassa no Arraial do Tijuco a mando da Coroa.

O temor parecia justificado, pois apesar das montas de diamantes extraídas das lavras do distrito terem crescido sobremaneira na vigência do contrato de João Fernandes, o disse-que-disse dos invejosos nos ouvidos d'el-Rei aumentaram na mesma proporção. Falavam que João Fernandes se tornara mais rico que el-Rei Dom José e que sua amásia, a negra Chica da Silva, emproava pose de rainha, vestida com brocados mais finos e a usar jóias mais caras que as das mais abastadas cabeças coroadas das cortes europeias.

Numa reunião a portas fechadas na Sede da Intendência com o Capitão-Mor Cabral, o Sargento-Mor Rolim e o Intendente Pinto de Mendonça, João Fernandes confidenciou estar a cogitar seriamente a possibilidade de mandar parte de sua vasta fortuna para fora do Tijuco. A grande data de ouro, jóias e diamantes seria mandada para São Sebastião do Rio de Janeiro, onde ficaria sob a guarda duma sua irmã que lá residia.

Um dos homens do bando de salteadores do Capitão Diabo, numa visita furtiva ao arraial para o contato periódico com um agente da rede de informantes que a República mantinha no Tijuco, descobriu que o contratador cancelara as licenças da Segunda Companhia de Dragões e que mandara aprontar três grandes carroções da Intendência.

O líder do bando exultou ao concluir de pronto que o inimigo mais valoroso que encontrara em muito tempo estava prestes a pedir arrego. Satisfeito, julgou por bem aplicar o golpe de misericórdia no orgulhoso Contratador João Fernandes.

CAPÍTULO 5
DUELO DE ASTÚCIAS

Oh, arte divina da sutileza e do sigilo!

Graças a ti, aprendemos a ser invisíveis, inaudíveis e assim podemos ter o destino do inimigo em nossas mãos.

[*Sun Tzu* – A Arte da Guerra]

Os carroções compridos que levavam boa parte da fortuna de João Fernandes seguiam lentos pela estrada principal que saía do Tijuco, puxados cada um por uma junta de bois fulvos parrudos.

O Capitão Diabo tinha que reconhecer: o contratador era um caraíba dos mais astuciosos. Os carroções haviam partido do arraial no mesmo dia em que a partida semanal largava da Grupiara do Lava-Pés. Era de se supor que o bando tentasse atacar a partida ou, quanto muito, dividisse seus esforços entre as duas presas. Engenhoso. Só que o espia de um quilombo próximo informara os salteadores que a lavra do Lava-Pés andara quase parada naquela última semana. No entanto, era fato que mesmo com poucos diamantes, a partida largou na data certa.

Dessa feita não houve penedos atrás dos quais o bando se pudesse ocultar, de maneira que os homens mantiveram-se sobre os cavalos, abrigados dentro da mata cerrada a cousa de doze braças da estrada.

Itaimbé, o salteador tupinambá, observava a aproximação da presa com uma luneta. Comentou com o chefe:

– Escolta de doze dragões, meu ganga. Todos de olhos arregalados e pistolas em punho.

– Excelente. – O Capitão respondeu, pouco à vontade com a claridade. Tentou em vão entrever os dragões pelas pálpebras semicerradas ante o fulgor do sol forte da tarde. À noite, nem precisaria da luneta. Bastaria a luz de um bom céu estrelado para enxergar detalhes miúdos a várias de braças de distância. Bastaria o calor que flui do solo, das pedras e dos próprios corpos dos vidas-curtas e de seus animais, para que pudesse efetuar um ataque fulminante. Durante o dia, contudo, acostumara-se a depender do auxílio de seus aliados palmarinos. Transmitiu as ordens de última hora num murmúrio. – Esses dragões estão alerta, mas são apenas doze, um para cada um de nós. Saquem das clavinas e pistolas, disparos gastos, desembainhem espadas e punhais. Vamos disparar os primeiros tiros de acá da mata mesmo, assi que eu der o sinal. À minha ordem, nós avançamos a galope, sempre a atirar, até a hora do engajamento final, aço contra aço. Quem saltar para fora da sela, lembre do uso correto da misericórdia. Estamos entendidos?

– Ganga, sim. – Os homens sussurraram num tom muito baixo que sabiam por experiência ser audível ao Capitão.

Os carroções puxados pelas juntas possantes aproximaram-se ladeados pelos dragões em seus cavalos. Somente quando o grupamento passava no trecho da estrada defronte ao sítio onde o bando se ocultava, o Capitão Diabo ordenou o ataque, atirou com os dois arcabuzes e esporeou seu animal para vante. Bem adestrado, o corcel negro emitiu um rincho curto e arrojou-se num galope. Os salteadores dispararam seus próprios arcabuzes, incitaram suas montarias para frente e acompanharam o Capitão.

Os dragões miraram as pistolas na direção de onde vieram os tiros dos atacantes e ripostaram a primeira salva. Ao contrário do que ocorrera no ataque do Lava-Pés, esses dragões estavam munidos de uma segunda pistola, que sacaram sem delonga e dispararam contra os salteadores que avançavam em galopada.

Os atacantes também sacaram das pistolas e fizeram os seus disparos. Quatro dragões tombaram das montadas, mas três homens do bando foram igualmente arrancados de suas selas.

Quando os salteadores refrearam os cavalos ante os carroções, os dragões remanescentes já os esperavam de espadas em riste. Confiante na destreza de seus homens, o Capitão Diabo girou o corcel e sacou da rapieira para dar combate ao oficial que comandava a escolta. Porém, em vez de engajar consigo, o tenente dos dragões incitou a montada a ladear, manobra que deixou desguarnecido justo o flanco do carroção central.

Eis que então o cânhamo do forro do carroção foi arrancado num arrepelão violento e dezenas de carabinas explodiram à queima-roupa.

À primeira salva, seis salteadores tombaram dos cavalos e se quedaram ao solo, inermes. Através das pálpebras entreabertas, o Capitão Diabo notou que os cinco pedestres da primeira fila que haviam disparado em cada um dos carroções já se haviam agachado. Bem adestrados, os cinco da segunda fila estavam de pé e coronhas ao ombro, prontos para atirar.

Uma cilada!

Ele caíra direitinho na armadilha daquele demônio astuto! E ainda havia uma terceira fila de pedestres em cada um dos três carroções.

Era o fim..

– Rendam-se, corja de malfeitores! – O oficial dos dragões bradou autoritário.

Feridos e a sangrar, mas de espadas em riste e ainda dispostos a pelejar, Kalunga, Itaimbé e Jaconias voltaram seus olhares ao Capitão Diabo à procura de ordens. Mas o chefe também fora atingido, os homens logo perceberam pelas nódoas vermelhas em seu peito e ventre.

Não adiantava mais...

O Capitão Diabo fez o sinal para que os homens depusessem as armas. De princípio hesitantes, eles acabaram por lançar espadas e punhais ao chão barrento da estrada.

Sob o comando do tenente dos dragões, os pedestres desceram dos carroções e mantiveram sob mira os quatro salteadores que ainda estavam sobre as selas. O oficial mandou que os bandidos desmontassem. Após um gesto curto de assentimento do Capitão, eles cumpriram o ordenado.

Em pouco tempo, foram manietados com correntes de ferro.

Com ar ausente e a se fingir mais combalido do que de fato estava, o Capitão Diabo testou a resistência dos elos da corrente que cingiam suas mãos às costas. À noite, a fortaleza daquela corrente não representaria o menor problema para um filho-da-noite saudável. Mas ele estava fraco e ferido e, para sua desdita, o sol ainda estava alto sobre o horizonte.

Notou de súbito o trote rápido de dois cavalos muito antes de poder vislumbrá-los sob o fulgor solar. Em menos de uma centena de pulsações do tenente, o Real Contratador e o Capitão-Mor apearam junto ao sítio da refrega.

Dragões e pedestres interromperam seus trabalhos de socorro a seus feridos para saudar os dois recém-chegados.

– Eis que consegui capturar vivo o notório Capitão Diabo das Geraes! – João Fernandes bradou exultante. – Tenente Barreiros, Vossa Mercê cumpriu meu plano à risca. Capitão-Mor, quero o homem promovido a partir desta data, por denodo e bravura no cumprimento do dever.

– Decerto que o Tenente.... quero dizer, o Capitão Barreiros bem o merece, Senhor Contratador. – O Capitão-Mor coxeou até se postar em frente ao líder dos salteadores. – Ei-lo afinal. Noto que a boataria não é de todo inverídica: o finório é mesmo um monstro!

O contratador observou melhor o inimigo derrotado. Um índio, não restava dúvida. Não das tribos tupinambás e tapuios, que ele bem conhecia de suas andanças pelas plagas das Geraes e da Bahia. Porém claramente um indígena, como se podia facilmente constatar pela lisura, o comprimento e a coloração dos cabelos e o tom acobreado da pele. Mas Cabral tinha um quê de razão: tratava-se de um índio disforme, com pés e mãos gigantescos e um par de órbitas oculares enormes, que abrigava olhos cujas pupilas eram afouçadas como as de um gato. Não era à toa que aqueles caboclos ignorantes o considerassem o próprio diabo...

– Devemos enforcar os bandidos acá mesmo, Excelências? – O recém-promovido Capitão Barreiros se dirigiu às duas autoridades e prestou continência.

– Creio que o Senhor Contratador preferirá fazê-lo na praça do arraial. – O Capitão-Mor respondeu a fitar o homem mais novo em busca de confirmação.

– Por certo que prefiro enforcá-lo no pelourinho do Tijuco, diante de toda a população do arraial. Darei uma festa. Faremos do dia do enforcamento um feriado. Tudo isto, é lógico, após o breve julgamento pro forma de direito.

– Naturalmente, Senhor Contratador. – Cabral concordou circunspecto. – Assi determinam as Leis da Coroa.

– Pois que assi seja. – O contratador caminhou ao lado do Capitão-Mor até as montarias de ambos, cujas rédeas eram seguras por um dragão. – Muito que bem, partamos logo de acá. A noite não tarda e eu ainda quero chegar ao Tijuco e pôr os prisioneiros a ferros no bailéu do quartel dos dragões antes que escureça de todo. Só por precaução.

CAPÍTULO 6
A BRANCA CHICA DA SILVA

Melhor uma paz magra que uma vitória gorda.

[Thomas Fuller]

– POIS QUE ENTÃO, JELENA! – Chica avançava com a ladina a caminhar esbaforida a seu lado para a *Sala do Trono*. – Um negro banto, acá em casa?

– É fato, Sinhá. Cabeça tem o banto sob mira de pistola. Mas o homem não parece nem um pouco medroso, não. E quer porque quer falar com a Sinhá.. Quando insisti em saber o motivo, ele falou que é da parte do Zumbi de Palmares.

– Um banto de Palmares! Valha-me Nossa Senhora!

Mas não era história de Jelena.

Depois que Chica se recompôs da correria, tomou fôlego, ajeitou a bunda-armada de tafetá rosa com auxílio da ladina e adentrou de queixo erguido na *Sala do Trono*, deparou-se com um negro alto cuja fisionomia possuía os traços característicos dos bantos, a estirpe que muitos gunga-muxiques[30] de Palmares insistiam em afirmar ser superior a todas as demais raças – negras, brancas ou indígenas.

Até então a examinar um belo quadro que o contratador mandara trazer da Inglaterra e aparentemente despreocupado com a garrucha pesada que o guardião lhe apontava, o banto voltou-se para as duas mulheres assim que elas entraram no salão.

– Uma pintura impressionante, Angana Chica. – O homem saudou a rainha de fato do Arraial do Tijuco. Curvou-se muito ligeiramente em deferência, à maneira dos brancos. Mas também bateu palmas por sobre a cabeça, numa reverência típica dos bantos africanos. Aquilo agradou Chica, pois a lembrou das histórias que sua mãe, Dona Maria,

30 ***gunga-muxique*** – 1. Do banto: "aquele que toca o sino", isto é, aquele que comanda. 2. Na Primeira República de meados do século XVIII, o termo era aplicado informalmente aos líderes da nação.

contava de seus tempos de menina. – Um navio-de-linha inglês, não é? Uma belonave de segunda classe, eu diria pelo número de bocas-de-fogo. Todavia, nos tempos que correm, quem é que pode afirmar? Os ingleses a cada ano instalam mais e mais canhões a bordo de suas fragatas... Porém, de todo modo, uma bela pintura. Tão realista que quase me sabe à brisa salgada do Atlântico.

Chica desviou os olhos por instantes do homem vestido com roupas de linho simples e casacão castanho para o barco da pintura, cuja proa rasgava as ondas e lançava borrifos de espuma costado acima. As velas infladas a todo pano falavam da velocidade do navio. As várias dezenas de canhões a luzir em negro no seu costado de bombordo, de seu poder de impor a vontade de um rei longínquo. Uma nau infinitamente diversa da pequena caravela que João Fernandes mandara construir para que velejassem juntos no açude bojudo que uns papalvos trocistas do arraial deram para chamar de "Mar de Chica".

Retornou a atenção ao negro de ar aristocrático. Sem lhe tirar os olhos, caminhou até o trono e se sentou com pose que pretendeu majestosa. Só então falou, com o cuidado de escolher bem as palavras:

– De navios, pouco entendo. Nunca pus os olhos no mar e só embarquei nesse que meu contratador mandou fazer pra eu. Aliás, se Vossa Senhoria acaso veio acá pra conversar de navios, talvez seja melhor eu mandar chamar ele.

– Não se faz necessário, Angana. – O banto exibiu um sorriso reluzente de dentes perfeitos. – Ao menos, não de momento. Pois quero falar mesmo é com Vossa Senhoria, caso me conceda esta mercê.

– Pode me chamar só de Dona Chica. – Com um gesto, a mulata mandou Cabeça baixar a arma. O guardião obedeceu, mas se manteve de sobreaviso, para o caso de necessidade.

– Pois não, Dona Chica. Como sua mucama me fez adiantar, meu nome é Anduro. Vim direto de Palmares para ter consigo.

– Isso eu já sei. Agora o que eu quero saber é por que veio acá. – Chica agarrou-se nos braços do trono. Os seios formosos arfaram quando aprumou o corpo para manter seu tronco bem ereto no assento. Sentiu o ventre se contrair de nervoso. Se calhar, estava prenhe outra vez... – E por que esta história de falar comigo e não direto com meu contratador?

– Vim a mando de Cafuchi, o Zumbi de Palmares, com uma proposta para o seu contratador. Uma proposta que gostaríamos que a Angana... quer dizer, que a Senhora Dona Chica ouvisse primeiro e meditasse a respeito de modo a defendê-la junto a seu esposo.

– Uma proposta para acabar com a guerra, para deixarmos os negros de Palmares em paz, não é?

– Exato.

– E por que eu devo ouvir essa proposta antes do meu contratador? Para convencê-lo?

– Isto. – Anduro pressionou a língua contra o palato e emitiu um estalo altíssono que Chica sabia ser uma forma de elogio em Palmares. – Embora não seja banta e tampouco retinta, sabemos que a Senhora Dona Chica sempre foi simpática à causa da liberdade dos negros, além de ser uma cristã devota. Outrossim, sabemos que lhe agrada a ideia da existência de uma nação de negros livres, capaz de enfrentar os brancos. Decerto não concorda com o fornecimento de armas e vitualhas aos rebeldes pagãos.

– Não concordo, não. Nem eu, nem o João. Mas são ordens do Marquês de Pombal, que manda mais do que el-Rei Dom José. Há que se cumprir.

– Sabemos disso. A Angana veja como são esses lusos: através de seu ministro, o Rei Dom José trai a palavra empenhada conosco pelo avô há mais de sessenta anos. Dom Pedro II jurou respeitar os termos do Tratado do Recife, no qual reconheceu a soberania de Palmares. Isto pode levar à guerra, Dona Chica. Uma guerra que a República não quer.

– Tampouco a queremos nós acá no Tijuco. O Marquês-Rei toma suas decisões lá longe em Lisboa e o povo dos Matos Geraes é que paga as despesas... Já aconselhei o João mais de mil vezes pra deixar Palmares em paz. Ele bem que gostaria, mas é homem de confiança do próprio Marquês de Pombal e deve cumprir as ordens, por piores que sejam.

– Tal qual imaginávamos. – Anduro apoiou a mão no queixo e fixou o olhar nos sapatos franceses de Chica. – Pombal dispõe de um autêntico exército de informantes espalhados pelo Tijuco e pelas Geraes, prontos a delatar ao Marquês o mínimo deslize, que se dirá a recusa aberta de mandar pólvora e apoio aos rebeldes da Bahia do Norte.

– Pois assi é.

– Mas fazemos fé em que possamos ludibriar os espias do Marquês. As partidas de pólvora e os mantimentos de boca podem continuar a largar do Tijuco, como ora ocorre. Só que seriam entregues a nossos agentes e não aos rebeldes. Esses agentes seriam iorubas cristãos, trajados de pagãos e a se comportar como tais. Um espia a mando dos lusos dificilmente descobrirá o estratagema. Palmares até se dispõe a indenizar o contratador pelas despesas, de forma que os custos das vitualhas e armamento não serão mais debitados à cota do contrato.

– Sei. E ninguém ficaria a saber?

– Ninguém fora de Palmares. E mesmo lá, só uns poucos. Acá, só Dona Chica e o Real Contratador.

– E esse acordo secreto nos traria a paz com Palmares? Não haveria mais salteadores como o tal Capitão Diabo a atacar as partidas de diamante das lavras, tampouco as remessas para a Coroa?

– Não haveria mais ataques. Pelo menos, não a mando da República.

– Hum. – Chica olhou para Jelena, em busca de conselho. A ladina fez gesto de quem está em dúvida e devolveu a decisão à Sinhá. – E se meu contratador não aceitar? No fundo, o que Palmares propõe é que João Fernandes traia a Coroa...

– É fato. – Anduro reconheceu com pragmatismo casual. – Mas a recusa do contratador nos levará a um resultado inevitável: não podemos mais suportar essa intervenção traiçoeira da Coroa, acá representada pelo Distrito Diamantino, nos assuntos internos de Palmares. Alguns seculos mais belicosos e os muíças do Exército há muito clamam por retaliação pesada. Se o tráfico de armas e o apoio velado aos revoltosos não cessarem de todo, o zumbi autorizará o Ganga-Muíça a fazer guerra contra a Província das Minas Geraes.

– Os Canhões do Zumbi, Sinhá! – Jelena persignou-se a fitar Chica com ar de súplica.

– Aras, pois que canhões qual nada! – Chica ergueu-se de um salto, mais indignada com a poltronice da ladina do que com a ameaça do palmarino. Ante a reação de sua sinhá, Cabeça volta a mirar a garrucha contra a têmpora do banto. – Vosmecê está a falar com Chica da Silva! A Chica-que-Manda e não com uma das tuas negrinhas obedientes lá do quilombo, ouviu bem? Aquela de quem vosmecês zombam lá em Palmares, que alcunham por "Branca Chica da Silva" embora eu pareça e me sinta negra de corpo e alma!

– Pois saiba que por lá alguns realmente se referem à Senhora dessa forma assaz desrespeitosa porque Vossa Senhoria de fato se comporta como uma rainha branca. É mulata liberta, quase negra como diz e, no entanto, toma outros negros por escravos.

– Aras, e acaso não há escravidão também em Palmares?

– Já não há desde que nos tornamos uma República e Andalaquituche foi eleito nosso primeiro zumbi. Os últimos escravos de Palmares tornaram-se libertos bem antes da Senhora Dona Chica nascer. Além disso, eram escravos brancos... Jamais fizemos dos negros escravos.

A mulata não respondeu a crítica. Sempre tratou bem seus escravos. Mas... escravos brancos? João Fernandes nunca lhe contara a respeito e ela jamais imaginou que tal fosse possível! Senhores negros a ter brancos por escravos... Ah se o povaréu dos sertões desses Matos Geraes descobrisse isto... Não é à toa que a Coroa mantinha o assunto em segredo.

– É melhor que nós dois nos acalmemos, Dona Chica. – Anduro propôs num tom conciliador. – Não vim até acá com grave risco de vida, para discutir a escravidão dos negros do Tijuco. Por enquanto, esta é questão de somenos.

Chica assentiu e tornou a sentar-se no trono. Ante tal atitude, Cabeça voltou a baixar a arma.

– Não deixe que os canhões venham acá, Sinhá! – A ladina começou a chorar baixinho. – Minha mãe contou que eles não deixaram pedra sobre pedra lá em Salvador... Vão arrasar o Tijuco!

– Calada, Jelena! Ou mando o Cabeça te pôr no tronco já, já. – Chica suspirou fundo. Tentou manter o controle ante o palmarino. – Essa história do cerco de Salvador é de antes da minha mãe nascer. Além disso, o Tijuco é mais distante de Palmares que a velha sede do Vice-Reino. E é tudo terreno difícil, muito morro e mata fechada. Não sei se aqueles canhões grandões chegam acá. Os pequeninos, pode até ser...

– Na verdade, Dona Chica, os canhões de sítio, de grosso calibre, quase que só servem mesmo para demolir muralhas, defesa que o Arraial do Tijuco não possui. – O emissário de Palmares explicou com um sorriso paciente. – Vossa Senhoria tem razão.. Nós só traríamos os canhões de campo, os de pequeno calibre. Acho que seriam o bastante, não lhe parece? Ou talvez nem fosse preciso dos canhões. Seria mais fácil empregar a mesma arma que Pombal decidiu lançar contra nós. Há muita gente malcontente com a Coroa por estas Geraes adentro. Nós poderíamos armar e treinar esse povo. Garanto que em menos de cinco anos, Portugal perderia o Tijuco, os Matos Geraes e quiçá o resto do Vice-Reino.

– Valha-me Deus! – Jelena implorou a benzer-se outra vez. – Não deixe, Sinhá!

Chica pensou por um tempo antes de dar a resposta ao emissário do Zumbi de Palmares. Não havia muito o que discutir. Se era para a Coroa de Portugal perder o Brasil para sempre, que tal ocorresse por mando e a bem de João Fernandes de Oliveira e Francisca da Silva, e não pela ação desses bantos ventas-rasgadas da tal República.

– Muito que bem. Eu vou falar com o João em favor da proposta de Palmares. – Ela concordou finalmente. – Mas o que ele vai decidir é lá com ele. Jelena, arrume o melhor quarto de hóspedes para o Ganga Anduro. E vosmecê, Cabeça, chame lá o meu contratador na Intendência.

– Agradeço em nome da República, Minha Angana. – A reverência da despedida de Anduro foi mais pronunciada e igualmente acompanhada pelas palmas por sobre a cabeça. – No fundo, eu sempre soube que Palmares podia contar com a Negra Chica da Silva.

– Aras, pois... – Chica engoliu em seco, pasma e lisonjeada com tamanha mudança de tratamento.

Com o rosto sorridente já seco de lágrimas e sobremaneira satisfeita, a ladina deu o braço ao emissário de Palmares e o conduziu para fora da Sala do Trono. Cabeça, no entanto, permaneceu plantado onde estava.

Por conhecer bem seu guardião, ao invés de ralhar, Chica indagou:

– O que vosmecê tem para me contar?

– Sinhá sabe. Eu conheço um pouco da fala dos palmá.

– Sei. E daí?

– "Anduro" em língua umbunda quer dizer "fogo", Sinhá.

– Pois o quê! O cabra sem dúvida faz jus ao nome.

CAPÍTULO 7
O DIA DO ENFORCAMENTO

Vem, amigo, deves morrer também!
Por que lamentas teu destino?
Até Pátroclo morreu e ele era muito melhor do que tu.

[Homero – Ilíada*, livro XXI, Aquiles a Licaão, antes de matá-lo.]*

COMO OS PALMARINOS ESPERAVAM, CHICA da Silva, a bem-amada do Contratador João Fernandes, conseguiu convencê-lo a aceitar o acordo secreto com a República. Deste modo, os salteadores a mando de Palmares não foram mais vistos nos sertões dos Matos Geraes.

Sem os recursos copiosos que o Contratador enviava, o movimento dos rebeldes iorubas começou a perder força.. Dois anos após o acordo iniciado entre Chica e Anduro, os revoltosos abandonaram enfim os sonhos de independência, depuseram as armas e estabeleceram com os bantos uma paz vantajosa para ambas as partes.

Por sorte dos iorubas pagãos, um núncio papal chegou a Palmares no ano anterior à paz com os bantos e exigiu com todas as letras, dentre outras cousas, que a Igreja Católica Palmarina ordenasse apenas padres brancos. Pois que cumpria moralizar a grave anarquia religiosa engendrada por aqueles negros forros que se afirmavam cristãos sem o menor conhecimento de causa. Indignado e com o apoio de seu Conselho de Seculos, o zumbi pôs o tal núncio para correr e decretou liberdade de culto em todo o território da República.

No entanto, nenhuma dessas mudanças chegou a tempo de impedir o enforcamento do Capitão Diabo, sentença executada no pelourinho da praça do Arraial do Tijuco.

Graças à persuasão de Mestre Anduro, o mais novo amigo de infância do Contratador, os salteadores Kalunga, Itaimbé e Jaconias tiveram as sentenças comutadas para banimento. Foram expulsos e proibidos de regressar sob pena de morte, não só à Demarcação Diamantífera, mas à Província das Minas Geraes.

O Capitão Diabo não compreendeu logo porque o membro do Círculo de Ébano não fora capaz de libertar a si, como fizera a seus homens.

Anduro não pôde falar consigo em pessoa, mas mandou-lhe uma mensagem na qual explicava que João Fernandes se mostrara inflexível quanto à necessidade de enforcar o famoso Capitão Diabo.

Ao que parecia, graças à interveniência do Ébano, fora estabelecida uma espécie de pacto secreto entre o Conselho de Seculos e o Real Contratador dos Diamantes. Um acordo para acabar com os ataques às partidas e às lavras, em troca da cessação imediata da remessa de armas e munições para os iorubas rebeldes. Contudo, por mais que Mestre Anduro pelejasse, não foi possível incluir no acordo a salvaguarda do Capitão Diabo.

No dia do enforcamento, a praça central do Tijuco amanheceu toda enfeitada com flâmulas e galhardetes.

A multidão chegou cedo dos sítios e fazendas circunvizinhas para assistir o evento, pois o Contratador decretara feriado em todo o Distrito Diamantino.

Na manhã seguinte àquela tarde fatídica em que caíram na esparrela de João Fernandes, diante de um tribunal improvisado presidido pelo próprio contratador, o Capitão Diabo e seus homens foram julgados e condenados pelos crimes de contrabando de diamantes, roubo, latrocínio e lesa-majestade. Foram sentenciados à morte por enforcamento. Após o cumprimento das sentenças, os cadáveres deveriam ser esquartejados e suas diversas partes expostas em locais públicos e estradas do distrito, para que servissem de exemplo patente da severidade da Coroa em punir os malfeitores.

Um dia depois da sentença, veio a notícia da comutação das penas dos outros três salteadores. Kalunga e Itaimbé ainda se recuperavam dos ferimentos na enfermaria do quartel dos pedestres. Jaconias não resistiu ao tiro que levara na barriga. Morreu horas após o contratador ter mandado anunciar a comutação.

O salteador banto ouvira falar à boca miúda que o Capitão Diabo não seria mais esquartejado depois de morto.

Uma escolta de cinco dragões armados veio buscar o condenado na cela subterrânea do bailéu do quartel dos dragões. Acorrentado e enfraquecido como estava, foi conduzido ao patíbulo de madeira montado junto ao pelourinho da praça do Tijuco.

Acima do povo que se aglomerava na praça, num palanque elevado disposto quase no mesmo nível que o patíbulo, estavam o Contratador, Chica da Silva, Mestre Anduro, o Capitão-Mor Cabral e várias outras autoridades locais.

Comandados pelo Capitão Barreiros, os dragões arrastaram o malfeitor escadas do patíbulo acima e o puseram sob o poste de enforcamento. Um verdugo rebuçado ajustou-lhe no pescoço o nó ainda frouxo da corda grossa.

Sempre de armas em riste, os dragões da escolta se afastaram um pouco e abriram espaço para o serviço do verdugo.

As atenções se voltaram para o contratador. De mãos apertadas no resguardo do palanque, João Fernandes virou-se para o Padre Cambraia e perguntou:

– E então, vigário? O condenado já fez sua última confissão?

– Em verdade, Senhor Contratador, ele não o fez. – O padre de batina negra enxugou com um lenço o suor da cabeça calva. – Eu muito insisti com ele, mas o homem se recusou até o fim.

– Eu bem que esperava mais fé de alguém que ordenou que se marcasse com cruzes os súditos d'el-Rei. – João Fernandes olhou para Chica que deu de ombros. Ele prosseguiu – Muito que bem. Estas cousas não se pode forçar. Antes de darmos seguimento à execução, há uma cousa que eu gostaria de conferir. Capitão Barreiros, faça com que desamarrem a camisa do condenado.

O oficial assentiu, prestou continência e ordenou:

– Dragões, cumpram a ordem do Senhor Contratador.

Quatro dragões o agarraram, dois por cada braço, enquanto um quinto cortava o pano da camisa com a ponta de um punhal. Serviço feito, o dragão embainhou a arma e valeu-se das mãos para abrir a camisa do salteador e expor o peito e o ventre desnudos.

– Vede, Senhor Contratador. – O Capitão-Mor Cabral aproximou-se de João Fernandes e sussurrou-lhe ao pé do ouvido. – Da exata maneira como vos falei. O homem perdeu muito sangue, mas ainda está de pé e as duas feridas estão quase cicatrizadas, como se não passassem de meras lanhaduras.

– Estou a ver. É uma ocorrência deveras estranha. Vossa Mercê tem mesmo certeza de que os dois tiros não atingiram o bandido apenas de raspão?

– Oras, Senhor Contratador. Certeza absoluta. Eu próprio observei o estado desse homem quando de sua entrada no bailéu. Os projetis dos fuzis lhe perfuraram o peito profundamente, dois ou três dedos abaixo do coração, e a barriga, acima da cintura, meio palmo à direita do umbigo. Só não mandei o doutor extrair as balas por desnecessário. Pois que, na ocasião, não julguei que o facínora fosse sobreviver aos ferimentos.

– Então esse é que é o temido Capitão Diabo. – Anduro intrometeu-se na conversa a comentar em tom de troça. – Pois que ora se revela um homem misterioso até o final!

– De fato. – João Fernandes concordou a balançar a cabeça enquanto observava detidamente a fisionomia do emissário do zumbi, que se fazia passar por um rico comerciante palmarino vindo a seu convite para visitar o Tijuco. – E então, meu bom Ganga Anduro? O que está a achar deste primeiro enforcamento que está prestes a assistir? Dizem que o primeiro enforcamento um homem nunca esquece...

– Um ritual assaz curioso. Também temos execuções na República. Os criminosos, contudo, morrem sob a ação das *azagaias*.

– Muita gente tem mussitado pelos cantos que, por ser de Palmares, o ganga não veria com bons olhos o enforcamento de um salteador que, segundo dizem, teria vindo de suas terras.

– Absurdo! Um malfeitor é um malfeitor, não importa a procedência. Quando capturado, deve ser submetido às penas da lei, por mais duras que elas sejam.

– Muito bem dito. Mas o ganga sabe como é, não? – O contratador continuou com a falinha mansa, típica daqueles Matos Geraes. – Este tipo de zunzum costuma gerar uma desconfiança que pode acabar por prejudicar os negócios que o ganga pretende iniciar por acá, se é que o amigo está a me entender.

– Estou a entendê-lo perfeitamente, Senhor Contratador.

– Pois é. Nem é por mim, não. É pelo que o povo iria pensar. O ganga decerto compreende a minha posição, não é?

– Mais do que o Senhor Contratador imagina.

– Pois muito que bem. – João Fernandes voltou-se para o Capitão-Mor e perguntou: – Vossa Mercê acaso teria consigo uma pistola?

– Tenho sim, senhor. – Cabral respondeu de pronto.

– Poderia fazer a fineza de me emprestá-la por um momento?

– Bem, por certo que sim. – O Capitão-Mor abriu três botões do casacão pesado do uniforme de Comandante dos Dragões e retirou a pistola do cinturão. Tomou-a pelo cano e estendeu a empunhadura de prata ao contratador.

João Fernandes empunhou a arma. Pesou-a na mão direita, verificou que ela estava de fato carregada e a entregou ao falso comerciante palmarino.

– Ganga Anduro, Vossa Senhoria terá a oportunidade de demonstrar perante todo o arraial a sinceridade dos sentimentos de amizade que o ganga decerto nutre pelas autoridades e pelo povo do Tijuco e das Geraes.

Anduro ficou a olhar para a pistola recebida das mãos de João Fernandes, sem compreender de imediato o que o contratador pretendia.

– É bem simples, meu caro. Se o malfeitor não morrer estrangulado no enforcamento, eu quero ver o ganga terminar o serviço com um tiro certeiro no coração do cabra. E então, Ganga Anduro, será capaz de conceder essa graça ao povo do Tijuco?

Anduro cruzou um olhar fugaz com o filho-da-noite. Decerto ouviu o pedido sussurrado pelo contratador. Engoliu em seco. Contudo, não chegou tão longe para fraquejar no último instante.

– Já que coloca as cousas nestes termos, Senhor Contratador, se acaso a necessidade surgir, eu me sentirei mui honrado em disparar esse tiro de misericórdia.

– Tanto melhor.

O contratador suspirou mais tranquilo.

Como parte do trato secreto com Palmares, ele aquiescera com o desejo do emissário em levar consigo o cadáver inteiro do tal Capitão Diabo. Não haveria, portanto, o esquartejamento de praxe. Segundo Anduro, por costume o zumbi exigiria ver o cadáver completo do malfeitor para aceitar a sua morte.

Contudo, dada a série de circunstâncias misteriosas que cercava a existência do líder dos salteadores, João Fernandes queria ter certeza de que o *de cujus* permaneceria neste estado.

O contratador fez um sinal discreto ao Capitão Barreiros. O oficial bradou:

– Rufem os taróis.

As batidas rápidas e sucessivas dos tambores encheram a praça repleta de gente silenciosa.

Quando o ritmo cessou, o alçapão do patíbulo se abriu de súbito sob o salteador, que despencou para a morte. A corda se retesou e o nó se fechou no pescoço do Capitão Diabo. Ele permaneceu ali pendurado, a balançar inerme na ponta da corda. Sacudiu o corpo numa tentativa desesperada de romper os grilhões. Mas estava enfraquecido pela perda de sangue e o esforço que seu corpo fazia para regenerar. As correntes eram de bom aço e, sobretudo, era dia claro, um dia ensolarado de céu azul quase sem nuvens.

A agonia se abateu sobre si de forma lenta e dolorosa. Debateu-se em vão pendurado na corda. Não gritou, tampouco emitiu um gemido sequer. Só ansiou para que dessa feita o oblívio fosse realmente definitivo.

Num movimento lento e deliberado, Anduro ergueu a pistola e fez mira contra o peito do filho-da-noite. Se algo desse errado, teria que responder por seus atos. Enfrentaria as acusações perante um Conselho de Seculos presidido pelo zumbi em pessoa. Mas tal provação não seria nem de longe a pior. Muito mais duro para si seria decerto o julgamento severo de seus pares e a censura muda do soba do Círculo de Ébano. Mais terrível ainda seria o suplício eterno da consciência plena não apenas do fracasso da missão crucial, mas da perda da própria razão de viver.

Todavia, de acordo com as antigas tradições dos tempos de Andalaquituche, havia uma pequena chance. Mas nem ele e nem seus companheiros do Círculo sabiam se aquela prática arcana, cuja teoria era ensinada e repetida de geração em geração, funcionaria a contento.

Recitou em seu espírito o juramento que fez ao ingressar no Círculo e pressionou o gatilho.

Atingido à queima roupa, o corpo estrebuchante do filho-da-noite teve um último tremor e quedou-se inerte. Houve então apenas o movimento pendular constituído pelo vai-e-vem macabro do corpo, que aspergia grossas gotas de sangue escuro no chão de terra batida por baixo do alçapão do patíbulo.

CAPÍTULO 8
RITUAL DA ÂNFORA E DO ALFANJE

Não morrerei de todo.

[Horácio]

ANDURO CONDUZIU A CARROÇA PARA dentro do estábulo da fazenda abandonada, já no lado palmarino da fronteira.

Estivera sempre sob escolta de um tipo ou outro, desde a saída do Tijuco. Primeiro foram os dragões do Real Contratador, então a escolta discreta do serviço secreto, substituída mais tarde por uma outra, ostensiva, das forças regulares. Mas a escolta se deteve na porteira da fazenda. Afinal, nem os agentes mais graduados de Palmares tinham autorização para ingressar numa instalação do Círculo de Ébano.

Outros homens o aguardavam no interior do estábulo. Dois deles fecharam as portas e trancaram-nas com uma trava pesada.

O próprio soba do Círculo de Ébano se fez presente. O ancião viera batido da Cerca Real do Macaco para orientar os outros dez membros no cumprimento da missão de suas vidas. A tarefa pretensamente impossível que o soba, como os demais, só conhecia em teoria, visto que soubera da técnica através do estudo dos registros de seus antecessores.

Com imenso cuidado, três membros do Círculo deslizaram o caixão de ébano para fora da carroça. Quatro outros membros, os mais vigorosos da organização, pegaram nas alças e depositaram o esquife lentamente no piso coberto por uma camada fina de palha de milho.

O engenhoso sistema de fivelas da tampa foi aberto. Os onze homens reuniram-se ao redor do caixão a espreitar seu interior.

O filho-da-noite que até um mês antes fora chamado de Capitão Diabo e espalhara o temor pelos sertões das Geraes jazia imóvel dentro do esquife.

– Haverá jeito, meu ganga? – Anduro indagou ao soba.

O ancião observou o corpo do filho-da-noite por mais alguns instantes e então respondeu:

– Não sei ao certo. Vamos tentar. Vosmecê acaso tem examinado o ferimento do tiro que aquele luso maldito te forçou a disparar contra ele?

– Está totalmente cicatrizado. Mas a marca ainda persiste.

– Depois desse tempo todo? Isto não é bom sinal.

O soba remexeu o interior da mochila que trazia a tiracolo. Dali retirou uma pequena ânfora de cerâmica. Passou o recipiente ao membro à sua direita e desembainhou um alfanje cuja lâmina faiscou com o fulgor do ouro.

Fez uma incisão grande, mas não muito funda na palma da mão esquerda e deixou que o sangue fluísse livremente para dentro do gargalo da ânfora, até que esta se enchesse em um quarto de seu volume, quando cerrou o punho para estancar a hemorragia.

Três outros membros do Círculo tomaram o alfanje de ouro e a ânfora. Repetiram com ar solene, um após o outro, o gesto do ancião.

Quando a ânfora tornou-se cheia, um dos homens se ajoelhou junto ao caixão e ergueu cautelosamente a cabeça do filho-da-noite. Um segundo lhe abriu a boca com as mãos e o quarto dos que se haviam sangrado levou a ânfora até os lábios daquele que constituía o maior segredo de Palmares. Inclinou o gargalo com delicadeza e permitiu que o conteúdo escorresse lentamente do recipiente para a garganta do filho-da-noite.

De início não notaram mudança alguma. No entanto, meia hora mais tarde, entre incrédulos e esperançosos, observaram que as faces da criatura que juraram proteger pareciam menos macilentas.. Duas horas mais tarde, não havia mais dúvidas: lograram resgatá-lo do abraço da morte, exatamente como as crônicas do século anterior afirmaram que seria possível fazê-lo.

Na terceira noite da chegada de Anduro, foi-lhe concedido o privilégio ímpar de se deixar beber pelo convalescente.

PARTE 4
MORCEGO DO MAR

I was a Sailor
I was born upon the tide
And with the sea I did abide
I sailed a schooner 'round the Horn to Mexico
I went aloft to furl the mainsail in a blow
And when the yards broke off they say that I got killed
But I am living still
Perhaps I always will… I don't know.[31]

[J. Webb]

31 Fui Homem do Mar
Nasci na preamar
E no mar permaneci
Velejei numa escuna à volta do Cabo Horn, até o México
Numa tormenta, subi o mastro para colher a vela-mor
E quando as vergas quebraram, disseram que morri
Porém, sobrevivi
Quiçá eu viva pra sempre... Não sei.

CAPÍTULO 1
O GANGA BRANCO DE PALMARES

Os dois emissários da República portavam semblantes austeros e absortos, quando ascenderam, em passo detençoso mas firme, a escadaria ampla daquela mansão colonial, ora usada pelos rebeldes nortenhos como sede de reuniões para tratar dos últimos avanços do movimento separatista.

O negro puxou o emissário branco pela manga da casaca, para chamar sua atenção. O outro parou e fitou o negro. A bota direita erguida entre um degrau e outro. A bota voltou ao degrau anterior e ele se voltou, a fitar a campina ensolarada, saudoso de sua quinta, da esposa e do neto.

Já não tinha mais idade para tais viagens e altercações com estrangeiros... Nem ele e tampouco o amigo.

Com um aceno discreto e um ligeiro arquear de sobrancelhas, o negro chamou a atenção do branco para a nuvem de poeira que se elevava a meio caminho entre a mansão e o horizonte oeste.

O emissário branco ajustou o tricorne à cabeça e observou.

Ao longe, um pelotão das tropas rebeldes recém-arregimentadas, que esses coloniais topetudos de fala angla designavam, orgulhosos, por "Exército Continental", adestrava-se em marchas e contramarchas, a erguer poeira amarelenta do prado ressecado, naquela tarde de primavera cálida e radiante nas cercanias de Filadélfia.

– Olhe só para eles, Anduro! – O branco de origem lusa sorriu, a cofiar o cavanhaque, onde os fios brancos quase não se distinguiam dos alourados. – Esse novo comandante rebelde, esse tal General Washington... Algo me diz que arrostará faina duradoura e mui árdua, até fazer desses matutos soldados capazes de afrontar os exércitos do Rei George.

Para não contrariar o amigo, Anduro seguiu-lhe a recomendação e lançou um olhar perfunctório ao rudimento de exército arregimentado às pressas pelos anglos rebeldes. Todavia, foi capaz de enxergar bem mais do que o outro.

Evitou externar sua convicção de modo a não ferir os brios do velho companheiro. Porém, era fato que esses colonos se afiguravam mais determinados e empreendedores do que os lusos jamais o foram em quaisquer dos Três Brasis.

Quanto à coragem, era quase como se fossem bantos...

Quando observava a energia e a diligência desses anglos, não resistia ao impulso de compará-los aos batavos de Nova Holanda. O mesmo vigor, idêntica capacidade de organização. Só que a província batava, o menor, conquanto o mais próspero dos Três Brasis, não passava duma nesga de terra litorânea centrada na grã urbe do Recife, com pouco mais de quarenta léguas de extensão. Ao passo que, consideradas como um todo, essas treze colônias anglas constituíam um mundo vasto e fervilhante de homens e meios. Quando de sua última visita a essas plagas, ficara deveras impressionado com o número de manufaturas existente nas cidades de Filadélfia, Boston e New York. Dos portos que conhecia, os dessas duas últimas cidades só perdiam em tamanho e pujança para o do Recife ou o de Amsterdã.

Os sobas e seculos de Palmares não se iludiam quanto a esses anglos rebelados. Caso conquistassem sua tão almejada independência e lograssem manter suas colônias unidas, tornar-se-iam uma nação extraordinária.

Uma nação pujante de brancos americanos.

Deveras! Há que se tomar cautela no trato com esses anglos.

– Não seja duro com os colonos, João.

O negro examinou o exercício das tropas xucras e desalinhadas com ar crítico de conhecedor. Apesar da idade, àquela distância, a vista ainda lhe respondia a contento.. Quando jovem, fora oficial do Exército de Palmares e ajudara a fundar a Marinha de Guerra de sua nação, antes de ser convocado para servir ao Círculo. Depois, já na qualidade de agente especial do Ébano, servira em duas ocasiões distintas a bordo de vasos de guerra da República.

Nessas colônias anglas, no entanto, há que se adotar certa condescendência. Vários soldados sequer fardamento possuíam.

Sorriu-se por dentro ao ver que o amigo de longa data, após meros quinze anos radicado na Serra da Barriga com sua bem-amada e a imensa fortuna que trouxera dos Matos Geraes, já tomava ares de homem afeito às artes da guerra, como se adestrado em Subupira desde garoto.

Daí, ter lançado um olhar ao luso, a lhe medir o humor, antes de acrescentar:

– Decerto que possuem potencial. E já o demonstraram. Tanto na guerra travada contra os franceses, mais de uma década atrás, quanto no embate contra os legalistas, na Batalha de Lexington, semana retrasada. Esse próprio George Washington, pelo que falam, fez figura naquela guerra. Uma cousa, no entanto: é de bom alvitre lembrarmos que, oficialmente, ele ainda é Coronel Washington, haja vista não haver ainda assumido o Comando do Exército Continental.

– Segundo ouvi dizer, à época dessa chamada Guerra dos Sete Anos, a que vosmecê se referiu, esses colonos eram súditos leais da Coroa Britânica e, como tais, estiveram, portanto, sob comando de generais ingleses.

– É vero. Contudo, à época em que esses colonos anglos começaram a se bater a um só tempo contra os franceses e seus aliados indígenas acá no norte, acolá no sul, pelos nossos Brasis, Vossa Mercê também era um súdito fiel de Sua Majestade, o Rei Dom José, não é assi?

– Assi é, meu bom amigo. Porém, não é minha antiga lealdade para com El-Rei, à qual me vi forçado a abjurar, graças às perfídias de Pombal, que está em jogo por acá. Aliás, ouso afirmar que tal cousa agora é questão de somenos.

– Muito que bem. Não percamos mais tempo, então. Subamos logo, pois que o Comando Rebelde nos aguarda.

– Monsieurs Oliveira e Anduro, é um grão prazer tê-los acá conosco. – O homem de trinta e poucos anos, semblante aristocrático e fina peruca de fios brancos ergueu-se do assento à mesa comprida, disposta no centro do amplo salão, para saudar os recém-chegados em francês impecável, atitude imitada pelos demais líderes coloniais presentes.

– O prazer é todo nosso. – João Fernandes respondeu no mesmo idioma.

O emprego do francês fora uma precisão acordada com antecedência. Afinal, ele não articulava o inglês a contento. Por seu lado, os anfitriões não dominavam o português e muito menos o palmarino, os dois idiomas oficiais da República.

– Pois que então, temos enfim representantes da Primeira República entre nós. – Outro colono, bem mais velho do que o primeiro, de óculos e longa cabeleira, mas sem peruca e com vasta calva a avançar testa acima, saudou-os efusivo. – Seu Estado constitui fonte perene de inspiração para nós. Quando conquistarmos nossa independência, decerto seguiremos seu exemplo em adotar o modelo republicano.

Anduro emitiu um pigarro discreto. Não teceu qualquer outro comentário.

Em Palmares, referiam-se à pátria simplesmente como "A República", visto constituírem a única nação soberana do continente, o primeiro país e, até agora, o único, a se libertar do jugo das monarquias europeias. Os bantos mais ufanistas faziam absoluta questão de ignorar a existência das pequenas repúblicas italianas e se compraziam em aludir à pátria por vezes como "Única República".

João Fernandes, no entanto, ao longo da viagem para Filadélfia, a bordo do *Príncipe Toculos*, lograra persuadir o amigo quanto ao emprego diplomático da expressão "Primeira República". Pelo visto, a jogada habilidosa do compadre atingira o alvo em cheio: os rebeldes de pronto adotaram o termo com convicção inaudita.

Após breve troca de olhares com Anduro, João respondeu o cumprimento:

– Folgamos em sabê-lo, Monsieur Franklin.

A situação toda soava deveras estranha ao brasileiro.

Como homem de confiança de Negumbo, o Zumbi de Palmares, por direito deveria ser Anduro e não ele a conduzir a negociação com esses rebeldes.

Só que Anduro era negro retinto. Um banto puro de fina estirpe, que se orgulhava de sobejo do fato de ser capaz de retroceder suas raízes até a nobreza das tribos bantas de África.

Ao passo que João Fernandes era branco. Branco azedo. Brancoso, louro e de olhos claros. E, pior de tudo: branco de origem lusa!

Contudo, até mesmo os seculos do zumbi sabiam ser pragmáticos quando se fazia mister. Foi por isto que João, e não Anduro, fora o escolhido para conduzir o diálogo com os branquelos nortenhos.

Sabedor das nuances e sutilezas que por vezes regiam a política externa de Palmares, João Fernandes abriu o sorriso para o ancião, que Anduro havia esclarecido às vésperas ser inventor renomado e o defensor anglo mais ferrenho da teoria da eletricidade, proposta por Cafuchi, antes de aquele sábio ter sido nomeado zumbi. E com uma vênia, concluiu:

– Como Vossas Senhorias decerto não ignoram, sou luso colonial por nascimento e, como tal, aprendi na própria carne o quão odientas as políticas das coroas europeias podem se tornar em certas circunstâncias... Mormente em relação às colônias longínquas de ultramar.

– Pois assi é, Monsieur Oliveira. – O colonial de peruca aristocrática concordou. O fulgor apaixonado dos olhos contrastava com o semblante circunspecto. – Como Monsieur Franklin bem o disse, nós nos inspiramos no exemplo de seu país.

– Em termos, Mr. Jefferson. – Um colono bem jovem, alto, magro e de nariz aquilino, objetou em francês grave e pausado. – As situações que levaram nossos dois povos a buscar a independência são assaz distintas.

– Deveras. – Anduro manifestou-se pela primeira vez.

Após dois minutos adicionais de troca de cumprimentos e amabilidades, o banto dirigiu um olhar inquisitivo a João Fernandes quando quatro criados negros pararam respeitosos frente aos dois emissários. Quedaram-se mudos, de braços estendidos para os recém-chegados, decerto à espera de seus tricornes e casacas.

O luso franziu o cenho. Fora assaz claro em seus prolegômenos com Mr. Thomas Jefferson, quando as condições desse colóquio foram combinadas. Não deveria haver escravos presentes àquela casa por ocasião das negociações. Insistira sobremaneira neste ponto. Afinal, melhor do que ninguém, sabia o quão susceptíveis eram os palmarinos em geral e Anduro em particular, nessa questão da escravatura.

Ao notar a inquietação de Anduro, Jefferson apressou-se em explicar:

– São criados libertos. Negros livres, eu vos asseguro.

– Senhores, por favor. Vários de nós acá nutrem inclusive os mesmos ideais abolicionistas propugnados por sua República. – Benjamin Franklin murmurou, nervoso. – Sentemo-nos, por obséquio.

Após breve troca de olhares, os dois emissários entregaram enfim as casacas e os tricornes aos criados.

Com suspiro de alívio audível, Benjamin Franklin ajustou os óculos que lhe escorregavam nariz abaixo, enxugou o suor da testa com um lenço de linho bordado e comentou, a tentar mudar de assunto:

– Este calor infernal! Em quase sete décadas de vida, jamais vi algo deste gênero numa primavera em Filadélfia...

A nova troca de olhares entre Anduro e João Fernandes foi bem menos grave do que a anterior. O luso deixou mesmo transparecer o sorriso ligeiro no canto dos lábios.

Se aqueles colonos julgavam tal clima ameno um calor dos infernos, iriam na certa dessorar, se algum dia pusessem os pés em Palmares ou no Brasil.

Diversas horas de colóquio infrutífero mais tarde, João Fernandes decidiu sacar da manga uma de suas cartas marcadas:

– Sabemos de fonte segura que o Governador Gage está para receber vultosos reforços da Inglaterra. – Em tom manso e casual, o luso-brasileiro lançou o petardo que supôs capaz de intimidar os interlocutores. Ante o silêncio consternado dos rebeldes, abriu o sorriso inocente e acrescentou – Ouvimos falar em mais de oito mil casacas vermelhas e mais de uma dúzia de barcos, dentre fragatas e transportes. Vossas Senhorias bem podem imaginar o quão árdua tornar-se-á a retomada de Boston, caso os ingleses consigam desembarcar tropas e armas naquele porto. E quanto estrago tamanha data de tropas não trará à sua causa, não só acolá em Massachusetts, pero em outras colônias de sua conjuração.

– E como podemos ter certeza de que as fontes de Vossas Mercês não estão equivocadas? – O jovem comprimiu a ponta do nariz aquilino entre dois dedos, sem dar pelo fato. Anduro se perguntou o que aquele cacoete denotaria... Desconfiança? E o jovem patriota continuou: – Tais fontes porventura não vos informaram que generais britânicos estão a chegar no comando desses pretensos reforços?

– De fato, ouvimos falar em alguns nomes, Mr.. Hamilton. Nomes que quiçá digam mais para Vossas Senhorias, e decerto para o Governador Thomas Gage, do que para o assessor de nossa embaixada em Londres. – João respondeu, ainda a sorrir. Os olhos brandos presos ao semblante furibundo do interlocutor. – Consta de nossos informes que pelo menos os generais John Burgoyne, William Howe e Henry Clinton estão a caminho de Boston. Deverão chegar a bordo da fragata *Cerberus*.

Um silêncio ponderoso se abateu sobre os colonos.

Sim, devia ser mesmo verdade! Ao menos, cheirava como tal. Pois que a República de Palmares possuía legação diplomática estabelecida na Corte de Saint James há mais de meio século...

Por certo! Foi destarte que ficaram a saber dos preparativos da partida das tropas para reforçar a posição defensiva das forças britânicas comandadas pelo governador da colônia de Massachusetts na cidade de Boston, ora sitiada pelos rebeldes.

Franklin empurrou os óculos nariz acima e fungou com um arrepio de nervoso, assaz estranho naquele clima cálido da primavera na Pensilvânia. Jefferson ajeitou a peruca francesa impecável com ar acabrunhado. Após um longo suspiro, lamentou:

– Uma lástima que o Coronel Washington não possa estar acá conosco. Gostaria de ouvir as considerações dele sobre tão grave notícia.

– Por isto, não. – João Fernandes replicou em seu tom manso que, por experiência, Anduro sabia ser o mais perigoso. – Pois que dentro em umas poucas semanas, quando as tropas britânicas desembarcarem em Boston, haverá tempo bastante para que todos externem suas opiniões a respeito.

Os coloniais entreolharam-se em silêncio. Quiçá sentiram a espada de Dâmocles a lhes pender sobre as cabeças...

Até então calado, o banto se ergueu do assento acolchoado, apoiou os punhos cerrados sobre o tampo de carvalho encerado da mesa e cuspiu entredentes num inglês deveras irritado:

– Se a opinião desse coronel é assi tão relevante, por que diabos é que não está ele acá, a discutir esses assuntos conosco? Consta que aquele a quem Vossas Mercês estão prestes a entregar o comando geral de seu Exército Continental prefere exercitar seus homens em manobras inúteis, pretexto mui pueril, a se reunir com representantes de minha pátria, a que ele costuma se referir, desdenhoso, como "aquele reino de negros suleiros que pensam ser brancos". – Anduro bufou, no esforço para manter o tom mais frio de que era capaz, dominado pela impressão nítida de que fracassaria miseravelmente neste intento. Pois eis que a indignação encheu seu espírito e acabou por lhe jorrar goela afora numa irrupção mui indigna a um estrategista e um membro do Círculo de Ébano. – E, no entanto, Vossas Mercês acá reunidos, em sua maioria políticos e filósofos, mas nem de longe gente afeita às cousas da guerra, anseiam não apenas pelo exemplo da República, como nos afirmaram no princípio, mas por nosso apoio em homens e armas, como agora insinuam, não é fato?

Os coloniais fitaram-se uns aos outros, com ar consternado. Haviam naquelas últimas horas, trocado comentários detalhados entre si, na suposição vã de que, à semelhança do senhor branco de Palmares, também o negro não dominasse o inglês... E agora, isto!

Jefferson pigarreou, sem jeito. Enfim, ergueu os olhos do tampo da mesa e respondeu em seu idioma, a fitar diretamente Anduro, cujos punhos de jacarandá ainda se apoiavam, cerrados e maciços, sobre a face plana mais clara do carvalho.

– Então, que não supúnhamos que Vossa Senhoria falasse um inglês tão escorreito.

– Natural que, por considerarem os negros inferiores, não me tenham julgado capaz de articular seu idioma. – Anduro voltou a se sentar e respirou fundo, em busca da fleugma perdida.

– Não foi por isto, meu... *ganga*... – Benjamin Franklin levou o lenço à testa porejada de suor, a tentar, num português falho e gaguejado, consertar a desinteligência que se estabelecera entre anfitriões e visitantes. Pejado, regressou ao francês. – Logo imaginamos que... por acompanhar tão ilustre *ganga*, como o douto João Fernandes de Oliveira... praticamente em pé de igualdade...

– Ao que parece, Vossas Senhorias não estão a entender direito o que ora se passa por acá. – João interrompeu a gagueira do outro com voz gélida. – Ganga Anduro não me está a acompanhar, em absoluto. Ao contrário, sou eu quem o acompanha. Considerem minha presença acá uma deferência mui distinta e exclusiva do conselho de seculos de Sua Excelência o Zumbi Negumbo a suas sensibilidades delicadas de brancos europeus...

– Desculpe-me, Monsieur Oliveira. – Thomas Jefferson lançou um olhar duro em direção ao palmarino branco. – Mas que acá esse termo é ofensivo por demais. Não somos europeus. Somos americanos. Tão americanos quanto vós.

– Bem sei, Mr. Jefferson. – João Fernandes ergueu as palmas das mãos alvas num gesto que pretendeu de apaziguamento. – Como vós, também eu fui no passado o súdito leal de um monarca europeu longínquo. Outrossim, como vós, hoje me considero um cidadão da América. Brasileiro por nascimento e cidadão da Primeira República por vontade própria. Ocorre, todavia, que para a elite banta de Palmares, todos nós, lusos, batavos ou anglos, não passamos de europeus.. Portanto, quando falo em nome da República, é destarte que a vós me refiro.

– Oras, mas se somos todos europeus, tampouco eles, os negros, são americanos. – O jovem Hamilton argumentou, a cofiar o queixo imberbe, mais intrigado que provocador. – Pela lógica dessa sua elite, eles próprios são africanos, isto sim.

– É fato. – Anduro acenou sua concordância em francês. – É por isto que nos referimos a nós próprios por "bantos" e não por "negros", como Vossas Mercês o fazem. É referência direta à nossa origem em África. E, como essa sua facção suleira, que julga que os plantadores de fumo ou algodão da Virgínia e das Carolinas são superiores a todas as demais criaturas que caminham com dois pés sobre a Terra, também os gunga-muxiques mais conservadores de Palmares julgam que nós, bantos puros, somos naturalmente o povo superior, elevado por sobre todas as outras raças, sejam essas negras, brancas ou indígenas. E os preconceitos desses anciões vetustos não deixam de ter certo fundamento, pois não sabem?

– Como assi? – Benjamin Franklin indagou, com os óculos nublados de suor a lhe escorregarem nariz abaixo.

– Oras, não conseguiram os bantos absorver numa única geração as artes e as técnicas que os europeus levaram milênios a desenvolver? Não fomos capazes de aplicar essas conquistas contra as próprias forças europeias que nos tentavam escravizar, até escorraçá-las de nossos domínios?

– E Vossa Senhoria, que fala como homem culto, o que pensa dessa pretensa superioridade racial? – Alexander Hamilton dirigiu-se ao banto num inglês grave e sereno.

– Decerto que existem culturas superiores e inferiores. – Anduro respondeu em francês, para benefício do amigo luso. – Do mesmo modo como há homens melhores e piores. Não creio, todavia, que tais diferenças guardem quaisquer relações com o conceito de raça. Quanto à raça superior, após mais de cinquenta anos de vida e alguma experiência nas cousas do mundo, não creio que exista. Porém, fosse eu obrigado a eleger uma, com certeza não seria a dos bantos e muito menos a de vosmecês europeus...

A declaração enigmática do banto intrigou os anglos, mas eles logo mudaram o rumo da conversa para temas mais pertinentes a seus interesses.

João, no entanto, ficou a matutar no assunto.. Então, de súbito, bateu-lhe suspeita atroz e ele sentiu o arrepio gelado a lhe subir espinha acima.

O desassossego bem conhecido da intuição poderosa, o mesmo sentimento que capturara seu espírito há tantos anos, desde os tempos em que era ainda o senhor inconteste de todo o Arraial do Tijuco. Teve o pressentimento de que, lá no fundo, sabia em quem o amigo pensara, quando afirmara que nem bantos e tampouco europeus poder-se-iam considerar a raça superior.

Deveras. João sabia ao que Anduro se referia.

Sentia as tripas tremerem por dentro, sempre que pensava em tão negro mistério.

O espectro abominável que assombrava aquele banto tão distinto e afável, o mistério arcano que o amigo guardava com a própria vida.

O segredo execrando que João nem sequer tinha certeza se ansiava ou não por desvendar, se a oportunidade lhe fosse de fato ofertada.

CAPÍTULO 2
MORTO-VIVO NO POMAR ESCURO

NÃO HAVIA DÚVIDA DE QUE *Ganga* Anduro guardava um segredo.

Um segredo terrível. Um segredo que não fora capaz de confiar nem a seu amigo de longa data, seu fiel companheiro, desde os tempos em que João Fernandes, na qualidade de Contratador dos Diamantes do Arraial Defeso do Tijuco, estabelecera uma aliança secreta com a República de Palmares. Uma aliança que contrariara os interesses precípuos da Coroa Portuguesa e que, quando intuída pelo Marquês de Pombal, valera-lhe acusações pelos crimes de lesa-majestade e alta-traição.

De lá para cá, muita água e demasiado barro haviam rolado leito tortuoso do Jequitinhonha abaixo. Outrossim, rolaram alguns diamantes, é certo.

Foi através dos bons ofícios de Anduro que João Fernandes obteve salvaguarda para se instalar em Palmares e pôde se mudar para uma quinta aprazível nos arredores da próspera cidade de Subupira. Lá alojou sua amada Chica da Silva e os sete filhos. Não houve motivo para queixumes: a Primeira República demonstrou sua gratidão para com aquele que arriscou e perdeu seu alto cargo em prol da paz entre Palmares e a província das Minas Geraes. Foi-lhe autorizado imigrar para a República e os sobas palmarinos permitiram que ele trouxesse não apenas esposa e filhos, mas também a vasta criadagem e boa parte de sua imensa fortuna. É claro que, tão logo cruzaram a fronteira de Palmares, seus negros deixaram de ser escravos. Contudo, tão rico quanto era, não se importou de estipendiá-los como criados de direito e de fato.

Cafuchi, então Zumbi de Palmares, deixou claro a todos os sobas e seculos, com decreto publicado e tudo, que o dito João Fernandes de Oliveira, conquanto branco alvacento, contava com a mercê e a gratidão da República. Graças a essa atitude, ninguém jamais ousou tocar num fio de cabelo seu.. Tampouco desrespeitá-lo ou falar mal de si ou de sua Chica. Pois, conforme seu amigo Anduro esclareceu quando ele estava prestes a encetar sua fuga do Tijuco, mais do que meramente pragmáticos, como povo os palmarinos se consideram meritocráticos. Deveras meritocráticos. Como tais, sentiam relativa facilidade em aceitar como igual um branco luso que tanto fizera pela causa dos bantos e da República.

Porém, se tudo ocorrera a contento de João Fernandes e Chica da Silva, tal se dera tão somente graças à interveniência de Ganga Anduro. Pois que o amigo que João fizera em pleno Arraial do Tijuco gozava das boas graças de Cafuchi e falava direto ao pé da orelha do zumbi, de quem era sobrinho bastardo, segundo se dizia à boca miúda em Subupira.

No entanto, mesmo com a grande amizade que os unia, ainda que seus filhos houvessem brincado juntos e que hoje uma de suas filhas com Chica houvesse desposado o primogênito de Anduro – e eles já tivessem um neto em comum, além de mais outro a caminho, segundo a última carta de Chica – nem mesmo assi o amigo era capaz de se abrir consigo, de modo a lhe confidenciar o grave segredo que movia toda sua existência.

Todavia, o fato era que João desconfiava por demais do teor do segredo de Anduro. Não conhecia toda a verdade, é claro. Pero nutria suspeitas. Suspeitas bem fundamentadas.

Havia uma cousa que João Fernandes de Oliveira sabia de certeza.

Sabia que o homem que outrora conhecera pela alcunha de Capitão Diabo continuava vivo.

Não que nutrisse tanta certeza de que a criatura fosse homem de fato...

Capitão Diabo.

O índio disforme, de cabelos longos e negros, com fios tão grossos que mais pareciam cerdas da crina de um cavalo; com orelhas pontudas e hirsutas como as de um lobo; de olhos amarelentos, que brilhavam no escuro e cujas pupilas estreitavam-se em dia claro como as de um gato. Só que do tamanho dos olhos de um canguçu gigante. Com um arrepio, recordou-se dos pés e mãos descomunais, bem como das ventas porcinas, repuxadas para cima, como cavernas gêmeas abertas num paredão vertical.

Houvera forte indício de que possuía força sobre-humana..

Um índio horrendo que esgrimia com destreza e rapidez extraordinárias, e que empunhava um sabre comprido e pesado com a ligeireza de quem manejava o mais leve dos floretes.

Lembrava tal como se fosse hoje. O *indivíduo* fora gravemente ferido à bala. Dois dias mais tarde, fora enforcado e então, dependurado sobre o cadafalso, recebera um tiro de misericórdia no coração. Um tiro que ele próprio obrigara Anduro a disparar à queima-roupa.

Não. Não restava dúvida. O facinoroso Capitão Diabo fora morto. Morto e bem morto..

Fizera questão absoluta de examinar pessoalmente o cadáver daquele sujeito que liderara um bando de salteadores. Malfeitores que colocaram em grão risco as remessas de diamantes que saíam das grupiaras do Tijuco para a Coroa.

O coração parara de bater. Não houvera pulso. Ele não respirava mais. Sua pele estava fria e macilenta. Decerto que o homem estava morto.

Por sete anos, não imaginara o quão enganado estivera.

Nunca mais se incomodara com o vulgo Capitão Diabo. Pois que jamais fora homem de se abodegar com os mortos.

Até onze anos atrás.

Na ocasião fatídica, quando já residia em Subupira há quase quatro anos, naquela noite estrelada de lua nova em que se deparara com o vulto medonho em seu pomar.

Um vulto escuro, qual sombra ambulante, que invadira sua quinta e que surpreendera com as presas no pescoço esguio de Jelena, a ladina de confiança de Chica da Silva.

João pensou em sacar da pistola e abater o sanguissedento no ato.

A curiosidade, contudo, falou mais alto e lhe segurou o braço. Não resistiu em esperar, para ver o que o vulto iria fazer a seguir. Pois, por incrível que pareça, o homem, entidade, ou o que quer que fosse, não forçava a ladina a nada.

Apenas tocava Jelena ao de leve num dos ombros e debruçava-se sobre a mulata, para lhe abocanhar o pescoço de forma mansa, delicada até. Apática, a liberta não esboçava o menor sinal de reação.

Quando, enfim, despertou de seu pasmo, bradou ao estranho que libertasse a ladina incontinenti. A criatura de fato a soltou. Jelena, porém, quedou-se parada a seu lado, como se presa num transe maléfico.

Pistola em punho, acercou-se do invasor.

– Parado! Pois que vos tenho sob mira!

– Como me tiveste naquele patíbulo do Tijuco. – A criatura ciciou num murmúrio ligeiramente roufenho, pouco mais alto que o sussurro da brisa por entre os galhos folhudos das laranjeiras. – Só que agora não estou dependurado na ponta de uma corda. Tampouco me recobro dos tiros de clavina.

– Capitão Diabo... Não é possível! Vosmecê morreu...

– Para todo e qualquer efeito prático, aquele que atendeu pelo epíteto de "Capitão Diabo" está morto. Eu, contudo, permaneço vivo.

– Eu mesmo examinei o teu cadáver... – A mão de João que empunhava a pistola começou a tremer, descontrolada. Tornou-se impossível manter a mira firme no vulto com o qual dialogava. Os dentes batiam-lhe como castanholas dentro da boca. – Seu coração parou. Seu corpo estava frio e rígido. Vosmecê estava morto, disso eu tenho certeza...

– Folgo em constatar que Vossa Mercê assi acreditou.

– Então... que não és homem e sim demônio, como o povo das Geraes o afirmava. – Depois de um suspiro fundo, reuniu coragem bastante para indagar: – O que queres de mim?

– Nada. Isto é, nada, exceto uns poucos goles do sangue dessa sua criada. Cousa pouca que, aliás, já delibei.

– Jelena...

– Não se apoquente com a saúde da confidente da *Angana* Dona Chica. Amanhã pela manhã, ela já estará bem. Pensará que tudo não passou de um sonho bom.

– Vosmecê quer dizer pesadelo...

– Podia fazê-la sofrer dum pesadelo, se eu destarte o quisesse. Pero não há motivo para não ofertar um sonho bom à tão simpática e saborosa ladina.

João Fernandes quedou-se boquiaberto. O temor deu lugar ao assombro. Então, a criatura diabólica era capaz de fazer a vítima esquecer do ataque sofrido? De fazê-la pensar que tudo não passara de um sonho, ou de um pesadelo?

De que outros poderes dispunha a entidade infernal?

Engoliu o espanto, como antes fizera com o pavor, e se obrigou a articular:

– Sangue... Então é disso que vosmecê vive?

Imerso em sombras, o vulto não respondeu.

Aturdido, João rememorou os fatos passados e insistiu:

– Mas, vosmecê... vosmecê se bateu pela causa de Palmares....

– Como Vossa Senhoria agora o faz vez por outra, não é vero? Será que isto não nos faz, de certa maneira, aliados?

– Jamais!

– Aras, homem, acaso não vês que estamos do mesmo lado? Se não nutrimos os mesmos ideais, ao menos possuímos os mesmos suseranos, por assi dizer.

– Se é fato que me considera teu aliado, por que decidiu tomar do sangue dos criados de minha quinta?

– Não sabia que esta era a quinta do egrégio João Fernandes e de sua bem-amada Chica da Silva. Estive afastado de Subupira por demasiado tempo... Algumas cousas andam a mudar sobremodo depressa por acá. – A entidade soltou um suspiro que soou como um gemido curto aos ouvidos do luso. Então acrescentou: – Mas, não é mister se amofinar, que não tornarei a incomodar. É de palavra.

Após tal declaração insólita, a entidade que se fazia passar por homem se afastou com celeridade inaudita. Saltou por sobre a sebe alta da quinta, como quem pula uma poça de lama, a se mover tão rápido que, no breu da noite, quebrado apenas pelas luzes esparsas da casa-grande, mais pareceu a sombra de um pássaro, ou de um morcego portentoso, a voar rasante sobre a terra úmida do pomar.

No dia seguinte, logo de manhã cedo, um João Fernandes insone verificou as pegadas da entidade. Não restava a menor dúvida: eram idênticas às pegadas que uma criatura monstruosa deixara numa estrada que saía do Arraial do Tijuco muitos anos antes, na ocasião em que desviscerara um quatralvo robusto com as próprias mãos.

Levou dias para averiguar pendência do ataque a Jelena. Afinal, não pretendia amedrontar a criadagem. Tampouco despertar as cismas de Chica. No fim, sua astúcia na arte dos circunlóquios foi gasta em vão. De fato logrou abordar a questão com jeitinho. Ao que sabia, nem Jelena, nem ninguém mais suspeitou de algo. Só que a ladina não se lembrava de nada. A entidade cumprira o prometido: ela só tivera um sonho bom.

Quiçá, como João Fernandes suspeitava, Anduro tenha pensado naquela criatura odiosa, quando se referiu à existência de uma pretensa raça superior.

Afinal, um homem que não podia ser abatido a tiros, um homem que sobrevivera à forca, era para ser considerado superior.

Só que o luso não acreditava que a criatura que um dia atendera pela alcunha de "Capitão Diabo" pertencesse a quaisquer das raças dos homens.

Decerto que ele próprio não era homem de ciências. Longe disso. Mas formara-se em Coimbra e se tinha por sujeito culto, instruído.

Por isto, depois matutar de sobejo a respeito do tal Capitão Diabo ao longo dos anos, concluiu que de diabo ele não tinha nada.

Porém, homem mortal também não o era.

Pois homem algum sobreviveria a um tiro certeiro no coração. Homem algum podia se mover tão veloz quanto a entidade que confrontara em seu pomar.

Agora, quando conversavam a sós os dois num breve intervalo da reunião com esses rebeldes nortenhos, Anduro insinuara que seu enigmático amigo sobre-humano talvez representasse a chave para o acordo com os colonos anglos.

Para o acordo e para a vitória.

Ante a surpresa de João, o banto lançara o comentário casual de que o tal agente misterioso já não se chamava Capitão Diabo.

Segundo Anduro, a criatura se tornara em marinheiro. Assumira a lida de comandante da fragata *Morcego do Mar*.

A entidade ora atendia pela alcunha de "José Meia-Noite".

CAPÍTULO 3
COMANDANTE MEIA-NOITE

NAVIOS A VAPOR...

A mais recente inovação palmarina! O que inventariam a seguir?

Desta vez, no entanto, os vidas-curtas se superaram! Por certo que não o convenceriam a botar a pata na cumbuca!

Esses palmarinos estouvados! Doutos discípulos do genial Cafuchi, adeptos das doutrinas "científicas", tão caras a seu velho e saudoso amigo Andalaquituche... Um vida-curta que, ainda em vida, fora reconhecido por seus pares como mais sábio que o grande Christiaan Huygens.

Se porventura os almirantes bantos recostados em suas poltronas altas na sede da Esquadra Republicana, lá no Arsenal de Marinha em Ipojuca, julgavam que ele iria comandar uma fragata impulsionada por fornalhas e caldeiras, com vapor fervente a assoviar por dutos de bronze e aço, então eram ainda mais doidivanas do que ele havia suposto.

Imagine... Um navio que se movimentava não pela força do vento que desfraldava seu velame, mas por obra da energia gerada numa fornalha, onde se queimava lenha e carvão, para produzir vapor e daí mover êmbolos e pistões, que no fim girava um hélice instalado na popa da embarcação, para deslocá-la, em qualquer tempo, com rapidez que veleiro algum sonharia igualar.

A teoria era bela, uma matemática dotada de elegância inegável. Tais princípios soavam demasiado simples, mormente quando explicados pelos sábios da Academia Naval de Palmares. Só que ele não era tolo a ponto de se deixar persuadir a embarcar numa nau onde um incêndio controlado ardia no interior duma fornalha.

Pois sabia por experiência própria – uma experiência sobejamente mais vasta e longeva do que a de qualquer vida-curta, por mais douto e sábio que esse julgasse ser – que não existia tal cousa como um incêndio seguro. Tudo saía do controle neste mundo sem Deus.. Sobretudo o que era bulido pelas mãos efêmeras dos vidas-curtas. Era mera questão de tempo. Em geral, pouco tempo.

Não pretendia se dar ao luxo de arriscar sua vida imortal num incêndio em alto-mar. Porque, um incêndio em alto-mar lamberia com facilidade o madeiramento e o velame dum navio, e transformaria suas águas mortas em cinzas numa questão de minutos. Em alto-mar não há para onde fugir e, em dia claro, ele estaria praticamente indefeso ante o avanço das labaredas.

Não, obrigado.

Preferia deixar essas inovações técnicas arriscadas aos próprios vidas-curtas. Afinal, dum modo ou doutro, estavam fadados a morrer em questão de décadas. E sempre haveria mais vidas-curtas no Mundo Mortal do que grãos de areia numa praia, ao passo que ele era, tanto quanto sabia, o último filho-da-noite, o último representante do Povo Verdadeiro sobre a face da Terra.

Quiçá, daí a vinte ou trinta anos, decidisse experimentar seu primeiro barco a vapor? Por ora, todavia, ainda preferia os bons e confiáveis navios à vela.

É certo que levara décadas até se acostumar à ideia de navegar em mar alto numa frágil embarcação de madeira, repleta de canhões e barris de pólvora. Décadas até aprender todos os segredos e as técnicas de navegação, até conseguir dominá-las melhor do que qualquer comandante vida-curta.

Contudo, o que é uma ou duas décadas?

Passaram-se anos até que conseguisse despir-se das vestes poeirentas do salteador que fora, nos sertões e veredas dos Matos Gerais e das Bahias do Norte e do Sul, de modo a assumir a patente de cadete-artilheiro, mais tarde oficial de armamento naval e, enfim, comandante de sua própria nau.

De início, os sobas do Círculo de Ébano – organização criada para proteger o segredo da existência do último filho-da-noite – relutaram em conceder que ele embarcasse e singrasse o mar grosso do Atlântico Sul. Não que desconfiassem de sua lealdade. Depois de um século de bons serviços prestados à causa da Única República, desde os tempos do Rei Ganga-Zumba, quando Palmares não passava de uma grã confederação de vilas e mocambos, os sobas do Círculo sabiam bem o que esperar dele. Os homens que juraram defendê-lo e proteger seu segredo com as próprias vidas conheciam bem as virtudes e fraquezas de seu agente especial. Por certo que houvera exageros e descuidos no passado. Duas ocasiões em que ele, embriagado pelo excesso de sangue e autoconfiança, perdera as estribeiras.

A primeira se dera na região portuária do Recife dos tempos do primeiro Príncipe Nassau de um século atrás. Já a segunda ocorrera num outro porto, mais próximo de sua base de operações atual, e há bem menos tempo.

Os membros do Círculo não eram nem um pouco tolos. Não podiam sê-lo, visto haverem sido convocados, dentre os mais capazes e os mais brilhantes oficiais da República, para ingressar num instituto lucubrado pelo próprio Andalaquituche, seis anos antes de se tornar o primeiro Zumbi de Palmares.

Em verdade, ele os admirava. Eram de longe os mais sábios vidas-curtas com os quais já se defrontara em mais de três séculos de existência. Nem mesmo os amautas reunidos à volta do grande Inca Pachacuti Yupanqui, ou os luminares trazidos da Europa para a corte fulgente que os príncipes da Casa de Nassau-Siegen mantinham no Recife, poder-se-iam comparar de modo favorável àqueles sobas do Círculo.

Como sábios que eram, esses sobas compreendiam de forma visceral que, não obstante os percalços, ele era elemento de confiança. O próprio Zumbi, o Grande, no passado seu antagonista mor, dera o braço a torcer há um século, ao reconhecer sua vera serventia para a sobrevivência dos bantos e de Palmares.

No entanto, justo pelo fato de ser insueto e singular, os membros do Círculo julgaram não ser de bom alvitre arriscá-lo em peripécias menores, como aquelas marinharias inconsequentes que ele começara a propor uns anos depois de ter sido regressado das Geraes.

Tão somente quando Anduro ascendeu na hierarquia do Círculo, logrou que sua opinião de progressista e de homem do mar prevalecesse sobre as vozes conservadoras até então influentes em Ipojuca. Afinal, o novo soba argumentou, o filho-da-noite não constituía criatura das mais morredouras. Muito ao contrário. Ademais, com seus talentos únicos, a bordo de uma nau ou fragata, poderia fazer com que esse vaso singelo aquistasse vitórias façanhosas contra forças assaz superiores.

As reservas dos pares de Anduro foram afastadas depois que o antiquado galeão, com costado tingido de negro e velas cuidadosamente esfregadas com fuligem, que a Armada da República colocara à disposição do filho-da-noite, ao longo de um mês e meio, pusera a pique sete navios piratas que estavam a atormentar as naus-açucareiras que transportavam a grande riqueza palmarina do Recife para a Europa.

Só então, o Ébano dobrou Ipojuca e ele recebeu autorização oficial para assumir a identidade de José Meia-Noite.

Conquanto sua velha *Anhangaçu* não fosse tão manobrável ou marinheira quanto a moderna fragata negra *Morcego do Mar*, por vezes ainda se pegava com saudades de seu primeiro barco.

É bem verdade que fora tão só com a fragata que ousara rodear o ponderoso Cabo Horn, de modo a apresentar as águas revoltas do Pacífico Sul a sua tripulação assombrada. Com o novo barco, lograra enfim regressar às costas de águas frias e piscosas do Vice-Reinado do Peru, outrora denominado Tahuantinsuyu. Fora daquele litoral ermo que, três séculos antes, ele partira em fuga desabalada, quando os exércitos experimentados do Sapa Inca Tupac Yupanqui aniquilaram o último baluarte do Povo Verdadeiro.

As Grutas Ancestrais distavam menos de três léguas daquela praia deserta. Indagou-se quanto aos vidas-curtas daquelas cinco ou seis aldeias de pescadores. Porventura ainda residiriam acolá? O que sucedera àquelas tribos primitivas e aparentadas, depois que os hispânicos chegaram e obliteraram o outrora invencível Império Inca?

Em suas andanças pelas florestas do oeste, graças ao convívio com os vidas-curtas de fala jê e tupi, aprendera a observar a passagem do tempo. Uma convivência, aliás, assaz mais íntima do que os caçadores experientes do Povo Verdadeiro teriam julgado prudente. Já de sua aliança com os vidas-curtas bantos, outrossim, aprendera a dar importância ao decurso desse tempo.

O tempo não voltava atrás, matutou ao vislumbrar a praia onde brincara nas noites de lua nova de sua infância. Nem mesmo para aqueles que, como ele, não estavam fadados a partir do Mundo Mortal tão cedo.

Não restava dúvida de que a *Morcego do Mar* – quer por seu velame mais rijo e arrojado, seu mor comprimento e perfil mais esguio, que lhe permitiam singrar os mares com mor celeridade; por seus quatro mastros, mais altaneiros com seus múltiplos mastaréus, do que quaisquer dos três mastros singelos da *Anhangaçu*; quer por seus canhões mais numerosos e de mor alcance do que os de sua antiga nau – constituía vaso de guerra mais pujante e bem projetado às missões e engajamentos em alto-mar do que seu barco anterior.

Contudo, não obstante todas as vantagens navais e marinheiras dessa segunda embarcação que recebera para comandar, o fato é que fora difícil se acostumar àquele convés plano e ao costado baixo, desse vaso quase desprovido de superestrutura. Ainda sentia saudades dos finais de tarde passados no topo do castelo de proa da *Anhangaçu*. Tanto quanto das madrugadas estreladas, saboreadas junto ao leme, no tombadilho que caracterizara as naus da classe de seu antigo barco.

Numa época em que todo e qualquer oficial de Marinha sonhava servir a bordo de um dos raros navios a vapor, fora duro persuadir o Almirantado a lhe ceder o comando de uma fragata convencional.

Para tal, carecera mesmo da interveniência de Anduro e do Círculo de Ébano.

Destarte, contrariara os almirantes da República, que queriam porque queriam guindá-lo ao comando duma das novas fragatas a vapor. No fim, conseguira seu barco propulsionado à vela, para singrar mar adentro graças à velha e confiável energia eólica e não através trabalho ruidoso de uma dessas novas traquitanas a vapor, tão perigosas quanto pouco confiáveis e que, no entanto, ora se estão a tornar a menina dos olhos dos engenheiros navais da República.

Não que a patente de comandante lhe agradasse.

Todavia, veio bem a calhar.

Afinal, na Armada de Palmares, como em outras tantas Marinhas, era de se esperar que o comandante de um vaso de guerra se mantivesse mais ou menos afastado do grosso da tripulação, quer no relativo isolamento de seu posto de comando, quer na reclusão de sua câmara.

Era praxe que a rotina geral de bordo corresse por conta do imediato. E quanto a isto, não se podia queixar. Pedro Ngomo, o oficial discreto e lacônico que exercia a função de imediato da *Morcego do Mar*, servia-lhe como uma luva. Assaz troncudo, vero gigante de ébano com mais de dois metros de altura, o banto constituía genuína muralha entre seu comandante e os problemas cotidianos de bordo, inerentes tanto à vida em mar alto, quanto às querelas portuárias.

Ngomo fora instruído a ignorar quaisquer eventuais excentricidades de seu comandante. Instigado por uma determinação enigmática do Ébano, o Alto-Comando da Armada fora por demais explícito a este respeito. Portanto, Ngomo não estranhava que seu superior hierárquico se mantivesse invariavelmente em fardamento pleno – inclusive com o casacão de veludo negro e o vasto chapelão de palha, incongruente com o resto do uniforme da Marinha e a que lhe ocultava quase toda a face – independente das condições de clima reinantes em mar e terra.

O imediato não era tolo. Decerto que a atitude de José Meia-Noite era a mais correta. Quiçá pensasse destarte por lhe ter sido revelado de antemão que o comandante era portador de deformidades horrendas.. Em seu íntimo, Ngomo concordava que o comandante não devia expor sua aparência hedionda aos demais oficiais e tripulantes. Como segundo em comando, considerava-se plenamente qualificado para, em prol da República, suportar sozinho o fardo do aleijão de Meia-Noite.

Se lhe causava espécie que o comandante de tão galharda belonave fosse um índio monstruoso e não um banto de escol, guardava tal sentimento para si próprio.

Pois Ngomo se tinha por oficial naval disciplinado e cumpridor. E às vésperas do embarque do novo comandante, recebera a visita do próprio Almirante Lumumba, o qual insistira em subir a bordo para, meio sem jeito, explicar-lhe pessoalmente algumas das particularidades de José Meia-Noite. Falou que os olhos dele eram demasiado sensíveis à luz, destarte Ngomo não se espantasse que o futuro comandante preferisse a noite ao fulgor do dia.

De fato, já na primeira comissão sob novo comando, o imediato tivera oportunidade de constatar o quão aguçada era a visão noturna do tal Meia-Noite. Quiçá o talento assombroso se devesse àqueles olhos enormes, de pupilas afouçadas como as de um gato...

Meia-Noite.

O homem decerto fazia jus à alcunha.

Pois só à noite o comandante emergia das profundas de sua câmara. Então, envolto em seu casacão pesado, ele se instalava em seu posto favorito, junto à amurada de bombordo do passadiço rebaixado da fragata, de onde, ao luar ou à luz das estrelas, aspirava a brisa marinha com prazer audível, com aspecto de quem era capaz de vislumbrar detalhes miúdos do navio semi-adormecido. Nessas ocasiões, Ngomo podia jurar que as íris do homem brilhavam no escuro e que suas orelhas hirsutas e afiladas giravam, mui atentas ao ranger do madeirame do convés sob o jogo e o caturro da embarcação. Era quase como se pudesse escutar o roçar do vento nas velas pretas de fuligem, enfunadas pero invisíveis ao negror da noite.

Não confessava a ninguém, mas considerava deveras agradável a vida no mar.

Bem como a liberdade que essa vida implicava.

Havia que se ter discrição, é certo.

Não ousava tomar mais do que uns poucos goles do sangue de um marujo a cada noite-de-beber, até para não despertar suspeitas no interior do ambiente confinado sob as cobertas de seu barco. Ademais, não pretendia que seus homens se tornassem fracos ou, pior ainda, temerosos e ressabiados.

Sua disciplina e parcimônia eram, contudo, mais do que recompensadas nas ocasiões em que seu navio fundeava num porto amigo, quer fosse o Recife, Boston, Buenos Aires ou São Paulo de Loanda.

No Recife, ou mesmo em Salvador e no Rio de Janeiro, havia sempre agentes sob as ordens do Círculo de Ébano para cuidar de suas mínimas necessidades. Já nos portos mais distantes de Palmares, como Lisboa ou Boston, onde sua fragata negra não costumava aferrar tão amiúde, as cousas nem sempre decorriam a contento.

O fato é que agora pendia um prêmio sobre sua cabeça na cidade de Boston.

O arregaço ocorrera ainda em seus tempos de *Anhangaçu*. Antes de assumir o comando da *Morcego do Mar*.

Não que as autoridades coloniais tivessem certeza de que um Oficial de Marinha palmarino fosse o real perpetrador daquela série de crimes pavorosos, que atemorizaram a população da cidade de Boston três anos antes.

Descobriram, todavia, que os assassínios guardavam de algum modo relação com a belonave palmarina *Anhangaçu*.

Destarte, pelo sim pelo não, a milícia fora convocada para dar caça ao monstro que assolara as noites daquela cidade e ele se vira em apuros para se safar de lá sem despertar suspeitas.

Como resultado, Anduro lhe enviou reprimenda severa pero velada através do adido comercial que a República mantinha em Boston.

No entanto, ao menos desta vez, não tivera culpa alguma do entrevero ocorrido.

Como iria imaginar que a força de polícia local daria pela falta e emprestaria tanta importância às mortes de uns poucos negros escravos? Afinal, não estava no Macaco, em Subupira ou em qualquer outra cidade da República, ou ainda em São Paulo de Loanda, nas plagas angolanas, onde os negros e, sobretudo os bantos, constituíam a elite da população...

Não. Como em São Sebastião do Rio de Janeiro, também em Boston os negros eram os escravos.

Daí, ter cogitado que poderia beber à vontade dos negros bostonianos, livre das rígidas restrições palmarinas, com a exata usança com a qual costumava agir no Rio de Janeiro.

E se bebesse de um daqueles vidas-curtas escuros até o fim, que mal haveria? E se porventura decidisse *brincar* um pocadinho com a presa, antes de terminar com ela, o que haveria de tão imoral nesse ato?

Eram apenas escravos.

Em Palmares, antes do advento da República, ele se habituara a beber de brancos escravos, com o consentimento tácito da elite banta.

O sangue dos negros era, contudo, assaz mais saboroso.

Porém, em Boston fora diferente.

Os negros desaparecidos foram procurados à exaustão.

Nalguns casos, seus cadáveres exangues foram encontrados.

Ele, que tanto se orgulhava de sua experiência e de seus conhecimentos tocantes ao comportamento dos vidas-curtas, ignorara que, ao contrário do que acontecera no Recife de Nassau e ainda ocorria amiúde no Rio de Janeiro, os escravos bostonianos não costumavam fugir de seus donos. Daí, o desaparecimento de várias peças ter causado tamanha espécie entre as autoridades locais. Os sumiços não foram tomados por fugas. Foram encarados desde o início como sinais de ocorrências de muito mor gravidade.

Então, o primeiro cadáver exangue foi encontrado no fundo daquele poço abandonado, onde tivera o cuidado de lançá-lo. Quem podia adivinhar que o fazendeiro bêbedo, dono daqueles baldios, decidiria verificar se o tal poço ainda era de prestança?

As forças de polícia da cidade entraram em polvorosa. Um inspetor teve a ideia de empregar cães farejadores nas buscas. Logo, outros cadáveres foram descobertos. Não todos, é lógico. Sequer a maioria... Todavia, os nove corpos encontrados nos mais diversos estados de putrefação foram eloquentes o bastante para deixar toda a população de Boston de cabelos em pé. Pois, não obstante os esforços da polícia, a nova sobre as mortes espalhou-se como cheiro de sal ao mareiro forte.

Havia um monstro escravicida à solta nos arredores de Boston!

A polícia angla não conseguiu saber quando as mortes haviam ocorrido.

Puderam, no entanto, descobrir dos proprietários das peças, quando os desaparecimentos se deram. Como tais crimes não eram, em absoluto, comuns na região, as autoridades coloniais suspeitaram de forasteiros e dirigiram suas investigações neste sentido.

Tiveram a ideia de apurar quais navios estiveram registrados como atracados ou fundeados no porto, às datas aproximadas dos crimes. Destarte, conseguiram determinar que a nau de bandeira palmarina *Anhangaçu* estivera em Boston em pelo menos seis das nove ocasiões fatídicas.

Ante tais evidências, a polícia aguardou com paciência por sete meses, até a próxima visita da nau da República, que enfim regressou, após demorada, pero profícua e saborosa comissão em Angola. Quando a *Anhangaçu* enfim aferrou sua âncora e desceu seus batéis para conduzir os marujos e oficiais licenciados à cidade, as autoridades anglas prepararam sua armadilha.

Ao desembarcar, ele constatou de pronto a tensão, a expectativa e o medo presentes no comportamento das autoridades portuárias. Havia algo assaz errado. Pôde senti-lo nas pulsações aceleradas e no cheiro do suor frio dos vidas-curtas.

Embora sedento, exercitou a disciplina prescrita no Caminho da Cautela e evitou beber dos escravos locais em sua primeira noite em terra. Forçou-se a se contentar tão somente com um gole miúdo dum de seus marujos mais parrudos.

Não se furtou, porém, de explorar a cidade a seu modo. Vasculhou hospedarias, tavernas, vielas e prostíbulos da região portuária, até descobrir o que se passava.

Não entrou na arapuca com ares de pacóvio. Não era mais o caçador ingênuo, ignorante das cousas e das manhas dos vidas-curtas urbanos, que por pouco não fora abatido nas ruas do Recife de um século atrás.

Não.

Agora sabia exatamente o que fazer e como fazê-lo.

Se esses anglos se sentiam tão melindrados com o sumiço de uns poucos negros, ele lhes iria ensinar uma lição inolvidável.

Havia cinco vidas-curtas acoutados na penumbra daquela viela de terra batida. Cinco milicianos trêmulos de medo, à sua espera numa travessa estreita, ladeada de ambos os lados, ora por casas atarracadas mal-acabadas, mui distintas do casario bem aprumado do Recife, ora por biroscas acanhadas, umas e outras intercaladas de vez em quando pela estrutura avantajada de um armazém.

Os anglos chamavam a viela de "rua". Avezado às cidades e vilas palmarinas, bem como a urbes luso-holandesa do Recife, não conseguia pensar naquela *street* doutro jeito que não "viela".

A viela ou rua corria paralela ao cais leste, em plena região portuária de Boston. Como não havia calçamento ou berma, a lama trazida pela chuva bojuda da antevéspera ainda jazia amontoada e ressequida junto às paredes e muros, muito embora não obstruísse as portas das casas e biroscas, pois que os locais se haviam dado ao trabalho de removê-la da passagem. Monturos de estrume acumulavam-se acá e acolá; lembranças constantes dos cavalos e parelhas de bois que trafegavam na viela durante o dia. Não obstante a imundície, em sítio algum se deparou com os cagaçais de fezes humanas, tão comuns nas ruas do Rio de Janeiro ou de Salvador.

Havia, outrossim, uma isca.

Uma escrava retinta, largada por sobre o monte de feno empilhado num carroção abandonado, descoberto ao relento, na escuridão cálida do verão.

No relativo silêncio da noite, pôde ouvir o batimento firme mas vagaroso do coração de sua presa. Não havia dúvida de que as batidas estavam assaz lentas. Decerto desacordada e não meramente a fingir. Ritmo mui diverso da percussão acelerada dos corações que martelavam, descompassados, nos peitos daqueles que intentavam surpresá-lo.

Pelo bater saudável, conquanto moroso, do coração da isca, constatou que era jovem.

Do aroma inebriante do sangue que lhe corria preguiçoso pelas veias, concluiu que era negra.

Lambeu os beiços grossos e coriáceos. Praguejou em seu íntimo. O quão antinatural era o ato de se forçar a abdicar de tão apetitosa iguaria. Pois que sangue algum lhe sabia tão delicioso quanto o dos negros. E, dentre os vidas-curtas escuros, as fêmeas jovens eram deveras as mais saborosas.

Alguém iria pagar mui caro por essa privação ignominiosa!

Já não era, contudo, insano a ponto de se fartar bem à vista dos vidas-curtas. Aprendera enfim a lição que um filho-da-noite comum sabia desde a fase de cria tenra, quando ainda residia nas Grutas Ancestrais: não devia, em hipótese alguma, expor o segredo da sua verdadeira natureza. Mormente ele, que agora se imaginava o último remanescente do Povo Verdadeiro.

Aspirou o ar úmido pelas narinas. Além do aroma do sangue que circulava pelo corpo entorpecido da isca, o suor da retinta exalava o odor característico da aguardente barata. Pois que a jovem estava demasiado bêbeda para permanecer acordada.

Riu-se sem emitir som algum. Esses anglos eram mesmo uns papalvos se acaso se julgavam capazes de pegá-lo com tão simples estratagema...

Concentrou-se nos cinco soldados que se imaginavam ocultos no negrume daquela noite morna, pero nublada. Pelo cheiro da pólvora, descobriu que estavam armados com pistolas e, quiçá, mosquetes. Haveria também sabres de um tipo ou doutro, se conhecia direito esses milicianos coloniais.

Quanto a si, desestimava as armas de fogo portáteis. De ambos os lados do cano. Portanto, trazia consigo tão somente a velha e fiel rapieira. Porém, que não pretendia desembainhá-la àquela noite.

Quase que poderia se dar ao luxo de beber da negra primeiro, tamanho o pavor abjeto dos adversários. Então, só depois de saciado o apetite, cuidaria desses soldados cagarolas, cujos suores tresandavam a nervosia e apreensão, e cujos corações pareciam prestes a lhes explodir peito afora.

Mas, não.

A prudência de agente arquitreinado sobrepôs-se ao velho instinto de caçador, que se comprazia em brincar com inimigos tornados em vítimas por tencionarem lhe disputar a presa.

Afinal, havia sempre a possibilidade de um dos soldados se lhe escapar enquanto ele se deleitava na jugular da negra.

O dever em primeiro lugar. Sempre. Infelizmente.

Pois que apenas a lealdade resoluta à causa de Palmares salvaguardara sua vida imortal no último século, em meio a uma civilização de vidas-curtas assaz mais astutos e feros do que os incas que haviam trucidado seu povo.

Ademais, possuía sensatez bastante para saber que não podia restar um sobrevivente sequer da refrega iminente com os cinco milicianos.

Nutria, outrossim, a certeza de que, não obstante a precaução de sobejo, quando soubesse dessa liça de pouca monta, Ganga Anduro o irrogaria por estouvado.

Todavia, por quem os sobas do Círculo o tomavam, afinal? Decerto que, depois de um século de convívio, não o julgavam mera ferramenta em suas bantas mãos.

Admitia gratidão sincera aos sobas do Círculo. Dos sobas e de seus antecessores, bem como do serviço secreto de Palmares. Pois tão somente graças aos conhecimentos ensinados à exaustão pelos agentes, desde os tempos de Andalaquituche, aprendeu como enfrentar um pelotão de vidas-curtas armados com pistolas e mosquetes, sem qualquer temor de ser derrotado, desde que fosse ele a escolher a ocasião do embate.

Soube que o ensejo lhe era propício quando contornou o carroção onde a negra jazia desmaiada, vítima do torpor alcoólico, em vez de abocanhar a presa suculenta, como o inimigo toleirão esperava que fizesse.

Abriu distância da traseira do carroção. Desde que entrara na viela, sabia onde os milicianos se ocultavam. Ansiava por lhes pregar um bruto susto. Por isto saltou cousa de duas braças em direção à ré do veículo. Ao saltar, tomou o cuidado de segurar a rapieira, de modo a evitar que, ao lhe bater contra a coxa, a lâmina o denunciasse. A perna direita esticou-se com o ímpeto dum chicote e o pé calçado na bota enorme atingiu em cheio a traseira do carroção.

A madeira gemeu da pancada surda. Todavia, conforme calculara, a tábua não cedeu de imediato. Com rangedeira aguda, as rodas do carroção giraram céleres, a um só tempo sôfregas e recalcitrantes.

Tomados de surpresa e sem a cobertura do carroção, os milicianos se ergueram de chofre de suas posturas agachadas.

Sequer estavam de armas em punho, os beldroegas.

Novo salto e posicionou-se em frente aos inimigos. Com um sorriso de prazer, exteriorizou as garras das duas mãos. Inteiramente distendidas, elas eram dez punhais, mais rijas e tesas do que o melhor aço forjado em Subupira..

É vero que não pôde se valer das garras dos pés, sob pena de arruinar as caras botas de couro negro, feitas sob encomenda na Cerca Real do Macaco. Porém, não careceria dos pés para confrontar uns meros cinco vidas-curtas.

Uma vez desprovidos de cobertura, mesmo à penumbra, tão próximos estavam os milicianos que puderam enxergá-lo na inteireza. Seus olhos deviam impressioná-los sobremaneira, pois que no escuro fulgiam como os do canguçu.

Pelo olfato, constatou sem surpresa e com certo agrado, que dois soldados já haviam borrado as ceroilas.

Um terceiro ainda fez menção de sacar da garrucha. Com as insígnias de oficial do exército britânico, um quarto baixou a mão ao copo da espada que trazia presa ao cinturão.

Há muito compreendera que o segredo da vitória nas pugnas corpo-a-corpo contra os vidas-curtas consistia em não conceder a essas criaturas de reflexos lentos o tempo necessário à reação.

Por isto, quando saltou, acurou de aterrar a menos de uma braça dos milicianos.

Antes que se recobrassem do novo susto, ergueu ambos os braços com inclinação e força suficientes para empalar tanto o oficial, quanto o miliciano que tentara sacar da arma. Assi que os perfurou nas regiões abdominais, ergueu os braços à posição vertical, no gesto bruto de um artista cruel, atreito a dilacerar seus fantoches. Arrancados do chão lamacento, os vidas-curtas pontapearam e estrebucharam. As garras afundadas em suas tripas, quase a lhes emergir pelas costas.

Antes que o sangue lhes borbulhasse goela acima, baixou os corpos moribundos, tão brusco como os havia arribado. Varejou-os para os lados com um safanão, de forma a liberar as garras para engajar com os demais oponentes.

Decepcionou-se. Pois que, ao contrário do que esperara, os outros três não estavam prontos para o prélio pelo qual ansiava. Presos ao pânico abjeto, mal esboçaram reação, exceto por orações balbuciadas por parte de um dos borrados.

Tanto melhor. Com um golpe da mão esquerda, tão célere quanto displicente, degolou aquele que orava a seu Deus, a implorar clemência.

Deves morrer agora, meu amigo. E, por que lamentas tua sorte? Até o Grande Andalaquituche morreu e ele era assaz melhor que tu. – Ao parafrasear Aquiles em seu espírito, emitiu o chiado rouco que, para sua estirpe, cumpria as vezes da risada humana.

Era mister acabar logo com o folguedo, antes que nova patrulha de milicianos resolvesse passar pela viela. Uma pena! Suas diversões eram invariavelmente efêmeras nesses dias que correm.

Melancólico, espetou a quarta vítima com as garras cravadas por sob o queixo num golpe brutal que a levantou do chão, meia braça acima da cabeça. Enlevado, mexeu os dedos, a sentir as pontas das garras imiscuirem-se no cérebro macio e delicado daquele cadáver úmido, a gotejar urina, sangue e fezes.

O último miliciano quedava-se inerme. Bafejado por misericórdia fortuita, recolheu as garras e torceu-lhe o pescoço num gesto rápido e preciso.

Por fim, nutriu-se do sangue dos anglos trucidados, embora houvesse preferido saborear o oloroso fluido que corria nas veias da escrava. O melhor era não despertar suspeitas e, cousa fausta desses massacres é que um filho-da-noite poderia nutrir-se à farta sem temor de que um investigador porvindouro se quedasse intrigado com cadáveres exangues.

Assi, delibou um gole do filete de sangue que corria frouxo do peito do oficial britânico. Em seguida, um trago do miliciano que decapitara, seguro com delicadeza pelos ombros, a sugar com alguma força, visto que já pouco sangue havia, exceto por aquele empoçado na viela lamacenta. Então, uma talagada generosa do soldado que se imaginara capaz de disparar contra si à queima-roupa e, à guisa de saideira, um longo sorvo da jugular perfurada do vida-curta de olhos esbugalhados, que há pouco espetara garganta acima.

Não tomar de sobejo dum só vida-curta fora um ensinamento aprendido junto ao Ancião das Grutas Ancestrais e constituía prática conhecida a qualquer caçador sensato que almeja preservar sua manada. Afinal, o ideal de um filho-da-noite é beber dos vidas-curtas sem matá-los.

Como lhe haviam ensinado na tenra idade:

"Beber pouco para beber sempre. A parcimônia é a mãe de todas as virtudes..."

A sobrevivência como caçador solitário, imerso numa civilização de vidas-curtas tão sábios quanto os bantos ou os lusos, ensinara-o que, por vezes, havia mister de tomar bem pouco de diversos vidas-curtas, *mesmo depois de tê-los morto.*

Não deixou de observar, todavia, a regra de ouro da parcimônia. Tomou a quantidade de sangue necessária para nutri-lo e saciá-lo, mas não a suficiente para deixá-lo embriagado. Pois que tinha precisão de seus sentidos e faculdades para regressar à segurança da câmara do comandante, a bordo do *Anhangaçu*, não obstante as demais patrulhas anglas que vagueavam pela região portuária ou nela que se mantinham acoutadas.

A lição fora dada.

No entanto, também ele sofrera as consequências..

Claro que as autoridades da cidade não conseguiram pôr as mãos no autor dos crimes hediondos.

Não obstante o malogro, um indignado governador da colônia de Massachusetts apresentou ao representante da República em Boston o pedido formal de que a *Anhangaçu* não aportasse mais na cidade.

Os diplomatas de Palmares entenderam perfeitamente o recado.

Daí, não tardou demasiado para que lhe chegasse uma admoestação rigorosa da parte do Círculo de Ébano.

O fato forçou a mão pesada de Anduro, que o obrigou a aceitar a exoneração do comando da *Anhangaçu*, bem como a correspondente assunção de patente idêntica na nova fragata *Morcego do Mar*.

Destarte, perdeu seu primeiro barco.

Sua saudosa *Anhangaçu*.

CAPÍTULO 4
"TROPAS NEGRAS NÃO MARCHARÃO POR ACÁ..."

– ... Ademais, custa-me crer que Vossa Senhoria esteja a propor, deveras, que permitamos o ingresso de pelotões negros para que marchem por essas plagas que ora pretendemos libertar do jugo inglês. – Com o semblante carregado e as faces de súbito rubras, o Coronel George Washington pôs-se de pé, apoiou os punhos fechados sobre o tampo da mesa e se debruçou sobre o anglo mais idoso, como que prestes a lhe morder a carótida. – Já encaro como afronta bastante a existência de um tal reino de negros capazes de fabricar canhões e vasos de guerra.. Por sorte, estão assaz longínquos, no extremo oposto da América... Agora, sugerir que os tragamos até acá, para que lutem a nosso lado contra as forças britânicas... Francamente, Mr. Franklin!

– Aras, mas se já aceitamos de bom grado o apoio de nossos aliados indígenas... – Benjamin Franklin ainda intentou justificar a proposta com voz trêmula.

– Nossos selvagens e esses negros suleiros são duas cousas assaz distintas. – O anglo magro, que os palmarinos souberam chamar-se Paine e que era natural da Inglaterra, de onde chegara no ano anterior a convite do próprio Mr. Franklin, ripostou entredentes, como se julgasse inútil explicar o óbvio àquele filósofo atolado. – Esses negros... esses bantos, como preferem ser chamados, são civilizados a seu modo, é vero e, no entanto, são mui diversos de nossa gente. Caso os deixemos transitar livremente por nossas terras, acabarão por influenciar nossos escravos com seu exemplo e os incitarão com o ideal da revolta.

– Senhores, por favor. – Anduro aparteou a discussão que grassava entre os rebeldes. Devia ser ele e não o amigo a fazê-lo, visto que haviam passado outra vez do francês ao inglês. Livrou um suspiro profundo e trocou um olhar de "eu-não-te-disse" com João Fernandes, antes de esclarecer. – Palmares não almeja, em absoluto, mandar soldados para lutar acá. O coronel pode serenar, pois que não verá banto algum a marchar por suas terras.

– Mas... eu pensei... – Benjamin Franklin não conseguiu concluir o balbucio.

– O que quer que tenha concluído de nossas conversas, Mr. Franklin, concluiu errado, se porventura imaginou que a República pretende derramar o valioso sangue de sua juventude em prol de uma causa que não é nossa. – O banto abriu o sorriso de dentes perfeitos. Observou as fisionomias dos diversos anglos sentados ao longo da mesa. Arqueou as sobrancelhas em direção a Washington. Quando esse, instado por um discreto cutucão de Jefferson, tornou enfim a se sentar, o banto retomou o assunto. – Decerto que simpatizamos com seu prélio por demais. É vero que intentamos auxiliá-los com o fornecimento de armas e munição. Podemos mesmo cogitar o apoio naval, mas não desembarcaremos em suas colônias um soldado sequer, para engajar e morrer em sua guerra contra a Coroa Britânica..

– Sei como se sentem. – Thomas Jefferson afirmou com um sorriso condescendente no canto dos lábios. – As forças do Rei George fazem medo aos seus governantes, não é fato?

– Não dos exércitos britânicos, por certo. Pois que estou convicto de que poderíamos batê-los a qualquer tempo. A Marinha Real, todavia, é cousa inteiramente diversa. E, sim, de fato, essa nos mete medo. Não há vergonha alguma em admiti-lo.

Ante os semblantes inquisitivos dos demais, o banto declarou à guisa de resposta:

– A Inglaterra detém hoje a Armada mais poderosa que o mundo já conheceu. Pouco nos importa esse rei que não governa. Contudo, não pretendemos, de modo algum, provocar a ira do parlamento inglês. Uma cousa é enviar-lhes armas à socapa. Outra, assaz distinta, seria mandar milhares de mbundos para lutar ao seu lado. A retaliação naval seria fato concreto. Vimos a que estado de impotência a Marinha Real reduziu as forças de França nessa última guerra.

– Compreendemos a posição da Primeira República. – Jefferson respondeu com ar contrafeito. – Um eventual bloqueio naval de seus portos e costas atrapalharia por demais a concretização da política libertária que a Primeira República ora pratica em África.

– Pois que assi é. – Anduro concordou, circunspecto.

– Carecemos de fuzis. Milhares deles. De preferência, do tipo Brown Bess. – George Washington se virou para o banto e indagou, irônico. – Vossa Mercê lá sabe o que é isto?

– Se acaso o coronel se refere ao *musket* mal-acabado adotado já há cousa de meio século como armamento padrão pela infantaria britânica, afirmo-lhe que podemos lhes fornecer cousa assaz melhor. Nossas carabinas são mais robustas e confiáveis que as inglesas.

– Acredito em Vossa Senhoria. – Até então em silêncio, o escocês John Paul Jones depôs em favor de Anduro. – Já tive uma dessas peças em mãos, quando visitei um empório holandês, no porto de New York. Asseguro-lhes, meus amigos, jamais pus minhas mãos em arma melhor.

– Mesmo se dermos crédito à declaração do Comandante Jones, – Washington replicou em tom desdenhoso, numa referência nem tão velada à pecha de exagerado atribuída ao homem do mar, – quantos desses arcabuzes maravilhosos poderiam nossos novos aliados fornecer?

– Dez mil, para começar. Em verdade, já os tenho a caminho. Poderia descarregá-los em pleno porto de Boston numa questão de duas semanas, não estivesse aquela cidade em mãos inimigas. Cumpre, pois, desembarcá-los em New York. Ademais, folgo em informar que Palmares está disposta a aceitar seus bônus do Congresso Continental em pagamento dessa primeira partida.

– Perfeito. – Jefferson não se conteve e esfregou as mãos de entusiasmo. – E quanto ao apoio naval a que se referiu? Quantos navios poderia a República ceder?

João Fernandes entendeu da pergunta o bastante para tomar a palavra. Sentiu precisão de baixar as cristas desses rebeldes atrevidotes e, ao mesmo tempo, forçar a conversa de volta às trilhas do francês acordado:

– E quem é que acá falou em ceder navios? A Armada de Palmares não emprestará suas naus a seus comandantes inexpertos e acanhotados. – O escocês Jones lançou um olhar indignado a João, mas o luso não fez caso e continuou. – Se é para haver vasos palmarinos a demandar em prol de sua causa no Atlântico Norte, é bom que entendam que tal se dará tão só sob a flâmula glauconegra da Primeira República.

– Já que é como afirma, *Monsieur*, gostaria de embarcar a bordo de um desses seus vasos de guerra, como observador. – John Paul Jones declarou num francês ríspido e carregado de sotaque. – Almejo verificar em pessoa se os marujos e oficiais da República são assi tão tenazes e marinheiros quanto me afirmaram os comerciantes batavos do porto de New York.

– Tenho certeza de que o Comandante Meia-Noite sentir-se-á sobremodo honrado em tê-lo a bordo. – Anduro respondeu com seu melhor sorriso diplomático arreganhado nos lábios. – Considere-se desde já nosso convidado.

– E quantos desses vasos de bandeira palmarina sua Armada pretende enviar em nosso auxílio? – Jefferson persistiu sem largar o osso.

– Tão somente a fragata *Morcego do Mar*.

– Oras, senhor emissário. – Washington sorriu escarninho, ante à insolência daquele negro topetudo. – Onde já se viu! Que poderio uma única fragata oporia contra as várias que a Marinha Real decerto mandou como escolta para os barcos que transportam as tropas que, segundo seu relato, estariam prestes a desembarcar em Boston?

– Uma fragata de Palmares é tudo o que é preciso para afugentar ou meter a pique a mor parte dos navios dessa esquadra que ora pretende desembarcar milhares de casacas vermelhas no porto de Boston.

Anduro fitou os principais líderes rebeldes um por um. Embora não houvessem ripostado sua pretensa vanglória em palavras, lançaram-lhe olhares descrentes, repletos de cepticismo e franco desafio.

O banto não se admirou. Também teria reagido destarte, caso estivesse no lugar dos colonos rebelados. Só que ele dispunha de um trunfo. Uma arma secreta que ora deveria ser, ao menos em parte, exibida.

Depois de um longo suspiro, Anduro tentou esclarecer, sem revelar mais pormenores do que os estritamente necessários:

– A *Morcego do Mar* é um navio especial.. E está a seguir à sorrelfa os movimentos dessa esquadra britânica, desde que a mesma ingressou nas águas do Caribe.

– *Sea Bat*... – Benjamin Franklin murmurou baixinho.

– Exato. – João Fernandes anuiu. – *Le Chauve-souris de la Mer!*

– Vossas Mercês só podem estar a troçar conosco, se porventura esperam que acreditemos que uma só fragata, ainda que assaz bem artilhada, será capaz de obstar o desembarque conduzido por uma esquadra da Marinha Real. – O coronel rebelde rosnou sua contrariedade entre os dentes rilhados.

– Isto lá é que não estamos, pois que não somos homens de troçar com cousa séria. Mormente na qualidade de emissários de Palmares.

A falinha mansa de João soou perigosamente calma aos ouvidos de

Anduro. Por isto, não se fez de rogado e interrompeu o pensamento do amigo:

– E vos digo mais: é de todo provável que os comandantes dessa sua tão decantada *Royal Navy* sequer descubram de onde partiram os disparos que afundaram suas garbosas naus-de-linha.

– Vossa Senhoria está a se expressar por enigmas, Mestre Anduro. – O comandante escocês bandeado para o lado dos colonos reclamou, enfático. – Convivi com vários oficiais da *Royal Navy* e, portanto, é com vero conhecimento de causa que vos afirmo: só por artes de feitiçaria uma simples fragata poderia frustrar os planos desse tal desembarque que tanto apregoam.

– Decerto não se trata de feitiçaria alguma, comandante. – Anduro replicou. Além de inquietar os anglos, o sorriso confiante que esboçou, produziu um arrepio em João. No afã de tranquilizar o amigo luso, o banto tocou-lhe o braço com um gesto discreto que pretendeu reconfortante.. E só então acrescentou: – Embora confesse que pretendemos nos valer de uma artimanha. Como Vossas Mercês costumam dizer por acá, a República possui um "ás na manga".

– Um Ás de Espadas... – João Fernandes murmurou de si para consigo em tom acabrunhado.

CAPÍTULO 5
CASCO NEGRO EM NOITE ESCURA

Imersos em silêncio desquietado, o brasileiro e o escocês assistiam a discussão que se desenrolava no passadiço da *Morcego do Mar* entre Anduro e o comandante da fragata, que não era outro se não o vero sujeito que João Fernandes conheceu outrora pela alcunha de "Capitão Diabo".

A criatura era inconfundível, com seus olhos enormes, a brilhar no escuro, e as ventas mui erguidas, de aspecto porcino, vez por outra visíveis sob a luz pálida emanada pelo leocádio cercado de vidro opaco, seguro pela mão firme do imediato.

Era noite de ventania farta, a prometer tempestade. O cheiro salgado trazido pela brisa voluminosa dizia ao luso que aquela não era decerto a ocasião mais azada para executar a investida planejada.

Todavia, com a esquadra prestes a fundear na Enseada de Boston com os reforços que o Governador Thomas Gage tanto ansiava a bordo, não lhes coube escolher circunstância oportuna. As tropas frescas recém-chegadas da Inglaterra tornariam a retomada da cidade assaz dificultosa, quiçá mesmo impossível.

Os rebeldes clamaram por ação decisiva.

Tanto é que insistiram em interpretar à letra o convite impensado de Anduro. Portanto, foram obrigados a engolir *Captain* John Paul Jones como observador do Congresso Continental.

Então, com tormenta ou borrasca, era ora ou nunca mais.

Captain Jones nada percebia do teor da altercação, exceto que aquele comandante disforme, todo fardado de negro, recusava-se, peremptório, a atender determinado apelo do embaixador banto enviado por Palmares.

Por seu lado, João entendia tudo o que os dois falavam, na mor parte do tempo, pelo que estavam a empregar o palmarino ou o português. Contudo, vez por outra, Anduro esbravejava num idioma que João supôs ser banto, e o comandante, o tal que ora atendia por "José Meia-Noite", respondia-lhe na mesma língua, não raro em tom conciliador. Nessas ocasiões, sussurrou ao pé do ouvido de Pedro Ngomo, o quinto homem presente ao passadiço àquela hora adiantada, para que o imediato lhe traduzisse o que se passava. Todavia, nem sempre o mbundo gigantesco atendeu tal pedido.

O comandante ia a falar:

– ... vou repetir pela quarta e última vez: o que me está a pedir não é, em absoluto, factível. Destruiríamos quanto muito três ou quatro barcos inimigos, mas os artilheiros ingleses acabariam por traçar nossa posição. Isto posto, concentrariam todo o fogo sobre nossa nave, até nos meterem a pique.

– Não se subestime, meu caro. – Anduro mantinha as mãos cerradas no trilho da amurada, a se manter firme no convés do vaso que singrava em mar alto. Fitava José Meia-Noite, que permanecia a seu lado, com os pés bem afastados, de modo a compensar o jogo do navio. O banto prosseguiu, mais irritado. – Vossa Mercê já fez antes o que ora lhe peço! Afundou aqueles três navios corsários bem à entrada da Baía de Guanabara. De acordo com a anotação constante do seu diário de bordo, os piratas lusos não tiveram a menor chance. Não chegaram a disparar um tiro sequer...

– Foi diferente, Anduro. – À escuridão da noite estrelada, visitada por uma lua minguante mui bacenta, o comandante ousou abrir seus olhos por completo. – Na ocasião, a *Anhangaçu* demandava em águas profundas. Acaso conhece a Enseada de Boston? Há ali trechos mui rasos, dezenas de ilhas e ilhéus... Um descuido miúdo naquele sítio próximo à South Battery, onde nosso último informe afirma que as fragatas e transportes anglos deverão fundear, e acabaremos encalhados no vasto banco de areia de Dorchester Flats.

– Não se faz mister que me forneça pormenores sobre a cartografia da região do porto de Boston, comandante. Como por certo não ignora, não a conheço tão bem quanto Vossa Mercê. Todavia, confio em que, dia ou noite, saberá conduzir seu barco em segurança, mesmo por águas tão traiçoeiras. O que de fato almejo é que...

– É justo por ignorar tais detalhes desimportantes que me julga capaz de conduzir a *Morcego do Mar* a disparar por ambos os costados, enquanto demanda através de uma série de canais estreitos sob noite cerrada. Vossa Mercê bem sabe, esta fragata não constitui exatamente um batel... Com nosso calado, por certo não poderemos manobrar com segurança tão próximo às ilhas Bird, Governor e Castle, como seria de mister caso...

– Qual é o problema, afinal? – Anduro olhou de soslaio os semblantes inquietos dos homens que acompanhavam a discussão, irado, decerto, ao se ver forçado a abordar temas sigilosos em presença de estrangeiros. – Segundo me consta, uma noite estrelada para vosmecê e quase como que dia claro para nós.

Antes que o comandante pudesse se recuperar da surpresa e responder, João mudou de posição. Escorou-se à antepara de estibordo do passadiço e passou a encarar o sujeito de frente. Confirmou então que eram os mesmos olhos enormes e luzidios que o haviam fitado há tanto tempo no pomar de sua quinta em Subupira.

As íris vastas, como duas luas amareladas, ocultaram-se por um instante, quando José Meia-Noite piscou, antes de responder:

– O problema é que meus homens não conseguem enxergar tão bem quanto eu sob o manto da Mãe-Noite. E eu careço deles para conduzir o barco. Não posso a um só tempo conteirar os disparos dos canhões e lhes indicar o rumo a perseguir.

– Pois então que aferre a *Morcego do Mar* e faça teus disparos sossegado, mbundo de Deus!

– Aferrar, como? – Meia-Noite emitiu um gemido agudo, que João julgou semelhante ao miado sentido dum maracajá. – Não vês o absurdo que me estás a propor? Porventura já esqueceste tudo o que me ensinaste? Se mantivermos a *Morcego* estacada num mesmo sítio por algum tempo, os artilheiros inimigos intuiriam nossa posição. Nem é preciso enunciar qual seria nossa sina, ante tamanha inferioridade de números, não é vero?

– Não estou a esquecer cousa alguma! E como é que vosmecê supõe que os anglos iriam enxergar no escuro um navio cujo madeiramento e velame são todos tingidos de negro?

– Não careceriam de enxergar a *Morcego* para atingi-la. Deduziriam distância e posição através dos nossos disparos.

Anduro calou-se de chofre, enfim a compreender o óbvio.

Mais calmo, Meia-Noite concluiu:

– Compreende, agora, o porquê de não podermos efetuar disparos enquanto estivermos fundeados?

– Decerto que sim. – O banto respondeu com ar pensativo. – Mas, qual é o alcance de nossas bocas? Não é superior às artilhadas nas fragatas da *Royal Navy*? Não... Espere! Não podemos mais nos arriscar nesta questão. Ao menos, não depois de todos aqueles observadores navais britânicos que pagaram visita ao porto do Suape, mesmo às portas do Arsenal de Ipojuca, todos olhos e ouvidos, há cousa de três anos..

– Pois é. – Meia-Noite concordou. – Era justo neles que estava a pensar. Nestas questões navais, com os anglos não se brinca. Portanto, ante as circunstâncias, não pretendo assumir riscos desnecessários.

– Concordo consigo. – Anduro remoeu o problema inicial. – Mas há que se impedir o desembarque dessas tropas inglesas e o sítio mais propício a fazê-lo é próximo ao porto ou, ao menos, no interior da enseada. Quem nos dera contar com uma fragata a vapor. A flotilha britânica não seria páreo para nós...

Até então calado, João Fernandes tomou coragem e rompeu o silêncio:

– *Data venia*, senhores. Porém, se me permitem a mercê dum aparte, quiçá eu tenha uma solução para tamanho dilema.

Os outros quatro fitaram-no com ar intrigado. Afinal, dos cinco, era o único sem experiência de monta nas lidas e artes marinheiras.

O comandante, no entanto, lembrou-se de como aquele vida-curta fora astuto quando se enfrentaram no Arraial do Tijuco há cousa de duas décadas. Considerava-o possuidor de uma argúcia toda própria, mais sutil e despretensiosa do que a externada por Anduro e seus pares do Círculo. Uma sagacidade mansa e tranquila, que fazia desse luso um vida-curta a quem julgava sensato escutar.

Por isto, assentiu com aceno quase imperceptível, a conceder que falasse. João não se fez de rogado:

– Pelo que estou a entender, a dificuldade mor é coletar informação que nos permita a um só tempo demandar em segurança e atirar com precisão, não é fato?

– Assi o é. – Anduro concordou.

– Pois que então. Ao que me parece, nosso amigo acá, o Comandante Meia-Noite terá que cumprir as duas lidas a uma.

– Pero já disse que me é impossível fazê-lo. Ou bem calculo o tiro e instruo meus artilheiros quanto à elevação dos disparos, ou bem transmito o rumo da *Morcego* ao timoneiro e aos marujos engajados no aparelho de laborar.

João demorou um instante para entender do que o outro falava. Então, lembrou o que Anduro lhe explicara: “aparelho de laborar” era o sistema de cabos, dito “massame”, peças fixas e roldanas, o “poleame”, por meio do qual a tripulação de convés manobrava as velas.

Superada a dificuldade, continuou:

– E se vosmecê mesmo manobrasse os cabos das velas enquanto instrui os artilheiros?

– Aras, que isto não é tarefa prum homem só!

O sarcasmo da criatura quase fez com que João desistisse de vez da sugestão. Mas então, tomou fôlego e disparou:

– Não é tarefa para um homem normal. Afinal, homem algum teria força bastante para tal faina. Pero vosmecê está longe de constituir homem normal, não é vero?

Anduro lançou-lhe um olhar gélido; indicador seguro que estava a demandar por estreitos árduos e perigosos. O comandante, porém, com sorriso fulgente à luz da chama discreta do leocádio seguro por Ngomo, fez-lhe sinal para que prosseguisse.

– Creio que vosmecê teria forças para, caso necessário, mover sozinho as principais velas deste navio. Digo, pelo menos a vela grande de cada um dos três mastros e, quiçá, as velas dos topes dos respectivos... – Ele fez uma pausa, à procura do termo próprio no jargão recém-aprendido. Então lembrou. – ... dos respectivos *mastaréus*.

– Não é mera questão de força. Por mais forte que seja, uma pessoa sozinha não conseguiria puxar tamanha monta de massame a um só tempo. Acabaria guindado para um bordo e outro pela força do vento.

– Foi justo o que imaginei. É de precisão, pois, que nós o amarremos ao mastro de vante. Teus braços permaneceriam libertos, contudo, para que pudesses puxar e afrouxar os cabos e, assi moveres as velas para dar rumo à sua *Morcego do Mar*. Com tua prática, poderias destarte manobrar como ninguém nosso barco neste breu, quase como que por música. Daí, haveria tempo para instruir nossos artilheiros tão exímios...

João Fernandes não logrou afinal o intento de acorrentar o Comandante Meia-Noite ao mastro de vante, da *Morcego do Mar*.

Todavia, não obstante a intenção dúbia, seu lampejo fora bem aproveitado.

Claro que, o que ele estava a chamar de mastro de vante era em verdade o tal "mastro do traquete". Segundo o banto, o vero mastro de vante era o dito "gurupés", aquela haste comprida apontada para vante, situada no bico de proa da fragata. E ele, que nem sequer julgava aquilo um mastro... Pero que, enfim, tais nomenclaturas marujas são questões de somenos.

O que importava é que haviam aceitado sua centelha de inspiração.

Pois que, após os três palmarinos discutirem o *modus operandi* da manobra, ante o olhar arregalado do oficial anglo, Meia-Noite e Ngomo emitiram ordens ríspidas e os tripulantes de convés iniciaram os preparativos para adotar uma versão modificada da ideia original daquele branco luso a serviço da Primeira República.

Com velas desfraldadas a todo pano, a fragata demandou Baía de Massachusetts adentro na escuridão daquele começo de madrugada.

– Esteja certo, *Captain* Jones, – Anduro asseverou em inglês, à guisa de explicação, quando o escocês lhe perguntou o que se passava, – com suas velas enegrecidas e seu costado pintado de preto, nosso barco não seria avistado, ainda que singrássemos ao largo do porto de Boston.

– Não é com isto que me aflijo. – John Paul Jones respondeu num tom infeliz. – Pois que numa noite quase sem lua como esta, mesmo um navio comum não seria divisado à distância. Basta tão só toldar os candeeiros de bordo. Contudo, justo por isto, também nós esbarraremos na dificuldade de reencontrar a esquadra inimiga que avistamos hoje à tarde.

– Não se amofine por isto. – O banto tentou animar o interlocutor. – Nosso comandante possui uma vista excelente.

– É preciso mais do que tão somente uma vista excelente, meu senhor. Seriam necessários olhos de coruja para encontrar aquela esquadra apenas pelas luzes parcas que emanam dos leocádios acesos nos camarotes dos oficiais e dos candeeiros de sinalização que os navios usam em mar alto, na tentativa de se manterem próximos uns dos outros.

Como em resposta às inquietações do escocês, o comandante, que até então se limitara a observar o horizonte noroeste em silêncio, murmurou entredentes próximo ao ouvido do imediato:

– Lá estão eles.. Cousa de oito ou nove milhas da nossa proa. Quinze graus a bombordo. Estou a contar doze... Não, treze vasos. Estão espalhados até o horizonte. Pelos costados e velames, diria que ao menos cinco deles constituem fragatas. – Após uma pausa, indagou: – Já consegues vislumbrá-los?

Ngomo vasculhou o horizonte com a luneta na direção indicada.

– Ganga, não. – Ele informou num tom de quem pedia desculpas. Não havia descrença em sua voz firme, pois que há muito aprendera a confiar nos olhos de canguçu do comandante. Recolheu a luneta e solicitou: – Permissão para guinar a bombordo e encetar curso de intercepção à esquadra.

– Manobra contigo.

– Atenção, timoneiro! – Ngomo comandou com voz cava. – Carregar o leme em quinze graus a bombordo. Nada a estibordo! Manter até minha ordem.

– Quinze graus a bombordo. Rumo três-quatro-cinco, a caminho! – O timoneiro iniciou a execução da manobra e a confirmou de seu posto erguido à ré do mastro de mezena, ao qual o luso insistia em se referir como "mastro de ré".

– Preparar para engajar em combate. – Meia-Noite ordenou em voz baixa ao imediato.

– Ganga, sim. – Ngomo respondeu na mesma altura. Tomou fôlego e bradou para o navio. – Artilheiros-mores de estibordo e bombordo, verificar portinholas e preparar equipes dos reparos para batalha iminente... Bota-fogos aos seus postos... Tripulação de convés, aliviar velas principais nos cabos já combinados e laborar no massame das velas secundárias dos mastros grande e do traquete...

Entre um comando e outro, o imediato fazia uma pausa, tanto para voltar a encher os pulmões de ar, quanto para aguardar que as diferentes equipes da fragata dessem o pronto das ordens recebidas.

O Mestre do Navio subiu o passadiço a correr e falou ao pé do ouvido do imediato:

– Meu ganga, o aparato está armado, como o ganga falou que queria. Tudo pronto pro Ganga Comandante assumir o posto.

Meia-Noite assentiu para Ngomo e falou:

– Vamos a isto, pois. – Caminhou rumo à escada curta que descia do passadiço ao convés principal.

João, Anduro, Jones e Ngomo seguiram-no de perto até o convés. Dali caminharam para vante até meio-navio, onde Meia-Noite subiu num gradil de barras de aço que fazia as vezes de escotilha, a ligar o convés principal à primeira coberta da embarcação, duas braças avante do mastro grande.

O comandante voltou-se para o imediato e indagou:

– Mandaste reforçar os caixilhos, conforme recomendei?

– Ganga, sim.

– Muito que bem.. Torçamos para que tais reforços sejam o bastante.

Com a afirmação, José Meia-Noite arrancou dos pés as botas gigantescas e, uma vez descalço, subiu no gradil e caminhou ágil, até o centro geométrico da estrutura.

João quedou-se boquiaberto ao constatar que também nos pés a criatura que se fingia homem possuía garras retráteis como as de um leão. Com as pernas arqueadas e os calcanhares voltados um para o outro; as garras curvas e afiadas distendidas, o monstro aferrou-se firme nas barras de aço do gradil, ante o olhar esbugalhado do oficial escocês. Só então se despiu do casacão negro, que lançou em direção ao imediato, antes de comandar com voz branda:

– Podem me trazer os cabos do massame.

Semi-oculto atrás de uma antepara, o Mestre do Navio aparentemente só estava à espera desta ordem, pois que trinou dois toques curtos em seu apito e seis equipes de marujos chegaram a conduzir os cabos grossos de cânhamo escuro, usados para mover as velas da fragata.

Dois feixes de cabos foram amarrados aos braços do comandante, pouco acima do cotovelo revestido pelo linho negro da camisa do uniforme.

– Para as velas do mastro do traquete. – Anduro explicou para João em voz murmurada, enquanto apontava ao velame do mastro de vante. – O traquete, essa vela mor, presa à verga do mastro em si, e o velacho baixo, que lhe vai na verga do mastaréu logo acima estão a ser amarrados no cotovelo esquerdo. O velacho alto e, acima dele, o joanete de proa, terceira e quarta velas a contar do convés, já estão amarrados ao direito. Julgamos melhor amarrá-las assi, à altura do cotovelo, pois que não carecemos de movimentá-las tanto quanto as outras.

– E quanto àquela vela menor, no tope do mastro? –João apontou a mesma de indicador estendido.

– Chama-se sobre de proa. Será laborada pelos marujos, em conformidade com a voga ditada pelo comandante, exceto no caso de ordem em contrário. O mesmo se dará com o sobre grande e a sobregatinha, nos topes dos mastros grande e de mezena.

Outros dois feixes de cabos foram então atados aos pulsos de Meia-Noite.

– E esses são para as velas do mastro grande. – Anduro tornou a sussurrar ao pé do ouvido do amigo. – No pulso esquerdo, os cabos da vela grande, aquela no mastro propriamente dito, e os da gávea baixa, a do primeiro mastaréu. No outro pulso, os cabos das velas mais altas desse mastro, a gávea alta e o joanete grande, está a seguir?

– Decerto que estou. Vosmecê já me explicou esses termos uma vez, não lembra? – João observou o Mestre do Navio orientar que os marujos restantes junto a eles passassem os feixes de cabos remanentes direto às mãos do comandante. – E nas mãos dele, os cabos das velas do mastro de ré, certo?

– Exato. Só que o chamamos de mastro de mezena. As velas mais exigidas numa fragata dessa classe, quando se pretende alterar o rumo de súbito sob ventaneira, a supor sempre que o rumo se dirija a sotavento. A vela mor, a do mastro em si, é a gata, na mão esquer...

– Já basta, meu amigo. – João atalhou a empolgação marinheira do outro. – Creio já ter entendido a essência das mudanças que Vossas Mercês implementaram em meu plano original.

– Muito que bem, pois. – Anduro respondeu no tom agastado de amigo indefectível, que não perdia oportunidade de tentar interessar o companheiro pelas artes navais e pela vida a bordo.

Meia-Noite testou os cabos com alguns puxões. Sob seu comando, as velas da *Morcego* se moveram. Após breve mirada sobre a amurada, declarou:

– Estamos a menos de duas milhas da retaguarda da formação inimiga. Já consegue vê-los?

Ngomo experimentou com a luneta outra vez. Depois de quase um minuto de observação, respondeu:

– Tão só por causa da luneta e porque o ganga me disse para onde olhar.

– Bom. – O comandante abriu um sorriso satisfeito que, João podia jurar, era munido de caninos pontiagudos, maiores que os da onça-preta. – Avise ao timoneiro: carregar dez graus a estibordo. Vamos rodeá-los.

– Ganga, sim. – Ngomo confirmou em voz baixa e bradou para o navio. – Atenção, timoneiro! Carregar o leme dez graus a estibordo. Nada a bombordo. Manter até minha ordem.

– Dez a estibordo. Rumo zero-uno-zero, a caminho. – O marujo no timão do leme deu o pronto assi que cumpriu a ordem.

João observou que os músculos dos braços da criatura pareciam prestes a explodir de tão intumescidos, à medida que ele ora puxava, ora dava cabo para mover as velas, e assi manobrar a *Morcego* ao seu critério.

De fato. Destarte, seria assaz mais fácil guiar a fragata e efetuar disparos a um só tempo. Ademais que estavam quase a ingressar na dificultosa Enseada de Boston, pouco mais que uma angra bojuda, no interior da vasta Baía de Massachusetts.

– Uma milha, agora. – Meia-Noite declarou, a guiar a fragata e observar os navios na rabeira da esquadra britânica. – Reparos dos canhões de bombordo, preparar para seguir minha elevação. Só abrir fogo sob meu comando.

– Ganga, sim. – Ngomo confirmou e repetiu a ordem em voz alta. Seus lábios entreabriram-se num sorriso breve quando ouviu o pronto do tenente no posto de Artilheiro-Mor de Bombordo.

Cousa de cinco minutos se passaram. Meia-Noite continuou a comandar e conduzir a fragata, até que determinou em voz alta:

– Artilharia por bombordo! Reparos dez, doze e catorze do segundo convés. Elevação dezesseis... não. Última forma: quinze graus. Fogo!

Menos de vinte segundos depois, o casco da *Morcego do Mar* estremecia três vezes em rápida sucessão, sob o fragor dos disparos.

Incontinenti, o comandante ordenou:

– Terceiro convés, reparos dezoito e vinte. Elevação de vinte... não. Última forma: vinte e cinco graus. Fogo!

– Meu ganga! – O imediato afastou a luneta do rosto, sem conseguir dissimular o júbilo. – Labaredas a bombordo! Vislumbro o costado de um barco inimigo. Atingimos uma fragata com a primeira salva!

– Ciente! Confirme o efeito da segunda. – Os músculos dele se retesaram uma vez mais, quando forçou a fragata a uma guinada violenta. – Avise o timão: vinte graus a estibordo e rápido! Dentro em pouco os anglos vão começar a acender as mechas de seus canhões.

Ngomo repetiu a ordem para o timoneiro.

– Como ele sabe que foi uma fragata? – João sussurrou no ouvido de Anduro.

– É o mais provável. Pelo fato de estar a arder pelo costado e não pelo convés, e já como resultado desta primeira salva. – Ante a cara de ignorante esboçada pelo amigo, o banto suspirou e explicou com paciência forçada. – Meia-Noite está a tentar atingir justo o costado, e não os velames, dos barcos que ele estima serem fragatas. As fragatas britânicas dessa classe costumam ser artilhadas com 74 canhões. Ainda que descontemos as peças miúdas à proa e à popa, e as velhas coronadas, de curto alcance, montadas do convés principal, restam pelo menos trinta bocas-de-fogo em cada bordo, engastadas nas respectivas portinholas, nos reparos de segundo e terceiro convés. Com boa pontaria e um pouco de sorte, é possível atingir um desses trinta reparos. Se tal acontece, é de todo esperado que as cargas de pólvora armazenadas no reparo atingido explodam. Então, além da perda da guarnição do reparo e da arma em si, vosmecê está diante dum bruto dum incêndio a bordo.

O imediato baixou a luneta e informou:

– Segunda salva não obteve êxito aparente. Confirmo a fragata incendiada na formação inimiga.

– *I hope she is the* Cerberus*!* – John Paul Jones congratulou Anduro com um sólido aperto de mão.

João Fernandes não careceu da luneta para confirmar o informe do imediato. As labaredas do incêndio já começaram a lamber o madeiramento e o velame da embarcação atingida. Sempre ouvira falar que um dos piores medos de todo marujo era confrontar um incêndio em alto-mar. Não fosse debelado a tempo, em breve não havia mais o que fazer, exceto saltar amurada afora e se entregar à mercê das ondas.

A *Morcego do Mar* concluíra a volta sobre o curso anterior e ora exibia seu estibordo virado para a formação inimiga. Assi que o timoneiro descansou o leme a meio, o comandante ordenou:

– Artilharia por estibordo! Reparos um, três, cinco e sete do segundo convés. Elevação de trinta graus. Fogo!

Menos de um minuto mais tarde, Ngomo confirmou mais um alvo atingido:

– Um transporte, agora! O meu ganga acertou um transporte de tropas! O barco está a arder bem no meio da formação angla!

– Belo tiro, comandante. – Anduro cumprimentou, de mão erguida a tocar a pala do tricorne. Abriu o sorriso reluzente ante as explosões sucessivas que espalhavam chamas e fumo por todo o navio inimigo. – Belo tiro!

– Isto é incrível! – Jones abraçou-se a João Fernandes, sem conter mais o entusiasmo. – Três salvas e dois acertos! Além de enxergar no escuro, seu comandante é um homem de extrema sorte!

– Não se trata bem de sorte, *Captain*. – João explicou num francês taciturno, tão logo se desvencilhou do amplexo do escocês.

– É que nosso comandante é grão perito nas artes da artilharia naval. – Anduro emendou, ao mesmo tempo em que lançava um olhar severo ao amigo. – Possui pendor natural para os cálculos e estimativas da balística.

– Deveras! – O escocês bradou entusiasmado. – O artilheiro mais exímio do qual já tive notícias!

João se achegou de Anduro e cochichou ao ouvido do amigo:

– Não me admiro tanto por teu amigalhote atingir quase que um tiro a cada salva que disparamos. O que me causa espécie é que tanto a fragata quanto o transporte estejam a arder com um só tiro. Que nova arte mágica Palmares inventou agora?

– Não se trata de magia, apenas duma salva com mira acurada ao extremo. Isto e o emprego oportuno de informações colhidas por nossos agentes de escol residentes em Inglaterra. – O banto suspirou, pesaroso, como sempre o fazia quando divulgava um de seus preciosos segredos de Estado. – É que o paiol de pólvora desses transportes situa-se a meio-navio. Com as cobertas e porões bem carregados, o topo desse compartimento dista cousa de três palmos acima da linha d'água.

– E ele consegue acertar um alvo tão diminuto de tamanha distância? – A surpresa fez com que João erguesse a voz.

– Já lhe disse para falar baixo. – Anduro admoestou-o com um olhar de advertência. Só depois do outro gesticular suas desculpas, dignou-se a explicar em sussurros. – Diminuto? Acaso faz ideia da data de barris de pólvora que cabe num compartimento desses? Ademais, umas meras trezentas braças não é distância de monta para os melhores artilheiros da Armada.

– Mas esses homens estão a disparar às cegas....

– Como, às cegas? Estão a disparar nas exatas marcações que o comandante lhes determina, no preciso instante em que ele calcula que os reparos estarão apontados diretamente para o ponto onde o alvo estará, pois que há de se levar em conta o movimento relativo dos navios e o retardo entre sua ordem e o efetivo disparo da boca-de-fogo. E lembre, mormente, o quão bem ele consegue enxergar neste breu. Seus tripulantes foram treinados para manobrar e combater sob tais circunstâncias, pero que em águas fundas, mar calmo e sem obstáculos, em rumo direito . A República investiu tempo e recursos de sobejo para adestrá-los, comandante e tripulação.

João sacudiu a cabeça, como que a tentar afastar o pasmo.

Um quarto de hora mais tarde, Meia-Noite continuava a gritar ângulos de elevação aos artilheiros. O fogo dos disparos era quase contínuo ora, à medida que a fragata negra volteava ao largo da formação inimiga. Como ele conseguia calcular a mira com tamanha precisão era cousa que João ignorava. Decerto outra manifestação dos poderes sobre-humanos dessa entidade.

– Quantos vasos inimigos a *Morcego* já atingiu? – Anduro indagou a Ngomo.

– Estou a contar seis focos de incêndio distintos, meu ganga. Porém não há como saber se correspondem exatamente a seis vasos atingidos...

– Oito alvos atingidos até agora. Três fragatas; três vasos do porte duma escuna; e os dois transportes. – Meia-Noite corrigiu; os músculos dos ombros a lhe explodir pela camisa de seda negra, ora em frangalhos. Vez por outra, o ímpeto dos ventos sobre as velas ameaçava arrancá-lo do gradil, mas ele sempre conseguia pear-se com as garras daqueles pés enormes. Quando as rajadas da ventania tornavam-se piores, as barras de aço do gradil vibravam e batiam com estrépito irritante, que persistia até o vento amainar um pouco, entre uma e outra rajada, ou o bramido atroante dos canhões tornasse a vibração inaudível. – Desses oito, cinco estão a arder. Alguns desses, em vários sítios.

A se dirigir a Anduro, João indagou com voz sumida:

– Já não é bastante, meu amigo?

Ante o ar de incompreensão do banto, decidiu acrescentar:

– Cinco barcos incendiados... Pense só quantas centenas, quiçá milhares de vidas que já se perderam neste último quarto de hora.

– Estimo que cada um desses dois transportes estivesse a trazer cousa de um milhar de casacas vermelhas. – Anduro informou em tom rijo e indiferente.

– Tantos assi? Valha-me Deus!

– Está para haver guerra em que não morra gente, meu caro.

– Pois que isto não é guerra, pero uma chacina.

– Deixe-se de parvoíces, João.

– Ademais, esta guerra nem é nossa.

– Pois que passou a sê-lo. Ao menos em parte. Desde o momento em que empenhamos nossa palavra em que ajudaríamos os rebeldes.

– E já não os ajudamos o bastante? Cinco vasos de guerra arruinados... Outros tantos, seriamente alvejados... Milhares de baixas... Os ingleses já tiveram sua lição, meu amigo. Rogo-lhe que deixemos as cousas como estão.

– Aras! Deixe de lado esses arquejos de donzela! Do que vosmecê tem medo, afinal?

– Não é propriamente medo. Porém, imagine só se os ingleses

descobrirem que foi uma belonave da República que lhes causou tamanho prejuízo em barcos e vidas...

– Não o descobrirão. Não por nós. E se, porventura, ouvirem tal relato da boca de um rebelde, simplesmente recusar-se-ão a crer em fato tão insólito. Ao menos, não acreditarão sem provas concretas.

– Ainda assi, temo por Palmares. Creio estarmos a esposar risco mui avultado. E olhe que a Coroa Britânica nem sequer é inimiga da República. Assaz ao contrário. Foi a segunda nação europeia a reconhecer a independência de Palmares, pouco depois que as Províncias Unidas o fizeram.

– Tampouco nós temos a Inglaterra por inimiga. Todavia, é do interesse da República fomentar a independência de outras nações da América. Pois só assi deixaremos de ser considerados a grã anomalia do continente.

João ia contra-argumentar, quando teve a atenção distraída pela agitação súbita da entidade que ora atendia por "José Meia-Noite".

A criatura alterou sua postura, qual ave de rapina gigantesca, a trocar de posição em seu poleiro. Retesou os músculos das coxas e passou, primeiro um pé e depois o outro, para um setor do gradil um passo afastado daquele onde estivera.

João pôde observar que as grossas barras de aço da estrutura haviam sido entortadas e amolgadas pela pressão daquelas garras. O que não fariam à garganta de um homem? Ele sabia mui bem do que as garras da entidade eram capazes. Viu com os próprios olhos os resultados dos ataques da entidade contra homens e, até mesmo, contra um cavalo robusto.

Meia-Noite dobrou o tronco em contorção de gárgula. Ergueu o braço esquerdo acima da cabeça e trouxe o direito abaixo do joelho. Forçadas daquele modo abrupto, as velas do mastro do traquete gemeram em estertor violento, inteiramente pandas ao vento forte.

Assim amarrado, o comandante mais parecia um títere, preso aos cordéis que o animavam. No entanto, era ele quem governava o navio.

Em meio ao estrebucho, bradou direto ao timoneiro, sem a interveniência de Ngomo, pois que não havia tempo para tais filigranas da cadeia de comando naval:

– Timoneiro! Quebra a guinada!

– Ganga, sim! – O marujo berrou do seu posto à ré mastro de mezena.

Cousa de vinte braças avante, outro mastro, o do traquete, pôs a vibrar com ruído tenebroso.

As tábuas do convés principal rangeram e uma verga do mastro grande estalou alto, fato funéreo que arrancou tremores de vários marujos experientes.

– Por que ele está a guinar o navio desta forma abrupta? – João indagou, a se pear numa amurada com os dois braços, para evitar o tombo que sucederia do jogo e do caturro pronunciados. – É vero que não sou homem do mar, pero não é preciso sê-lo para perceber que ele está a pôr o barco sob grave risco. Se tal continua, eis que ele acaba por nos afogar a todos!

– Deveras. Não tens o menor espírito marinheiro ou não alardearia tais sandices. Pois que a *Morcego do Mar* é bem capaz de suportar tais esforços e outros, mui piores.

A própria entidade também se fez ouvir, em resposta ao comentário que João tecera no murmúrio a Anduro:

– A brusquidão da última manobra, Senhor Contratador, deveu-se tão só ao fato de ter enxergado as mechas dos canhões inimigos... – A criatura interrompeu a fala para tomar fôlego, atitude que causou espécie ao brasileiro. – ... e ter constatado que as bocas dos mesmos começaram a conteirar em direção ao sítio onde estávamos.

Assi que a *Morcego do Mar* se aprumou outra vez, o comandante relaxou um pouco a cordoalha que controlava a pulso firme. Flexionou as pernas e acrescentou:

– Ademais, ao que me consta, faz-se mister interceptar as naves inimigas e impedir que fundeiem no porto de Boston.

– Pero, tais manobras são mesmo necessárias? – João indagou.. – Acaso, não constituiriam esses vasos alvos melhores, uma vez aferrados no porto?

– Decerto que sim. – Anduro viu-se forçado a intervir. – Só que, tão próximo à cidade, é de se esperar que a mor parte do contingente de tropas e das guarnições dos navios conseguisse escapar a nado, após lhes afundarmos as embarcações.

Só então o luso alcançou a compreensão visceral da tragédia. Centenas de soldados e marujos estavam a morrer afogados naquele instante exato e muitos outros milhares ainda pereceriam, presas das águas frias e escuras da Baía de Massachusetts.

Sentiu um arrepio.

E o amigo, o compadre de tantos anos, que frequentava sua quinta com esposa e filhos, aventava sobre a morte certa de milhares de homens em plácido tom de conversa, como se a comentar, mui sereno, sobre a qualidade da andadura dum cavalo recém-adquirido, o último livro holandês que havia lido, ou do preço alcançado pelo açúcar palmarino nos armazéns do Recife...

Após quase uma hora de chacina e naufrágios, os comandantes da *Royal Navy*, decerto aturdidos pelo ataque diabólico, conseguiram enfim que suas naves ripostassem o fogo do inimigo misterioso, que se fazia invisível nas trevas da madrugada e revelava-se capaz de atingi-los com acurácia mortal.

Com cerca de uma dezena de vasos a disparar seus numerosos canhões em uníssono, o comandante-em-chefe britânico devia sentir-se no centro duma tormenta infernal, alumiado com clarões rubros, que emergiam qual relâmpagos das bocas-de-fogo, e bastante aturdido pelas trovoadas dos disparos.

Oriunda da pólvora queimada dos canhões, uma grossa nuvem de fumo envolveu as naus remanentes da esquadra.

Por toda a parte, os gemidos de homens feridos e os pedidos de socorro ecoavam noite adentro, cada vez mais débeis, tanto dos cascos dos navios sinistrados mais próximos, quanto das águas circundantes, cujas trevas eram rasgadas pelos tiros das fragatas e por incêndios, que se alastravam por costados e velames.

Disparos tão heróicos quanto vãos, efetuados por artilheiros britânicos movidos pelo desespero estóico de tentar atingir inimigos que sequer podiam vislumbrar.

Os poucos vasos da esquadra ainda incólumes haviam apagado suas luzes, na esperança de não atrair mais a atenção do inimigo. Todavia, os tiros continuaram a lhes ser despejados com precisão inaudita e provocaram imensas baixas.

Após o susto inicial, os disparos das fragatas-de-linha da esquadra cessaram de despertar temor entre os tripulantes da *Morcego do Mar*. Capazes de deduzir a direção e a distância aproximadas do vaso palmarino através dos disparos que esse efetuava e pelo tempo que o estrondo dos canhões demorava a lhes chegar aos ouvidos, os artilheiros anglos miravam invariavelmente perto de onde a *Morcego* esteve ou onde deveria estar, caso demandasse em rumo direito.

Só que a fragata negra estava longe de singrar aquelas águas escuras em linha reta.

João Fernandes ergueu os olhos da entidade sobre-humana, que se contorcia e bracejava com energia e resolução veementes e fitou o velame enfunado, mais escutado e intuído, que propriamente avistado, a voltear e se debater nas vergas rangentes dos mastros, como se dotado de vida própria.

Aquela madrugada infindável só podia ser um pesadelo!

O barco corcoveava no mar encapelado, a traçar e desfazer curvas sobre curvas, para se esquivar, sempre, dos projéteis inimigos, ao mesmo tempo que continuava a fustigar, infatigável, os vasos britânicos, a sangrá-los e atingi-los com a mesma cadência de fogo cruel e mortífera que seu comandante fizera questão de imprimir desde o início do engajamento.

Então, quando Ngomo proclamou a nova de que o quarto transporte britânico fora ferido de morte, o antigo Contratador dos Diamantes foi acometido pela visão impressionante da fragata negra como genuíno morcego-vampiro.

As velas escuras eram asas que batiam, vigorosas, quatro ou cinco em cada mastro, quando o gigantesco predador multiforme dava caça aos outros barcos, presas cegas e, como tais, indefesas..

A cordoalha e o madeirame da fragata eram os tendões e a carne rija do predador alado, tão negros quanto todo o resto.

Seus canhões eram as garras e as presas, a desferir golpes sangrentos, capazes de dilacerar até a morte o inimigo maior e aparentemente mais forte.

A entidade...

A criatura!

Capitão Diabo, Comandante Meia-Noite, ou como quer que se chamasse, era por decerto a alma, o espírito que animava aquela monstruosidade leteu, aquele morcego negro colossal, de trinta e muitas braças de comprido, o ceifador infernal de milhares de vidas; o portador medonho da destruição dos recursos e vidas da nação mais poderosa da Europa e, quiçá, da Terra...

CAPÍTULO 6
"TORMENTA, NO TOPE DO MASTRO..."

AO ENGENDRAR O PLANO PARA colocar seu velho adversário, o fantasma que há décadas atormentava seus pesadelos, acorrentado firmemente ao mastro da *Morcego do Mar*, João supôs que teria a conjuntura sob controle. Imaginou-o indefeso, subjugado às fainas hercúleas de manobrar a fragata e orientar o fogo dos canhões.

Não foi o que ocorreu. Em absoluto.

Mais do que jamais dantes, o monstro se revelou senhor da situação.

Embora seus músculos retesados e a fronte porejada de suor falassem do esforço descomunal que a entidade estava a despender na lida de conduzir o barco, ela não parecia nem de longe subjugada.

Muito ao contrário.

Mal-e-mal controlado, o júbilo de predador era a emoção predominante em seu semblante, que ora se apresentava corado sob a luz emanada do leocádio seguro pelo imediato. Não obstante as feições inumanas da criatura, João teve certeza de haver regozijo no fulgor daqueles olhos felinos e no brilho daqueles caninos pontudos e compridos como punhais.

O monstro devia ser ainda mais forte do que ele imaginara.

Afinal, quantos marujos parrudos seriam necessários para manobrar essas velas bojudas na ventania incessante? Não saberia dizer. Não era homem do mar, como Anduro ou Jones. Carecia lembrar-se de perguntar ao amigo mais tarde.

– Meu ganga, temos que ultrapassar a esquadra inimiga, se é nosso intento barrar-lhes o ingresso na Enseada de Boston. – Ngomo murmurou, debruçado por sobre o gradil onde seu comandante se empoleirava.

– É justo o que estou a tentar fazer. Todavia, está difícil guinar o barco com esse vento todo, para nos pormos avante do inimigo sem passarmos por entre seus vasos. – Meia-Noite lhe respondeu enquanto dava um sacão nos cabos do traquete e do velacho baixo, amarrados em seu cotovelo, até que as duas velas enfunassem a contento. Então falou em voz baixa. – Leme a meio.

– Timoneiro, leme a meio! – O imediato repetiu num brado navio afora.

– Parece-me que seria mais rápido cortar rente por entre as naves adversárias. – João sugeriu. – Doutro modo, é de todo provável que não consigamos obstar-lhes o avanço.

– Decerto que seria mais rápido. – Anduro explicou com expressão ausente. – Só que seríamos alumiados pelas labaredas dos barcos que estão a arder.

– Há cheiro de tempestade no ar. – Meia-Noite anunciou em tom soturno. – Não temos muito tempo para fechar esta missão.

– Pois que só estou a sentir a fedença de pólvora queimada e o aroma da brisa marinha. – Anduro replicou, emerso dos seus pensamentos e novamente alerta. – Confio, porém, nos teus sentidos. Se dizes que haverá tormenta, é de bom alvitre que preparemos o barco para enfrentá-la.

A corrida desenfreada enfim terminara três quartos de hora mais tarde.

E a bom tempo. Pois, ante a ventania que insuflava o velame com brutalidade capaz de arrancar gemidos às vergas dos mastaréus, tripulante algum carecia mais do testemunho do comandante para saber que a tormenta era de fato iminente.

A *Morcego do Mar* conseguiu adentrar na enseada repleta de ilhas antes da maioria dos vasos remanentes da esquadra.

Pela última estimativa, a formação britânica original possuíra pelo menos vinte unidades, dentre transportes, fragatas e vasos menores.

Só que tais naves sobreviventes se haviam espalhado por detrás das várias ilhas, tanto em virtude do mau tempo quanto dos ataques da fragata da República. Essa manobra involuntária de dispersão dificultou sobremaneira a caçada.

Os comandantes dos navios da esquadra jamais imaginaram que seriam forçados a ingressar naquelas águas rasas sob noite cerrada. Em condições normais, não fossem eles perseguidos por inimigo despiedoso e mortal, o mais sensato teria sido fundearem numa angra protegida da Baía de Massachusetts e passarem a noite por lá. Em dia claro, no entanto, a conversa era outra. A miríade de ilhas e ilhetas não constituiria grão risco, tivesse o barco um piloto adestrado. À noite, contudo, mormente em noite tão escura e ventosa, demandar naquelas águas virava empresa temerária, tão somente ousada por se verem os ingleses açodados pelo pavor do naufrágio em mar alto.

Na fuga desabalada, eis que dois transportes de tropas acabaram encalhados nos baixios a leste da Ilha Deer.

Para alívio de João, após breve consulta mútua, Anduro e Meia-Noite decidiram não disparar sobre os costados indefesos e tampouco sobre os batéis que já estavam a se lançar ao mar e a rumar morreiros para uma das praias da ilha.. Pragmáticos ou desalmados, o fato é que afirmaram ser perda de tempo provocar incêndios com disparos certeiros nos paióis de munição dos transportes. Àquela profundidade, eles não afundariam e, a nado ou a remo, a maioria dos soldados e tripulantes acabaria por chegar incólume à segurança daquela ilha.

O comandante preferiu singrar à volta da Ilha Gallops e assumir o rumo sul, para concentrar o fogo da *Morcego* contra duas fragatas que ainda iam a adentrar na enseada e a demandar, ignorantes, perigosamente próximo aos ilhéus existentes ao largo da Ilha George.

Perante o vento uivante, algumas belonaves britânicas ainda tentavam atingir o vaso da República com disparos a esmo. Os projéteis passavam mui longe da *Morcego*, a ponto dos tripulantes só saberem deles pelo troar distante das bocas-de-fogo inimigas e, vez por outra, através dos informes lacônicos do comandante.

Tal situação perdurou até que, após o naufrágio de mais uma fragata e outro transporte, João escutou o zunido agudo por sobre o convés seguido, logo depois, pelo arrufo grave de algo pesado a mergulhar na água, não muito longe e a estibordo da fragata.

– *Sheer luck!* – John Paul Jones manifestou-se, a ajeitar seu tricorne com fleugma aparente.

Outro silvo, mais alto. E o impacto de um projétil a mergulhar, ponderoso, assaz mais próximo.

– Estão a chegar mesmo perto! – Anduro não ocultou o desassossego.

Àquela hora, João soube que a sorte deles se havia esgotado.

– Os disparos estão a vir do leste por bombordo. – Meia-Noite vasculhou o mar escuro pontilhado acá e acolá com as fogueiras das naves sinistradas. – Devemos estar a ocultar as chamas daqueles cascos incendiados lá pras bandas de *Long Island*... Não que estejam a nos enxergar. Nem carecem de fazê-lo, pois que vislumbram a sombra que projetamos à frente das labaredas que...

Um estrondo fragoroso!

E José Meia-Noite jamais concluiu a explicação.

Atingida, a gata baixa do mastaréu sobre o mastro de mezena estufou de maneira impossível e então se rasgou de cima a baixo. A fragata tremeu sob a força do impacto. A verga que suportava a gata foi arrancada com violência.. Despencou do mastaréu e se abateu sobre o convés. Em sua queda, a verga levou consigo o cesto da gávea de mezena. Duas metades do corpo do marujo, então de serviço àquele posto, caíram a esparrinhar sangue sobre as tábuas do convés principal. Os dois pedaços de homem estremeceram por uns poucos instantes, até se quedarem inertes, sob os olhares chocados dos companheiros. Ao arrombar a gata num átimo, a energia do projétil arrebatou o feixe de cabos respectivos da mão esquerda do comandante.

João escutou a criatura uivar de dor. Não um grito humano, por certo. Pero o grito agudo e enervante da matitaperê. Em seguida, viu o ferido levar a palma ensanguentada à boca. A contragosto, observou fascinado que, embora fundo e extenso, a chaga parou de sangrar em poucos instantes.

– Arriem a gata baixa, em acelerado! – Ngomo bradou a plenos pulmões. – E, por Deus, recolham o corpo do Jaconias. Conduzam seus restos cobertas abaixo.

Em resposta à ordem do imediato, o Mestre do Navio gritou da proa da *Morcego*:

– Primeira Divisão! Todos ao convés principal! Reunir junto ao mastro de mezena. Arriem essa vela agora! Daniel e Zambesi, levem os dois pedaços do Jaconias para o terceiro convés.

Açodados pelo Mestre e alumiados pelos fachos baços dos leocádios, os marujos deceparam os cabos da gata arruinada em céleres machadadas.

Anduro voltou-se para Ngomo e indagou num tom desconcertado que João não se lembrava de tê-lo ouvido proferir anteriormente:

– E agora? Como faremos para enfrentar a borrasca sem a gata baixa no mezena?

– O mais sensato era tentarmos atracar no porto, enquanto ainda podemos fazê-lo. – O imediato argumentou, sorumbático. – Isto, é claro, caso a cidade não estivesse nas mãos do inimigo.

Uma voz roufenha ecoou do cesto da gávea mais alto, do tope do mastro grande:

– Meu ganga! Posso estar enganado, pero creio que a esquadra inimiga ora empreende retirada!

– Com essa bruta tormenta prestes a se abater sobre nós? – Anduro espantou-se. – Para onde iriam, se não para o abrigo do porto?

– Informe o rumo do inimigo! – Ngomo gritou para o tope do mastro grande.

O silêncio pesou sobre o convés, enquanto o marujo que guarnecia a gávea procurava apurar a informação exigida pelo imediato a partir das chamas quase debeladas nos conveses e cobertas nos vasos inimigos.

Enfim, o vigia gritou lá do tope do mastro:

– Estão a guinar para bombordo, meu ganga! Algumas naves já se vão adiantadas, a fazer meia-volta e assumir rumo norte.

– Estão a seguir para *Nahant Bay*.. – Meia-Noite concluiu em voz alta. – Decerto pretendem se abrigar naquela enseada protegida.

Quando a entidade proferiu essa afirmação convicta, João Fernandes observou de soslaio que o talho profundo em sua mão já estava inteiramente sarado, qual cicatriz de ferida antiga.

Como se nada houvesse acontecido, o comandante desatou um dos cabos amarrado ao braço direito, tomou-o com a mão recobrada, e voltou a manobrar a *Morcego do Mar* com a mesma destreza de antes. Como se jamais houvesse sido ferido.

– E então? Podemos encurralá-los nessa enseada para onde estão a rumar? – Anduro perguntou a Meia-Noite. – Quanto tempo demoraríamos em lá chegar?

– Duas horas, com tempo bom. Decerto não chegaremos acolá antes da alva..

Anduro cerrou os punhos e suspirou num hausto. João se surpreendeu com o semblante carregado do amigo. Sabia o que se passava na cabeça do outro. Não obstante os estragos produzidos na esquadra britânica, em dia claro teriam pouca chance ante a superioridade numérica do inimigo.

O comandante declarou, enfático:

– Com a borrasca iminente, sugiro que desengajemos e, a exemplo dos britânicos, abriguemo-nos em porto seguro.

O banto não respondeu de pronto. Pensou por quase meio minuto, antes de pronunciar a decisão:

– Muito que bem. Deixemos os vasos da esquadra por enquanto. Conduza a *Morcego* para um ancoradouro protegido de sua escolha. Quando a tormenta amainar, retomamos a caçada, tão logo anoiteça outra vez.

O comandante seguiu a determinação do soba. Já não manobrava a *Morcego do Mar* pessoalmente. Despeara-se dos cabos que operavam as velas e passou cada um deles aos braços fortes de dois ou três marujos. Ainda ordenava, contudo, o rumo seguro por entre os baixios e ilhéus que abundavam na Enseada de Boston.

John Paul Jones não se mostrou satisfeito com a notícia de que a ação contra a esquadra do Rei George fora suspensa. Depois dos prodígios que presenciara àquela madrugada, chegou mesmo a julgar possível pôr a pique todos os vasos que o inimigo despachara de Inglaterra e Irlanda. Todavia, não levantou objeções. Pois que, como homem do mar, compreendeu não ser possível engajar durante a tempestade e tampouco à luz do dia.

– Onde nos iremos abrigar? – João indagou a Anduro, sabedor de que seria a entidade a responder, pelo mor conhecimento que essa demonstrara da região.

De fato. Após pensar um pouco, o comandante informou:

– Devemos ficar seguros a oeste de *Noodle Island*, a norte de Charlestown. É certo que estaremos relativamente próximos de Boston. Porém, com a força naval britânica desbaratada e em meio à tormenta, não haverá muito que as tropas de Thomas Gage possam fazer.

– Excelente! – Anduro esfregou as mãos, satisfeito. – E quanto tempo demoraremos em atingir esse abrigo?

– Uma hora, ao mais tardar. Desde que consigamos recolocar a verga no mastro de mezena e icemos novo pano em lugar da gata arruinada pelo disparo inimigo. Porém, carecemos dessa vela para dar bom governo ao barco. Sem ela, com tamanho vento adverso, nos arrastaríamos por no mínimo duas horas antes de lá chegar.

Ngomo aproximou-se do comandante e murmurou-lhe ao pé do ouvido:

– Meu ganga, sugiro que singremos logo para nos pôr a salvo da tormenta, ainda que sem a gata baixa. Pois que não é prudente encarapitar nossos marujos no tope do mastro de mezena nesta ventania do cão.

– É vero. Seria dificultoso por demais para um marujo escalar o mastaréu até a altura da verga despenhada e lá se manter peado até conseguir fixá-la outra vez. – Meia-Noite concordou, pensativo. – Eu próprio terei que subir até lá.

– Não vá lá em cima, meu ganga. – O imediato sacudiu a cabeça, desarvorado. – É demasiado perigoso. Até mesmo para o ganga...

– Decerto que podemos demandar sem esse pano. – Anduro replicou, a querer cortar pela raiz a tenção insensata do protegido. Contudo, ante o olhar descrente do outro, não tardou em transigir – É vero. Receio que, com esse vento dos infernos, não cheguemos ao destino a tempo de nos abrigarmos da tormenta...

– Exato. – Meia-Noite confirmou com ar sombrio.

– Mesmo assi, é loucura rematada deixar que suba ao mastro. – O banto concluiu, contrafeito. – Não intento arriscar perdê-lo.

– Aras, que não sou nem de longe tão frágil quanto vosmecês parecem supor. – O comandante abriu o sorriso de caninos longos e reluzentes sob a réstia de luz do leocádio. – Ademais, risco mor é enfrentar o mar assaz desfeito sem uma das velas principais. Sobretudo uma vela do mastro de mezena, de tanta precisão para velejar sob tal ventaneira.

Anduro não respondeu. Deu as costas; as mãos agarradas à amurada de estibordo, a testa franzida no esforço de fitar as ondas encapeladas, alumiadas ao longe pelas labaredas dos incêndios que, avivadas pelo vento, ainda grassavam por meia dúzia de conveses e costados.

Meia-Noite tomou o silêncio do outro por consentimento e, sob o olhar pasmo de Ngomo e João, ordenou que a verga fosse peada a dois cabos compridos. Tão logo foi a ordem cumprida e ele caminhou em passadas largas até o posto do mastro de mezena. Tomou os cabos das mãos dos marujos. Com a mão livre e aqueles pés enormes escalou o mastro com celeridade espantosa.

Anduro tomou o leocádio empunhado por um marujo de convés e seguiu os passos do comandante. João Fernandes, por sua vez, de mão no ombro do amigo, acompanhou-o qual vera sombra.

O caturro abrupto alteou a proa da *Morcego* e depois a fez cair sobre as vagas num cachão abismal.. Borrifos de água salgada esguicharam pelo convés principal, a descer popa abaixo em pequenas cascatas.

Cinco ou seis pragas mais tarde, um João já inteiramente encharcado chegava junto ao mastro de ré. Tremia de frio, de casacão e tudo, ante a ventania assustadora.

Pôde então constatar que a criatura desembainhara as garras imensas tanto dos pés quanto das mãos, fato que devia tê-la ajudado sobremaneira na escalada.

Eis que a carga-d'água enfim desabou sobre a *Morcego do Mar* com a força de uma saraivada de murros. O vento uivava aos ouvidos dos marujos, ora enregelados sob as bátegas de água fria que se despenhavam do firmamento.

João mal percebeu quando o vento lhe arrancou o tricorne da cabeça num átimo de violência e o elevou nos céus, até que o negrume da madrugada o engolisse por completo. Assustado, fitou as outras peças do velame, asas negras que se agitavam com batimento febril, mas logo voltou o olhar ao amigo, a quem indagou:

– Não seria mais sensato que arriássemos todas as velas?

– Por certo que o seria, caso dispuséssemos de tal escolha. Em mar alto, sem possibilidade de atingirmos uma angra ou costa abrigada, seria a única cousa acertada de se fazer. Porém, acá ainda temos chance de aportar num sítio protegido, antes que o pior se abata sobre nós.

Pior? João se indagou, perturbado. Eis que então a situação ainda podia ficar pior...

Ao chegar na altura em que deveria aferrar a verga, com os braços trançados em torno do mastro, Meia-Noite puxou a peça para cima com auxílio dos cabos que levava amarrados nos antebraços. Embora a verga não parecesse leve em absoluto, ele a guindou sem qualquer esforço aparente.

O vento começou a soprar ainda mais forte, tão intenso que as velas bojudas farfalhavam como folhas de papel. Os ouvidos de João encheram-se de assovios agudos e penetrantes, que não prenunciavam nada de bom.

Com tamanha ventaneira, não houve como a *Morcego do Mar* lançar ferros, de forma a mitigar o risco para o comandante, que oscilava a dois terços do tope do mastro semipelado. Só ousariam o fundeio àquele tempo horrível se fosse possível arriar todas as velas. Tal procedimento, contudo, tão próximo à chegada da alva, equivalia a suicídio, pois que deixaria a fragata negra indefesa ante qualquer eventual inimigo.

Assi, o conserto prosseguiu, à medida que a *Morcego* demandava lenta no rumo noroeste.

O aguaceiro amainou um pouco, embora o negror do firmamento permanecesse quase tão absoluto quanto dantes.

Do alto do mastro, Meia-Noite por vezes interrompia o conserto e bradava comandos para que o imediato determinasse ao timoneiro e aos marujos das velas novo rumo a seguir, de modo a evitar os numerosos baixios daquela enseada traiçoeira.

A segunda pancada da tormenta atingiu a fragata justo quando a alva começou a despontar no nascente..

João assustou-se ao constatar que a amurada de estibordo tornara-se de súbito assaz mais altaneira que a de bombordo. O convés principal tornara-se ladeira íngreme, que descia estibordo abaixo. Os homens agarraram-se onde puderam para não serem jogados em direção à amurada ora mais baixa.

Anduro e João pearam-se ao mastro de mezena. O luso olhou para cima e pôde assi entrever o vulto escuro da criatura a balouçar rudemente para um lado e outro. Não sem certo alívio, notou que ela conseguia se manter firme.

Lançou um olhar ao nascente e imaginou que talvez já estivesse quase claro o bastante para que, com a vista acostumada à escuridão, pudesse vislumbrar os vultos das ilhas e ilhéus que tanto ameaçavam a navegação.

Foi então que escutou o brado do alto do mastro:

– Atenção, timoneiro! – Meia-Noite gritou direto ao marujo de serviço à popa do barco. – Todo leme a estibordo! Agora!

– Todo leme a estibordo... Ganga, sim! – O timoneiro reconheceu e iniciou a manobra.

– O que houve, meu ganga? – Ngomo indagou a olhar para cima.

– Inimigo à proa por bombordo! – Meia-noite berrou como explicação. – Todos os reparos de bombordo, descerrar portinholas e preparar para abrir fogo ao meu comando.

– Não consigo vê-los, meu ganga. – Mais controlado, o imediato debruçou-se na amurada e lançou um olhar à direção indicada. – Só estou a enxergar uma ilha... Parece a Apple...

– É a Apple. – O comandante confirmou.. – Há uma fragata artilhada e um transporte fundeados naquela angra da extremidade sudoeste da ilha... Diabos! Estão a abrir fogo contra nós. Atenção, tripu...

O resto da ordem gritada foi engolido pelo fragor dos disparos à queima-roupa.

Decerto o comandante inimigo, mesmo em meio à tormenta, vislumbrara a silhueta da fragata negra contra o alvor tênue da aurora. E para desdita do vaso da República, o adversário ainda dispunha de reparos secos e prontos para fazer fogo.

João escutou o zunido alto, o guincho terrível a ecoar naquela madrugada fantasmagórica. Ainda ouviu o grito de Anduro:

– Dispararam esferas correntadas contra nós! Os filhos-da-puta lançaram semiprojéteis com correntes para nos abater os mastros!

A *Morcego do Mar* sacudiu-se inteira, qual onça preta ferida, ao ser atingida em cheio pelos impactos dos projéteis.

João ouviu o estrépito do costado de vante por bombordo quando o madeiramento se rompeu com a colisão do petardo. Parte da amurada fora arrombada. Farpas de madeira voaram por todo o convés, a atingir e sangrar os marujos mais próximos.

Então, por um longo momento, a *Morcego* voltou a se aprumar, quando seus reparos de bombordo abriram fogo em uníssono. A força dos disparos tentou arremessar o navio sobre estibordo, o que contrabalançou de modo perfeito a fúria da tormenta que mantivera a nave semiadernada contra seu bombordo.

O estrugido pavoroso de mais de trinta bocas-de-fogo a disparar a um só tempo fez com que os marujos se encolhessem de terror.

João olhou para o alto. Então se deparou com a visão que lhe gelou o sangue dentro das veias.

Grossos elos de corrente giravam loucamente à volta do mastro de mezena, pouco abaixo da verga da sobregata. João teve a impressão de vislumbrar duas semiesferas maciças a orbitar, mui céleres, uma ao redor da outra, a enrodilhar a corrente que as uniam em torno do mastro de ré, a estrangular vergas e velame num garrote de aço mortal.

Anduro já se explicara da ação mortal daquela técnica francesa das esferas correntadas. Duas semiesferas ligadas entre si por longa data de correntes grossas. Quando disparada como projétil singelo de canhão, separavam-se mal emergiam do tubo alma. A corrente distendida era particularmente efetiva para arrancar mastros das embarcações adversárias.

Já enfraquecido pelo disparo anterior e assaz forçado pelo vendaval, o mastro não suportou o impacto medonho. Deu de si e rebentou dois metros acima do convés principal.

O fragor horrendo do grosso tronco de madeira a rachar se sobrepôs tanto aos uivos da tormenta, quanto aos disparos dos canhões.

Mais rápido do que João julgara possível, decerto impulsionado pelo ímpeto da ventaneira, o eixo do mastro desabou ao comprido para estibordo.

Com olhar desvairado, anteviu num átimo a criatura sobrenatural aprisionada à corrente grossa, tentava se safar do mastro que se despenhava, a arrastar consigo a vela arrombada e imensa monta de cordoalha.

Até então, entidade estivera peada ao eixo do mastro por espessa cinta de couro. Sustivera a grossa verga apenas com a mão direita. Ora quedava-se embaraçada pelo amplexo de morte da corrente. Os dedos enormes da mão esquerda atrapalharam-se com as amarras da cinta.

Enfim, quando o mastro embateu-se contra a amurada com impacto atroador e já se ia quase a soçobrar costado abaixo, João liberou um suspiro de alívio ao notar que o monstro, com as garras da mão esquerda em riste, conseguira enfim rasgar a cinta. Tudo correu tão rápido, que João se perguntou se a criatura chegara a tomar conhecimento da corrente que o imobilizara.

Então, fez-se tarde demais.

Arrancado à força do toco remanente no convés, o tronco do mastro sucumbiu no mar bravio, que o tragou num instante, entre uma vaga e outra, qual sorvedouro guloso.

– Não!

O grito lacônico de Anduro ecoou alvorada afora, única expressão vocal do desespero indizível ante a tragédia que se abatera sobre aqueles homens encharcados até os ossos.

Aos saltos em meio à tormenta, indiferentes ao jogo do navio, os marujos correram a se debruçar sobre o que restara da amurada, descuidados com a própria segurança. Em vão perscrutaram o mar escuro com ínfima esperança de que um vagalhão trouxesse o comandante de volta à tona.

– Mbundo ao mar! Tripulação em postos de fundeio! – Anduro decretou num brado rouco, a tentar se recobrar do choque. – Arriar todo o pano.

Soube de pronto que a única chance de resgatar o filho-da-noite consistia em tentar permanecer no mesmo sítio. Custasse o que custasse.

Não houve em seu espírito espaço para qualquer outra consideração.

Foi preciso, portanto, o urro gutural do imediato, bem a seu lado, para sacudi-lo do torpor:

– Última forma!

Antes que pudesse esboçar reação, a manopla de Ngomo caiu pesada sobre seu ombro e se fechou como um torno, até que o banto mais velho mordesse o lábio inferior de modo a evitar o gemido de dor.

– Tripulação ao meu comando! – O gigante negro continuou a bradar. – Pano sobre mastreação! Volta dos postos de fundeio! Guarnecer postos de manobra. Artilheiros: fogo à vontade sobre o inimigo! Timoneiro: leme a meio! Convés: velas a todo pano! Vamos arrancar de acá!

Com a dor e o espanto, em meio aos disparos da *Morcego*, Anduro se recuperou do choque. Lançou um olhar indignado ao comandante interino:

– Como ousa?!

– A *Morcego* já está assaz avariada, meu ganga. – Ngomo abriu a manzorra, quase tão grande quanto a de José Meia-Noite, para libertar o ombro do hierarca. Então explicou num tom surpreendentemente calmo, ante as circunstâncias. – Se fundearmos acá, aí é que esses anglos nos põem a pique duma vez. E mortos é que lograremos socorrer o comandante...

– O homem está certo, compadre. – João tocou o braço do companheiro. – De nada valerá sacrificarmos nossas vidas ao naufragar em águas inimigas. Esse tal... Meia-Noite está longe de constituir homem normal. Quem sabe, não consegue sobreviver até que lhe possamos...

– Aras, cale-se! – Anduro interrompeu com um estremecimento. Decerto apreensivo de que o outro revelasse mais segredos da República.

João o atendeu.

Percebeu, satisfeito, que o amigo, no fundo, dera-lhe razão.

Tanto é que não reformou a decisão do imediato e o manteve no posto de comando.

Nem podia ser de outra maneira.

Pois que não havia alternativa.

Mofinos, os tripulantes da fragata negra seguiram, qual almas penadas, as ordens de manobra determinadas por Ngomo.

Assi, a *Morcego do Mar* demandou vagarosa em meio à tormenta, qual guerreiro alquebrado a manquejar. Quase um terço do velame negro, outrora lustroso, a jazer semiarruinado no convés.

Singrou ao largo da praia oriental da Ilha Apple, para se esquivar ao canhoneio do par de vasos inimigos ora fundeados naquela angra minúscula do extremo sudoeste da ilha..

Açoitada pelo vento terrível e pela chuva torrencial, sacudida por vagalhões medonhos, numa enseada de águas em geral tão calmas como as da Baía da Guanabara, a fragata da República só por um triz conseguiu chegar inteira ao estreito que separava a Ilha Noodle da península onde se erguia o vilarejo de Charlestown.

Mais mortos do que vivos, mas ainda sob a disciplina férrea imposta pelas ordens de Ngomo, afinal lograram êxito em fundear em frente ao diminuto arraial de Winnismet.

Só então a *Morcego* pôde lamber as feridas e seus tripulantes enfim prantearam o comandante valoroso que conquistara tamanha vitória, poucos minutos antes de ser tragado pelas ondas.

Anduro permanecia imerso num silêncio catatônico. Alheio aos consertos de emergência que alguns tripulantes começaram a executar no velame e na mastreação tão logo a chuva amainou, lá pelo meio da manhã.

Dos vasos britânicos, nem sinal.

Solitário na popa da fragata, firmemente agarrado à amurada de modo a resistir à força do vento que tentava arremessá-lo para vante; indiferente ao chuvisco fino e gélido que lhe ensopava pouco a pouco o uniforme de comodoro da Armada.

Embora já houvesse amanhecido há muito, o céu tempestuoso continuava assaz escuro a oeste, quase como se ainda fosse noite cerrada.

Teria Dentes Compridos sobrevivido?

Ou teria sido aquele o fim do filho-da-noite, a criatura sobre-humana que convivera pessoalmente com Ganga-Zumba e Zumbi, o Grande e fora confidente do sábio Andalaquituche?

Conseguiria o imortal escapar uma vez mais às garras da morte?

Anduro torcia para que tal se desse.

Não nutria, contudo, grandes esperanças.

E se não houvesse mais Dentes Compridos, o propósito de sua vida estaria definitivamente arruinado.

Teria fracassado em sua missão mor, como grão-soba do Círculo de Ébano.

CAPÍTULO 7
"... QUANDO AS VERGAS QUEBRARAM. DISSERAM QUE MORRI."

– Beba mais do seu licor, João. – Anduro recomendou. Ergueu o cálice de cristal, a dar o exemplo, num brinde tácito. – Vá lá, antes que esquente.

– Não tente mudar de assunto. – João disparou, hirto, do assento comprido e acolchoado que ambos partilhavam no alpendre da casa-grande da herdade do amigo, nos arredores de Subupira. – Depois de todo o aperto que passamos, mereço saber a verdade.

– Há verdades, meu caro, que é preferível ignorar.

– Pois deixe que eu decida o que careço de saber ou ignorar.

O banto não proferiu resposta. Voltou a cabeça para o outro lado e lançou um olhar ao extremo oposto da varanda, onde Dona Chica e suas criadas estavam a entreter sua esposa Ossenhê com histórias das últimas traquinadas de João Anduro, neto de ambas.

– Nem é preciso dizer que já intuí boa parte dessa verdade. – Entre um golinho e outro, João fustigou o amigo.

– Não diga! – Com o passar dos anos e o convívio, Anduro aprendera que se fazer de desentendido era a única tática eficaz para não se deixar enredar naquele jeitinho de inocência forjada do compadre, de plantar verde para colher maduro. – E o que vosmecê intuiu?

– Esse teu amigalhote, esse tal Diabo, Meia-Noite, ou como quer que se chame de fato, decerto não é homem mortal. Não pode ser...

– Ah, não? E o que ele seria, se não mbundo mortal? Por certo, não um espectro ou cazumbi.

– Não. Isto é que não. Eu mesmo o vi sangrar. Primeiro, lá no Tijuco, há vinte anos. E agora, três meses atrás, naquela malfadada noite de tormenta e chacina na Enseada de Boston, quando o cabo da vela lhe cortou a mão.

– E por que malfadada? Acaso não conseguimos nosso intento? Segundo o último informe, os poucos remanentes da esquadra britânica regressaram à Inglaterra com o rabo entre as pernas. Os afamados generais-fidalgos Clinton, Howe e Burgoyne viraram comida de peixe nas águas frias da Baía de Massachusetts. Mais de seis mil casacas vermelhas pereceram com os generais... Só duas belonaves e três transportes conseguiram retornar mais ou menos incólumes às Ilhas Britânicas. Abortado o desembarque dos reforços, Thomas Gage se viu em posição insustentável, de modo que julgou por bem entregar sua espada ao General Washington. Com os rebeldes em pleno domínio da cidade e do porto de Boston e o nosso lucrativo fornecimento de armas e munições, não vejo como a revolução possa fracassar. Eu diria que nossa participação na revolta dessas colônias anglas foi essencial ao bom êxito do movimento. Não tarda muito e teremos outra nação independente na América, uma República da América do Norte...

– Muito que bem, poupe-me a preleção, que eu retiro o "malfadada". – João suspirou. Um sorriso maroto a se esboçar no canto dos lábios. – Porém, voltemos à questão de José Meia-Noite.

– Não vejo o que mais vosmecê deseja falar sobre nosso mui leal e finado comandante. – Anduro se serviu de nova dose de licor de jenipapo. Bebericou do cálice minúsculo, a observar as filigranas de linhas de ouro trançadas no cristal translúcido sem, no entanto, descuidar-se do exame ao semblante carrancudo do amigo. Até que, após um hausto, concedeu, cheio de paciência: – Bem, já que insiste...

– Pois que insisto. Se por um lado, o tal sujeito não constitui espírito maligno, por outro, homem mortal também não é. Homem algum neste reino de Deus possui a força que ele demonstra ter. Homem algum possui aquelas garras compridas apavorantes, que tanto podem ser desembainhadas, qual punhais afiados, quanto guardadas como as do canguçu. Homem algum se alimenta do sangue das pessoas, meu amigo. Tampouco dispõe de presas enormes, capazes de aparecer e sumir dentro da boca quando ele bem entende.

Anduro permaneceu calado, a fitar João Fernandes com ar pensativo.

– Não, compadre. Vosmecê me perdoe, mas essa criatura que nossa República protege, essa entidade dotada de tantas artes e poderes, se não é espírito maléfico, tampouco é homem mortal.

– É de bom alvitre mudarmos o rumo desta prosa, meu amigo. Para o teu próprio bem.

João Fernandes, no entanto, decidiu fazer ouvidos moucos desta feita:

– A primeira vez que encontrei essa criatura, ainda era homem moço, com meus trinta e poucos anos. Nós dois o éramos. E, agora, olhe bem para nós, compadre: dois velhos. Ainda bem sacudidos, é vero. Mas repletos de rugas e cabelos brancos; com uma ou outra dorzinha e, decerto com nossas vistas não tão boas quanto dez anos atrás. Já começamos a tomar a bengala por algo mais que mera afetação social, mormente se o caminho é longo ou a ladeira puxada.

– Deveras, estamos a ficar velhos, meu amigo. É o que acontece com todos, cedo ou tarde.

– Tal não parece ter sucedido com o teu amigalhote, meu caro. Sempre tive boa memória para rostos, vosmecê bem o sabe. Sou capaz de jurar que ele não envelheceu uma semana sequer, desde o dia em que o enforcamos, há mais de vinte anos, naquele patíbulo do Arraial do Tijuco.

– Aras, deixe-se de parvoeiras! Como poderia ele...

– Não estou a bancar o parvo e Vossa Mercê sabe disso assaz bem. Portanto, faça-me o favor de não ofender meu discernimento ao tentar convencer-me do contrário!

Anduro ergueu as mãos com as palmas abertas, num gesto apaziguador.

– Diga-me lá, compadre, quantos anos tem essa criatura? Porventura alguém em Palmares o sabe?

O banto soltou o ar dos pulmões lentamente. Retomou o fôlego com vagar deliberado. No fundo, sempre desconfiou de que este dia chegaria. Afinal, João Fernandes era homem por demais ardiloso. Sujeito veramente sagaz. Sabia correlatar fatos e eventos aparentemente díspares melhor do que ninguém para montar um quadro coerente.

Além disso, João sabia demais.

Não era bom tê-lo à solta, a especular tais questões ao bel-prazer por acá e acolá.

O mais prudente era silenciá-lo em definitivo.

Com os recursos à sua disposição, Anduro não teria dificuldade em fazer a cousa toda parecer um acidente.

Não restava dúvida. Em prol da segurança da República, esta era a atitude mais sensata a tomar.

Como soba do Círculo de Ébano, cabia a ele a decisão.

Em verdade, de certa forma, constituía seu dever eliminar este risco no nascedouro.

Afinal, em tudo o que dizia respeito ao mor segredo de Estado de Palmares, ele só prestava contas ao zumbi. Ainda assim, tão somente a posteriori..

Todavia, era-lhe de todo impossível mandar matar o grande amigo a sangue frio. Não o companheiro fiel de tantas e tantas aventuras e jornadas, o compadre velho de quantas alegrias e tristezas, com o qual compartilhava muito, inclusive um neto, João Anduro... Não. Um neto, não. Agora, dois. Desde o nascimento da pequena Ana Escura.

Como ordenar a morte do homem que, junto com a esposa Chica da Silva, abrira mão da pátria e da lealdade ao Rei de Portugal, em nome da amizade ao povo e à causa de Palmares?

Quiçá houvesse outro caminho.

Se porventura tal caminho de fato existisse, era de todo provável que tal passasse pela verdade.

Por isto, decidiu responder à pergunta do amigo de modo mais sincero possível:

– Imagino que tenha algo em torno de três séculos de idade. Diz ter nascido em Cuzco, a capital do Império Inca, uns setenta ou oitenta anos antes da chegada dos espanhóis...

– Três séculos! E vosmecê julga tal prodígio possível?

– Quem sabe? Vosmecê mesmo o conheceu e sabe que ele não envelhece e tampouco é fácil de matar... – Pensativo, o banto depositou o cálice no tampo de madrepérola da mesinha a sua frente, sobre o jornal que estivera a ler com o amigo até há pouco. – Ao menos, foi o que ele contou na corte de Ganga-Zumba, por ocasião de sua captura.

– Ganga-Zumba? Não foi o monarca que governou Palmares antes de Zumbi?

– Esse mesmo.

– Então, o envolvimento do teu povo com essa criatura já é cousa antiga. Já data de mais de um século...

– Quase um século.

– Um envolvimento que antecedeu, portanto, o próprio advento da República.

– É vero.

– E, durante todo esse tempo, vosmecês protegeram esse ser monstruoso... – João abanou a cabeça como que a espantar a incredulidade. – Em troca, ele empregou seus poderes e talentos nefandos em defesa dos interesses palmarinos, não foi assi? Como ocorreu no Tijuco e, agora, há poucos meses, nas colônias anglas rebeldes, prestes a conquistar a independência... Não foi isto que ocorreu?

– De fato, meu amigo. É assi que as cousas se dão.

Ante a declaração de Anduro, João calou-se, ensimesmado.

O compadre pouco falara e, no entanto, suas respostas lacônicas revelaram muito mais do que ele ousara imaginar...

Uma criatura imortal!

Um agente secreto... Não, um agente, não. Não um mero agente, mas uma genuína arma secreta. Uma ferramenta mortífera, contra a qual, até então, não houvera defesa...

Quantas vezes Palmares não se teria valido dos talentos molestos daquela entidade para atingir seus desígnios?

Quiçá tenha sido de fato melhor para todos, inclusive para sua nova pátria, que a criatura perversa se tenha perdido para sempre, tragada pelo mar revolto.

Pero que.... Espere um pouco!

Estará o monstro hediondo realmente morto desta vez?

Poderia uma entidade que sobreviveu a um tiro à queima-roupa no coração ser morta, afinal?

Antes que se pudesse controlar, deu vazão ao temor com voz trêmula:

– Anduro, porventura julga que Meia-Noite esteja de fato morto?

– Não sei. Neste caso, não há como saber. Ao menos, não enquanto não encontrarmos o cadáver.

– Contudo, há sentido em continuar as buscas? Decerto que qualquer homem normal...

– Vosmecê agora já não ignora que ele não é, ou não era, um mbundo. – O banto murmurou, a olhar por cima do aro de ouro dos óculos equilibrados na ponta do nariz, para fitar o neto mais velho.

João Anduro corria pelo pomar de sua herdade, perseguido por duas criadas de Chica, uma retinta, a outra mulata clara, ambas a segurar as saias enquanto corriam, esbaforidas. A carreira se dava sob o olhar complacente do ioruba enorme, mbundo de confiança de Anduro, que atuava como guardião do menino.

O sorriso ligeiro dançou brevemente no canto dos lábios do banto, até que ele se pôs sério e continuou:

– É fato que ele já passou por poucas e boas, apuros que teriam liquidado um mbundo. Agora, se ele pode ou não sobreviver ao afogamento, como mbundo algum o faria, é cousa que ignoro, pois que tal experiência jamais ousamos tentar.

– O que era essa criatura, afinal?

– Um ser inteligente como um mbundo, porém mais poderoso e astuto do que qualquer mbundo mortal. Até porque mais longevo e traquejado do que qualquer mbundo. Uma criatura natural e não um demônio ou entidade maligna. Um ser semelhante a um mbundo, a um índio da costa do Pacífico, eu diria. Só que não é um mbundo.

– Há porventura outros como ele?

– Pelo que nos consta, é o último de sua estirpe. Seu povo teria sido exterminado pelos exércitos do soberano inca.

– Exterminados como, se não podem ser mortos?

– Isto é cousa que não lhe posso responder. Talvez os incas soubessem de cousas que ignoramos. Quiçá os tenham mantido aprisionados num sítio seguro, de modo a privá-los de sangue humano, do qual parecem extrair suas forças e poderes. Se os incas os encurralaram, de modo a forçá-los a se abster de sangue por um bom tempo, quiçá essas criaturas, os chamados "filhos-da-noite", tenham sucumbido de fome e sede...

– Julga tal hipótese provável?

– Não há como saber, João. Sabemos tão só o pouco que Dentes Compridos nos disse, pois esse é seu nome de batismo dentre os de sua raça. Ele sempre se mostrou assaz reservado nos assuntos que dizem respeito a sua estirpe, à qual se refere como "Povo Verdadeiro"...

– "Povo Verdadeiro"?

– Isto mesmo. Num de seus raros momentos de verbosidade, ele me confidenciou há muito sobre uma antiga lenda do povo dele. Um mito segundo o qual Deus os teria criado, a eles e não a nós, a Sua imagem e semelhança.

– Entendo. Daí o epíteto "Povo Verdadeiro"...

– Exato. Criados à semelhança do Senhor Deus e, portanto, a compartilhar com o Todo-Poderoso do atributo da imortalidade.

– Valha-me Deus – João persignou-se num ato reflexo que causou espécie ao amigo de longa data. – Se tal fosse de fato verdade, o que seria de nós, homens mortais?

– Aras, João! O que é do preá ante as garras do carcará, ou da capivara perante as presas do canguçu?

– Não! Recuso-me a crer em tamanho sacrilégio!

– Pois pode recusar, sem óbice algum. – Anduro sorriu sem alegria. – Afinal, é tão somente uma das nossas teorias, inspiradas numa velha lenda dum povo desaparecido já antes de lusos ou bantos chegarem aos nossos Brasis.

– Nossas teorias? – João arqueou as sobrancelhas grisalhas. – Afinal, qual é o teu papel nessa trama facinorosa?

– Como vosmecê bem pode imaginar, faço parte do grupo que protege o segredo da existência de Dentes Compridos.

– Aras, pois. – O brasileiro bufou, indignado. – Então, espero sinceramente que tenha perdido o emprego para sempre.

– Maldita *Lively*! Pusemos a pique quase toda a esquadra mandada pelo lorde do almirantado britânico e, ao fim e ao cabo, um mero disparo duma esfera correntada daquela fragata molesta, justo quando ele estava no tope do mastro... Não é justo, pois que já estávamos com a missão cumprida...

– Há males que vêm para bem, meu amigo. Agora que a criatura é morta, já não se faz necessário tamanho mistério.

– Acá é que vosmecê se engana, meu caro. Ainda que o filho-da-noite tenha de fato perecido, faz-se mister manter o segredo. – O banto se voltou e lançou um olhar intenso ao amigo. – Compreende do que estou a falar, não é, João?

– Decerto que sim. O que acabou de ser dito acá hoje, não é para ser repetido, em hipótese alguma.

– Isto mesmo. Aliás, em prol da felicidade de nossos filhos e netos, seria de bom alvitre até mesmo esquecer do que falamos hoje.

– Não se aporreie. Já esqueci. Afinal, amo sobejamente nossos netos e pretendo vê-los crescer.

– Pois que então é isto. Satisfeita sua curiosidade inoportuna, esqueçamos deste assunto.

– Como eu disse, já esqueci.

Era mentira, claro. E ambos o sabiam.

Contudo, João imaginou que não seria difícil manterem a farsa.

Ao menos, até o dia em que descobrissem que o filho-da-noite não morrera afinal. Porque ele tinha o pressentimento de que a história da criatura que ora se chamava José Meia-Noite não se encerrara ainda.

Era de todo provável que a identidade de comandante da Marinha de Palmares fosse abandonada. Pero que a entidade regressaria. Ao que parece, ela sempre lograva voltar do reino dos mortos.

João não nutria grandes ilusões. Mesmo se aquele que parecia um homem sem de fato sê-lo retornasse outra vez ao mundo dos viventes, acreditava piamente que jamais viesse a sabê-lo..

Em absoluto. Anduro não se daria ao trabalho de lhe confiar o fato. Decerto julgaria estar, no fundo, a proteger o amigo velho.

João, sinceramente, preferia assim.

PARTE 5
ASSESSOR PARA ASSUNTOS FÚNEBRES

Vampiros jamais existiram.
Dos próprios filhos-da-noite, restam pouquíssimos...

[Dentes Compridos]

CAPÍTULO 1
INTERLÚDIO NA CORTE DE SAINT JAMES

É cafuzo querendo ser inglês...

[Iphigenia Camarão]

O MUNDO MORTAL DEU MUITAS voltas desde a época em que Dentes Compridos foi um filhote indefeso nos túneis subterrâneos escavados sob as muralhas de Cuzco. Não a Cuzco Imperial da época da conquista espanhola, tão bem descrita nas crônicas de Betanzos e de la Veja, metrópole magnífica, do Coricancha recoberto por folhas de ouro e do Amaru Cancha, repleto de animais exóticos trazidos das plagas e ermos dos quatro suyu. Mais simples e menor do que a urbe descrita nas crônicas dos conquistadores que o filho-da-noite lera há duas décadas, a Cuzco de que se lembra já abrigava em seu bojo o germe da grandeza.

Nasceu por volta de 1440, em pleno coração da *Tahuantinsuyu*, durante a ascensão do Império Inca, que correspondeu grosso modo e não por mera coincidência à alvorada final do Povo Verdadeiro..

Dentes Compridos escapou ao extermínio da sua tribo. Empreendeu uma fuga na direção nascente. Essa fuga – muito vagarosa pelos padrões dos vidas-curtas – transcorreu ao longo do par de séculos seguinte. Dos incas nunca mais teve notícias até ser informado pelos palmarinos que os algozes de sua estirpe foram conquistados e que sua cultura invencível fora obliterada com facilidade surpreendente. O fato é que, quando pisou pela primeira vez nas praças dos quilombos periféricos de Palmares, ouviu falar de um hierarca caraíba tão ou mais esclarecido que o velho Pachacuti Inca Yupanqui. Um sábio que os palmarinos chamavam Príncipe Nassau.

Farto das intermináveis guerras europeias, ao regressar das Sete Províncias Unidas para reassumir o governo da mais rica colônia holandesa, Nassau teve um vislumbre fabuloso para desarticular a tremenda superioridade terrestre do inimigo luso: Nova Holanda e Palmares, aliados leais contra a hegemonia e a opressão dos luso-brasileiros.

Assim foi. A aliança improvável consumada em fato histórico concreto. Os holandeses iniciaram os palmarinos nos segredos da pólvora e da metalurgia. Palmares construiu fortes e canhões. Primeiro, para guarnecer seus domínios serranos, tornando-os inexpugnáveis. Mais tarde, para defender as terras de seus aliados holandeses. Desde os primeiros anos da aliança, os jovens da elite palmarina foram mandados para a Universidade Maurícia, no Recife. Uma vez formados regressaram aos seus quilombos e, no curso de uma ou duas décadas, disseminaram em Palmares os conhecimentos advindos de uma tradição militar e uma cultura renascentista que os europeus haviam levado milênios para desenvolver.

Dentes Compridos assumiu papel relevante naqueles anos tumultuosos de transição. Foi treinado a ferro, fogo, paciência e uma dedicação de décadas, nos modos e nas técnicas daqueles vidas-curtas terríveis que se julgavam capazes de dominar todas as artes e ciências do Mundo Mortal. Em troca da liberdade e da proteção de Palmares, bem como de certa vista grossa a seus pequenos deslizes sanguinários, passou a desempenhar a função de agente secreto do governo palmarino em território inimigo. Nesse papel, obteve uma série de vantagens cruciais para seus associados. Vantagens impossíveis de serem alcançadas sem sua atuação.

Embora na aparência não passasse de um índio muito feio, tornou-se o agente ideal. Uma criatura capaz de se locomover nas trevas com força e resistência sobre-humanas, sentidos aguçados, apto a seguir a pista mais ínfima ou a perceber indícios invisíveis aos vidas-curtas. E, sobretudo, um agente que já àquela época possuía uma experiência de quase um quarto de milênio como predador solitário.

Uma vez incorporado como agente, o serviço secreto palmarino o incumbiu de uma série de missões fundamentais para Primeira República. No começo, foram os vários conflitos que a Confederação e Nova Holanda travaram contra o Império Português e que culminaram enfim no reconhecimento da independência, pela assinatura do Tratado do Recife em 1686.

Então atuou no conflito remoto que culminou na independência das Treze Colônias Britânicas da América do Norte, ocasião em que se afogou e foi dado por morto, até que seu *cadáver* foi resgatado das areias de uma ilha da enseada de Boston meses mais tarde.

Recuperado, meio século mais tarde, coligiu informações vitais para a Primeira República nos palácios e vielas do Rio de Janeiro, capital do recém-proclamado Império do Brasil.

Em seu breve interlúdio como engenheiro, projetou e orientou a construção da primeira usina hidrelétrica de grande porte de Palmares e do mundo no rio São Francisco e quase pagou com sua vida imortal pela travessura.

Depois veio a Guerra dos Vinte Anos que a República de Palmares sustentou sozinha contra um Império do Brasil financiado sub-repticiamente por Nova Holanda no penúltimo quartel deste século XIX.

Dentes Compridos teve participação decisiva na eliminação do Duque de Caxias, o genial comandante supremo das forças brasileiras. Com o passamento do grande estrategista, embora mais numeroso, o exército imperial tornou-se presa fácil das engenhosas manobras indiretas dos generais palmarinos e da superioridade tecnológica do armamento da República.

Enquanto o império ainda pranteava o grande herói militar que os mestres de estratégia da Academia Militar da Cerca Real do Macaco consideravam o Zumbi Branco, as forças terrestres de Palmares avançavam em três frentes distintas.

No ano seguinte, reduzido a pouco mais que frangalhos, sem víveres e munição, o outrora orgulhoso exército imperial nada pôde fazer para contrapor os terços que o novo Ganga-Muíça aparelhara com metralhadoras automáticas e canhões autopropulsados a vapor.

No mar, a Armada da República triunfou na Batalha Naval de Cabo Frio, aniquilando a Esquadra Imperial como força operante.

Seis semanas mais tarde, a própria Baía da Guanabara era bloqueada por uma força-tarefa comandada pelo encouraçado *Zumbi Rei*, capitânia da Armada e orgulho do Arsenal de Aratu. O almirante imperial Barroso da Silva em pessoa, investido do comando da Primeira Frota, ainda tentou romper o bloqueio... e sucumbiu na tentativa quando se recusou a abandonar o cruzador *Dom Pedro II*, torpedeado por submarinos da República, atitude heroica que lhe valeu o título póstumo de Barão da Guanabara. A nau capitânia do império foi a pique em 27 de novembro de 1866.

Debilitado, sem Caxias e Barroso, não houve saída para o Império. Dois anos após o assassínio do Duque e dezessete meses após a morte inglória do Barão, o longo conflito se encerrava.

O golpe de misericórdia, contudo, foi aplicado em terra com a vitória da República na Batalha de Ilhéus. Ainda naquele mesmo ano de 1867, pelo Tratado de Lisboa, palmarinos e brasileiros estabeleciam as fronteiras ocidentais e meridionais da República, respectivamente às margens dos rios Tocantins e Pardo.

Satisfeito com a paz vantajosa e duradoura estabelecida com o combalido Império da Rainha Isabel há mais de década e meia, o zumbi Ngomo enfim concedeu férias longas e merecidas no Reino Unido ao agente mais confiável da história de Palmares. Um agente a quem se referia na intimidade como "nosso assessor para assuntos fúnebres".

O embaixador atravessou o pórtico da biblioteca. Passos nervosos. A cópia do *Daily News* amarfanhada numa das mãos.

Pretendia ter uma conversa séria sobre a manchete principal com o velho amigo que permanecia há dois dias e duas noites sentado quase imóvel, imerso na penumbra numa das confortáveis poltronas de veludo vermelho escuro do aposento.

Embora ainda fosse dia lá fora, o fog espesso da cidade tornava o interior da embaixada um breu, dissipado somente à custa da luz feérica fornecida pelo velho e robusto reator de fissão instalado no subsolo. Os olhos verdes enormes do indivíduo à poltrona brilhavam como os da onça-pintada e pareciam prescindir desse requinte tecnológico, pois percorriam as letras minúsculas do manuscrito com facilidade, fulgindo na escuridão quase completa.

Já próximo à poltrona, Henrique Camarão acendeu o interruptor do abajur sobre a mesa baixa. O amigo sentado gemeu baixo, encolhendo as costas contra o estofamento da poltrona em ato reflexo, como se a luz pálida e amarela que saía do bulbo incandescente antiquado o incomodasse muitíssimo.

– Minha vista não é tão boa assim, meu amigo. – O embaixador se desculpou. Observou que o outro abandonara a esferográfica sobre a mesa, em favor da velha caneta-tinteiro inglesa, que empregava para fazer anotações copiosas às margens do manuscrito.

Como que adivinhando os pensamentos do embaixador, o indivíduo sentado justificou a atitude.

– Bem sei. A Primeira República faz as melhores canetas do mundo. São exportadas para os cinco continentes. Diz a lenda que até a Lei Áurea da Imperadora Isabel teria sido assinada com uma delas.... Acredite, eu apreciaria muitíssimo usá-las, não fossem tão pequenas e delicadas para minhas mãos.

Henrique olhou para a manopla onde a grande caneta-tinteiro quase desaparecia, diminuída. Tomou nota mentalmente da tarefa de obter uma esferográfica digna daquela mão enquanto examinava a caligrafia garranchosa, mas de letras miúdas e inteligíveis, escritas em carmim no manuscrito original do autor irlandês.

– Ah, é o tal romance? Mr. Stoker, não é?

– Abraham Stoker.

– E do que trata o manuscrito?

– Romance epistolar sobre vampirismo.

– Um romance de vampiros? – O embaixador procurou enxugar na manga rendada da camisa de seda branca uma gota imaginária de suor que de repente sentiu porejar da testa. – Ignorava que fosse esse o assunto. Não julgo prudente que justo você auxilie Mr. Stoker a escrever um romance sobre vampirismo...

– Porque o receio? – Os caninos compridos do sujeito de pele acobreada reluziam sob a luz baça do abajur. – Ao que parece, ele se inspirou nas lendas sobre Vlad Tepes. Não faça essa cara de interrogação... Tepes foi o filho-da-noite da estirpe eurasiana que reinou na Valáquia quando eu ainda era uma cria bem oculta da sanha genocida do Tupac Yupanqui...

– Ah, sim. Você já me falou dessa tese infundada.

– Não são infundadas e você sabe disso. – O filho-da-noite arreganhou um sorriso de predador. – Quanto a Mr. Stoker, de tão equivocadas, suas ideias sobre vampiros beiram as raias da hilaridade! Cruzes, réstias de alho, água benta e outras crendices do gênero. Sinto-me como se estivesse de volta ao Recife do Primeiro Nassau e não em Londres às vésperas do século XX. O pior de tudo é essa crença engraçadíssima de que um humano poderia se transformar em vampiro!

– Como é que é?

– Isto mesmo que você ouviu, Riquinho.

Henrique lembrou-se de um comentário do avô que ouvira na infância, uma tirada atribuída a esse mesmo Dentes Compridos, "não existem vampiros, apenas filhos-da-noite."

Ainda que não fosse banto puro e nem mesmo negro retinto, mas somente cafuzo, o diplomata era descendente direto de um dos grandes heróis do panteão palmarino, o célebre Filipe Camarão, bravo chefe dos tupis potiguares que abandonou os lusos com a maior parte de seus guerreiros para abraçar a causa dos quilombolas.

Além de embaixador da Primeira República junto ao Império Britânico e membro de uma elite semi-hereditária que governava o país desde os tempos de Zumbi e Andalaquituche, Henrique era membro licenciado do Círculo de Ébano, a unidade mais secreta do

Serviço de Inteligência de Palmares – um grupo seleto de homens e mulheres que conheciam boa parte da história daquele que atendia pela alcunha de Dentes Compridos, criatura legendária que foi considerada até a segunda década do século XIX como o último remanescente dos filhos-da-noite.

Rezavam as tradições palmarinas que na época de Nassau e Ganga-Zumba, o terceiro rei de Palmares, aquela mesma criatura sentada placidamente à frente de Henrique ter-se-ia batido a um só tempo com a célebre Amalamale, a princesa sem medo, e com um nobre da Gasconha, Philippe, filho do grande crítico social e espadachim afamado do século XVII, Cyrano de Bergerac. Pretenso conhecedor das crendices sobre vampirismo, o jovem gascão teria empregado uma cruz e uma réstia de alho no combate ao filho-da-noite. Sem o mínimo sucesso, é claro.

– Todo cuidado é pouco, meu amigo. – Henrique fitou sério os círculos esverdeados e luzidios dos olhos da criatura. – Como você mesmo costuma dizer, sua existência é refém da ignorância humana.

– E da prolongada boa vontade de Palmares. – Dentes Compridos sorriu. Os caninos retráteis mais uma vez semi-ocultos nos alvéolos intumescidos. – Se é para trazer tranquilidade a meus amigos do Círculo de Ébano, farei uma crítica bastante severa do romance. Não se preocupe, garanto que Mr. Stoker se perderá numa pista falsa.

– Muito bem, então. Nenhuma menção ao tal Vlad Tepes. – Henrique respirou fundo, desdobrou o jornal e o estendeu à altura do peito. A primeira página estava voltada para o filho-da-noite de forma a permitir que este lesse a manchete de letras garrafais:

OITAVA VÍTIMA IDENTIFICADA: MARY JANE KELLY
COMISSÁRIO DA METROPOLITANA RENUNCIA!

– Tenho impressão de que mais um desses e já não iremos precisar do tal romance de Mr. Abraham Stoker para ventilar os nossos segredos-de-Estado.

– Whitechapel de novo, não é? Oitava vítima? Pensei que estivesse lá pela quinta...

– Não te faças de desentendido. Sabes muito bem que foi mais para os lados de Spitalfields desta vez. Aparentemente, outra prostituta. Mary Kelly. – Henrique pigarreou, aclarando a garganta, preparando-se para o assunto delicado que abordaria. Mudou do inglês bem pronunciado com que falavam até então para o palmarino. – Tu bem o sabes, Dentuço, já nos conhecemos desde que eu era garoto, antes da guerra, desde os tempos em que trabalhaste sob as ordens de meu pai quando ele serviu como embaixador no Império do Brasil, junto à corte no Rio de Janeiro. Ao longo de todos esses anos, em tempos de paz e, sobretudo, nos tempos de guerra, serviste Palmares com lealdade e dedicação raras vezes observadas em seres humanos.

– Não tenho do que me queixar. – O filho-da-noite respondeu no mesmo idioma. – Fui bem recompensado por isso.

– No que me diz respeito, sempre foste um sujeito cordato, afável e sempre capaz e disposto a cumprir as missões mais espinhosas que te foram designadas, mas....

– Eu sei. As pessoas contam histórias. Histórias do passado, não é?

– Exato. Mas pensei que fosse um passado morto e enterrado. Recife, 1675. Boston, 1771. Rio de Janeiro, 1827.

– Ah, Riquinho. Bem sabes que comigo as cousas não permanecem mortas e enterradas para sempre. – Os olhos do filho-da-noite faiscaram por um momento. Arrebatamento fugaz, trazido à tona por um sentimento de nostalgia tão familiar. Abanou a cabeça, algo a contragosto, trazendo o espírito de volta ao presente. – Mas, tudo bem. Já sei aonde pretendes chegar. Realmente, em Nova Holanda, na colônia inglesa de Massachusetts e na corte de Pedro I, eu realmente me excedi. Perdi o controle durante uns meses. Mas desta vez não fui eu!

– Será que não foi mesmo? – Henrique cofiou o cavanhaque de fios curtos e ralos, com um ar pensativo. – Meu avô me contou que, na época em que aquela série de crimes hediondos estava sendo investigada no Rio de Janeiro, tu juraste inocência de pés juntos.

– Está certo, – Dentes Compridos suspirou, desanimado, – reconheço: daquela vez fui o autor dos crimes. Perdi a cabeça, já falei. Mas agora, não. Tu tens acompanhado os crimes pela imprensa e sei que já vens suspeitando de mim desde o ataque a Miss Annie Chapman. Mas, quero que compreendas que desta vez não fui eu, *realmente*. Além disso, trata-se de trabalho mal feito. Acredite, esses crimes não têm o meu estilo, a minha marca.

– Ah, não?

– Claro que não! As cartas e bilhetes à imprensa, o muro pichado em Goulston Street, as vísceras roubadas, intestinos dependurados por sobre os ombros dessas coitadas, seus baixos-ventres retalhados... Todo esse exibicionismo gratuito, o tremendo desperdício de sangue e linfa... Tolices de amador estúpido! Tu não vês? A criatura se comporta como idiota! Eu jamais faria nada disso!

– A criatura? Pois sim. Não estou lá muito convencido. As pessoas mudam com o tempo.

– As pessoas *humanas* mudam com o tempo.

– Um de nossos agentes encontrou indícios da tua presença na Miller's Court, o justo local deste último assassínio. – O embaixador cerrou os punhos, aborrecido. No início daquela comissão conjunta, ainda a bordo do transatlântico *Rainha Amalamale*, Dentes Compridos havia prometido não causar embaraços à Primeira República na corte de Saint James. – Embora já me estivesse coçando de vontade de abordar o assunto contigo desde o início de setembro, em virtude de nossa profunda amizade, decidi que precisava obter provas concretas antes de te falar. Mas, agora, cinco prostitutas trucidadas mais tarde...

– Espere só um momento...

– Eu não queria acreditar, mas eis que obtivemos provas da tua presença lá... Ah, não! Para tudo há um limite, meu amigo.

– Está bem, está bem. Confesso que estive na Dorset Street, em plena cena do crime, menos de meia hora depois do *Velho Jack* ter acabado seu servicinho sujo. Mas repito: não fui eu!

– Mas que diabo! O que é que *você* tinha que meter esse seu nariz de porco naquela imundície do East End? Quem você pensa que é, a Scotland Yard?

– Os investigadores da Yard descobriram alguma coisa a... a meu respeito?

– Ah, agora está preocupado, né? Não, *eles* não descobriram. Mas só porque não sabiam o que procurar. Bom, vamos esquecer o assunto. Nosso agente já *limpou* o local. De qualquer modo, foi um grande risco. Caso não saiba, até mesmo os detetives britânicos já adotaram métodos de investigação modernos. Você poderia ter sido descoberto. Não sei aonde é que você estava com a cabeça...

– Ah, isto. Bem, é sempre um pouco difícil explicar os meus motivos. – O filho-da-noite depositou o manuscrito e a pesada caneta-tinteiro sobre a mesinha do abajur. Ergueu os braços, espreguiçando-se languidamente. Um velho hábito aprendido com os vidas-curtas. Um gesto bastante útil quando se pretendia ganhar tempo para articular uma resposta convincente.. Levou ambas as mãos à longa cabeleira negra e prendeu os cabelos junto à nuca num rabo-de-cavalo. O gesto permitiu que o embaixador observasse as vastas orelhas, pontudas e hirsutas como as de um lobo. – Meu bom amigo Henrique, você já se perguntou alguma vez porque decidi abandonar a relativa segurança junto às tribos tupis da Amazônia Oriental lá pelos idos de 1670 para me intrometer numa guerra entre os lusos e Palmares?

– Segundo ouvi dizer, naquela época você julgava nosso sangue mais saboroso que o dos índios.

– Não foi este o motivo. O buquê magnífico do sangue banto, só descobri mais tarde, depois de prová-los. O fato é que decidi caminhar em direção ao nascente por causa dos brancos e não dos negros bantos de Palmares. Dos caraíbas, como os tupis os chamavam.

– Por quê?

– Para descobrir o que havia de verídico no boato sobre um deus vivo dos brancos que havia sido pregado a uma cruz e depois sepultado e que, ainda assim, sobreviveu. Na época eu já não via outro filho-da-noite há quase dois séculos. Imaginei que talvez esse tal Jesus, que vocês e os lusos veneram como um deus, pudesse ser um membro desgarrado da linhagem eurasiana do Povo Verdadeiro. Um descendente daqueles que há muitos milênios recusaram-se a empreender a Grande Jornada.

– Está bem. Mas o que tem isto a ver com... Como é mesmo? Acho que em palmarino seria algo como *Jack, o Estripador.*

– Mesma motivação. Pensei que o *Velho Jack* pudesse ser um filho-da-noite.

– Hum, compreendo. – Henrique cofiou o cavanhaque ralo, pensativo. – Mas não é, é?

– Isto é que não. – Dentes Compridos soltou uma risada. – O *Velho Jack* é mesmo um sujeito invulgar. Não pertence ao Povo Verdadeiro, com certeza. Mas também não creio que seja humano.

– Que história é esta agora? – O diplomata se empenhou ao máximo em manter tanto a paciência obstinada, virtude arraigada no seio da elite palmarina, quanto a fleugma tipicamente britânica, disciplina que tentava cultivar nos últimos tempos. – Fale sério.

– É precisamente o que estou tentando fazer. Tenho sólida convicção de que a criatura que os jornais londrinos batizaram como *Jack the Ripper* não é um ser humano.

Henrique fitou o filho-da-noite, ainda desconfiado. Pensou no *modus operandi* do assassino que assolava Whitechapel e Spitalfields. Não, o filho-da-noite jamais mentiria sobre aquilo. Com seus antecedentes, se fosse realmente culpado, aquilo só iria complicar sua situação ainda mais.

– Um outro tipo de criatura inteligente, nem humano, nem filho-da--noite... Muito bem. E no que essa sua convicção se baseia?

– A criatura não cheira como um humano.

– Hum. – Aquilo era algo em que pensar. Henrique aprendera por experiência própria que o olfato do amigo não devia nada ao do melhor perdigueiro. – E o que mais?

– O calor residual de seus pés e mãos, as... Como é mesmo que os físicos da República chamam aquilo?

– Emanações residuais em infravermelho? – O embaixador arriscou o palpite ao se lembrar de uma conversa que tivera há anos com a irmã Iphigenia, uma bióloga de renome mundial.

– Isto mesmo. As emanações daquelas mãos... não, mãos, não. Patas. Muito diferentes das humanas. E maiores que as de um filho-da-noite.

Uma vez, ainda garoto, o embaixador ouviu o pai explicar a outro membro do Círculo que a visão do filho-da-noite estendia-se a regiões do espectro luminoso nas quais o olho humano era inteiramente cego.

– Está bem. Sei que vou acabar internado como louco num asilo de Subupira ou Salvador, mas estou disposto a ouvir sua história até o fim. Conte de uma vez o que descobriu sobre essa entidade misteriosa.

– Anda sobre duas pernas e possui dois braços, à semelhança dos humanos e do Povo Verdadeiro. Imagino que completamente vestido, de sobretudo e chapéu, possa mesmo se passar por ser humano. Especialmente à noite. É mais quente que os humanos. Possui a temperatura que vocês atingem quando acometidos por febre alta. Ao contrário do que os jornais afirmam, não mata e estripa suas vítimas com uma lâmina. Acho que usa as garras das patas para isso.

– Exatamente da mesma forma que um caçador do Povo Verdadeiro. – Henrique comentou num tom pretensamente casual. – Interessante. Continue.

– Espirituoso demais para o meu gosto, Riquinho. – O filho-da--noite piscou um olho enorme ao embaixador. Lembrete tácito, mas pouco sutil da eterna ascendência gozada por alguém que colocara o então futuro diplomata sentado sobre os joelhos quando este ainda era um menininho para lhe contar histórias dos tempos de Zumbi, o Grande. – Ah, outra coisa: é provável que o corpo dele seja coberto por uma pelagem espessa.

– Também percebeu isto pelas emanações?

Dentes Compridos arreganhou os dentes num esgar que um

cidadão londrino talvez considerasse um sorriso. Mas não respondeu à provocação. Levantou-se da poltrona e remexeu o bolso do colete. Retirou de lá um lenço de seda cuidadosamente dobrado. Estendeu-o ao embaixador.

Henrique abriu o lenço, observando o seu conteúdo sob a luz fraca do abajur. Havia quatro fios grossos de um castanho puxado para o vermelho.

– Sugiro que mande examinar esta amostra num daqueles novos brinquedinhos eletrônicos que nos últimos tempos se tornaram a menina dos olhos da Geninha.

– Por acaso, acha que tenho um microscópio desses lá em cima na ala residencial? – A questão era retórica, é lógico. Dentes Compridos estava cansado de saber que só existiam cinco dispositivos daqueles no mundo inteiro. Três em Palmares, um na Universidade Maurícia, e o quinto, bem mais próximo, na Holanda Europeia. – E nem ouse sugerir que solicitemos aos nossos aliados permissão para usar o aparato que eles dispõem em Haia. Pelo menos, não numa situação como esta. E o pior é que nosso próximo dirigível só parte para Salvador dentro em cinco dias.

– E o que são cinco dias?

– Neste caso talvez seja tempo demais. Por ora, é melhor nos contentarmos com a aparelhagem óptica daqui do nosso laboratório. – Henrique baixou novamente o olhar para as cerdas avermelhadas sobre o lenço que mantinha nas mãos. – *Red Jack*, hem?

– Pois é. Quem diria, não é? Sem querer, a imprensa marrom de Londres acertou em cheio desta vez!

CAPÍTULO 2
RED JACK!

Aquele para quem o tempo é como a eternidade
E a eternidade é como o tempo,
Está livre de toda contestação.

[Jacob Boehme]

JULGAVA ESTAR NA TERRA HÁ muito tempo. Em seus lampejos de sanidade, ocasiões cada vez mais raras em que os delírios falhavam em lhe toldar a memória, imaginava-se quase sempre como náufrago de uma missão científica extraterrestre que aportara no planeta há cerca de cinco ou seis mil anos siderais. Nos últimos tempos, não tinha tanta certeza disso.

Sempre escondido. Oculto da curiosidade dos seres humanos. Consumindo vasta parcela de sua energia outrora inesgotável na ânsia de emular a aparência humana e manter seu disfarce estável.

Agora havia ocasiões em que nem sequer conseguia executar mais o velho e simples truque mimético. Sua forma exterior alternava-se entre a aparência humana com a qual se acostumara há milênios e seu aspecto original, que os homens e mulheres julgaram hediondo durante tanto tempo que ele próprio se convenceu que assim era e passou a se assumir como tal.

Tantos séculos abandonado neste planeta primitivo...

Que lei divina teria infringido? Que pecado mortal cometera? Que crime horrendo havia perpetrado? Quantos mundos teria arruinado para sofrer castigo tão terrível e tão prolongado?

Forçou-se a ocupar a mente com as coisas deste mundo para evitar que a sanidade lhe escapasse outra vez. O caminho escolhido para aplacar a solidão infinita foi viver entre as tribos de mamíferos bípedes estranhos, frágeis e, ao seu modo, inteligentes. Assim, o náufrago estudou as diversas civilizações das criaturas.

Travestido como um desses mamíferos inteligentes delas, assumiu papéis relevantes na história daquela espécie.

Durante um intervalo muito longo as coisas deram certo. Ao menos, ele julgava que haviam dado certo.

Observou as primeiras pirâmides erigidas às margens do Nilo por ordem dos faraós de Kemet. Homens tão altivos que, em seu orgulho, deixaram-se convencer por seus sacerdotes de que eram de fato deuses. Quando o náufrago chegou àquelas terras férteis oriundo do deserto e lhes demonstrou seu conhecimento, os deuses o tomaram por igual. Em troca, julgava tê-los ensinado a erigir pirâmides que não se esboroariam por si próprias.

Projetou e construiu o sistema de cisternas e aquedutos em Mohenjo-Daro. Entristeceu-se muitíssimo quando soube a posteriori que a próspera cultura da região foi devastada por hordas de invasores indo-europeus.

Sobreviveu incólume à terrível erupção vulcânica, responsável pela desgraça das esquadras de Cnossos e pelo declínio da cultura minoica. Um milênio mais tarde, cedeu à tentação de mencionar este fato a um jovem filósofo ateniense, dando assim, inadvertidamente, origem aos mitos sobre Atlântida.

Lutou ombro a ombro com os grandes reis das cidades micênicas que se haviam aliado contra Tróia. Jamais ouviu falar de qualquer Helena, mas pensava ter se chamado Ajax ou Diomedes e julgava que os irmãos Menelaus e Agamemnon haviam de fato existido. Aquela não fora a primeira ou a última vez que a altiva Ilion teve seu orgulho demolido...

Caminhou nas largas avenidas ladeadas pelos palácios ladrilhados de Nínive. Lá havia outros deuses. Deuses terríveis e sanguinários. Deuses reais e, no entanto, tão pouco verídicos quanto ele próprio. Bem menos civilizados e muito mais propensos à rapina e à conquista que os faraós que governavam Kemet.

Mesmo só dispondo de meios primitivos, defendeu Siracusa o quanto pôde, ante à superioridade militar da República de Roma, incendiando várias galeras inimigas com um aparato engenhoso de espelhos que mandou instalar no topo das muralhas da cidade.

Esteve várias vezes na América. Não podia ter certeza, mas suspeitava que a lembrança mais antiga do continente provinha do período em que fora tripulante de um veículo em órbita terrestre. A primeira visita deu-se através do estreito de Bering, durando menos de uma década. A segunda foi uma de suas poucas tentativas bem sucedidas de empreender a travessia solitária do Atlântico numa embarcação tosca de madeira. Séculos mais tarde, esgotada toda a paciência para a execução das fainas de arte naval, passou a simplesmente mergulhar nas praias ocidentais da África ou da Europa e nadar até atingir as praias do continente americano, uma ou duas semanas mais tarde. Ao contrário dos humanos, não se cansava e não corria o risco de se afogar. Ademais, tempo era algo que possuía de sobra.

Desenhou o Portal do Sol em Tihuanaco. Introduziu o calendário na Mesoamérica e, a título de brincadeira, apresentou o sistema numérico vigesimal de seu povo à cultura pré-maia. Ensinou mais de uma vez aos índios mesoamericanos os princípios de construção das pirâmides de formas distintas das transmitidas séculos antes aos arquitetos de Kemet.

As culturas humanas abundavam tanto nas Américas quanto no vasto continente afroeurasiano. Um campo de estudo infinito, onde a curiosidade do náufrago jamais se saciava. Imerso em humanidade, sentia-se particularmente deliciado em esquecer o passado de viajante estelar, fingindo ser humano durante décadas a fio.

Todavia, com o decurso dos milênios, o jogo inocente da imersão deixou de constituir um prazer, transformando-se em vício compulsivo, mais perigoso a cada século. Os períodos de amnésia começaram a se tornar mais frequentes e o esquecimento cada vez menos sujeito a seu controle voluntário..

Numa noite de verão do ano em que o imperador Valeriano foi feito prisioneiro pelo Rei dos Reis após a derrota fragorosa das legiões romanas ante os exércitos persas, o náufrago confirmou a antiga suspeita de que os seres humanos compartilhavam a Terra com outra espécie de bípedes racionais. Criaturas arriscas, cuja existência os próprios humanos nem sequer desconfiavam. Uma ou duas dúzias de tribos dispersas de umas poucas centenas de indivíduos que habitavam o fundo de grutas naturais ou em tocas subterrâneas que eles próprios escavavam. Delas emergiam apenas à noite com o intuito de parasitar os homens e mulheres da espécie aparentada e mais abundante.

No início, o náufrago tentou se aproximar. Desejava estudar aquelas criaturas noctívagas *sui generis*. Não pôde deixar de notar que a mera existência daqueles humanoides parasíticos contrariava várias leis naturais. Dentre outras singularidades, eles possuíam diversas vantagens evolutivas aparentemente inatas que a espécie do náufrago só fora capaz de conquistar para si através de manipulações genéticas laboriosas empreendidas ao longo de milênios.. Não seria esse um indício farto de que o genoma desses parasitos também fora manipulado?

Ao contrário dos humanos, seus parasitos descobriram de imediato a natureza alienígena do náufrago e procuraram expulsá-lo das comunidades que costumavam predar. Podia tê-los enfrentado, é lógico. Contudo, após umas poucas rusgas sem maiores consequências, preferiu evitar o confronto direto sempre que possível.

Cerca de meio século após a descoberta magnífica, o náufrago e os humanoides parasíticos firmaram um acordo tácito. Uma vez que a sobrevivência das duas partes dependia da ignorância humana, ambas acordaram com o compromisso implícito de manter a existência da outra em sigilo a fim de preservar o segredo de sua própria existência.

Os filhos-da-noite não suportaram a ideia de que existia outra criatura eterna que não um membro do Povo Verdadeiro a vagar sobre o Mundo Mortal. Ainda que esta não se constituísse em competidor natural, visto que não precisava se nutrir do sangue dos vidas-curtas, a mera presença do imortal misterioso soava como uma afronta aos desígnios do Inominado. Contudo, após alguns séculos de meditações, os anciãos das várias tribos europeias do tempo da queda dos romanos começaram a suspeitar que o ser poderoso talvez não pertencesse ao Mundo Mortal. Os propósitos do Inominado nem sempre eram transparentes aos olhos do Povo Verdadeiro. O fato é que o *caminheiro-das-estrelas* devia se encaixar de algum modo no plano geral da Criação, ou o Inominado jamais teria permitido que ele se despenhasse do Mundo Elevado.

De sua parte, já àquela época, o náufrago suspeitou que os bebedores-de-sangue imortais não houvessem evoluído espontaneamente na Terra. Durante seus raros momentos de lucidez, lembrava que por toda a periferia galáctica as espécies civilizadas somente conquistavam a imortalidade a duras penas. Em geral, após séculos ou milênios de pesquisas nas áreas de endocrinologia e manipulação vigorosa e sistemática do próprio programa genético...

Era de todo improvável que naquele planeta perdido, um capricho da natureza houvesse logrado êxito em produzir de forma espontânea algo que os cientistas de seu povo haviam levado muitas gerações para aperfeiçoar.

Os tais *filhos-da-noite* deviam ser o fruto de um processo mal conduzido de interferência aberrante no genoma humano empreendido por uma cultura alienígena qualquer. Uma hipótese menos provável era a de que as criaturas fossem tão náufragas na Terra quanto ele.

Nas primeiras décadas após a descoberta, o *caminheiro* dedicou muito de seu tempo àquela estirpe de seres imortais. Não raro, abandonava o estudo das diversas culturas humanas, dedicando-se por meses seguidos à observação furtiva e indireta dos hábitos dos filhos-da-noite, quanto não se quedava semanas a fio simplesmente meditando sobre a falta de propósito que cercava o enigma de suas existências insensatas.

Contudo, com a passagem dos séculos, o assunto foi se tornando cada vez menos relevante, pois já não havia fatos novos a processar e o caminho para a compreensão plena do fenômeno dos humanoides bebedores-de-sangue lhe parecia definitivamente vedado.

Assim, pela época em que Vasco da Gama descobriu o caminho marítimo para as Índias, o náufrago já havia esquecido quase inteiramente que os humanos compartilhavam o planeta com outra espécie racional.

CAPÍTULO 3
DOIS MONSTROS NUMA NOITE SUJA

Essa cena não me sai mais do espírito. Mais parecia o engenho de um demônio que de um simples homem... a visão hedionda é mais do que posso descrever.

[John McCarthy – Senhorio de Mary Jane Kelly, supostamente a quinta e última vítima de Jack, o Estripador]

CAMINHAVA OUTRA VEZ PELAS VIELAS úmidas e escuras do East End. Caminhar talvez não fosse o termo apropriado, uma vez que Dentes Compridos cruzava o fog espesso com desenvoltura inigualável, ora percorrendo vários metros num único passo, ora saltando para o relativo asseio dos telhados, nos quais se locomovia célere, imperceptível como um gato negro numa noite sem luar.

Considerava aquelas ruas estreitas seu palco decadente particular, iluminado apenas pela luz bacenta dos lampiões a gás e dos poucos bulbos incandescentes postados nas esquinas das ruas e vielas – o sítio onde descrevia seu bailado ágil e saltante, desviando-se com sucesso e sem aplausos tanto dos policiais que executavam suas rondas periódicas e inócuas, quanto das sarjetas fétidas e dos montículos de lama escura, composta essencialmente pelo estrume dos cavalos. Pensando bem, não chegava a lamentar a ausência de plateia.

Já nos telhados, o ritmo da dança era outro, mais lento e compassado. Andamento para uma pausa. Breves instantes para contemplar o ambiente deteriorado de uma das áreas mais pobres e perigosas do império orgulhoso, quando encontrava um ponto onde a laje e as telhas suportavam seu peso, consideravelmente superior ao de um vida-curta de sua estatura e compleição.

Procurava uma criatura que não era humana. E a procurava com uma ânsia quase tão avassaladora quanto aquela que o levara meio século antes a vasculhar os Alpes Dináricos e os Cárpatos em busca de vestígios dos últimos filhos-da-noite da estirpe eurasiana.

É claro que a criatura peluda não tinha enviado os tais bilhetes desaforados aos jornais londrinos. Tampouco havia feito os rabiscos descobertos naquele muro por um policial da Metropolitana. Essa presa especial podia ter lá suas fraquezas, mas Dentes Compridos não imaginava que a fanfarronice fosse uma delas.

Não compreendia bem a motivação do *Velho Jack*. Porque a predileção pelas prostitutas, se nem humano era? Fosse apenas um louco homicida vida-curta e o filho-da-noite entenderia. Nos seus mais de quatro séculos, já presenciara os mais diversos desvios comportamentais humanos e, ainda assim, não conseguia compreender a criatura. Quiçá tal se desse pelo justo fato de que ela não era humana.

A questão crucial era, pois, por que um monstro ainda menos humano que ele próprio iria se preocupar em escolher suas vítimas apenas entre as mulheres vidas-curtas que vendiam seus favores sexuais por menos de um *shilling*? E para que serviam as mortes, afinal? Tanto sangue desperdiçado inutilmente...

Contudo, não se preocupava demasiado com os motivos da presa.. Não. O prazer da caçada falava mais alto. Desde o extermínio do nobre comandante-em-chefe brasileiro, há mais de duas décadas, não se sentia invadido por tamanha excitação.

Embora constituísse empresa arriscada, a caçada à entidade não-humana pelos telhados úmidos e vielas sórdidas do East End londrino era a seu modo tão divertida quanto as missões mais difíceis sob as ordens do Círculo de Ébano. O júbilo animal que lhe invadia o espírito de tempos em tempos. A ânsia difícil de aplacar e que só raramente saboreava com tamanha intensidade. O júbilo a caçada solitária. Atividade onde detinha o poder de decidir não apenas os limites e as regras do jogo mas, o mais importante, a própria identidade da presa.

De certa maneira, a caçada em curso constituía uma inversão de papéis.. Historicamente, fora ele quem desempenhara por mais de uma vez a função de criminoso procurado. Assassino, quer por sua conta e risco, quer, mais frequentemente, sob a orientação e o manto protetor de seus amigos da Primeira República. Sempre cumprira suas ordens com eficiência inigualável, mesmo pelos padrões rigorosos dos melhores agentes do Ébano. Ainda que acuado ou perseguido pelas ditas forças da lei e da ordem, jamais deixara de concluir suas missões com êxito.

Depois de alguma insistência, um Henrique com semblante carregado de dúvidas e preocupações o autorizara a empreender sua caçada particular. O diplomata exigira apenas a discrição tradicional para não comprometer os sacrossantos segredos-de-Estado da República.

Já fazia quase um mês desde a morte de Mary Kelly, quinta vítima unanimemente reconhecida como tal pelos diferentes órgãos investigadores, e duas semanas desde que recebera o beneplácito extra-oficial do embaixador. O *Velho Jack* andava muito quieto. Segundo fontes palmarinas, os policiais londrinos e os detetives da Scotland Yard haviam perdido a pista do assassino.

Dentes Compridos, por seu lado, continuava a esbarrar em indícios das andanças do homicida pelas ruas e becos do East End londrino. Ainda que estivesse durante a maior parte do tempo imerso num miasma repulsivo, composto pelo odor terrível das sarjetas e pelo cheiro penetrante do estrume equino, vez por outra o filho-da-noite ainda tropeçava nos traços olfativos inconfundíveis do odor exalado pela criatura.

Encontrou outro punhado dos mesmos pelos avermelhados embaixo de uma mesa, num canto mal iluminado de uma das velhas tabernas assoladas pelo baixo meretrício local.

Depois de examinada pela própria Iphigenia, na Universidade da Cerca Real, a primeira amostra da pelagem do *Velho Jack* havia sido remetida para uma instalação militar secreta mantida pela República nos confins da Serra da Barriga. Bom sinal! A análise preliminar indicou que a amostra pertencia a uma forma de vida desconhecida, cuja estrutura bioquímica e molecular não se assemelhava a nada que os biólogos palmarinos já se houvessem deparado anteriormente.

À vista aguçada do filho-da-noite, a Londres desses últimos anos do século XIX era uma cidade fuliginosa e muito suja. Distante em tudo da alva assepsia holandesa presente nas largas avenidas do Recife ou Amsterdã, recendendo à combustão a álcool dos automotores. Ou mesmo da limpeza e dos altos padrões tropicais de higiene das ruas de algumas metrópoles palmarinas, como o Macaco, Subupira ou Salvador. Mesmo no Rio de Janeiro, o mau cheiro não o afligia de forma tão opressiva. Não que houvesse menos cavalos na capital do Império do Brasil, mas lá o sol escaldante, seu eterno arquiinimigo, ressecava o esterco em questão de horas, reduzindo em muito seu odor.

Não. Aquele cheiro horrível das ruas de Spitalfields e Whitechapel com seu estrume, suas valas de esgoto e a ausência quase completa de veículos a motor, faziam-no lembrar das ruelas da região portuária do Recife. Não a cidade planificada, bem iluminada e moderna que servia de inspiração a urbanistas palmarinos e estrangeiros.. Mas o velho Recife, o maior porto açucareiro do mundo, que Dentes Compridos conheceu no terceiro quartel do século XVII, uma época mais rude, menos civilizada e, no entanto, mais inocente.

Já em Londres, como na Grã-Bretanha em geral, a revolução industrial proposta pela Primeira República e aceita com entusiasmo mundo afora não se fez acompanhar da correspondente onda de benevolência social prevalente até hoje nas Américas. Ao contrário, a industrialização britânica assumira personalidade desumana e cruel, atestada na imundície das ruas de suas grandes metrópoles e no estado de miséria crônica em que o grosso dos súditos da Coroa Britânica vivia mergulhado.

O East End não era tão grande assim. Ao menos, não para alguém com a capacidade de locomoção e os sentidos de um filho-da-noite. Meticuloso, Dentes Compridos vasculhava as ruas e vielas do bairro todas as noites, às vezes mais de uma vez a cada noite.

É lógico que não empreendia a caçada durante o dia. Mesmo porque seria inútil. A redução pronunciada de seus poderes e o embotamento dos sentidos constituiriam obstáculos intransponíveis. Sob a claridade diurna não seria páreo para um único vida-curta robusto e armado com uma dessas novas pistolas automáticas.

Contudo, se a imprensa londrina, as duas forças policiais locais e o serviço secreto de Palmares concordavam em algo, era quanto ao fato das cinco ou sete mortes até então atribuídas ao *Velho Jack* se terem dado durante a madrugada.

Depois de várias noites de caçada ininterrupta, sem sentir o mínimo indício do cheiro forte e característico de sua presa misteriosa, quando faltava menos de duas horas para a alvorada, Dentes Compridos se encarapitou no frontão da janela de uma casa arruinada e se quedou a descansar meditabundo, na postura agachada confortável de um gárgula. Tão imóvel como se a carne e os músculos rijos fossem feitos de pedra.

O odor estranho alertou-o. Havia algo ali. A brisa mudara de direção momentos antes e o cheiro almiscarado do pelo da criatura lhe atingiu as narinas com vigor até então insuspeito.

Tão próximo assim?

Os caninos longos e afiados emergiram dos alvéolos, expondo-se inteiramente à luz pálida das raras estrelas. Astros solitários, faróis cintilantes através das parcas nesgas esparsas de céu limpo no cobertor grosso do fog londrino, pouco ofuscados pelo brilho mais próximo do bulbo incandescente de um poste a meio quarteirão de distância.

Concentrou-se. Jack estava ali.

Entre as ressonadelas ocasionais e o ritmo cardíaco compassado dos vidas-curtas adormecidos nas casas próximas, distinguiu outra pulsação. Um batimento mais grave, profundo. Batidas lentas e solenes, veros golpes de macetas no zabumba, soavam a partir do galpão de um armazém bem próximo. Com a calma advinda da experiência, o filho-da-noite contou pacientemente durante uns bons quinze minutos. Não mais do que sete ou oito pulsações por minuto.

Retesou os músculos, saltando num arco aberto, para cruzar os quase dez metros que o separavam do telhado do armazém abandonado. As telhas trovejaram sobre o estrado de madeira que as sustentava. Umas poucas se esfarelaram sob os pés enormes, mas a estrutura como um todo resistiu bem ao impacto de sua chegada. Um passo ágil para o lado e dois golpes secos do calcanhar concluíram o serviço. Contornou a borda do rombo que acabara de produzir quase no topo do telhado.

Alguns resmungos sonolentos. Uma ou duas ressonadelas. Uma tosse seca. Nenhum vida-curta acordou com o barulho.

Olhou para baixo pelo buraco. Em plena madrugada e sob o manto espesso de fog, um ser humano, inteiramente cego na banda do infravermelho, consideraria o interior do aposento escuro como um breu. Forçado a se valer de uma lanterna potente para varrer o piso do armazém, cerca de quinze metros abaixo do ponto onde o filho-da-noite se quedava, qualquer agente vida-curta hipotético fatalmente denunciaria sua posição mesmo ao inimigo mais tolo.

Dentes Compridos distinguiu o borrão brilhante do corpo de sua presa num dos cantos do galpão. Ouviu sua pulsação lenta, mais forte do que nunca. E o cheiro, aquele cheiro acre inconfundível!

Brincou com a possibilidade de a criatura estar adormecida. Não esboçara a menor reação ante o estrondo do desabamento das telhas e cacos, que haviam formado um montículo mais ou menos no centro do grande galpão retangular a uns vinte e poucos metros de distância do ser peludo.

O filho-da-noite saltou pelo rombo no telhado, aterrando com as pernas flexionadas diante do monte de cacos de telhas.

Aproximou-se da criatura com passos largos e elásticos. Começou a enxergar os detalhes daquilo que há instantes fora apenas um vulto indistinto.

Não obstante a vasta experiência que julgava possuir, Dentes Compridos sentiu-se pasmo com o que viu.

A aparência hedionda da criatura lhe trouxe à mente a recordação de uma gravura que apreciara um ou dois anos antes num dos volumes folheados na biblioteca particular da residência dos Stoker.

Sim! Quem diria? Jamais teria imaginado que Jack, o Estripador era um lobisomem...

Ou quase um lobisomem.

O focinho saliente e a bocarra entreaberta, com presas aguçadas e regulares, não eram parecidas com as de um lobo. Tampouco com as do guará, mas sim com as do grande jacaré-açu.

Apesar desse aspecto reptiliano, a pelagem cerdosa e a temperatura corporal elevada fizeram com que o filho-da-noite classificasse o *Velho Jack* provisoriamente como mamífero. As orelhas pontiagudas, pelo menos, realmente se assemelhavam às de uma raposa ou lobo. Mas antes de qualquer coisa, foi a postura bípede, tanto quanto as patas dos membros superiores, com seus quatro dedos peludos e o par de polegares oponíveis, que fizeram Dentes Compridos se lembrar de um lobisomem.

Observou a criatura durante um bom tempo. Não havia a mínima reação, exceto quanto às batidas compassadas de um órgão localizado onde deveria estar o estômago de um vida-curta ou filho-da-noite. Um órgão pulsante, com certeza. Mas havia outros ruídos bem estranhos ali. Zumbidos de... motores? Dentes Compridos já começava a duvidar que fosse apenas um coração.

A imobilidade do monstro atuou como convite tácito à aproximação. O filho-da-noite aceitou o desafio, postando-se cerca de um metro da estátua hirsuta.

Como a criatura era capaz de sair às ruas do East End, mesmo durante a noite, com aquela fisionomia horrenda e se passar por vida-curta? Sim, porque os registros policiais e os informes dos agentes palmarinos concordavam em que as vítimas não ofereceram resistência à aproximação do assassino. E ninguém com aquela cabeçorra disforme de predador pré-histórico poderia se disfarçar impunemente de vida-curta...

Como que numa resposta àquela indagação muda, a imagem da estátua viva cintilou aos olhos do filho-da-noite. Surpreso e ofuscado, cerrou as pálpebras por um instante e ao abri-las, notou que o monstro havia se tornado um ser humano!

Um homem de meia-idade, coisa de um metro mais baixo do que o monstro. Um indivíduo de pele clara, cavanhaque, suíças, e um certo ar aristocrático, não obstante o fato de estar inteiramente nu. Ah! Então, era assim que a criatura conseguia vagar incógnita numa metrópole cheia de vidas-curtas!

As roupas apareceram a seguir. Ceroulas, meias e a camiseta foram as primeiras peças a se materializar do nada, recobrindo a nudez da camuflagem ilusória. Então vieram a camisa, as calças, o colete e o paletó. Enfim, apareceram o sobretudo escuro e comprido; as botas de couro; as luvas; a bengala de gascão dourado; o monóculo e o chapéu preto.

Magia negra! Dentes Compridos se viu petrificado por uma rápida sucessão de pontadas súbitas de terror ante o desconhecido.

Entrementes, lembrou que ainda faltavam dez dias para a lua cheia. O balde de água fria do surto abrupto de racionalidade desabou em meio ao breve instante de pânico abjeto. Envergonhado, caiu em si.

A criatura diante de si era tão pouco semelhante a um lobisomem quanto um filho-da-noite ao patético Conde Drácula de Mr. Stoker. Não duvidou, contudo, que seres como aquele talvez houvessem dado origem às lendas sobre os lobisomens, da mesma forma que os filhos-da-noite da estirpe europeia deram fruto às crendices e ao folclore sobre os vampiros.

Um lampejo de alegria iluminou algumas memórias antigas.

Nós também inspiramos os folclores dos vidas-curtas americanos. Huinay Huayna... Cupendiepes... Anhangaçu.... Lembra?

Fixou a atenção na criatura. O fato é que *Jack Peludo* desempenhava uma imitação excelente de ser humano. Intuiu que, o disfarce enganava a maioria dos vidas-curtas. Mas a temperatura era alta demais. As pulsações e os ruídos normais do funcionamento do organismo eram diferentes do bom e velho padrão humano. E, sobretudo, o cheiro! Aquele aroma inconfundível que filho-da-noite algum associaria aos vidas-curtas.

Fascinado, estendeu a mão para tocar o braço da criatura. Não sentiu receio. O simples toque de sua palma podia paralisar um vida-curta e muitos dos animais de sangue quente, colocando-os num transe de imobilidade. Por um momento chegou a pensar que, se o monstro imitava tão bem a aparência humana, decerto devia estar sujeito às fraquezas inerentes à forma que escolhera.

Tola ilusão.

CAPÍTULO 4
DIÁLOGO DE DOIS MUNDOS

Now you don't talk so loud
Now you don't seem so proud.

[B. Dylan]

SEUS DEDOS LONGOS COM GARRAS retráteis à mostra envolveram o braço da criatura. Sentiu os fios grossos da pelagem espessa mas invisível dobrarem-se sob a pressão de sua mão. Abaixo do pelo cerrado e igualmente oculto pela ilusão, havia carne rija, dura como aço.

Uma farsa ensaiada apenas para os olhos!

No entanto, aquilo que sentia, ouvia e cheirava era autêntico. Ainda que constituísse embuste estritamente visual, imaginou que o ilusionismo devia ser bom o bastante para enganar os vidas-curtas.

A reação do monstro foi uma surpresa absoluta.

Revelou-se não somente imune ao toque paralisante, mas dotado de reflexos extraordinários. Num movimento instantâneo, não observado sequer pelos sentidos extra-humanos do filho-da-noite, a pata do braço livre da criatura cerrou-se sobre seu ombro.

Por mero ato reflexo, a palma da mão de Dentes Compridos liberou nova dose de ferormônios que deveria paralisar o sistema nervoso do adversário.

Nenhum efeito. Nada mudou, exceto as garras da criatura, que se cerraram mais profundas nos músculos de seu ombro. A ilusão se desfez. A criatura retomou a forma peluda de lobisomem.

Num átimo, o monstro girou o braço preso por sobre a cabeça, libertando-se com a mesma facilidade com que Dentes Compridos se teria livrado das mãos de uma criança vida-curta.

Atacou o inimigo com os pés poderosos.. A ideia fora cravar naquele tórax robusto as garras das patas, do tamanho de punhais. Sentiu o choque do impacto seco contra a muralha rochosa. Apesar da força do golpe, suas garras pouco penetraram no couro do monstro. Dor lancinante quando três ou quatro delas quebraram-se bem junto ao sabugo.

O inimigo não chegou a se desequilibrar. Devia pesar pelo menos um quarto de tonelada.

Com uma prática de séculos, isolou a dor surda num compartimento estanque de seu espírito. Na ausência da luz solar, sua capacidade natural de regeneração produziria novas garras em questão de minutos. Até lá estaria à mercê de sua presa.

Sua presa?! Como os palmarinos costumavam dizer, sem dúvida alguma, aquela era a *noite da caça.*

A criatura era a mais perigosa com que já se defrontara. Assustado pela primeira vez em mais de dois séculos, notou o sabor amargo do temor à morte, o mesmo gosto que se comprazia em provocar no espírito de suas vítimas. Prisioneiro dessas garras implacáveis, não tardou a concluir que o monstro poderia matá-lo quando bem entendesse. Então, era assim que os vidas-curtas se sentiam ao intuir que seriam bebidos até o fim?

A claridade tênue começou a filtrar do rombo no telhado do galpão. Muito fraca ainda, imperceptível aos olhos de um vida-curta. O prenúncio certo da alvorada. A relativa obscuridade do armazém permitiria que conservasse por algum tempo uma parcela significativa de seus poderes, mesmo com o dia claro fulgindo no exterior. Admitindo-se, é lógico, que fosse capaz de se manter vivo até lá.

Controlou a onda de temor. Com o propósito de ganhar tempo, articulou em inglês:

– O que você é, realmente? Qual o motivo de todas essas mortes?

Não ousou esperar uma resposta. No entanto, esta lhe atingiu da forma mais surpreendente.

"Ah, então sua espécie existe de fato!" – A voz ribombou dentro da sua cabeça, num inglês perfeito, ainda que com pronúncia e linguajar que o filho-da-noite já não ouvia há uns bons duzentos anos. – *"Há séculos me havia convencido de que os bebedores-de-sangue não passavam de uma criação de minha mente enferma."*

– Você está falando dentro do meu espírito. – Aquela capacidade assustou Dentes Compridos muito mais do que a metamorfose da criatura.

"E por que a surpresa? Se a memória não me falha, vocês também falam assim uns com outros, não estou certo?"

– Nós... nós falávamos assim. Mas não em inglês.

"É claro que não. Peço que desculpe este incômodo, mas creio que nunca fui capaz de aprender sua linguagem. Ademais, para ser franco, dos muitos idiomas humanos que eu soube outrora, só me restou o inglês contemporâneo."

– Você conheceu outros membros do Povo Verdadeiro?

"Sim. Mas vejo em sua mente que você é de uma linhagem diferente. Bebedores de sangue sul-americanos? Humm... Não sabia que haviam seres como você por lá. Ou talvez já tenha sabido e esqueci."

– Quem é você?

"Parece piada, mas já não tenho tanta certeza de quem sou. Claro que eu já soube, mas não consigo recordar agora. Restou-me apenas a desconfiança de que não nasci neste mundo. No entanto, faz-se mister confessar que talvez tal suspeita não passe de impressão minha. O fato é que já não disponho de muito tempo. Estou morrendo. Aliás, esta é uma das poucas certezas que me restaram."

– Morrendo como? Se metade do que você afirma é verdade, então é de se supor que seja tão incapaz de morrer quanto um filho-da-noite.

"Não sei. Tenho a vaga lembrança de que há algo no sangue dos seres humanos que faz de vocês aquilo que são. De qualquer modo não é o sangue humano que me fazia quase imortal. Possuo uma fonte interna de energia. Uma fonte que me alimenta e faz de mim o que eu sou. Esta fonte está se esgotando."

– E onde é que entram todas essas mortes?

"Seria fácil alegar ter sido acometido por surtos de insanidade temporária. Mas a verdade é que foram apenas acessos de raiva homicida. Ódio contra o mundo em geral e contra os seres humanos em particular."

– Ódio contra humanos indefesos? Por quê?

"Porque este é o mundo deles e eu me sinto aprisionado aqui. Não me lembro mais de onde vim, mas creio que se pudesse estar junto a meus semelhantes, que imagino residentes num planeta doutro sistema estelar, não me sentiria tão enfraquecido, desmemoriado. Tão próximo à morte."

Dentes Compridos meditou sobre as declarações da criatura, que ainda reverberavam dentro do seu crânio. Se Jack se dizia doente e enfraquecido, detestaria enfrentá-lo na plenitude de sua forma física. Permaneceu quieto nas garras do alienígena enquanto seu corpo curava as feridas.

"Nem pense em reagir. Se eu estivesse bem, um punhado de bebedores-de-sangue não seria páreo para mim." – O lobisomem retrucou, lendo os pensamentos do filho-da-noite. – *"Acredite, meu caro, apesar de meu atual estado estropiado, sozinho você não tem a mínima chance e não teria ainda que fosse um ancião com milhares de anos de idade."*

– Como assim?

"Ah, meu jovem! Pelo visto, ignora quase tudo sobre a própria espécie..." – Dentes Compridos notou um ligeiro tom de condescendência que interpretou como o equivalente mental de um suspiro de enfado. – *"Ao*

contrário do que ocorre comigo e com os humanos, vocês bebedores-de-sangue tornam-se mais fortes e vigorosos à medida que envelhecem. Ignorava até mesmo este fato, não é? Desconfiava, é verdade. Mas não tinha certeza. Como pôde sobreviver tanto tempo sabendo tão pouco sobre si próprio e sua linhagem? Ah, agora estou a perceber. Você se criou quase sozinho. Sem tribo, ancião ou caverna ancestral..."

– Pare de fuxicar minhas recordações. – O filho-da-noite exigiu irado, lutando para manter a objetividade. – Fale dessa predileção pelas prostitutas.

"*Não extermino apenas prostitutas. Não há como ter certeza absoluta, mas tenho forte impressão de que minhas duas últimas vítimas não foram prostitutas. Como saber? A questão é que elas são mais fáceis de encurralar. Contudo, se bem me lembro, também houve três ou quatro homens. Pelas minhas estimativas, imagino que tenham sido uns vinte ou trinta crimes ao todo.*"

– Só descobriram sete cadáveres.

"*Bela notícia. Isto significa que na maioria das vezes em que perdi o controle, logrei evitar esse tipo de conduta exibicionista e irresponsável.*"

– E quanto à crueldade gratuita? Em pensar que no início cheguei a cogitar que você fosse um de nós. Enlouquecido pela solidão...

"*Compreendo. Insano como suas duas princesas valáquias, não é? Também, pudera! Enterradas vivas por tanto tempo...*" – Dentes Compridos se impressionava cada vez mais com a facilidade com que o outro se revelava capaz de vasculhar os recônditos mais profundos de suas memórias. – "*Ah, a crueldade... O prazer do filhote humano a arrancar metódico as patas da aranha uma a uma. Não o mero prazer ordinário em infligir dor física, pois mesmo no auge de minha loucura, jamais consegui me impedir de ser... misericordioso, por assim dizer, com meus eleitos. Não sei bem o porquê, mas insisto sempre em lhes conceder morte rápida e quase indolor. Ah, mas o júbilo de profanar seus cadáveres frágeis... como um ritual, para disseminar o pânico nos corações dos habitantes desta grande metrópole.*"

– Por que diabos destrói seus corpos tanto assim, se você mesmo reconhece que é melhor ocultar os restos do festim? – Ao mesmo tempo que articulava a pergunta, Dentes Compridos suspeitou saber a resposta. A seu modo, Jack, o Estripador era como ele próprio numa de suas noites ruins. A versão piorada e amplificada de um Dentes Compridos desregrado, num daqueles raros períodos em que se deixava dominar pelo vício. Era apavorante poder enxergar-se assim, de fora para dentro...

"*Sim, somos mais parecidos do que você gostaria de admitir. E você ainda me pergunta o porquê.... Ora, nem sei bem o motivo. Já não disponho de muito tempo.*

Imagino que este talvez seja o último prazer que me restou. A alegria desvairada de um demente, concordo. Porém, ainda assim, um pecadilho diminuto se comparado à miríade de conhecimentos que lhes proporcionei durante todos os meus séculos de cárcere."

– Os humanos não têm culpa de a Terra ter se transformado numa prisão para você. Afinal, nem ao menos sabem que você existe.

"É verdade. No entanto, de volta à analogia do menino malvado, a aranha também não tem culpa. O menininho humano, contudo, arranca as patas dela mesmo assim, não é?"

– Pelo menos você parece ter plena consciência da própria loucura. – Lutando para preencher toda a superfície exterior de seu espírito com as diversas implicações da questão da sanidade do inimigo, o filho-da-noite flexionou os artelhos, constatando que as garras dos pés já haviam cicatrizado. – Vai acabar revelando sua existência aos humanos.

"Depois da minha morte, não fará a menor diferença se eles descobrirem quem eu fui."

– Eu não pensaria assim se fosse você. – Sabia por instinto que a alvorada estava bem próxima. Mesmo debilitado, o lobisomem era muito mais forte que ele. A única saída era distrair sua atenção, evitando a sondagem das intenções, até que pudesse atingi-lo em algum ponto fraco. – Concordo com a teoria de que existem outros como você em algum lugar. Tenho o pressentimento de que esses seus semelhantes não vão se sentir lá muito satisfeitos se os humanos descobrirem a existência de vocês por seu intermédio.

"Esses semelhantes hipotéticos que se danem! Onde estiveram por todos esses milênios, que não apareceram para me resgatar?"

– Outra coisa: se eu fosse você, não subestimaria os humanos. Esses vidas-curtas aprendem muito rápido. A única vez, ao que eu saiba, que eles tomaram conhecimento da existência do Povo Verdadeiro, não descansaram até varrer nossa presença do continente sul-americano. E observe que naquela época não dispunham da tecnologia e dos recursos atuais.

"Você pode até ter razão. No caso dos bebedores-de-sangue, é claro. Pois não vejo como eles poderiam ameaçar uma criatura saudável do meu gênero."

– Você denota pouca imaginação, Jack.

"Não entendi."

– Como poderiam ameaçá-lo? Simples. Assim!

Dentes Compridos saltou com os dois pés juntos, trazendo os calcanhares às coxas e os joelhos bem próximos ao queixo. Desta vez o alvo não era o tórax largo do lobisomem, mas o rosto e a garganta do oponente.

A própria pata da criatura que o mantinha retido sob coação severa, serviu-lhe de apoio. Os quadris e o abdome contraído acompanharam o giro das pernas flexionadas. Naquele instante brevíssimo, mal sentiu dor quando as garras do lobisomem enterraram-se como aguilhões de aço nos músculos tensionados de seu ombro esquerdo.

Ao mesmo tempo em que cravava as garras ainda mais fundo no ombro de Dentes Compridos, num gesto rápido e brutal o náufrago agarrou a perna direita do filho-da-noite pelo tornozelo, torcendo-a num ângulo impossível, até o joelho estalar com o ruído desagradável de juntas desarticuladas.

Mas o pé esquerdo do filho-da-noite, com garras plenamente distendidas, rasgou a caraça do monstro, abrindo talhos profundos e sangrentos dos olhos ao focinho.

O caçador suportou o martírio terrível em silêncio. Já o lobisomem, talvez menos acostumado ao sofrimento físico, bramiu um urro cavo e prolongado. Enfurecido, ergueu o filho-da-noite por cima dos ombros maciços e o arremessou contra a parede do armazém, cerca de doze metros de distância.

Durante a eternidade do impacto, a parede tremeu de cima a baixo. Contrariando as piores expectativas do caçador, ela logrou se manter de pé.

Recuperou a consciência segundos após se chocar contra as tábuas do assoalho empoeirado. Ainda com os olhos fechados, sentiu o cheiro do próprio sangue misturado ao pó dos tijolos e à cal que nevavam da parede.

Embora a dor na rótula direita fosse um suplício horroroso, resolveu que seria melhor ignorá-la, por ora. Além da fratura exposta na clavícula esquerda, após umas poucas apalpadelas superficiais percebeu estar com várias costelas luxadas. Mesmo assim, sentiu-se feliz por se ver livre do abraço mortal do lobisomem.

Apoiou-se na perna boa, equilibrando-se sem dificuldade. Fitou o inimigo. Os focos luminosos intensos dos olhos haviam se tornado poços escuros dos quais escorria um caldo viscoso, muito espesso, de aroma acre e bem pouco semelhante aos tipos de sangue que conhecia.

O uivo lancinante da criatura transformou-se num soluço aflitivo e pungente que lembrava os ganidos de um cão atropelado por um automotor. Pela passada incerta e os movimentos erráticos do lobisomem, não foi difícil concluir que o monstro já não enxergava.

Emitiu o seu próprio rosnado de dor contida quando reduziu a fratura na clavícula com uma cutilada seca e precisa da mão direita. Em meio à aflição, consolou-se com a certeza de que não podia se dar ao luxo de deixar a redução da fratura para mais tarde, sob pena de seu processo de calcificação acelerada o tornar um deformado em menos de um quarto de hora.

Começou a se sentir bem. Uma pontada de júbilo o invadiu, seguida à constatação tardia de que o inimigo poderoso não era tão invulnerável, afinal.

Mancando e sentindo-se melhor a cada passo, aproximou-se lentamente do lobisomem que ainda gania, esfregando as costas das patas hirsutas contra as poças sangrentas situadas onde antes haviam estado seus globos oculares.

– E então, Jack? Aposto que não imaginou que o jovem vampiro fosse páreo para o lobisomem experiente, hem? O que me diz agora?

"O que você quer que eu diga, maldito? Fui um tolo senil ao confiar no candor das suas palavras. Pelo visto, o jovem bebedor-de-sangue solitário aprendeu demasiado com seus mestres humanos. Adotou seus hábitos e seus valores. Acabou se tornando tão traiçoeiro quanto eles."

– Você não me deu outra escolha, Jack. – O inglês do filho-da-noite saiu amargo dos lábios. Palavras mastigadas, mais dolorosas do que qualquer aflição física que pudesse sofrer. – Que escolha nós tivemos, Jack? Será que é tão difícil de entender? Tenho sido tão prisioneiro das circunstâncias quanto você. Só que optei por estabelecer vínculos de amizade com os vidas-curtas... com os humanos, para viver entre eles e me importar com os problemas deles, em vez de simplesmente apreciar o nascimento e a morte de suas culturas efêmeras do alto de um pedestal inatingível.

"Ah, criança, você ainda não viu nada. No início também consegui agir dessa maneira. Espere só o primeiro milênio. E depois, o segundo. Sozinho. Ninguém de sua espécie para conversar. Só os humanos, nascendo aos milhões e voltando a virar pó antes que tenhamos tempo de pronunciar seus nomes..."

O lobisomem emitiu um ganido de dor, interrompendo o discurso que Dentes Compridos já começava a julgar patético. Caminhava de braços estendidos, as garras enormes buscando o filho-da-noite, na direção em que ouvira o som de sua voz pela última vez.

Dentes Compridos se divertiu ante a tentativa desajeitada do náufrago em lhe aplicar o análogo bisonho do mesmo velho truque de surpreender o oponente distraído no qual fora pego minutos antes. Com um sorriso enviesado que deixava à mostra os caninos protuberantes, deslocou-se silencioso, usando a perna quase sarada com desenvoltura crescente.

– Diga uma coisa, Jack: você vai ficar cego para sempre?

"Não creio. Embora a minha capacidade regenerativa não seja tão grande quanto à de um bebedor-de-sangue, creio que ainda voltarei a ter olhos funcionais antes de morrer."

– Acho que não haverá novos crimes hediondos no East End, não é Jack? Pelo menos, não por enquanto.

"Temo que esteja certo. Mas não ouse contar sobre mim aos seus amigalhaços dessa tal República de Palmares!"

– Lamento muito, velhinho. Odeio bancar o alcoviteiro. Para ser franco, adoraria livrar a sua cara, mas preciso livrar minha cara. De todo modo, não se preocupe. Se não houver novos morticínios, tenho forte impressão de que vão deixá-lo em paz.

"Não tenho muita escolha, não é?" – O lobisomem ganiu num tom baixo como um suspiro. – *"Sabe de uma coisa? Você se preocupa um bocado com as susceptibilidades desses seus humanos de estimação. Uma preocupação assaz excessiva para quem os mata com tanta frequência. Ao que parece, para bem e para mal, você tornou-se mais humano do que eles próprios..."*

– Não precisa exagerar. – Dentes Compridos mudou a orientação da sua órbita ao redor do inimigo a fim de mantê-lo desnorteado. – Por falar em escolhas, para o Povo Verdadeiro jamais houve a opção de não predar os vidas-curtas. Nem por isso lamentamos nosso destino. Bem, Jack, a conversa está muito agradável, mas eu realmente tenho que ir agora. A alvorada já está chegando. Desculpe o mau jeito e boa sorte.

"Sorte? Nesse planetinha dos infernos? Você só pode estar brincando!"

– Lembre do que combinamos. Nada de carnificinas gratuitas. Se for de todo necessário matar alguém, procure agir com discrição.

"Muito engraçado!"

– Ah, Jack? Uma última coisa: estou morrendo de pena de você.

"E eu de você, bebedor-de-sangue. Afinal, você e não eu é que trilhará pela eternidade afora em companhia dos humanos. Se eu fosse você, não me fiava tanto nessa ideia tola de que os cientistas de Palmares vão conseguir fazer suas princesas valáquias procriar com você. Pelo que me lembro, elas deveriam liberar certas substâncias para estimulá-lo, não é isto? Sem os tais feromônios, você não conseguirá levantar seu bichinho nem hoje, nem no próximo milhão de anos..."

– Você fala demais, Jack. – Dentes Compridos rilhou os dentes num surto de raiva. Então sorriu e prestou uma vênia pronunciada. – Agora tenho mesmo que ir.

Escalou a parede do armazém, usando as garras da mão direita e dos pés à guisa de ganchos de alpinista. Uma vez no forro, guindou-se até o rombo do telhado e saiu. Só parou para tomar fôlego quando já estava em segurança a dois metros da borda..

A perna direita se recuperara inteiramente. As costelas estavam boas como novas e até mesmo a clavícula já não o incomodava tanto.

Considerou a conversa instrutiva que entabulara com Jack, o Náufrago. Suspeitou que o pretenso alienígena estivesse certo ao menos quanto a uma coisa. Seu corpo parecia recuperar-se mais rápido a cada década. Contudo, ante à aurora iminente, por mais importante que fosse, as implicações desse fato novo deveriam ficar para mais tarde.

Voou pelos telhados do East End. A alvorada não tardaria.

EPÍLOGO
MR. STOKER & MR. WELLS

Maravilhosa força é a que me vem
Dessa certeza de eu não morrer nunca,
De fazer sem estorvo a minha obra,
Por mais que às vezes meu corpo sofra.
Donde eu com calma grave refaço-me
Do insucesso de alguns planos meus.
Bem sei: aquilo que eu almejo e faço,
Não sabe, de uma vida só, no espaço.

[Christian Morgenstern]

– ENTÃO ESTA É A verdadeira história de Jack, o Estripador. – O embaixador mostrava-se francamente atônito ao final do longo relato.

– Como se costumava dizer lá em Palmares, "sem tirar nem pôr".

Ambos estavam sentados em poltronas de veludo confortáveis junto ao janelão alto da biblioteca da embaixada. Lá fora umas poucas carruagens fechadas e pedestres bem agasalhados aventuravam-se a transitar na Bayswater Road à tardinha do que prometia ser mais uma noite fria e nublada do início de dezembro.

– Um alienígena... Uma inteligência de outro sistema estelar... Fantástico! Falarei hoje mesmo com Iphigenia de nossa estação-rádio. Tenho a impressão de que essas informações novas irão ajudá-la a interpretar melhor o material genético contido nos pelos da criatura. Espero que ela possa fazer algo com a amostra de sangue que retiramos de seu pé.

– Também espero.

– Imagine só: talvez esta seja a prova definitiva!

– Julguei que minha palavra bastasse...

– Sua palavra, Dentuço, é mais do que bastante para corroborar toda essa história incrível. Exceto quanto a um ponto crucial. Precisamos de evidências concretas para confirmar a existência de vida fora da Terra.

– Vida fora da Terra, Riquinho? – Dentes Compridos exibiu um sorriso divertido. – Não me diga que está levando mesmo a sério essas maluquices do *Velho Jack*! O sujeito está completamente senil!

– Disso eu não duvido. Contudo, embora insano, não podemos descartar de todo a hipótese de que a criatura seja de fato alienígena.

– Prefiro acreditar que Jack seja o último indivíduo de uma estirpe de criaturas poderosas que se originou na Terra à semelhança da humanidade e do Povo Verdadeiro.

– Não sei. Confesso-me um pouco céptico com essa hipótese da origem terrestre da criatura. – Henrique pigarreou e voltou o rosto para o amigo. – Tem certeza de que não gostaria de reconsiderar o pedido da Geninha e ceder algum material genético para que ela empreenda uns poucos testes comparativos?

– Essa lengalenga de novo? Certeza absoluta. – O filho-da-noite remexeu-se desconfortável na poltrona. – Embora eu adore a Geninha...

– A recíproca é mais do que verdadeira, como você bem sabe.

– ... não suporto essa insistência dela em desvendar minha "verdadeira natureza"... Nossa querida anda louca para passar por cima da palavra empenhada pelo próprio Zumbi Andalaquituche, quando do estabelecimento do Círculo de Ébano, no sentido de que os métodos ditos *científicos* jamais seriam empregados para estudar a natureza do Povo Verdadeiro sem meu consentimento expresso. A palavra de Palmares ainda está de pé, ou não está?

– Hoje e sempre.. Não está mais aqui quem falou. – Henrique fungou, agastado. Após uma ligeira pausa, cofiou o projeto de cavanhaque e esboçou um sorriso pensativo. – Acredito que, cedo ou tarde, irá reconsiderar o pedido. Afinal, há aquelas duas sedentas insanas que você trouxe dos Cárpatos tempos atrás...

– Pode até ser. – Dentes Compridos abanou a cabeça com ar pesaroso.. – No entanto, quanto mais tarde, melhor.

– Mudando de assunto, por acaso já ouviu falar de um jovem autor nativo chamado Wells... Herbert Wells?

– Não. Por quê? Deveria?

– Creio que você iria apreciar bastante os escritos dele. Sobretudo, depois dessa experiência com Red Jack.

– Escritor de romances policiais sobre assassinos em série?

– Em absoluto. Mr. Wells escreveu um punhado de trabalhos de ficção curta no que considero ser um gênero novo. Um gênero que emprega o conhecimento científico livremente para tecer especulações inteligentes sobre formas de vida exóticas, algumas das quais poderiam ser mesmo extraterrestres...

– Não é aquele tipo de história que trata de engenhocas voadoras, submarinos e viagens à Lua, como as que João Maputo publicava no *Diário de Subupira* no início do século?

– Mais ou menos. Eu diria que as especulações do Herbert, ah... de Mr. Wells são mais refinadas e perspicazes que as expressas nas "histórias de engenhocas" de Maputo ou de seu seguidor francês, o tal Jules Verne. Em suas histórias, Wells se preocupa mais com o lado humano e social, do que com a tecnologia em si.

– Interessante. Nós teríamos algum livro desse Mr. Wells aqui na biblioteca?

– Temo que não. Pelo que depreendi de uma conversa com ele, trata-se de um autor ainda inédito. Eu próprio só pude conhecê-lo e a seus escritos graças a uma palestra sobre evolução humana a que compareci na residência de Thomas Huxley.

– Não é o tal discípulo inglês de Anduro Vitório?

– Esse mesmo. Mr. Huxley ainda encontra certa resistência em convencer a sociedade britânica a aceitar as teses propostas por Vitório há mais de meio século no seu *Evolução da Vida na Terra*. – Os pensamentos do embaixador retornaram uma vez mais à irmã caçula. – Mas, voltando ao jovem Mr. Wells, asseguro-lhe que seus contos são deveras interessantes. Talvez você devesse perder menos tempo imerso nessas fantasias vampíricas de Mr. Stoker...

– Já afirmei que não precisa ficar preocupa... Ah, mas que coincidência! Agora que falou de Stoker, observo que já há algum tempo venho notando seu cheiro na embaixada. Presumo que tenha estado aqui na noite passada.

– Muito bom. De fato, esteve. Ele me pareceu um tanto ou quanto perturbado. Insinuou que, não fossem suas críticas ferozes e exigências descabidas, ele já teria conseguido enviar o original para a editora há quase três anos.

– Ora vejam só como o sujeitinho é ingrato! Pois saiba que já me considero praticamente coautor desse romance estapafúrdio. O pior é que não receberei o menor reconhecimento por essa trabalheira toda!

– Acho muito bom mesmo!

– É, Riquinho, talvez você tenha mesmo razão. Já estou mais do que farto das lamúrias de Mr. Abraham Stoker.

– Que tal deixá-lo entregue à própria sorte?

– É o que farei. Ele que termine seu romance sozinho.

– Fico muito satisfeito com essa decisão. – O embaixador fez uma pausa de efeito e acrescentou com uma piscadela marota. – Nosso segredo-de-Estado mais precioso está a salvo. A República penhorada agradece.

O filho-da-noite abriu a boca com cara de espanto, mas não respondeu. Permaneceu em silêncio por alguns minutos a observar o vento sacudir os galhos pelados das árvores do Hyde Park. Então, como se tivesse uma ideia súbita, falou ao amigo:

– Eu apreciaria muito se você pudesse me introduzir a seu jovem amigo, esse Mr. Wells. Toda essa experiência com o Velho Jack encheu minha cabeça com ideias novas. Quem sabe não poderei ajudar esse jovem promissor melhor do que àquele irlandês mal agradecido...

– Muito bem. Verei o que posso arranjar.

FIM

APÊNDICES

ARGUMENTO FICCIONAL

EMBORA ESTE ROMANCE HISTÓRICO-FANTÁSTICO SEJA obviamente uma obra de ficção, as nações citadas ao longo da narrativa de fato existiram na época do Brasil-Colônia. Houve tanto uma República de Palmares quanto uma Nova Holanda no nordeste brasileiro do século XVII, se bem que não exatamente nos moldes aqui delineados.

Na verdade uma confederação de quilombos e mocambos, a República teve seus alicerces lançados nos primeiros anos daquele século. Relatos de uma expedição comandada por Bartolomeu Bezerra por volta de 1605 já nos falam da existência de um mocambo de negros rebelados no alto da Serra da Barriga.

No início das Invasões Holandesas, aproveitando os conflitos e escaramuças entre a guerrilha luso-brasileira e as forças regulares holandesas, bem como a interrupção das atividades produtivas coloniais, consequência natural de um conflito dessa intensidade e duração, grande parte do contingente de escravos dos engenhos de açúcar da Capitania de Pernambuco fugiu das senzalas para engrossar a população de Palmares. Essa confederação de quilombos coligados persistiria como nação independente por todo o século XVII – um autêntico Estado dentro do Estado: um outro Brasil, negro e livre, existente no interior do Brasil Colonial Luso habitado por brancos, índios e escravos.

Já Nova Holanda existiu por menos tempo. Embora tenha deixado marcas indeléveis na memória do Brasil Colonial, a permanência dos holandeses no país limitou-se a um período de pouco mais de trinta anos, desde a conquista efêmera de Salvador em 1624, passando pela ocupação da região do Recife e de boa parte do litoral nordestino a partir de 1630, até a capitulação definitiva das forças holandesas em 1654.

A fase mais brilhante da existência de Nova Holanda se deu sob o governo de Johann Moritz, conde de Nassau-Siegen, mais conhecido no Brasil como Conde Maurício de Nassau. Estadista perspicaz, Nassau conseguiu em certa medida conciliar os interesses de comerciantes e militares holandeses protestantes com os dos senhores de engenho luso-brasileiros e do clero católico. Homem de visão e empreendedor, Nassau aterrou uma área pantanosa próxima ao Recife para construir um novo bairro, a cidade Maurícia, onde instalou as sedes da administração de Nova Holanda e dos escritórios da Companhia das Índias Ocidentais – em poucos anos, boa parte da classe abastada da capital da colônia se mudaria para lá. Também data da época de Nassau, a construção em Recife do primeiro observatório astronômico do hemisfério.

O regresso de Nassau à Europa em 1643 marca o início da decadência de Nova Holanda. Apesar disso, levaria ainda cerca de uma década para que os luso-brasileiros conseguissem expulsar definitivamente o invasor.

Com o declínio econômico de Nova Holanda, o governo das Sete Províncias Unidas e a direção da Companhia das Índias Ocidentais propuseram a Nassau que regressasse ao Brasil no comando de navios e exércitos, para restabelecer a ordem e recuperar a produção açucareira, enfraquecida no período imediatamente posterior à partida do conde para a Europa.

O antigo *stadhouder* holandês teria concordado com a ideia a princípio, mas impôs como exigência que lhe concedessem poderes absolutos para governar a colônia, além do comando de um contingente militar superior em homens e navios àquele que a Companhia parecia disposta a financiar.

Diante do impasse, Nassau teria recusado a proposta de regressar ao governo de Nova Holanda. O resultado dessa recusa faz parte de nossos livros de história.

Cabe, pois, a pergunta que não quer calar:

E se Nassau ou a Companhia se houvessem mostrado menos intransigentes e acabassem chegando a um acordo?

Imaginem se Nassau houvesse de fato regressado ao Brasil para retomar a obra deixada pela metade.

Na história real, durante a ausência de Nassau, os holandeses tentaram duas investidas militares contra a Confederação de Palmares. Dois malogros completos.

Neste argumento ficcional, cumpre indagar: após seu regresso, teria Nassau adotado uma atitude mais sábia e pragmática que a de seus antecessores? Acaso daria ouvido à velha máxima que afirma que "os inimigos de meus inimigos são meus amigos"?

Quando me propus a escrever um romance histórico fantástico

com elementos de história alternativa no qual a Confederação de Palmares houvesse vingado, a ponto de persistir até hoje, não apenas como nação independente, mas como potência mundial, esbarrei na questão da plausibilidade histórica: como justificar que os palmarinos pudessem competir com os luso-brasileiros de igual para igual e acabassem por sobrepujá-los em seu próprio jogo?

Ficou claro desde o início que os quilombolas só teriam chance real de sucesso a longo prazo nesse jogo de equilíbrio político delicado, caso dispusessem de uma estratégia eficiente para absorver algumas das melhores *virtudes* das culturas europeias.

Com este objetivo em mente, escolhi meu ponto de divergência, o evento crucial a partir do qual essa linha histórica fictícia se desviaria da história real que aprendemos na escola. Esta divergência é justamente a hipótese do regresso de Nassau ao Brasil. Ele teria aceitado o convite da Companhia das Índias Ocidentais e retornado ao Brasil em 1647 no comando de um grande exército e uma Armada poderosa.

Reassumindo o governo de Nova Holanda, Nassau perceberia a conveniência de tentar uma aliança com a República de Palmares contra o inimigo comum luso-brasileiro.

Não se pretende discutir no âmbito do romance se esta aliança funcionaria ou não a longo prazo. O essencial é que, uma vez assumida a premissa, o argumento da sobrevivência de Palmares como nação independente se torna bem mais verossímil.

E quanto aos filhos-da-noite? Onde o Povo Verdadeiro e Dentes Compridos se encaixariam neste cenário histórico alternativo?

Bem, a história do Povo Verdadeiro, desde sua gênese mítica até as guerras secretas contra o Império Inca, assim como a história do filho-da-noite Dentes Compridos – desde sua fuga das Grutas Ancestrais até a caçada noturna na Londres vitoriana – não constituem tópicos de história alternativa per si.

Dentro do amplo campo de ação deste universo ficcional, as aventuras de Dentes Compridos devem ser encaradas antes como fragmentos de *história oculta*, isto é, conjuntos de eventos que, embora ausentes de nossos livros de história, poderiam ter ocorrido essencialmente da maneira como foram descritos, tanto em nossa própria linha histórica, quanto na linha histórica alternativa desenvolvida para este romance. Portanto, para as aventuras do filho-da-noite não havia a necessidade precípua de uma divergência e de uma história alternativa.

Assim, considero *Aventuras do Vampiro de Palmares* como, antes de tudo, um romance de história oculta que tem no vampirismo científico e não na história alternativa, sua temática principal.. Reparem que o termo "vampirismo científico" é aqui empregado para definir o tipo de ficção fantástica que advoga a existência de vampiros *naturais*, entidades não-humanas que podem ser explicadas por meio do emprego de leis estritamente científicas. Entidades cuja existência prescinde da proposição de elementos *sobrenaturais*.

Contudo, é inegável que, conquanto se trate de história oculta, o romance encontra-se inserido num panorama de história alternativo mais amplo.

HISTÓRIA QUE NÃO APRENDEMOS NA ESCOLA

A HISTÓRIA ALTERNATIVA PROPOSTA NESTE romance é idêntica à nossa história do mundo real, aquela que aprendemos nos livros escolares. Ao menos até 1647 A.D., quando ocorre o nosso ponto de divergência. A partir do regresso de Nassau ao Brasil, numa espécie de *efeito bola-de-neve*, a história alternativa se distancia da real, tornando-se cada vez mais diferente daquela que conhecemos, à medida que o curso da história se afasta do ponto de divergência, rumo ao presente.

Segue-se abaixo a cronologia alternativa que serve como pano de fundo a *As Aventuras do Vampiro de Palmares*.

América Pré-Colombiana – Império Inca

c. 600 – Filhos-da-noite renegados estabelecem um império efêmero que se expande a partir do Vale do Moche.

c. 650 – Ancião das Grutas Ancestrais impõe o fim do Caminho da Verdade.

c. 1100 – Manco Capac, figura legendária que, segundo as tradições cusquenhas, teria sido o primeiro Inca, conduz seu povo das cavernas que sua tribo habitava próximo às margens do Lago Titicaca, até a região do vale de Cuzco.

c. 1105-1140 – Reinado de Sinchi Roca, filho de Manco Capac, primeiro Inca histórico.

c. 1200-1440 – Os incas subjugam as tribos vizinhas.

1410 – Embora não o saibam, incas e chancas estabelecem primeiro contato com o Povo Verdadeiro.

1425 – Primeira leva de filhos-da-noite se instala sob as muralhas de Cuzco.

1438 – Incas impõem derrota definitiva aos chancas.

1438-1471 – Reinado de Pachacuti Inca Yupanqui.

1440 – Dentes Compridos nasce em Cuzco.

1440-1493 – Período de grandes conquistas territoriais. Formação do Império Inca sob os reinados de Pachacuti Yupanqui e Tupac Yupanqui.

1444-1446 – Primeira Guerra Secreta. Império Inca extirpa enclaves urbanos do Povo Verdadeiro.

1470 – Os exércitos de Pachacuti Yupanqui tomam Chan Chan, a capital do Império Chimu e depõem o imperador Minchançaman.

1471-1493 – Reinado de Tupac Yupanqui, filho de Pachacuti Yupanqui.

1477-1479 – Segunda Guerra Secreta. Incas exterminam o Povo Verdadeiro.

1480(?) – Os incas incorporam as tribos Aimará ao Império. Os Aimará habitavam o planalto do Lago Titicaca. A construção da cidade de Tiahuanaco é atribuída aos ancestrais dos Aimará.

1493-1527 – Reinado de Huayna Capac, filho de Tupac Yupanqui.

1500(?) – Huayna Capac, o último dos grandes Incas, conquista o Equador.

1527 – Morte de Huayna Capac.

1527-1532 – Reinado de Huáscar, filho de Huayna Capac.

1529(?)-1532 – Guerra Civil entre as forças leais ao Inca Huáscar e as hostes de seu meio-irmão, Atahualpa.

1532 – Vitória das forças de Atahualpa sobre as de Huáscar na Batalha do Monte Chimborazo. Huáscar capturado e destituído.

Francisco Pizarro chega ao Peru no comando de 180 espanhóis.

1532-1533 – Reinado de Atahualpa. Morte de Huáscar.

1533 – Execução de Atahualpa e tomada de Cuzco. Conquista do Império Inca.

1534 – Pizarro patrocina a coroação de um Inca-fantoche, Manco Capac II.

1536 – Manco Capac reúne um grande exército e lidera uma rebelião contra o domínio espanhol. Durante dez meses as tropas do último Inca reinante sitiam Cuzco, mas não conseguem tomá-la.

1537-1544 – Manco Capac lidera uma sangrenta guerra de guerrilha contra os espanhóis. O movimento é sustentado até o seu assassínio, em 1544..

1572 – Os espanhóis decapitam Tupac Amaru, o último pretendente ao trono dos Incas.

Antecedentes da Invasão Holandesa

A unificação de Portugal e suas colônias ao Império Espanhol (1580-1640) trouxe sérios problemas à Holanda. Em guerra com os espanhóis, os holandeses, que até então mantinham boas relações com os portugueses, viram-se impelidos a invadir o nordeste brasileiro para garantir a continuidade de seu comércio açucareiro.

América Portuguesa & Europa

1600 – Um grupo de 30 a 40 escravos fugitivos se instala na Serra da Barriga (antiga Capitania de Pernambuco, atual Estado de Alagoas).

1602-1608 – Protegidos por densas florestas de palmeiras (daí o nome *Palmares*), os negros evitam as entradas mandadas à sua procura. Expedições às fazendas próximas, visando principalmente o rapto de mulheres. Fracassa a primeira entrada, comandada por Bartolomeu Bezerra, para tentar reduzir os negros rebelados.

1609 – Trégua entre as Províncias da Holanda e o Império Espanhol. Os holandeses passam a negociar o açúcar diretamente com o Brasil.

1620 – Rompimento da trégua estabelecida em 1609.

1624 – Investida holandesa contra a Bahia. Tomada de Salvador pelos holandeses.

1625 – Forças luso-espanholas desalojam o invasor holandês de Salvador após um mês de combate.

Palmares & Nova Holanda

1630 – Ocupação holandesa de Pernambuco. Holandeses tomam Recife. Invasão Holandesa ao nordeste brasileiro. A guerra entre os holandeses e os luso-brasileiros traz a desorganização à lavoura açucareira no litoral de Pernambuco, possibilitando a fuga em massa de escravos das fazendas e engenhos. Nos anos seguintes à invasão, a população de Palmares atinge 10.000 habitantes.

1631 – Supremacia naval holandesa. Esquadra luso-espanhola destroçada quando transportava tropas para guarnecer as capitanias do norte.

1632 – Deserção de Domingos Fernandes Calabar para os holandeses..

Reviravolta na parte terrestre do conflito com uma série de vitórias holandesas fulminantes e em rápida sucessão.

1635 – Forças luso-brasileiras conseguem algumas vitórias. Primeiro cerco do Recife.

Os holandeses dizimam 1.700 soldados das forças luso-brasileiras.

Luso-brasileiros começam a empregar a guerra de guerrilha, comandados pelo general napolitano Bagnuolo. Participação fundamental das lideranças de Henrique Dias e seu Terço de Homens Pretos; Antônio Filipe Camarão e suas hostes de tupis potiguares; e do senhor de engenho André Vidal de Negreiros e das numerosas tropas pernambucanas sob seu comando.

1637-1643 – Período Nassau [Apogeu do Domínio Holandês]. Em 1637, chega ao Brasil Johann Moritz, conde de Nassau-Siegen e parente do próprio príncipe de Orange, para governar Nova Holanda (regiões conquistadas pela Holanda no litoral nordestino).

Recife vive período de grande prosperidade econômica e efervescência cultural. Nassau traz consigo uma equipe de sábios, dentre eles o pregador protestante Franziskus Plante; o médico e naturalista Willem Pies; o botânico alemão Georg Marcgraf e o cosmógrafo Ruiters. Fundados a biblioteca e o jardim botânico de Recife.

Concessão de liberdade religiosa.

Reorganização da produção açucareira.

Domínio do litoral nordestino, desde o Maranhão até a foz do São Francisco.

1637 – Os holandeses derrotam Bagnuolo em Porto Calvo. Tomada de Penedo.

Os holandeses capturam a fortaleza de São Jorge da Mina (Golfo da Guiné, África) e a vila de Ilhéus (BA).

Captura da cidade de Fortaleza pelas forças holandesas.

1639 – Marcgraf instala o primeiro observatório astronômico do hemisfério austral no palácio Friburgo, no Recife.

1640 – Restauração da monarquia portuguesa. Ascensão de Dom João IV, da Casa de Bragança.

1641 – Em março: aporta no Recife uma caravela portuguesa trazendo uma carta do Vice-Rei do Brasil a Nassau, propondo um armistício.

Em junho: Portugal e Holanda estabelecem uma aliança defensiva e ofensiva contra a Espanha. Tratado de paz e amizade. Uma das cláusulas determina que as disputas coloniais entre os dois países deveriam sofrer uma trégua de dez anos, sem ataques de parte a parte.

Em agosto: a trégua é rompida. Por ordem de Nassau, uma esquadra holandesa ocupa São Paulo de Loanda (Angola) e as ilhas portuguesas de São Tomé e Ano Bom, na África.

Em outubro: Início da conquista holandesa do Maranhão. Ocupação da capitania. Holandeses tomam São Luís.

1643-1715 – Reinado de Luís XIV em França.

1644 – Expulsão dos holandeses de São Luís. Fim da ocupação holandesa no Maranhão

Moritz de Nassau regressa a Holanda.

Início do período de intolerância religiosa contra os católicos em Nova Holanda.

Primeira expedição de Nova Holanda contra Palmares, comandada por Rudolph Baro. Sem grandes resultados.

1645 – Dominando todo o litoral do nordeste, até a Bahia, os holandeses efetuam a segunda expedição de Nova Holanda contra Palmares, comandada por Jurgens Reijmbach. Resultados idênticos à anterior.

Forças luso-brasileiras sitiam o Recife.

Fim da ocupação holandesa em Alagoas.

1646 – Final da Primeira Guerra Civil Inglesa com a vitória das forças do Parlamento, comandadas por Oliver Cromwell.

1647 – Ocupação holandesa do Recôncavo Baiano.

A Companhia das Índias Ocidentais convida Nassau a regressar ao Brasil, na esperança de que sua presença apaziguasse os brasileiros. Nassau exige plenos poderes, um grande exército e melhor remuneração..

Ponto de divergência: Moritz de Nassau aceita o convite das Companhia das Índias Ocidentais para reassumir o governo da colônia de Nova Holanda.

1648 – Nassau recebe uma delegação de Palmares no *Palácio de Friburgo*. Estabelecida a *Paz Maurícia*.

Termos

(i) Os holandeses devem ensinar os palmarinos a confeccionar pólvora e a construir fundições para o fabrico de arcabuzes e canhões.

(ii) Os palmarinos se comprometem a guerrear exclusivamente contra os luso-brasileiros, deixando em paz os engenhos, fazendas e vilas sob domínio holandês.

(iii) Os comerciantes da Companhia comprometem-se a armar navios especiais para trazer da África mulheres bantas para os palmarinos. Esse serviço deverá ser indenizado com partidas de açúcar dos novos engenhos quilombolas.

1649 – Primeira fábrica de pólvora em Palmares.

Fundido o primeiro canhão palmarino na Serra da Barriga.

Vitória holandesa na Batalha de Guararapes. Um terço palmarino participa da contenda sob o comando de Gana-Zona.

Proibição da escravidão negra e índia em Palmares.

1650 – Num confronto da Serra da Barriga, o exército palmarino, comandado pelo general Gana-Zona recebe a adesão do terço de índios potiguares de Filipe Camarão, que havia sido enviado por Matias de Albuquerque para dar combate às forças de Palmares.

1652 – Primeiros arcabuzes de fabricação palmarina.

1653 – Gana-Zona captura a vila fortificada de Porto Calvo e arrasa a vila de Serinhaém.

1654 – Exército luso-brasileiro de 2.700 homens comandado por Vidal de Negreiros invade a Confederação de Palmares e destrói três quilombos menores.

O *Terço dos Henriques*, regimento luso-brasileiro composto exclusivamente por negros e comandado por Henrique Dias, líder guerrilheiro da resistência ao invasor holandês, recusa-se a prestar auxílio ao exército de Negreiros e acaba aderindo à causa de Palmares.

1655 – *Massacre da Serra da Barriga*: Gana-Zona desbarata as forças de Vidal Negreiros. Mais de 2.000 luso-brasileiros mortos ou capturados.

1656 – Escravidão branca em Palmares.

1659 – Palmares guarnece todos os acessos às serras da Confederação com fortificações defensivas muralhadas guarnecidas com canhões.

1660 – O governador da Capitania de Pernambuco propõe uma trégua de

15 anos a Ganga-Zumba. O rei de Palmares aceita, com a condição de que o Recife não fosse atacado durante o período.

1661-1675 – A paz proporciona grande prosperidade aos mocambos de Palmares. Os palmarinos adquirem aos holandeses novas tecnologias e hábitos culturais. Apesar dos surtos esporádicos da guerrilha luso-brasileira, Nassau consegue reorganizar a economia canavieira, fomentar o progresso técnico e incentivar a produção cultural e artística da nova colônia. Recife se torna uma das maiores e mais bem planejadas cidades da América do Sul.

1662 – Primeira prensa em funcionamento na Cerca Real do Macaco. Fundação do jornal *Novas do Macaco*.

1665-1672 – Os exércitos palmarinos fazem incursões frequentes e bem sucedidas às fazendas sob o controle dos luso-brasileiros no interior da Capitania Real da Bahia. O objetivo é arregimentar novos cidadãos para a Confederação e, ao mesmo tempo, manter os termos de paz acordados com o governo da Capitania de Pernambuco.

1671 – Numa manobra arriscada de tudo ou nada, os terços de Palmares comandados pelo jovem mestre-de-campo Zumbi, fintam as forças luso-brasileiras e sitiam Salvador durante oito semanas, ameaçando invadir a cidade e tomar toda a população branca como escrava. Embora bastante criticado pelos riscos extremos que assume, o batismo de fogo de Zumbi como grande estrategista de Palmares é no todo bem sucedido. O sítio é levantado graças ao édito do Vice-Rei, libertando 1.200 mulheres negras.

1672 – Dentes Compridos é capturado no Mocambo de Dambrabanga.

1672-1683 – Guerra Holandesa. As Sete Províncias Unidas defendem sua independência numa guerra longa e sangrenta contra os exércitos da França de Luís XIV. A derrota final do invasor francês somente se dá na Batalha de Lille, no verão de 1683.

1674-1675 – Série de assassínios hediondos na região portuária de Recife.

1676 – Desembarque de 7.000 soldados portugueses em Salvador.

1677 – *Édito da Coroa Portuguesa* permite a convocação de 15 regimentos coloniais em várias capitanias. Colocados sob a autoridade direta de Pedro de Almeida, governador da Capitania de Pernambuco, esses regimentos totalizam 4.500 homens.

1678 – Vitórias luso-brasileiras ao longo de todo o litoral nordestino. Holandeses expulsos definitivamente do Maranhão, do norte da Bahia e do Ceará.

1679 – Holandeses restritos aos limites da Capitania de Pernambuco.

1680 – Concluída a construção do complexo de fortificações da cidade de Salvador.

Chega de Lisboa um emissário real, Dom Gaspar Gomes de Alencastro, Marquês d'Alendouro, com o objetivo de propor a paz aos palmarinos. Em troca do apoio da Confederação à guerra contra Nova Holanda, a Coroa concederia o reconhecimento de Palmares como nação independente.

1681 – Vitórias palmarinas e luso-brasileiras contra as forças holandesas coloniais. Tomada das vilas de Una, Siegen, Remédios e Ipojuca.

1681-1682 – Estimulado por emissários palmarinos e, segundo algumas fontes, *persuadido* pela visita noturna de um agente especial, o *tuxaua* cariri Canindé, cacique dos *Janduí*, reúne os guerreiros das 22 aldeias do seu povo, iniciando uma guerra sangrenta contra os luso-brasileiros residentes às capitanias da Paraíba e Rio Grande do Norte. A cidade de Natal é sitiada pelas hostes Janduí. O paulista Domingos Jorge Velho empreende retaliação pesada contra as aldeias Janduí, conquistando vitórias importantes em vários combates encarniçados e forçando o recuo do inimigo.

1682 – Assassínio de Dom Fernão Carrilho, Mestre-de-Campo do exército luso-brasileiro, executado por um agente especial da Confederação de Palmares.

Batalha do Recife (ou Batalha da Contra-Traição), incidente que entrou para as histórias portuguesa e brasileira com o nome de a Traição de Palmares. Destruição do exército luso-brasileiro.

1683 – Andalaquituche funda a Universidade Real do Macaco, primeiro estabelecimento de ensino superior de Palmares.

1683-1684 – Sítio de Salvador pelos terços de Palmares. Bloqueio naval da esquadra da Companhia Holandesa das Índias Ocidentais à América Portuguesa. Destruição das fortificações da capital brasileira. Decreto do Vice-Rei libertando todos os escravos negros da Capitania Real da Bahia.

1686 – Tratado do Recife. Coroa Portuguesa reconhece formalmente a independência de Palmares, bem como a soberania da Confederação sobre o trecho de litoral compreendido entre os rios Una e Ipojuca. O mesmo documento estabelece ainda o compromisso de libertar, dentro de um intervalo de sete anos, todos os negros da América Portuguesa ao norte do rio São Francisco.

1687 – Morte de Ganga-Zumba. Zumbi é nomeado Rei de Palmares.

1689 – William de Orange, *stadhouder* holandês e comandante-em-chefe da última fase da Guerra Holandesa, é proclamado rei da Inglaterra, Escócia e Irlanda, sob o título de William III.

1690 – Lançado ao mar o *Ganga-Zumba*, primeiro galeão da Marinha de Palmares.

1691 – Andalaquituche substitui Gana-Zona como embaixador palmarino em Nova Holanda.

1701 – Tratado de Utrecht. Portugal reconhece a soberania das Sete Províncias Unidas sobre os territórios da colônia de Nova Holanda.

1703 – Morte de Luís XIV, Rei de França.

1707 – Andalaquituche é nomeado embaixador plenipotenciário de Palmares para o Império Português, instalando-se em Lisboa.

1715 – Já considerado um dos homens de ciência mais eminentes de seu tempo, Andalaquituche assume a embaixada palmarina na Inglaterra, durante o reinado de George I.

1718 – Morte de Zumbi, o Grande. Andalaquituche e Amalamale retornam à América. Ele é nomeado Rei de Palmares.

1719 – Andalaquituche determina a criação do Círculo de Ébano.

1725 – Proclamação da República. Andalaquituche é eleito o primeiro *zumbi* (presidente vitalício) de Palmares.

1728 – Instalação dos primeiros colonos iorubas no estado palmarino da Bahia do Norte (Sul de Palmares).

1729 – Cafuchi, antigo discípulo de Andalaquituche, constrói as primeiras máquinas a vapor. Início da Revolução Industrial.

1732 – Morte de Andalaquituche. Cafuchi eleito *Zumbi de* Palmares.

1735 – Abolição da escravidão branca em Palmares.

1745 – Concílio de régulos iorubas recusa cumprir ordens do zumbi quanto ao ensino obrigatório da religião católica, insistindo na prática dos cultos ancestrais aos orixás.

1752-1756 – Guerra Civil na Bahia do Norte entre as facções iorubas católicas e pagãs.

1753 – Intervenção velada da Coroa Portuguesa na Guerra Civil de Palmares. Diamantes do Distrito Defeso do Tijuco empregados no tráfico de armas para os rebeldes iorubas.

1754-1755 – Atuação de salteadores palmarinos no Arraial do Tijuco.

1755 – Visita do núncio papal a Palmares. Pressão para que o zumbi decrete a ilegalidade dos cultos de origem africana e aceite a suserania espiritual da Santa Sé. Exigências adicionais: afastamento dos padres negros, cafuzos e mulatos; e livre acessos de missionários católicos europeus.

Decretada a liberdade de culto na República.

1771-1773 – Assassínios em série na região da cidade de Boston, colônia inglesa de Massachutsetts.

1776-1780 – Guerra de Independência dos Estados Unidos da América.

Participação de Palmares na Revolução Americana.

1787-1821 – Revolução Francesa. Apoio das Oito Províncias Unidas à causa revolucionária e consequente cooptação do General Bonaparte. Europa Napoleônica. Depois de dominar quase toda a Europa Continental por mais de vinte anos, o Império Francês se esfacela após a morte de Napoleão Bonaparte.

1796 – Primeira ferrovia em Palmares. Estrada de ferro ligando Subupira à Cerca Real do Macaco.

1824 – Independência do Brasil.

1826 – O biólogo Carlos Anduro Vitório publica seu *Evolução da Vida na Terra* com grande repercussão na comunidade científica palmarina e europeia. Lançadas as bases da Teoria da Evolução.

1827-1828 – Assassínios em série na cidade do Rio de Janeiro, capital do Império do Brasil.

1838 – Primeira indústria siderúrgica em Palmares.

1840-1842 – Construção da primeira grande usina hidrelétrica palmarina no rio São Francisco.

1849-1867 – Guerra entre a República de Palmares e o Império do Brasil.

1850 – Vitória fulminante do Exército Imperial em incursão comandada por Luís Alves de Lima e Silva na Batalha de Caxias, no atual Maranhão.

1857 – Vitória brasileira na Batalha de Diamantina. Morte do Ganga-Muíça Luís Mogabe. No decorrer dessa batalha, a República sofre grandes perdas materiais e humanas.

1858 – Palmares introduz a metralhadora automática a vapor na frente de combate.

1859 – Palmares conquista Salvador.

1860 – O Segundo Terço da Frente Sul recebe os primeiros veículos autopropulsados a vapor.

1861 – Início da Guerra Civil Americana. Proclamação dos Estados Confederados.

1862 – Palmares inicia o programa de fornecimento de armas ao Exército dos Estados Unidos. Presença de consultores militares palmarinos juntos aos exércitos da União.

1863 – Derrota fragorosa do Exército do Norte da Virgínia e morte do General Lee na Batalha de Gettysburg. Fim da Guerra Civil Americana.

1865 – Assassínio do Duque de Caxias, comandante supremo das forças imperiais, por um agente especial do serviço secreto palmarino.

1866 – Batalha Naval de Cabo Frio. Aniquilamento da Esquadra Imperial como força operante. Baía da Guanabara bloqueada por uma força-tarefa comandada pelo encouraçado *Zumbi Rei*, nau capitânia da Armada da República [flâmula de comando do Almirante Rodrigo Camarão].

1867 – Vitória da República de Palmares na Batalha de Ilhéus. Fim da Guerra.

1868 – Tratado de Lisboa estabelece os rios Tocantins e Pardo como os limites de fronteira ocidental e meridional, respectivamente, da República de Palmares com o Império do Brasil. A República torna-se senhora de todo o nordeste brasileiro, com exceção da Oitava Província dos Estados Gerais da Holanda (antiga colônia de Nova Holanda).

1885-1889 – Dentes Compridos *auxilia* o autor teatral irlandês Bram Stoker, fazendo comentários e críticas pertinentes ao manuscrito que mais tarde se tornaria o aclamado romance *Drácula*.

1886 – Palmares desenvolve as primeiras cepas do supermilho.

1888 – Jack, o Estripador assola o East End londrino. Envolvimento de Dentes Compridos.

1907-1923 – *Guerra Mundial*. Vitória dos Aliados Ocidentais [Palmares, Estados Unidos, Brasil, Províncias Unidas e Império Britânico] sobre os Eurocêntricos Neo-Napoleônicos [França, Império Alemão, Turquia Otomana, Império Russo e Império Nipônico]. Emprego de armas químicas, microbiológicas e nucleares, nos campos de batalha e sob as populações civis. Europa devastada. Cinquenta milhões de mortos.

1915 – Expedição palmarina liderada por Amalamale Camarão (filha de Henrique Camarão) e Dentes Compridos aos Himalaias trava contato com a última tribo de *yetis*. Envolvimento íntimo entre os dois líderes da expedição.

1924 – Estabelecimento da Organização das Nações Unidas. Advento da *Pax Palmarina*.

1932 – Biólogos palmarinos e holandeses desenvolvem as vacinas anticâncer.

1935 – Ativação do primeiro computador eletrônico a válvulas em Subupira.

1939 – Palmares lança o primeiro satélite artificial, o *Zumbi I*.

1954-1955 – Palmares divulga os primeiros resultados das descobertas revolucionárias no campo da gerontologia. Pílulas de longevidade.

1956 – João Mbuto, comandante da missão conjunta palmarino-holandesa *Guararapes IV*, é o primeiro ser humano a pisar na Lua.

1968 – A *BioLab*, empresa estatal palmarina de pesquisa biológica, lança no mercado dos primeiros programas de conhecimento gravados em enzimas mnemônicas.

1974-1977 – Avanços significativos na física da fusão controlada do hidrogênio.

1978-1985 – Início da exploração econômica da Lua. Missões tripuladas a Marte e aos Asteroides. Construção das primeiras cidades orbitais no Sistema Terra-Lua.

1979 – Conclusão do Projeto Genoma Humano, coordenado pelo geneticista palmarino Paulo Mzambi [Prêmio Nobel de Medicina 1982].

1985 – Lançamento do *Andalaquituche*, sonda robotizada que realizaria pouso suave no núcleo do cometa Halley meses mais tarde.

1986 – Discurso do secretário de ciências de Palmares, Paulo Mzambi, na sede da ONU.